Never seek to tell thy love
言葉とヴィジョン
ブレイクからベケットまで

土屋繁子
Tsuchiya Shigeko

中央大学出版部

目次

第1部
ブレイク論

「愛の秘密」考	003
無心と経験の構図	010
「経験の歌」再考	033
ブレイクと複合芸術	040
『天国と地獄の結婚』	054
ブレイクの『ミルトン』──生成するヴィジョン	064
『エルサレム』	083
ブレイクの『ヨブ記』	106

第2部
イギリス近代詩・現代詩 試論

エミリ・ブロンテの詩 ──「臆病な魂はわがものではない」をめぐって	123
スウィンバーンの詩──虚と実の間	143
詩人 オスカー・ワイルド	175

G.M.ホプキンズのソネット——インスケープと心　　209

戦争詩人オウエン　　235

「J.アルフレッド・プルフロックの恋歌」をめぐって　　240

変容の場『荒地』　　257

エリオットとブレイク——ブレイクの眼も真珠に?　　276

E.ミュアの詩——旅人還らず　　284

『ゴドーを待ちながら』考——道化たちの黄昏　　299

あとがき　　317

索引　　321

凡例

1｜和訳は,「注」で訳者名が明記されていない場合は筆者によるもの。
2｜引用文の後の数字は行数を示す。章がある場合は章数と行数。
3｜固有名詞の表記は,原則として英語読みだが,日本語として定着した読みが優先する場合もある。
4｜聖書の訳は,原則として日本聖書協会の改訳(旧約聖書は1955年,新約聖書は1954年)に拠っている。

第1部

ブレイク論

「愛の秘密」考

　ウィリアム・ブレイク (1757-1827) は『無心の歌』(*Songs of Innocence*, 1789) を書いたのち，ノートブックに 60 篇余の詩を書きつけ，そのうち 16 篇ほどを「経験の歌」("Songs of Experience", 1789-94) に収めたが，「愛の秘密」(Love's Secret)[1] は取り上げられなかった。にも拘らず多くの人に親しまれているのは，のちに W. M. ロセッティがノートを整理して発表したからである。もともと題名のない詩なのだが，ロセッティの手で Love's Secret という題名がつけられた。

Love's Secret
Never seek to tell thy love
Love that never told can be ;
For the gentle wind does move
Silently, invisibly.

I told my love, I told my love,
I told her all my heart,
Trembling, cold, in ghastly fears ——
Ah, she doth depart.

Soon as she was gone from me
A traveller came by
Silently, invisibly ——
He took her with a sigh.

愛の秘密

決して　君の愛を語ろうと努めるな
決して　語られ得ない愛を，
というのも　穏やかな風が動いているのだ
物も言わずに　目にも見えずに。

僕は　自分の愛を語った，僕は愛を語った，
僕は　彼女に心のたけを　語った，
おののきながら　冷たくなって　ぞっとするほど恐れて ——
ああ　彼女は　去って行くのだ。

彼女が僕から　消えるとすぐに
一人の旅人がやって来た
物も言わずに　目にも見えずに ——
彼は　溜息一つで　彼女を得たのだ。

　これは初稿であるが，のちに手が入れられて，①第1行の seek が pain に替わり，②さらに第1節全体が省かれ，③第3節の終行 'He took her with a sigh.' が削られ，替わりに 'O was no deny.' とされた。この改訂にも拘らず，結局は詩集に収められなかったのは，詩人の意図が思い通りには表されなかったからであろう。

　『無心の歌』で無心の喜びを歌ったブレイクだが，初めから彼は全くの無心，全くの白はあり得ないことを見ていた。その白くない度合いが増すのが「経験」の世界だが，当時のブレイクにとって「経験」の中核はこの世での「愛」の姿であった[2]。『無心の歌』では愛はそのまま人間の神なる姿であったのだが，今やこの世の愛はあるべき姿を裏切るものであった。「愛の秘密」はそういう意味で彼の経験認識の焦点にある詩であり，しかも彫版されなかった失敗作ということで，彼のヴィジョンのありようを陰画的に浮き上がらせもする。

この世の愛はブレイクにとっては外界との軋轢(あつれき)のもとであり，真の愛はいつも外界からはみ出してしまう，ここに歌われる「決して語られ得ない愛」とは──

　① 表現するには深すぎる愛
　② 世間の道徳から外れている愛
　③ 肉体的な愛

などと考えられるが，全部をひっくるめた愛であってもよいだろう。

　「僕」は恋人に愛を語るのだが，問題なのは第2節第3行の「冷たくなって　ぞっとするほど恐れて──」で，文脈としてこの行は，

　① 愛を語る僕，つまり前行にかかる
　② 彼女，つまり後行にかかる

と二様に解釈できる。ロセッティの稿本では，前行 'I told her all my heart,' にカンマがついて第3行はそちらへかかると読めるが，1905年にサンプソンが再編集したものでは，heart の後にピリオドが打たれ，第3行は後ろの彼女にかかると読める。

　①の読み方をするならば，自分が愛を語るとき，「おののきながら　冷たくなって　ぞっとするほど恐れて」必死に語った，ということで，外界の壁は厚く，自分は弱いもの，として捉えられている。ブレイクが 'never seek to 〜' を 'never pain to' に変えたのも，愛を語ることの痛さと照応する。いわばこれは「内」寄りの読み方で，これに対して②の読み方は「外」寄りである。自分の愛は素晴らしいのに，彼女の方が弱く愚かで，せっかく自分のうちあけた愛を恐れて去ってしまった，という意味になる。純真無垢な乙女というイメージも浮かぶわけで，後女の嫌悪する愛の性質も，肉体的な愛であろうかと想像される。さらに ghastly が「死んだような」という意味でもあるので，のちの乙女の死（旅人が死とすると）を仄(ほの)めかしていることにもなる。

　彼女が去るとすぐ，「旅人」が物言わず，目に見えずに通りかかる。優しい風が物言わず目に見えずに吹いているのだから愛など語るな，と第1節で歌われていたが，「優しい風」とはこの「旅人」であったのか，ということ

になる。Came by というのもわざわざやって来たのではなく、風が吹いているのと同じようにたまたま通りかかったということである。だが「優しい風」という言葉とはうらはらに、「旅人」は溜息をついて彼女を奪ってしまう。「優しい」とは彼女にとっての優しさかもしれない——このままでいたらろくなことにはならないから連れて行く、という救いの意味で。

　この「物言わず、目に見えず」は「ノボダディ」[3]という詩の「嫉妬の父」の形容に使われており、「病気の薔薇」[4]の虫にも用いられていて、ブレイクにとっては良い意味合いのものではない。ということは、逆に、言葉、そして目に見えるものへの絶大な信頼があるということで、幼い頃に天使を目のあたりに見たブレイクらしい捉え方である。それではその不吉な「旅人」とは何者か？——「死」ということが考えられる。そして初稿ではこの「旅人」は「溜息をついて」彼女を奪うのである。この「溜息」は、

① 　男を愚かと見ての溜息
② 　彼女の方を愚かと見ての溜息

の二通りにとれるが、①の方の解釈では、第三者としての「旅人」が「僕」を批判していることであり、②の方であれば、彼女の方が愛を受け入れないとは何と愚かな、という彼女への批判になり、「僕」の側のかなり自信ある主張を裏づけることになる。のちにブレイクがこの行を削って 'O was no deny.' としたのも、彼女に対しての落胆であるわけだ。この手直しでは、「旅人」の奪う行為そのものは語られないし、彼女の行為も直接的には描かれず、ただ「僕」の落胆が no deny という否定された行為の形で語られるだけで、いわば風のように「存在のないもの」に対する反応でもある。

　旅人の溜息が彼女を愚かと見てのものとすると、彼女の方がおののくのだとする第2節での②の解釈と関連する。サンプソンの句読点のつけ方はこの読み方を引き出すものであり、ブレイク研究の大家デイモンもこの読み方を採っていて[5]、この詩全体のことを「女性の性的な恐れを描いている」と言う。これはブレイクのマニフェスト的な書『天国と地獄の結婚』(The Marriage of Heaven and Hell, 1790-93) での生身の人間の謳歌と当然結びつく。

　他の詩との関連を考えると、なるほど②の解釈が優勢になってくる。ま

ず姿の見えぬこの「旅人」は，ノボダディと呼ばれる嫉妬の父とつながるが，さらにすぐ後に書かれる彼独自の神話の中の登場人物である老いた暴君ユリゼン（Urizen）を思わせる。その系譜上に据えてみると，この詩も嫉妬という要素の絡んだ三角関係に見えてくる。ブレイクの神話の図式を当てはめれば，「若い反逆児オーク（Orc）」対「老いた暴君ユリゼン」である。オークは生と愛，ユリゼンは死と道徳律を表しているのも，そのままである。とすると，「僕」なるオークは旅人ユリゼンに対して高らかに自分の愛を主張すべきだ，ということになるのだが，「愛を語るな」という逆説的表現は主張としては弱い。だからこそブレイクはのちに「愛を語るな」という第1節全体を削ってしまったのだろう。第3節の最終行を変えたのも同一線上にあることで，オーク的主張を鮮明にしようとした，と考えられる。

　しかしseekをpainに変えていることからも，①の解釈が成り立つのではないかという線は依然として残る。詩人の「嘆き」が発想の根底にあるわけで，ロセッティの句読点も，また「愛の秘密」という彼の命名も，この①の解釈の側にある。この「嘆き」は手直しされても消えることなく，そのためにブレイクの意図は摑みにくくなってしまった。'He took her with sigh'という旅人の行為を削らせたのは，「主張」であると同時に「嘆き」でもあって，これで「旅人」は一段と影が薄くなってしまっている。替わって書かれた'O was no deny'という語り口は，風のような，物言わぬ，目に見えぬ人物にはふさわしいだろうが，『天国と地獄の結婚』での「対立なくしては進歩はない」という「主張」にはそぐわない。「僕」の愛を語る行為は，ぶつかるものもなく，「嘆き」の中に拡散してしまうのである。

　旅人の性格，そして「僕」対「旅人」の関係をはっきりさせるには，むしろ第1節を残した方がよいと思われるが，ブレイクは削ってしまった。「愛を語るな」という表現のニュアンスにひっかかったのならば，そのときのブレイクには「主張」があったのだろう。また，第1節を省いたのは旅人が風である必要はなかったからかもしれない。のちに旅人はむしろブレイク自身となったのではなかったか。そしてオークもユリゼンもともに「旅人」の一段階となり[6]，生の円環を構成してしまう。また，この第1節は第3節の終

わりから再び戻れるようになっており、この詩自体が小さな円環であったわけだが、第1節をなくすことで円環は断ち切られ、直線的物語となる。その物語の帰結としては no deny はいかにも弱い。

　こうしてブレイクは手直しした挙句にこの詩を見捨てることになったが、この行き詰まりは皮肉なことにブレイクのヴィジョンの後期の神話での姿の前兆になっている。詩人自身は最初から「見えるもの」に信を置き、ヴィジョンに質量さえ与える方向に進むのだが、こと志に反して、のちの予言書には固い輪郭を持った人物は登場せず、ヴィジョンの生成発展も「劇」を成立させなかった。固さが欠落してしまうのである。この「愛の秘密」での、「嘆き」が構成を支えながら「主張」たろうとする矛盾は、のちの難解とされる神話への一つの鍵となる。

　デイモンの読み方のように、この詩全体の意味を女性の性的恐怖だとする②の解釈は、むしろ手直しの段階でのブレイクの意識であって、最初に意図されたものは、ヴィジョンの淀みのような、弱々しい「僕」、愛を語るのに痛みを伴う「僕」の外に対する嘆きというような①の解釈に近いものであったのではなかったか。「嘆き」からくる「存在のないものへの反応」ということで、ヴィジョンの行く末を暗示しながら、なお理としては②の解釈のような「主張」があるべきだという意識があり、それが「旅人」の処理の曖昧さと相俟っての不満を生み、この詩は「経験の歌」に収められないこととなったのではなかろうか。ブレイクの「経験」はこのように全くの黒色ではないのだが、「黒」であるべきだとするのもブレイクのヴィジョンなのである。

　こうしたヴィジョンの細かい揺れまで忠実に写しているのだから、まことに言葉は頼りになるものである。

注
  1)「ノートブック」2（テキストは G. E. Bentley Jr. (ed.). *William Blake's Writings*. Oxford : Claredon Press, 1978, 1000 頁の初稿版による）。
  2) 他に愛を歌った詩に「愛はそれらを喜ばそうとしない」(3)、「愛の園」(5)、「愛は過ちに対して常に盲目である」(29)、「僕のてんにかに」(34)、などがある。
  3)「ノートブック」21。

4)「ノートブック」31(『経験の歌』に入れられた)。
5) S. F. Damon, *A Blake Dictionary* (1965), p. 298.
6)「心の旅人」。

無心と経験の構図

　ブレイクは自らの手で彫版，彩色した『無心の歌』に「経験の歌」を併せて『無心と経験の歌』(1794)[1]という一つの詩集にした。「経験の歌」だけが独自に刷られたことはない。したがって，無心あっての経験なのである。「人の心情の二つの相反する状態を示す」というこの詩集の副題は，無心と経験の共時的な対比を意味しているのかもしれないが，二つの状態は時間の経過のうちに認識され表現されたものである。同じ題名の詩が「無心の歌」と「経験の歌」の双方にあること（「煙突掃除」,「聖木曜日」,「乳母の歌」），そしてまた題名は異なっても対比と考えられるものがあること（「おさなごの喜び」と「おさなごの悲しみ」,「子羊」と「虎」,「神の姿」と「一つの神の姿」）はブレイクの意図の表れであるが，一方，1818年頃に最終的な形を取るまでに，「一つの愛」を経験の方へ3度入れて無心の方へ戻したり，「失われた小さな女の子」,「見つかった小さな女の子」,「学校生活」,「いにしえの歌人(うたびと)の声」を無心から経験に移したり，ブレイク自身の判断も揺れていたのである。

　無心に対する経験を表すために，ブレイクは論理を用いたり，批判的な語り口にしたりしているが，それが語り手のスタンスが無心の世界とは異なっていることを浮き上がらせている。もちろん彼が見ているものも異なっているのである。「無心の歌」19篇と「経験の歌」27篇の象徴的人物である笛吹き（piper）と歌人(うたびと)（bard）は，それぞれの「序詩」に登場する人間であるが，この二人は対比的でありながら共通点を持っている。後期の神話へと展開して行くブレイクのヴィジョンが，この詩集でどのような構図を持ち，語り手はそれにどう関わり合っているか，を考えることは，「相反する状態」がブレイクの詩学の中心的イメージであるのか，という問題とも関わっている[2]。

1 「無心」の構図

　ブレイクは彫版師という職業柄，当時の子供向きの読み物の挿絵を彫版しており，そうした読み物にカルヴィン的傾向が強いことにコメントを与えたのがこの詩集なのだとする意見もあるが[3]，特に「無心の歌」の方は，「序詩」で「あらゆる子供が聞いて喜ぶように」と述べられるように，基本的に子供向きの歌である。ここに収められた詩には，語り手の「私」が子供であるものが3分の1ほどあり，「ゆりかごの歌」や「おさなごの喜び」では母親が「私」，「乳母の歌」では子供を見ている乳母が「私」，というように子供の世界が子供に理解できるように語られる。「経験の歌」では大人の視点が多く入ってくるので，子供向きの歌とは言い難い。

　「無心の歌」の「序詩」では笛吹きの「私」が谷を下って行くと，雲の上の子供に出会い，子羊の歌を吹いてよ，と声をかけられる。吹いて聞かせると，次に歌うこと，そして書きつけることを求められ，彼が視界から消えると，

　　それから私はうつろな葦を引き抜いた。

　　それから私はひなびたペンを作った，
　　それから私は奇麗な水を染めた，
　　それから私は仕合わせな歌々を書いた
　　あらゆる子供が聞いて喜ぶようにと

と「私」は自分でペンを作って書くが，これはブレイク自身が自分で腐蝕による銅版彫版法を工夫して始めから終わりまで自分の手で詩集を作り上げたことと重なる。'stain'という語が，ペンを水に浸すという意味で用いられているのは，汚すという意味をも含み，創造自体が堕落であることでもあろうが，ブレイク自身，のちに『天国と地獄の結婚』で自分の彫版法を「地獄の

方法」と呼んでいる[4]。詩を書くこと，創造することは堕落であるが，同時に神の御言葉を伝えるという点では意義あることだ，という矛盾が，以後のブレイクの詩の発展の一つの軸になって行くのだが，「無心の歌」の出発点ですでにその芽が見られるのである。さらに注目すべきことは，子供が笛吹きに歌を書きつけるよう勧めるときに，「みんなが歌を読めるように本にして……」と言っているのに対して，「私」は「あらゆる子供が聞いて喜ぶように」と結んでいて，「みんな」が「あらゆる子供」に限定され，読むことが聞くことへと変えられていることである。このやりとりについて，確かな相互の応答関係が失われているという指摘もあるが[5]，このわずかのずれと見えるものは，「無心の歌」の口絵の中で笛吹きと雲の上の子供が視線を交わしているのに，それが多少ずれて見えることと相俟って，「無心の歌」が全くの無垢を歌っているわけではないことを示している。

　「序詩」で笛吹きが書きつけた歌が以下の詩である，という趣向で「無心の歌」は書かれているが，テーマとして示された子羊も登場する詩「羊飼い」は，無垢のヴィジョンの基本的構図を示している。子羊が無邪気に呼ぶと母羊が優しく返事をする，という母子の信頼関係を羊飼い（神）が眺めており，それを「羊飼いの楽しいめぐり合わせ」とする語り手が（一人称は用いていないが）いるのである。同様に「子羊」の詩では，語り手は「ちっちゃな子羊誰が君をつくったの」と問いかける子供であって，子羊という名の下に，キリストと子羊，そして自分をも含めた穏やかな調和，三者の秩序を歌うのである。

　　僕は子供そして君は子羊，
　　僕たちってその方の名前で呼ばれてるんだ。
　　ちっちゃな子羊神さまが君を祝福してくれますように……

と，ここでも子羊と少年の場の上に神が在るのであり，神への呼びかけもなされる。これが無心の状態のあるべき姿なのである。
　この信頼関係が人間に当てはめられたかのような「おさなごの喜び」は，

「序詩」での「あらゆる子供が喜ぶように」という'joy'が名詞化したような響きを持ち、生まれて二日目の赤子に「何て坊やを呼んだらいいの」と母親が訊ねると、「喜びが僕の名前」という答えが返ってくる。二つのスタンザから成っている、そのそれぞれのスタンザの終行が「かわいい喜びが坊やにふりそそぎますように」と願われることは、未来への拡がりを感じさせると同時に、母親の不安の表明でもあり、この母子を包む大きな存在が示されることでもある。時間の中の母子関係を、時間を超えた存在が見守っていて、それを母親が意識している、という相互関係がある。

2 「無心」と「経験」の間

　一方が呼びかけると他方が答える、という相互の自由で自発的なやりとりを、グレンは'play'と表現しているが[6]、この相互関係は常により大きな存在（神）に支えられていることを見落してはならない。この世界での調和した穏やかな相互関係は、さらに上に神が在ってこそのものである。
　「小さな黒い男の子」で、自分は黒人ではあるけれど魂は白い、と言う少年「僕」に母親は、

　　昇るお日さまを御覧、あそこに神さまがいらしって
　　そしてあの方の光を下さる、それにあの方の熱もどしどし下さる、
　　そして花たちも木たちも動物たちも人間たちもお受けするのだよ
　　朝には慰めを昼なかには喜びをね。

と言い聞かせる。すると少年はイギリスの男の子について、

　　僕が黒い雲からそしてあの子が白い雲から抜け出して、
　　そして神さまの天幕の周りで子羊のように僕らが喜ぶときには、

あの子が堪えることができるまで僕はあの子を熱から守ってやろ
　　　う，
　　僕たちの父さんのひざに喜んで寄りかかれるように。
　　そしてそのとき僕は立ってあの子の銀の髪をなでて，
　　そしてあの子のようになろうそしてあの子もそのとき僕を好きにな
　　　るだろうってね。

　と言う。この母親は，すべてのものは移ろうということを知っている点では，経験の世界の住人と同じであるが，神の恵みを信じて息子に言い聞かせる点で無心の世界に属している。神を組み込むこの構図は無心のものである。ただ，「僕」は母親の言葉に半ば納得するものの，それで彼の不安が全く解消したとは言い難い。

　もっと素朴な形で無心の状態が歌われるのが「ゆりかごの歌」であり，「乳母の歌」であって，語り手の母と乳母はそれぞれ調和ある世界にいる。「ゆりかごの歌」では母親はおさなごを寝かしつけながら呼びかける対象は，かわいい夢であり，かわいい眠りであり，かわいい笑顔，かわいい呻きであるが，第5スタンザで「眠れ眠れ幸ある子」とおさなごに焦点が合わされると，「もの皆は眠って微笑んだ」と世界の調和が示される。そして残りの三つのスタンザでおさなごに幼児キリストが重ねられ，安定した無心の世界が完成する。

　「子供たちの声が原っぱに聞かれ」と1行目は同じ言葉で始まる二つの「乳母の歌」を比較してみると，無心と経験が見えてくる。「無心の歌」の方の2行目は，「そして笑い声が丘に聞かれるとき」であるが，「経験の歌」では「そしてささやきが谷にあるとき」であって，笑い声とささやきの差がある。使われる動詞も前者は「聞かれる」と感覚で受け取っているのに対して，後者は「ある」とされる。続いて前者は「私の心は胸の内で休まり／そしてあらゆるほかのものも静かだ」という2行がくるが，後者は「私の青春の日々が新しく私の心の中によみがえり，／私の顔はさっと青ざめて血の気が失せる」と歌われる。前者では乳母はその光景に溶け込んでいるので，子

供たちの願いを聞き入れて遊びの時間を延長するが，後者では自分自身の過ぎ去った青春を意識している乳母は，時間の空費であると抑圧的に決めつけてしまう。乳母の自我意識が調和を破っているのである。前者が四つのスタンザであるのに後者は半分のスタンザしか持たないことも象徴的である。この二人の乳母の態度の違いが無心と経験の違いであり，前者では彼女が子供の遊びと調和して，その世界の一員であるのに，後者では彼女は孤立した自分の立場に固執しているのである。それは時間の意識の強まったことでもあろう。前者の最後の行の「そしてすべての丘々はこだました」というイメージは基本的構図の変型である。

　そのこだまを取り入れた詩「こだまする原っぱ」では日の出に始まる一日が歌われるが，朝日を中心に活気づく自然が描かれた後に，

　　そのとき僕らの遊びも見られるよ，
　　こだまする原っぱに。

と子供たちの姿が一人称を用いて現れる。その子供たちの遊びをかしわの木の下で年寄りたちが眺めて，昔の自分たちも同じであった，となつかしがっている。子供たちは昔も今も変わらないが，かつて遊んでいた人間は今は老いている，という時間の経過が肯定的に捉えられていて，子供と年寄りを包む時間は優しく，まるで神に代わるものが時間であるかのようなヴィジョンである。しかし最初の「こだまする原っぱ」が最後の2行で，

　　そして遊びはもう見られない
　　暗くなっていく原っぱに

と，「暗くなる」という形容詞に変わると，その先は夜の到来である。
　このように多少の不安をはらみながらも相互の信頼関係を保ち，上から大きな存在がそれを支える，という無心の状態の基本的構図は，しかしながら，実は母子が中心であって，父親的存在を含まないものなのである。父親

の代わりを神がつとめる，という考えが「煙突掃除」の無心版の方に見られることに注目したい。この詩は「小さな黒い男の子」と似て，教訓的である。母を亡くして父に売られた煙突掃除の少年「僕」が，仲間のトムの夢のことを語っているのだが，天使がトムに与えた言葉は ──

　　……もしあの子がいい子でいるなら，
　　あの子は神さまを父さんに持ってそして喜びが不足することなんか
　　　ないんだって。

と，神が父親代わりだというものである。「そいでもしみんなが自分のつとめをやれば，怪我なんか／怖がることないんだよ」という終わり方は，教訓的で批判のあるところだが[7]，黒人の子の詩にしても，この詩にしても，自然界ではなく人間社会が場になると，無垢を保ちにくいようである。笛吹きでさえも，人間相手に詩を書きつけるときは，ずれを生じてしまったではないか。「経験の歌」の「煙突掃除」の方では，状況はさらに悪化して，

　　一つの小さな黒いものが雪の中で，
　　シュシュー，シュシューと叫んでいる，悲しみの節でだ！

と冒頭の2行で煙突掃除の少年は物体として眺められる。語り手が父母はどこにいるのかと訊ねると，二人ともお祈りをしに教会へ行っている，と少年は答えるが，もちろんそのアイロニーが一つの狙いであろう。語り手は表面上は少年にこの問いを発するだけの存在であって，以下は少年の言葉で終わるのだが，「あの人たちって僕らの不幸で天国を作り上げてるんですね」という結びの1行は，語り手自身の批判を少年に語らせている。ここでは父親だけでなく，母親も少年にとってはいないも同然であり，神ももはや見当たらない。その空虚な部分に語り手自身の意識が侵入しているのである。二つの「煙突掃除」は，対照的に見えるが，程度の相違であるとも見える。
　「失われた小さな男の子」と「見つかった小さな男の子」は「無心の歌」

で父親が姿を現す稀な例である。

　「お父さん，お父さん，どこへ行くの
　　ねえそんなに早く歩かないでよ，
　　話してよお父さん，話してよお父さんのちっちゃい坊やに
　　でないとぼく迷ってしまう」

と「ぼく」が呼びかけても，父親は背を向けてどんどん歩いて行ってしまい，「夜は暗かった父はいなかった」ということになる。この男の子の近くに神がいて，「白い着物をきたその子の父の姿で現れ」彼を探していた母親のところへ連れて行ってくれる。父親は結局は消えてしまう存在であり，男の子を抱きしめてくれるのは母親である。そして「煙突掃除」でもそうであったように，いない父親の代わりが神なのである。「失われた」のは男の子ではなく，父親の方であって，無心の世界は父親不在の穴を神が埋める形で成り立っている。

　同じような題名の「ひとりの失われた小さな男の子」が「経験の歌」に入れられているが，対になる見つかった小さな男の子の話はなく，男の子は迷ったままである。この詩は「何だって自分ほどに外のものを愛したりするもんか」と強い調子で始まり，第2スタンザでは，

　「そして父さん，どうして僕は父さんを，
　　でなきゃ兄弟の誰でもいいやもっと愛することなどできるんだ。
　　僕は愛してるよ父さんを戸口のあたりで
　　パン屑をつついてる小鳥と同じくらいに。」

男の子にしてみれば当然の言葉であるが，これを聞いた聖職者には赦せない。高い祭壇に立って「見よ何たる餓鬼がここにいるか！」と言い，人々は男の子の着物を剝ぎ，鉄の鎖で縛り，焼いてしまうのだ。「こういうことがアルビオンの岸で為されているのか」と語り手は締めくくっているが，父親

は災難のもととなり，父親代わりであるはずの聖職者も残酷な存在になっている。これが経験の世界なのである。

「無心の歌」に入れられている「夜」という詩は，題名からすると「経験の歌」の方が似合いそうだが，一応の調和があるが故に無心であるのであろう。夜の到来が優しいイメージで語られた後，第2スタンザでさらに統一感が強められ，天使たちが祝福を注いでいる，とお定まりの型になる。第3スタンザで天使の仕事が述べられるが，第4スタンザで狼や虎の世界が拡がると天使は無力な存在となる。最後の二つのスタンザにライオンが子羊に語る言葉が置かれるが，これは語り手が自分のヴィジョンを語ることで収拾をつけているのである。子羊の名を持つ人のことを考えることができる，とキリストの存在が示唆されるが，

「というのはいのちの川で洗われて，
僕の輝くたてがみは永遠に，
金のように光るであろう，
僕が囲いを見張っているときに。」

という結びのライオンの自讃は多少浮いてはいるものの，一応は然るべき位置を抑えていて，ライオンと子羊の共存とそれをとりしきる天使，という構図を作っている。

「ひとつの夢」が経験の方に3度も入れられて，結局は無心に収まった，ということも，その構図を考えれば納得できることである。

あるときひとつの夢がかげを織った，
わたしの天使に守られた寝床の上に，
一匹のありが道に迷っていたのであった
そこの草原にわたしはねていたようだった。

夢の中で迷った蟻は自分の子供たちが泣き叫んでいるだろうかと心配して

いるので，語り手は可哀想に思って涙をこぼす。夢を見ている語り手の寝床が天使に守られているという点では，これは無心の世界に属していると言えようが，夢の中には天使はいない。この天使の不在がこの詩を「経験の歌」に移そうかとブレイクに思案させた原因であろう。

3 「経験」のイメージ

「無心の歌」のほとんどの詩が語り手の「わたし」を内に含み，他者との調和のとれた，孤立していない関係を歌っているということ，そしてさらに神や天使などの存在がその上に設定されていることを踏まえ，再び「序詩」について考えるならば，雲の上の子供と笛吹きとのやりとりは，確かにこだまのように響き合っていた。また子供が雲の上にいることは，その背後に神の存在を匂わせるものであった。笛吹きは子羊という主題を与えられて笛を吹くが，それは神の御言葉を書き記すという後期の予言書でのブレイクの意識と通ずるものがある[8]。ブレイクの詩の発展を辿ると，ブレイク自身が予言者的になるにつれて，ロス（Los）という人物が想像力を担い，普遍的人間の救済に手を貸す者として，次第にその存在を意義あるものとしていくが，そもそものロスの原型はすでにこの笛吹きにあったのである。

笛吹きの歌に始まった「無心の歌」の場面は自然であり田園であって，ギリシャ・ローマの牧歌の伝統に沿っているが，「経験の歌」ではどちらかというと人間関係の絡みの方へ主題が移り，いわば都会的，成人的になる。「無心の歌」でも「煙突掃除」や「小さな黒い男の子」には人間社会の背景があったが，神が包み込んでバランスを取っていた。「経験の歌」にはその神はいない。そしてその代わりに父親的イメージが現れる。

総じて「経験の歌」では，自然の事物にしても人間にしても，互いの関係は和やかではなくなっている。薔薇や百合を歌ったり，蠅や虎に呼びかける場合も，対象よりも語り手の意識の方が大きい。その意識のあり方がすでに父親的であると言えるであろう。「無心の歌」の口絵では，多少のずれは

あっても子供と笛吹きとは視線を交わしていたが,「経験の歌」の口絵では,正面を向いた歌人(うたびと)が天使と思われる子供を肩に乗せている。天使という大義名分を肩車している歌人が直接に読者に語りかけているように見えるが,これが父親的イメージであろう。そして「序詩」では,

> 歌人の声を聞け！
> 彼は現在,過去,及び未来を見るのだ
> 彼の耳は聞いたのだ,
> 聖なる言葉を……

という呼びかけの後,その歌人の大地への言葉が後半に展開される。歌人が何者であるのかを説明し,その歌人の声を聞け,と命じている語り手は,歌人自身であるとも受け取れるが,単純に読めば歌人と大地の間の仲介者である。自分のことを三人称で言うにしても,第三者が仲立ちをしているにしても,どちらも明快ではない間柄であって,そのわかり難さがすでに経験の世界のものであろう。

　語り手によると,歌人は現在,過去,未来,つまり時間のすべてを見る人間であり,その耳はかつて神の御言葉を聞いたという予言者的存在である。その神の御言葉とは,「星明かりの極を支配し,そして落ちた光を取り戻そうとして」堕落した魂に呼びかけていたとされるので,キリストのことだと考える向きもある[9]。後半で歌人が呼びかける相手の大地が堕落した魂であり人間であって,歌人は（キリストのように）想像力の解放を説いているのだが,神の御言葉そのままを伝えているのかどうか,歌人がその役にふさわしい人間であるのかどうか,その解釈の違いによって「経験の歌」自体の色合いも異なってくるであろう。

> おお大地よおお大地よ帰れ！
> 露にぬれた草から起き上がれ,
> 夜はやつれている

そして朝は
　まどろんでいる塊から立ち上がる。

　もう顔を背けるな，
　どうしておんみは顔を背けるのか
　星明かりの床が
　水の岸が
　おんみに与えられているのは日の現れるまでなのだ。

　夜に属していて顔を背けている大地は，調和の世界から分裂してしまった存在であり，それに対して「帰れ」と言うことは調和への志向であろう。歌人の呼びかけに対して「大地の答え」がなされるが，大地にとっては，歌人，そしてその背後の神は利己的で抑圧的な父としての存在であって，大地が閉じ込められているのも，もとはと言えば「人間の自己本位の父」のせいなのである。男性である歌人と女性の大地という組み合わせは，「無心の歌」にはなかった両性の関係を暗示していて，より広い，大きな関係を視野に入れていると言えるであろう。時間や歴史への眼も「無心の歌」にはほとんどなかったものである。しかし優しい調和した関係は失われてしまっていて，それが経験の世界である。
　歌人と大地の関係を自然界に当てはめたのが「土くれと小石」である。土くれが歌人に，小石が大地に相当する。両者はともに愛について語りながら，前者は「愛はそれ自らを喜ばそうとしない」と言い，後者は，

　愛は自らだけを喜ばそうとして，
　他のものをそれの喜びに縛る，
　他のものの安楽の喪失を喜び，
　そして天国の軽蔑の中に地獄をつくる。

と言う。もし小石の言葉が先で，土くれの言葉が後であれば，それなりにま

とまり,「無心の歌」の雰囲気になったとも考えられる。しかしここには両者を包み込むような存在がなく,両者は互いに自己主張をして折り合わぬままに終わる[10]。

　愛の不透明さは4行詩「ゆり」にも表れていて,

　　つつましやかな薔薇が棘を出す,
　　へりくだった羊が,おどす角を,
　　一方白いゆりはというと,今に恋に大喜びするようになるね,
　　棘もおどしも彼女の鮮やかな美をけがさずにさ

と歌われるが,薔薇と羊の二面性と対比的に置かれた百合は無垢のように見える。偽善的ではないという点では慎しみ深いとも言えるし[11],周りを考えればloveとは性愛であろう[12]が,言葉が統一的な意味を伝えることができないということも経験の世界を表している。

　花に呼びかける「病気の薔薇」や「ああ！　ひまわりよ」も意味の捉え難い詩である。「ああ薔薇よおんみは病気だ」と語り手が決めつける「病気の薔薇」には優しい言葉はなく,目に見えない虫が,

　　真っ赤な喜びの
　　おんみの寝床を見つけてしまった,
　　そして彼の黒い密かな愛が
　　おんみの命を破滅させるのだ。

と状況を説明するだけである。薔薇は自らが病んでいるとは知らず,目に見えないものを見てしまう語り手の存在によって病気が初めて語られる。薔薇と虫との暗い関係を語り手が外から見るという構図は,ちょうど「無心の歌」の構造の裏返しである。

　「ああ！　ひまわりよ」でも語り手の言葉のみが詩を,ひまわりを支えている。この詩には主動詞がなく,ひまわりを説明する節で成り立っており,

いわば閉ざされた構造を持っている。しかもその論理を辿ると、ひまわりは「旅人の旅路の果てるところ」を求めているが、そこでは若者と処女とが「僕のひまわりが行くことを願うところ」に憧れているとされ、二つのつながったスタンザは、まるでウロボロスのように、出口なしで循環する。「時に倦んで、太陽の歩みを数える」ひまわりは、まるで時間を自己の中に淀ませているかのようである。死と欲望を封じ込めた出口のない世界がひまわりなのである。

　語り手が「僕」として薔薇と関わりを持つ「僕のかわいい薔薇の木」では、薔薇は人間のように扱われている。一輪の花が贈られたときに、自分には薔薇の木があるから、と断ったのに、肝心の薔薇は嫉妬で顔を背ける、という小さな話は「そして彼女の棘が僕の唯一の喜びとなった」という倒錯的な1行で終わる。同じように「僕」が語っている「愛の園」では、かつて「多くの楽しい花が咲いていた」園が、今では墓場となって、「黒衣の聖職者たちが彼らの見まわり区域を歩いていた」。「僕」は単に見るだけではなく、「僕の喜びと欲望」は聖職者たちによって茨で縛られている。自分も巻き込まれ、被害者になっているのだ。

　語り手が受け身ではなく、反撃に転じると「毒の木」になる。

　　僕は僕の友に対して怒っていた、
　　僕は僕の怒りを話した、僕の怒りは終わった。
　　僕は僕の敵に対して怒っていた、
　　僕はそれを話さなかった、僕の怒りは増大した

　その怒りに水をやり、成長させ、実を結ばせる、という方向に話は進む。夜、その実を盗みに忍び込んだ敵が、朝になってその木の下に長く伸びているのを僕は見て喜ぶ。してやったり、という気分で詩は終わっているが、「死」とか「殺す」とかの言葉なしの非現実的なこの詩は、詩の創作によって怒りを鎮める方法を見せている。詩は救いであり、堕落なのである。

　怒りに植物的成長を見ることは生との関わりの強さからくるのであろう

が，多分に観念的であり，ブレイクの場合，動物を対象にするときでさえ具体的な生のイメージは希薄である。「経験の歌」の中でおそらく最も有名な詩が「虎」であろうが，その虎も観念的に捉えられている。

　　虎よ虎よ，夜の森の中で，
　　らんらんと燃ゆる，
　　いかなる不死の手または目(まなこ)の，
　　おんみの恐ろしき均斉をつくり得たのか。

とあるように虎は恐怖を引き起こす動物だという考えをそのまま受け入れているが，恐ろしい動物であるが故にそれだけそれを創った存在への興味が掻き立てられる，という論法で，大きな存在が示唆される。どのような恐ろしい手が虎の目や肩，心臓などを創ったのか，という問いかけの中にのみ虎の体は存在するのだが，問いは次第に創り主の方に焦点を移動させ，「彼は彼の作を見て微笑んだのか」と虎の創造が想像の中で完成する。そのとき初めて「子羊をつくった彼がおんみをつくったのか」と世界が拡がり，「子羊」の中で創り主を子羊に問うた子供の言葉との対比が思い出され，また「夜」で羊の傍に眠り，子羊の名を持つ人のことを考えると言うライオンのイメージとも重なってくる。この虎の詩が「無心の歌」にあってもおかしくはないのに「経験の歌」に入っているのは，偏に虎の持つイメージのせいであろう。創造のイメージが堕落のイメージになりかねない恐ろしさである。いかなる不死の手または目が虎を「つくり得たか」という最初の問いかけが，最後に「あえてつくったのか」と，can が dare に変化しているのは，その虎についての語り手の認識が深まったことである。

　小さな蠅に話しかける「蠅」にも語り手側の意識の大きさがある。一方的に蠅を殺してしまった「僕」に蠅からの応答があるわけはなく，語り手の想念がすべてを支配する。語り手が興味を持っているのは蠅ではなく，自分自身である。自分と蠅はともに死すべきものだと考えることで自分自身を定義づけ，蠅を殺したことも正当化してしまう。蠅と自分とを結びつける客観的

な目は，外側から秩序をつくり支えるという点で，「無心の歌」での大きな包み込む世界に似て見えるが，実はそれは外的存在ではなく，自分自身である，という閉ざされた設定なのである。

4 「経験」の意味

　人間界が主題になるとき，「経験の歌」の特徴はさらに鮮明になる。
　双方にある「聖木曜日」のうち「無心の歌」に入っている方では，キリストの昇天を祝う聖木曜日にロンドンの慈善学校の生徒たちが教会でのミサに参列するさまを描いていて，人間社会を視野に入れた数少ない詩の一つとなっている。語り手は彼らを子羊の群れと捉え，

　　いま力強い風のように彼らは天に歌の声を上げる
　　それとも天の座席の間の音相和する雷のように
　　彼らの下方に年老いた人たちが座っている貧者の賢い守護者たちだ
　　それでは憐れみを持ちなさい，天使をあなたの戸口から追いやらな
　　　いように

と天使の存在を最後の1行で示していて，無心の世界の調和を保っている。語り手は客観的に述べているのだが，この最後でこの世界に参加する。一方「経験の歌」の「聖木曜日」は歌い方が総括的，抽象的になり，前者が聖木曜日だから，という発想であったのに対して，聖木曜日なのに，という告発を歌う。

　　これが聖なることなのか見ることが，
　　富んで実り豊かな国土に，
　　哀れな境遇に落とされている赤子たちを，
　　冷たい強奪の手で育てられている。

あってはならないことがこの国の子供たちの身に起こっている，と語り手は憤慨する。実り豊かな国土と言ったのが第2スタンザでは「それは貧窮の国土なのだ！」と言い切る。この言い方には対象との隔たりがあり[13]，他人事のようである。第3スタンザの「そこは永遠の冬なのだ」という口調も同じであって，このような批判は何も生み出しはしない。その後にもう一つスタンザが付け加えられて，理由が述べられる。太陽が照るところや雨が降るところでは「赤子が飢えることは決してあり得ないからだ」というその言葉は，あってもなくても変わりがないようなものだが，「経験の歌」には説明の言葉が多出する。詩が理性の領域に移っているということである。

「おさなごの喜び」の対になる「おさなごの悲しみ」は母親の側から歌われるのではなく，おさなごが語り手となり，父と母，そして「物騒な世の中」を視野に入れている。

　　父さんの手の中でもがきながら，
　　おむつを蹴って暴れながら，
　　縛られてそして疲れて僕は考えた一番いいんだと
　　母さんの乳房に摑まってすねるのが。

と父親の姿があるが，その父親は自分を抑えつけるもの，何とか排除したいものとして考えられている。

社会批判の極まった詩が「ロンドン」である。語り手「僕」はロンドンの街を外から眺めている存在で，「特権を与えられたテムズの流れの近く」の「特権を与えられた通り」をさまよう。特権を与えたのは神ではなく人間であるが，「僕」は神に特権を与えられたかのように，出会ったあらゆる人の顔に「弱さのしるし」と「悲しみのしるし」を認める[14]。「あらゆる」が繰り返されることで非常に強い響きがあるが，第2スタンザでは，今度は「あらゆる」声，呪詛に「心が鍛えた枷の響き」を聞く。最初の視覚とともに聴覚が働き，感覚的に受け止めてはいるのだが，統合的に働いてはいない。

何と煙突掃除の子供の叫びが
  あらゆる黒ずみゆく教会をぎょっとさせることか，
  そして運なき兵士の溜息が
  血となって王宮の壁を走り下ることか

という第3スタンザは，すぐ前の「心が鍛えた枷」と同格であると言えよう。本来優しいはずの教会が煙突掃除の子供を救ってやれず，王は兵士の血の犠牲の上にぬくぬくと暮らしている，という告発である。そして最後のスタンザではバビロンのような終末的様相が耳にされる。

  だが何よりも真夜中の通りを通して僕は聞く
  何とうら若い売春婦の呪いが
  新しく生まれたおさなごの涙を涸らすか
  そして結婚の柩車を疫病で損なうかを

最後の1行は結婚自体をも貶（おとし）めていて，人類の現況はまことに厳しい。この語り手が聴覚で呪いを受け取っていることは，現世にいる人間（ヴィジョンを見ない人間）としては時空を超えて通信を受け取れる能力があるという意味であるのかもしれない。

　神は何処へ行ったのか。「失われた小さな女の子」と「見つかった小さな女の子」では，迷ったライカをライオンが自分の洞穴へ運んで行き，娘を探す親たちをもそこへ案内するが，「無心の歌」の迷った男の子と違って，白い着物をきた神など現れない。ライカが戻ったわけでもない。彼らは今日に至るまでそこに住んでいると述べられるのである。似たような題名の「ひとりの失われた女の子」では，失われたとされるのは恋する乙女であり，輝く乙女は白髪の父に自分の恋を話すのを恐れるのである。後世の人々に向けて「知れかつての時には，／恋が！　甘美な恋が！　罪と考えられたことを。」と呼びかけているが，人間の世界のことを人間に判断を求めている語り手は，神に何も申し立ててはいない。

無心と経験の構図

「人間抽象」に神々が珍しく現れるが，人間の方に問題があるということが明らかになる。堕落をもたらす人間の策略の開発と社会的プロセスが，土，水，青虫，蠅，赤い実，というイメージで語られた後に地と海の神々が「大自然の中を捜してこの木を見つけようとした」のだが，

　……彼らの捜索はすべて空しかった，
　あそこに生えているのだそれは人間の脳の中に

と終わってしまう。神々からの捜索という大きなパースペクティヴは無心の世界の構図と同じように見えるが，神が探すのは欺瞞という赤い実のなる木であり，全能であるはずの神は人間の脳の中に生えているその木を見つけることができない。人間の方が神々を拒否しているのである。

「無心の歌」の「神の姿」と「経験の歌」の「ひとつの神の姿」は対比的であるが，前者では，

　……慈悲は人間の心を
　憐憫は人間の顔を，
　そして愛は，神の如き人間の姿を，
　そして平和は，人間の衣服を持っているから。

と人間が神のようであるとされ，慈悲，憐憫と愛の住むところに神も住んでいる，という。ところが後者では慈悲の代わりに残忍，憐憫の代わりに嫉妬，愛の代わりに恐怖が置かれ，人間は神のような姿を持つどころか，人間が人間ではなくなっている。この詩が「経験の歌」の最後に置かれたということは，経験の状態のさらなる確認であったのであろう。

5　神話の形成

　多少の翳りはあるにしても、互いにこだまし合う自然な調和的関係が、ブレイクの無心の世界の左辺を成していた。さらにその世界に在るものたちが神の存在を信じ、その恩寵に感謝するという、神を頂点にした二等辺三角形のような構図こそが「無心の歌」を支えるものである。これは自己充足的な完全な構図に見えるが、人間界に照らしてみれば、母子関係が芯となっていて父親を欠くものなのである。父親の代わりに神が在って、父親は不要な存在でしかない。いわば女性の世界である。そして語り手は大抵の場合、その世界の内側で一人称で語っている。

　経験の世界にはそのような自然な相互関係は見当たらず、神も見えない。代わりに抑圧的な父親が現れ始める。静かな牧歌的世界の代わりに人間の社会、現世的世界が語られる。男性の世界である。あるいは理性や意識が支配しているところとも言えよう。楽園から時間の世界への人間の堕落の物語をここに重ねることもできる。ブレイクの時間観はここに芽を持つのである。ここでの語り手は意識的、批判的な目を持ち、他者を他者として眺める。そして見たもの、それに対する自分の批判を伝えるために、説明を重ね、論理を武器とする。つまり、ここでは言葉自体の比重が「無心の歌」よりも大きいのである。そのために（それだからこそ）言葉が伝えている内容が真実であるのかどうかわからない、という不安が生じる。それがまた経験なのであるが。

　「人の心情の二つの相反する状態を示す」という詩集の副題は、ブレイクの関心がまず人間の内側にあったということを示している。「経験の歌」の語り手が自分の外側の世界を批判的に見るときでさえも、問題は心の方にあって、「ロンドン」の中の言葉「心が鍛えた枷」はその良い例である。この言葉は同時に「心を鍛える枷」でもあり得る。このような心のあり方が相反する二つの状態を生む、とする捉え方は、時間の流れがあってこそのものである。二つの状態は共時的対立ではなく、無心の次に経験がくるという時

間的順序のものである。それを時間を超えた，並べて置くことのできるものにしようというのが，次に待っている仕事なのである。彼は『天国と地獄の結婚』の中で「相反するものなしに進歩はない。牽引と反撥，理性と活力，愛と憎しみが，人間の存在には必要である」と書いているが，二つの状態をそのまま共存させて次の段階を考えるということであろう。進歩という言葉には時間の流れへの信頼があって，この段階でのブレイクの立場を暗示している。

　「無心の歌」と「経験の歌」のそれぞれ象徴的人間である笛吹きと歌人とを比べると，前者は子羊というテーマを雲の上の子供に与えられてそれを素直に歌い，書きつける段階で初めて彼独自の方法を用い，彼の意図も子供の勧めと多少ずれる。一方，歌人の方は語り手の説明を受けて登場し，大地に「立ち上がれ」と叫ぶ，使命感溢れる人物であり，最初から自分の目的を持っている。自らの行為を意識するかしないか，の違いが二人の間にはある。しかし自分の見聞を人々に伝えるという点では二人とも同じである。ただ歌人の立場については語り手が説明していることであって，その信憑性を疑おうと思えば疑えるものである。この場合，対比的であるのは受け手の側の態度であって，笛吹きの歌には自然な，喜び溢れる反応があるが，歌人の方にはそのような反応はない。つまり他者との関係の相違が両者を特徴づけているのである。

　「経験の歌」は先行していた無心の状態に照らして異なった心のあり方を鮮明にしようとしたものであって，経験とは突然発生した状態ではない。ちょうど理性を担う利己的なユリゼンという人物が，人間としての形を取り，名前を与えられ，存在を強化された上で自己放棄をしてより大きな存在へと一体化する，というブレイクの神話の形成過程と同じような手順の最初の段階に相当する。

　最初は「無心の歌」に入れられながら，のちに「経験の歌」に移された「いにしえの歌人の声」は，当時のブレイクのヴィジョンのあり方について考えさせるものである。この詩の前半5行で歌人は新しい日を歌い，希望は戻ってきたと述べるが，6行目に「愚かさは一つの終わりなき迷路だ」とい

う言葉が入って，残りの5行で前半を否定する。もし前半に重きを置けば「無心の歌」の範疇に入り，後半が主眼だとすれば「経験の歌」である。ブレイクの迷いもそこにあったに違いない。結局後半を重視して「経験の歌」に入れられたのであろう。これは前述の「土くれと小石」の場合と同じ構成であって，もし前半と後半が入れ替っていたら「無心の歌」の方に落ち着いたのではなかろうか。こうした構成は，二つの状態を共時的に（あるいは時間を超えて）把握しようとする試みであったのかもしれないが，いずれの場合も後半の状態に力点を置くという結果になっているのである。それならば「無心の歌」の後に「経験の歌」があるということは，一見ごく当り前のように思うであろうが，この時点では経験の方に少し力が入っているということであろう。

　1802年に「テルザに」が「経験の歌」に新たに付け加えられたことも，二つの状態を一層「相反する状態」にするための錘(おもり)であったと思われる。この作品は他の作品よりも予言書の雰囲気に近く，恩寵，キリストの死が救いをもたらしたものとして語られる点でも，他の「経験の歌」とは異なっている。テルザの名はソロモンの雅歌からとられていて[15]，肉体的な美を表し，「僕の死に定められた部分の母であるあなた」とあるように，自然界でもある。語り手はテルザに対して生自体の持つ堕落を突きつける。彼女が人間の自由を損ない，感覚を物質的に束縛しているのであって，その状態から救えるのはキリストの死だけであるとされるが，このテルザがブレイクの神話の女性ヴェイラへとのちに発展して行く。彼女に対して語り手は「それならば僕はあなたと何の関係があるか」と2度言うが，2度目が最後の行である。語り手はテルザとの関わりを確認することによって自身の明確化を図っているが，同時に彼女と無関係になりたいと願っている。「序詩」の歌人が大地に呼びかけていたことと比べると，より利己的になっていると言えるが，反面，歌人の方が偽善的であったということになるのかもしれない。テルザという女性を告発することによって「無心の歌」にあった女性原理が裏返しにされ，語り手の側の男性原理が浮かび上がってくる。「テルザに」は「経験の歌」の最後の仕上げだったのである。

無心と経験を相反する状態として並置したとき，二つの状態は二等辺三角形の底辺となり，神を頂点とする，という新たな捉え方がなされるのであろう。無垢の状態に見られた関係をそのまま無垢と経験の関係に当てはめれば，それが統一となる。そのままの状態を保っての統一法である。しかし，もし語り手が外から見ているならば，神を頂点にした二等辺三角形はさらにより大きな二等辺三角形を要求する，という無限の拡がりへと発展し，語り手はその恐ろしさに堪えられないはずである。自らを救うには語り手も内部に入れなければならない。そして時間の流れに乗って無限に膨張しそうな関係のヴィジョンは，神話という型で定着されなければならない。神話こそが時間の内にあって時間を超える手段だからである。

　ブレイクの最後の予言書『エルサレム』（*Jerusalem*, 1804-20）では，神の都であり女性であるエルサレムと，人間アルビオンが一つになるが，これが神話という手段を選んだブレイクの，ヴィジョンの結末である。ブレイク自身も神話の中にあり，神は上に在る。

注

1) ブレイクの詩の日本語訳は梅津済美訳『ブレイク全著作』（名古屋大学出版会，1989年）による。なお原典は David V. Erdman ed., *The Complete Poetry and Prose of William Blake* (Anchor Books, 1982) による。
2) Lorraine Clark は，その著 *Blake, Kierkegaard, and the Spectre of Dialectic* (Cambridge Univ. Press, 1991) で，ブレイクはヘーゲルの弁証法からキルケゴールの「あれかこれか」に変わっていった，と考えている。
3) Zachary Leader, *Reading Blake's Songs*, Routledge & Kegan Paul, 1981, p. 28.
4) *The Marriage of Heaven and Hell*, pp.1, 14.
5) Heather Glen, *Vision & Disenchantment : Blake's Songs & Wordsworth's Lyrical Ballads*, Cambridge Univ. Press, 1983, pp. 66-67.
6) *Ibid.*, 'Vision and Morality'.
7) Harold Bloom, *Blake's Apocalypse*, Anchor Books, 1965, p. 35.
8) 『エルサレム』は霊によって口授されたとされている。
9) Northrop Frye, 'Blake's Introduction to Experience', Northrop Frye, ed., *Blake*, Prentice Hall, 1966, pp. 23-31.
10) Glen, *op. cit.*, pp. 176-78.
11) E. D, Hirsch, Jr., *Innocence & Experience*, Univ. of Chicago Press, 1964, pp. 256-57.
12) John Holloway, *BLAKE : The Lyric Poetry*, Arnold, 1968, pp. 23-24.
13) Glen, *op. cit.*, p. 172.
14) 「ヨハネの黙示録」3：10。
15) 雅歌，6：4。

「経験の歌」再考

　ブレイクの「経験の歌」は,『無心の歌』と併せて『無心と経験の歌』として1794年に出版され,「人の心情の二つの相反する状態を示す」という副題がつけられた。こうした事情から言っても, 無心あっての経験であり, 二つの相反する状態も時間の経過によるものであって, 初めからのものではない。経験は時間を意識することであり, 永遠界から時間界への下降でもある。それはまた生成 (generation) の世界に身を置くことであった[1]。

　二つの「歌」には同一の題名で対をなすもの(「序詩」,「乳母の歌」,「煙突掃除」,「聖木曜日」), 題名は異なるが対と考えられるもの(「花」と「病める薔薇」,「子羊」と「虎」,「こだまする原っぱ」と「愛の園」,「神の姿」と「人間抽象」,「失われて見つかった小さな男の子」と「失われた小さな男の子」)があって, 魂の相反する状態を表しているが, それ以外の詩が問題を複雑にしている。

　また「無心の歌」の「小学生」や「いにしえの歌人の声」が「経験の歌」の要素を含んでいることや,「失われて見つかった小さな男の子」がブレイク自身の手で「無心の歌」から「経験の歌」に移されたことから窺えるように, 二つの状態の境界は明確ではない。同じ頃に彼は『天国と地獄の結婚』や「アルビオンの娘たちの幻想」そして『アメリカ』(America, 1793) を書いており,「経験の歌」は以前からの縦糸とこの時点での横糸が交差するところに位置する。

　無心と経験それぞれの「序詩」は相反する二つの状態の見取図である。「無心の歌」の「笛吹き」(piper) が年を重ねた姿が「経験の歌」の「歌人」(bard) であるが, 前者が雲の上の子供に促されて笛を吹き, 歌い, 最後に「あらゆる子供が聞いて喜ぶように」歌を書きつけるのに対し, 後者は「いにしえに聖なる言葉を聞いたことがある」という経験を拠り所として, 堕ち

た大地に呼びかける。彼は現在，過去，未来を「見る」者とされて予言者の相を与えられているのだが，「笛吹き」が見たものを信じて自分の曲を奏でる者であったのに対して，聞いたことに基づいて権威ある言葉を語る者である。

> Hear the voice of the Bard!
> Who Present, Past, & Future see
> Whose ears have heard,
> The Holy Word,
> That walk'd among the ancient trees,
> Calling the lapsed Soul
> And weeping in the evening dew :
> That might control
> The starry pole :
> And fallen fallen light renew!

> 歌人の声を聞け！
> 彼は現在，過去及び未来を見るのだ
> 彼の耳は聞いたのだ，
> 聖なる言葉を
> 堕落した魂を呼び
> 夕暮れの露の中で泣いているのを。
> 星の極を
> 支配しようと
> そして堕ちに堕ちた光を取り戻そうとして。

という「序詩」の前半の8行目の 'That might control' は「聖なる言葉」のことなのか，「堕落した魂」のことなのか。前者であるならば，'might' は「聖なる言葉」が絶対ではないことを表す。また，この後の「大地」への呼びか

けの第3, 4スタンザを語るのは「歌人」なのか「聖なる言葉」なのか, 次の詩「大地の答え」では二人称なしで「私はいにしえの人々の父の声を聞く」と語られるので, ここでも「父」は「聖なる言葉」から「歌人」か, と特定し難い。「大地」の答えが「歌人」に向けられたものであれば,「人々の利己的な父」とは「歌人」と受け取れるし, 自分も「歌人」同様,「聖なる言葉」を聞いているが, とんでもないものだ, という主張にも聞こえる。しかし, この錯綜したわからなさが実は「経験の歌」の身上なのではなかろうか。この「聖なる言葉」はキリストのことだという意見[2]や, 異教的ニュアンスを見る考えがある[3]が, ブレイクの詩全体の整合性を強調するならば, 堕ちた魂にキリストが呼びかけるが「大地」はそれを理解しない, という図式は確かに後期の予言書『エルサレム』の冒頭の状況である。しかし今の段階で「聖なる言葉」がブレイクの神話中の人物, 理性を司る老いたユリゼンの原型だと考えることも可能である。まだ明確ではないものの芽がここに生まれている, ということであろう。副題にあった「魂」という言葉が早くもここで「堕ちた魂」とされて,「無心の歌」との違いが強調されるが, 何故堕落したのかは「大地の答え」以下で明らかになる。しかし「序詩」自体も堕落の一様相なのである。

「笛吹き」は雲の上の子供を見たが, こちらでは「歌人の声を聞け」という命令から始まり,「歌人」は聖なる言葉を聞いたことがある, とされている。彼自身は予言者のように「見る」者であるにも拘らず, 聞くことが重要視されるのである。見ることと聞くこと, ヴィジョンと言葉が一致しない, というのも「経験」の状態であろう。詩集自体は詩と絵の複合芸術であるのだが。「失われた少女」に見られる「七つの夏だけの歳」のライカという言葉と, 成熟した乙女の絵との食い違いも, 言葉とヴィジョンの不一致と考えられる。

「ロンドン」では, さまよう「私」は出会うあらゆる顔に弱さのしるし, 憐れみのしるしを認める (mark)。しかし以下の連で用いられる動詞は「聞く」(hear) が二つである。あらゆる人の叫び, おさなごの泣き声などの中に 'the mind-forg'd manacles' を私は聞く。これは「心が鍛える枷」であり「心

を鍛える枷」でもある。またもう一つの'hear'の目的は「何とうら若い売春婦の呪いが／新しく生まれたおさなごの涙を涸らすか／そして結婚の柩車を疫病で損なうか」であり、'hear'と'tear'、'curse'と'hearse'が韻を踏まれている。「ロンドン」は聴覚の詩であり、これらの言葉から喚起されるはずのバビロン的イメージは挿絵に描かれてはいない。「無心の歌」に対の詩を持たないこの詩は「無心の歌」全体の対に見える。

　「経験の歌」には薔薇や百合、ひまわりなど植物のイメージがかなりあるが、これも生成の世界の特徴なのであろう。実体が歌われるよりも、転位して他者との関係に至る。かつて花が咲いていたところに墓石を見たという「愛の園」は、「失われた少女」の「私は予言的に見る」という断言と並んで、数少ない「見る」が用いられている詩である。「無心の歌」の「こだまする原っぱ」で遊んでいた子供たちが、成長して見た光景が教会批判となっているが、時間の経過が背後にあるのは言うまでもない。「毒の木」も植物の成長（時間）が中心に据えられ、最終行で敵の死を「見る」詩だが、これは倒錯的楽園喪失物語である。「私」は友人に腹を立てたが、それを口にせず、抑圧された怒りは涙の水と微笑みの日光で育てられ、輝く林檎を実らせる。4行目まで各行の初めに「私」が並び、5, 7行でも「私」が主語となる。実った林檎を見た敵が夜陰に乗じて庭に忍び込む。「朝になって嬉しいことに私は見る、敵が木の下で伸びているのを。」挿絵でも大きな木の下に仰向けに横たわる男が描かれている。怒りの結実である林檎は詩であり絵でもあろう。植物の生はのちの神話でもポリープや神秘の木などの形を取り、重要な役割を演じることになるが[4]、「毒の木」では、庭、林檎、盗み、と揃えてアダムとイヴの物語を陰画的に語っている。「私」は神であり、最後は満足感で終わる。しかしアダムとイヴとは違って、楽園追放、時間界への堕落という道は敵には赦されていない。その意味では残酷な神であり、冷酷なユリゼンのイメージに重なる。「赦し」はやがてブレイクの主張となっていくのだが[5]、この段階では怒りの実体化が行われているのである。

　陰画的に見るならば、「天使」で語られる夢も、単に処女性偏重を批判しているのではなく、「処女の女王」である「私」が聖母になり損なった夢で

ある。対として考えてもよさそうな「無心の歌」の「ひとつの夢」では，無邪気な夢を見る「私」のベッドは天使に守られていたが，ここでは「私」は天使に対して歓びを隠し，恐怖を鎧のように身にまとい，天使に去られてしまう。そこで「私」は聖母にはなれず，したがってキリストも生まれることなく，世界の道筋も変わることになる。「かくて青春の時は逃げ去り，私の頭には灰色の髪」という最後の2行は，ノートブックに書きつけられた詩の中の二つにもそのまま用いられていて[6]，ブレイクの気に入ったイメージのようである。

　「病気の薔薇」では「目に見えない虫」が薔薇を損なったとされるが，四重のヴィジョンこそが真の見方だと考えるブレイクにとって[7]，目に見えないことは良からぬことである。しかしこの頁の挿絵には目に見えないはずの虫が大きく描かれ，詩の言葉を裏切っている。薔薇は花びらを閉じ，垂れ下がっている。幾つもの層で解釈できる詩ではあるが，基本的には生成の世界の性，閉鎖的な，破滅的な性の詩であり，挿絵はそのイメージ化である。目に見えないはずのものを見る，というのは予言的能力であり，ブレイクの矜持でもあろう。この場合の詩と絵の食い違いはヴィジョンに凱歌が挙がる。

　「虎」は現実に「見る」よりも言葉によってヴィジョンを喚起させようとする，複雑な詩である。挿絵の虎はいささか不恰好で迫力に欠けるが，詩の方は言葉によって虎を構築しつつ，その向こう側の造物主を想像させる。「虎よ虎よ，夜の森の中で，／らんらんと燃ゆる」という冒頭2行の呼びかけは，虎が燃えるように輝いているのか，輝くように燃えているのか，虎の体のことなのか，眼のことなのか，意味は明確ではないが，曖昧さの生む相乗効果があり，言葉の勝利であろう。「夜の森」が複数であるところに量感と超自然感がある。虎は「怒り」である[8]。「毒の木」で内に籠もった怒りが木となったように，ここでは怒りの虎が創造される。「子羊」では「誰がお前をつくったのか」という問いに対して，キリストという答えが用意されていたが，ここでは同じ答えは期待できない[9]。虎の「恐ろしい均斉のとれた姿」(fearful symmetry) をつくったのはいかなる不死の手，あるいは目か，と問われるが，'fearful symmetry' とは造物主との対称形でもあり得る。虎と

造物主とは相似形であって、のちの神話に語られる「見るものになる」という現象[10]の倒錯的類型、鏡像である。見る力が見られる対象に自己を同化させることは自我の弱体化でもあるのだが、ここでは逆に造物主が見る対象を自己に同化させるのであり、それは神が自分に似せて人間を創ったのと同じ作業である。この関係は、例えば「蠅」に見られる、蠅とそれを払いのける自分の手との関係を「私はお前のような蠅ではないのか？／あるいはお前は私のような人間ではないのか？」と置き換えて問う姿勢にも共通する。「虎」は陰画的創世記であるが、「序詩」での「星の床」がここでは「星の天井」になっているのは虎が逆様に創造されたこと、という読み方[11]は興味深い。たたみかける疑問文には答えはなく、読者の側でイメージを完結させねばならないことも、絵筆の代わりに言葉を用いている観があるが、一方ではブレイクが断言できない状態が「経験」でもあったのであろう。

　虎を創った者の恐ろしいイメージはユリゼンを思わせ、「大地の答え」で糾弾される「人々の利己的な父」を思わせる。また創造のための鍛冶仕事のイメージは「ロンドン」の'mind-forg'd'という言葉を連想させる。この経験の世界では「創造」が強調されているわけだが、創造も「地獄の方法」[12]であって、堕落の一様相なのである。ここでは無心の世界とは異なる状態──喜びから悲しみへの変化、「聖木曜日」に見られる「貧困の国」という逆ユートピア的現実認識──が歌われる一方で、エネルギーは活動しているのである。

　「父」に対して恨みの声を上げ、「鎖をこわせ」と叫ぶ「大地」は、のちの予言書で大きな位置を占めるアルビオンの原型である。彼は統一的人間であり、名前の示す通りイギリスであり、分裂によって堕落するがやがて救われることになる。「大地」と同様、空間的存在であって、時間（経験）の世界の膨張に歯止めをかけ、バランスを回復させる。「大地」からアルビオンへ、というのがブレイクの詩の発展の骨組みの一つである。

　『天国と地獄の結婚』の最終行は「生きとし生けるものすべて聖なり」というものだが[13]、これは「大地」をヴィジョンの中に取り込むモットーにもなる。怒りから救しへ、という軸とともに、時間と空間とのバランスを目指

す動きもここに始まっているのである。「星の床／水の岸辺は／夜明けまでお前に与えられているのだ」と「序詩」の最後で述べられたのは，夜明けがあるということであろう。その夜明けに至る物語が予言書であり，自己滅却，赦し，といった生き方が考えられるようになるのだが，ブレイクの夜明け ── アルビオンの復活，人間の救済 ── のヴィジョンはさほど鮮明ではなく，「夜明けまで」と言っているうちが華なのである。

注

1) H. Bloom, *The Visionary Company*, Cornell U. P., 1971, p. 33.
2) S. F. Damon, *A Blake Dictionary*, Brown U. P., 1965, p. 450.
3) Zachary Leader, *Reading Blake's Songs*, Routledge & Kegan Paul, 1981, pp. 133-35.
4) Polypus は *The Four Zoas* 以降，*Milton* と『エルサレム』に描かれ，The Tree of Mystery は『四人のゾア』の第7-9夜に多出する。
5) 『エルサレム』は「赦し」の書であり，そのマニフェストは pl. 3 に 'The Spirit of Jesus is continual forgiveness of Sin.' と書かれている。
6) 'Infant Sorrow' と 'In a Myrtle Shade'。
7) Letter to Butts, 1802年11月22日。
8) S. F. Damon, *op. cit.*, p. 413.
9) *Ibid.*, p. 414.
10) 『エルサレム』65：75, 79：66：36。
11) Zachary Leader, *op. cit.*, p. 133.
12) 『天国と地獄の結婚』pl. 14。
13) 同上，pl. 27。

ブレイクと複合芸術

1　ヴィジョンのあり方

　ブレイクは彫版師であり詩人であったが,彼のヴィジョンが統一的な人間像を志向するものであった以上,絵と詩が結びついた「複合芸術」が生まれたのも必然の結果であったと言えよう。近年,ブレイク崇拝が広まり,今や彼の詩の言葉だけを基にヴィジョンを云々する域を脱して,彼の絵についても包括的に考えるようになってきたが,彼の「複合芸術」(composite art)である彩飾本(illuminated books)の持つ意味についてまず考えねばなるまい。何しろ最初の『詩的素描』(1769-78)を除く彼のほとんどの作品が,彼自身の手になる彩飾本であったのであるから。

　彼のいわゆるヴィジョンはごく幼い頃から彼にまつわりついていた。4歳のときに神の首を見たと言い,また8歳ぐらいの頃には天使の群がった木を見たと言って父親に叱責されたと伝えられるが,彼の見た(と信じている)この世ならぬヴィジョンこそは彼の芸術家としての原点であり,これが彼の全き人間のより大きなヴィジョンへと発展していくのである。有名な「一粒の砂に世界を見る」という「無心の占い」(1803)の冒頭の1行も,この世の現実の一かけらに生き大きな世界のヴィジョンを読み取るという意向の表明であり,またその見方の具体的な例でもあるのだが,このような見方を彼は最高のものとし,これを四重のヴィジョンと呼んだ[1]。そこに至るまでに,もちろん一重,二重,三重の見方があるのであり,四重のヴィジョンこそが真の見方なのである。ブレイク自身にそれが具わっているという自信が充分にあったわけである。そして,これには特筆すべきことであるが,彼にとっ

てはヴィジョンとはすなわち働きとしての想像力であると同時に，対象としての世界ということになるのである。

　　すべてのものは人間の想像力の中に在る　　　　　　（*Jerusalem* 69：25）

　　あなた自身の胸の内に　あなたの天と地と
　　あなたの見るすべてを持っているのだ。それは外側に見えても，内
　　　に，
　　あなたの想像力の中に在り，死すべきもののこの世はその影でしか
　　　ないのだ。　　　　　　　　　　　　　　　　　（*Jerusalem* 71：17-19）

などと最後の予言書『エルサレム』で述べるとき，プラトン的な影が見えるが，要するにブレイクは真の実在がすなわちヴィジョンであり，想像力の世界であるという考えに到達したのであり，その世界に至る見方がまたヴィジョンであり想像力であるということになる。働きのみならず対象をもヴィジョンに含むということは，彼のヴィジョンの深まりの果てでもあって，無心から経験へ，そして高度の無心へと展開されたヴィジョンは，空間的存在を帯びて「すべて」となるのである。その「すべて」に照らしてみれば，この世ははかないものでしかない。このような，この世と真の世界との緊張関係の中にブレイクは身を置いていたのである。

　かつてブレイクは神秘家であると考えられていたが，「いや，彼は幻視者なのだ」と言ったのはノースロップ・フライであった[2]。フライはブレイク研究から出発して原型批評へと突きぬけたいわばブレイク育ちの批評家であり，そのブレイク研究の書『恐るべき均斉』（1947）は今日ブレイク研究を志す者にとっての必読の書となっているが，彼はブレイクを大きく我々に近づけたのであった。神秘家と幻視者の大きな違いは，おそらく，神秘家は神と合一する体験を持つが，幻視者は第三者として見る側の存在であるということであろうか。幻視者にとってはすべては見ることにかかるのである。ブレイクのヴィジョンの対象がすなわち想像力であるということは，見ること

が重要視されていることであるが、彼にとって真の実体はあくまであちら側にあるのであって、こちら側の生身の人間にヴィジョンを引き寄せてはいない。もし彼が神秘家であれば、こちら側の生の現実にヴィジョンを引き寄せ、合体させて、倫理と絡むことになるのではなかろうか。後期予言書でおのれを棄てるという倫理が扱われるときも、それを書き写す自分がこちら側に残っているのがブレイクのありようなのである。自分は大いなるものの言葉を書きとるだけであるという意識をブレイクは最初から持っていたが[3]、それを次第に強めて行くことになる。

2　絵から詩へ

　もともとブレイクはプロの彫版師であった。1757年、ロンドンの靴下商の次男として生まれ、10歳の頃にパースの画学校に通い、さらに14歳で彫版師バザイアのもとに弟子入りして7年間修業を積んだという経歴の持ち主である。この師バザイアは歴史物語や肖像画の彫版を専ら行い、それは輪郭の鮮明な、平坦で堅い感じの彫版であったが、当時としては流行遅れであった。のちにブレイクは、黄金律として、芸術でも人生でも輪郭や線を強調すべきだと述べるが[4]、この修業時代に身につけたものに影響されているわけである。しかしブレイク自身の彫版は、のちにデューラーを独りで学んだこともあって、次第に絵に陰影を持たせ量感を出す方向に向かう。

　当時の彫版師とは職人であって、ブレイクも職人として彫版の修業を積んだのである。修業中の1773年に彼が彫版した「アルビオンの岩の間のアリマテのヨセフ」が残っているが、アリマテのヨセフとはイギリスにキリスト教を伝えた人物であるので、いかにもブレイクの題材にふさわしい。彼は彫版のためにもちろん絵も修業していたわけで、25歳のときに王立美術院主催の展覧会に水彩画を2点出品した。また15年後にも出品した記録がある。そして1808年5月には、自分の16枚の絵を集めて小さな個展を開いている。この個展の絵は今では1枚も残っていないが、目録は残されており[5]、

黄金律についての発言を始め，絵についての彼の考え方が充分に窺える。しかし絵自体についての評判は芳しからず，『エグザミナー』誌で酷評された[6]。ブレイクの絵は水彩の他に「フレスコ」と名づけた手法の絵があり，これは卵の代わりに膠(にかわ)を使ったものである。

一方詩人としてのブレイクは，1783-84年に小さな集まりで名が出始め，1783年，彼の才能を見こんだある婦人のおかげで処女詩集が出版される運びとなったが，これはスペンサーの模倣など，伝統に則った詩を集めたものであり，印刷も従来の方法によるありきたりのものである。絵と詩を結びつけた彼の複合芸術は次の『無心の歌』以後のものである。ブレイクは独創的であると言われるが，詩においても絵においても初めから独創的であったわけではないのである。

彼は絵から詩へとヴィジョンの表現法を発展させたわけだが，この絵から詩への移行は，大胆に言うならば一つの堕落 (fall) である。それは平面から立体へ，静から動へ，being から becoming へ，空間から時間へ，永遠から時間界へ，という移行であって，ちょうどロマンチシズム一般が否応なく時間感覚を以て秩序の being から生成の becoming へ解き放たれたのと同じような現象であり，エデンの園からの追放になぞらえられ得る。ロマンチシズム一般の鍵となる言葉である「想像力」は，時間の流れの中にあってこそ成り立ち得るものだが，ブレイクがヴィジョンとしての「想像力」に着眼し，一方で表現法の「堕落」を経験したことは，イギリス・ロマン派の旗手にふさわしいことであった。またブレイクにとって，そもそも表現，創造は「汚点」であったのだが[7]，絵から詩への移行によって一段と「堕落」の深まりを経験することとなったのである。

そしてブレイクの彫版法自体も「汚点」であった。彼の弟ロバートは1787年2月に亡くなったが，その弟が夢に現れてブレイクに彫版法を教えたのだとブレイク自身は言うが，これが酸によって銅を腐蝕させるエッチング法で，彼はこれに銅版を彫刻刀で彫る方法を併せて彫版を行った。そして自分の詩に絵をつけて彫版する方向に進み，絵から詩への移行は絵と詩の結合という新しい段階に入った。彫版師ならではの技であるが，この彫版法を

彼は『天国と地獄の結婚』の中で「地獄の方法」(the infernal method) と呼んでいる。

> 私が地獄から聞いたところでは、6000年の終わりに世界は火に焼き尽くされるという古来の言い伝えは本当である。
> というのは焔の剣を持った天使はそれによって生命の木の見張りをやめるよう命令され、彼がそうすると、すべての創造物は焼き尽くされて無限で聖なるものに見える。一方それは今では有限で堕落していると見えるではないか。
> このことは官能的喜びの改良によって実現するに至るだろう。しかし最初は人間は魂とは区別した肉体を持っているという観念は抹殺されるべきである。このことを、私は「地獄の方法」で印刷することによって、腐蝕剤によって行うだろう。これは地獄では有益であり、薬効があり、目に見える表面を溶かし、隠されていた無限のものを表すのである。
> もし認識の扉が浄められたら、あらゆるものは人間にとって、いわば、無限に見えるだろう。
> というのは、人間は自らを閉じ込め、ついにはすべてのものを彼の洞穴の狭い隙間を通して見るのだ。

つまり人間がまともにものを見えるようにさせるのが地獄の方法であり、これはブレイクにとって同時に方法としての詩の意味であり、また絵の意味であったのであろう。彼のヴィジョンを表す方法はすべて、表面を溶かし、隠れている無限を見せるという浄化の方法、地獄の方法なのである。地獄を通ってこそ聖なるものに達するのであり、ブレイクにとって創造は堕落であると同時に聖なるものへの道であり、救済の道であったのだ。

ブレイクは統合化の一つの見本であるかのように、この手段自体をのちに擬人化してロスという人物として自分の神話体系の中に組み入れてしまう。しかもこの人物ロスは次第に重要性を帯びていくのである。このような人物

の成長ぶりは、ブレイクにとってはすべてが聖なる人間だという傾向を考えれば、充分にうなずけることである。

3　神話体系への道

　ブレイクの神話は『無心の歌』から次第に形を取り始め、『ユリゼンの書』(1794)などの小予言書群で具体化し、最終的には予言書の大作『エルサレム』で大きな体系にまとまるのだが、最初からロスが登場したわけではない。ブレイクが最初に思い描いたイメージは、のちにユリゼンと名づけられるが、老齢、圧政、暴君、理性、父親、というようなものと結びつく存在であり、ブレイクが当時の政治や社会に見ていた古くからの圧力的存在の体現といった趣がある。この人物に反抗するものとして若きオークが次に形を取り、エネルギーの体現となる。そしてこの二人の対立関係に対する第3の存在がロスである。彼はオークの父親という位置を与えられ、エネルギーであるオークの暴走をコントロールする存在として、想像力すなわち詩を担い、時間と名づけられる。原稿のまま残された予言書『四人のゾア』(1795-1804)は、小予言書群の集大成として意図されたものだが、ここでの主人公である普遍的人間アルビオンとはこれら三人の人物にサーマス(Tharmas, 本能)を加えた四人、つまり4要素が統合したもので、これらの4要素がばらばらになることが人間の堕落であるとされる。4要素を統合させると人間アルビオンは眠りから目覚め、復活するのである。この統合、復活という過程で次第に積極的役割を持つようになるのがロスなのである。ブレイクは10年にわたって『四人のゾア』に手を入れているうちにロスの存在を大きくしていき、ついには収拾がつかなくなった、というのがこの作品がついに完成されなかった理由の一つであろう。ロスは本来はゾアと呼ばれる4要素の一つでしかないはずであるのが、創造を担い、贖い(あがな)を担い、ブレイク自身とも重なり合い、『四人のゾア』はまるでロスの叙事詩のように変貌してしまうのである。併行して書かれ始め、無事に彫版された二つの予言書で、ロスはその

存在意義を明確にされ、『ミルトン』(1804-08) では詩人ミルトンとロスとブレイクが一体になり、のちの『エルサレム』では —— エルサレムとは永遠の都市であり、女性であり、人間アルビオンの分身なのだが —— エルサレムがアルビオンと合体するのにロスの働きが大きく物を言う。ブレイクはこのエルサレムの物語に人間の歴史のすべてを含め、彼の神話体系は一つにまとまったのであったが、しかしこれだけ重要人物となったロスも、最終的にはキリストと一線を割され、キリストはロスの似姿だと述べられる。ブレイクは初期の段階では人間の内なる想像力を神と見ていたようだが、最終的には想像力ロスはあくまで手段としての存在ということになる。分身のエニサーモンという女性に空間を担わせることで「すべて」への志向は一応解消されたようにも見える。時間を担うロスの成立がそのまま becoming のものであって、being になりきれないところにロマン派的特質があるのであろうが、一方では前述のように想像力は働きであると同時に対象の世界であるという考えがあるので、やはりブレイクの神話は奇麗に割り切れるものではなかったようである。擬人化、具体化の難しさである。しかしロスが神話の大きなエネルギー源であることは間違いない。創作過程、想像力そのものを表すロスが次第に神話の核となっていくことがすでにいかにもロマンチシズム的現象である。そしてロスは無心の状態には登場せず、堕落の状態にのみ登場する人物であることに注目しなければならない。堕落から更生へ、という段階がロスの存在の場なのであり、ブレイクの絵と詩も同様であった。

4 彩 飾 本

　アントニー・ブラントはブレイクの画家としての発展は詩人としての発展の逆であるという[8]。つまり、詩人としてはすでに若いうちから大したものであったが、画家としては1795年 (36歳) 以降に作品が認められ、後期には詩よりもむしろ絵の方が勝ったのではないか、というのである。しかし、詩と絵を結びつけた彩飾本は、この二つの表現方法をともに絡み合わせたも

のであることを考えねばなるまい。彩飾本はブレイク自身の「すべて」への志向の表れでもあるのである。

　最初の彩飾本は1788年の「自然宗教はない」と「すべての宗教は一つである」であった。前者は5×4cm，後者は5.5×4cmで1頁に10-20語ほどしか収められていない，水彩で色づけされた小さな簡単なものである。大きさに関しては，以後の作品では次第に大きくなり，『無心と経験の歌』から小予言書群を経て最後の予言書『エルサレム』に至ると22×16cmとなる。次第に自信がついたということであろうか。

　言葉に絵で飾りをつけたものとしては，16世紀に時禱書（Book of Hours）がすでにあった。したがって詩と絵の結合は別にブレイクの独創であったわけではない。しかしすべての工程を独りでやってのけたという点ではユニークであり，ちょうど『無心の歌』の「序詩」で笛吹きが雲の上の子供に子羊の歌を吹いてとせがまれ，次に歌うこと，そして書きつけることをせがまれたのと同様の手順で，ブレイクはヴィジョンを写したことになる。

　本業の彫版師としては，37歳頃からブレイクの名前が売れてきて注文も増えてきた。リチャード・エドワーズという本屋から詩人エドワード・ヤング（1683-1765）の作品『夜想』（1742-45）のための下絵と版画を頼まれたのもこの頃である。またトマス・グレイ（1716-71）の『墓畔の哀歌』（1751）の絵も116枚描いているし，1808年頃にはロバート・ブレア（1699-1746）の『墓地』（1743）の挿絵を作成したので，はからずも英文学史上の墓地派と呼ばれるロマン派前期の三人の詩人の作品と関わりを持った。彼は『墓地』の中の黄泉の国に入ろうとしている男の絵と同様の構図を『エルサレム』の口絵に使ったりしていて，他人の作品のための仕事と自分の作品と全く無縁というわけではない。そして墓地派詩人たちの後を追うように自らもロマン派詩人の流れの中に身を置くことになる。ところでブレイクがこれらの詩人の作品につけた絵は実際よりもキリスト教色の濃いものであり，堕落と贖（あがな）いを強調している。この頃のブレイクが一方で堕落から更生へというテーマの予言書を書いていたことを考えると，もっともなことである。その他ブレイクのつけた挿絵として有名なものは，1816年頃からミルトンの作品につけた

もの，そして晩年にダンテの『神曲』につけたものがあり，特に後者は傑作と言われる。これらの挿絵はいずれもブレイク自身のヴィジョンと関わりを持つが，一方で彼はパトロンのウィリアム・ヘイリーの詩に絵をつける仕事などもこなしているので，当時の彼が全く単一的に栄光に包まれていたわけではないし，また経済的に恵まれていたわけでもない。チョーサーの『カンタベリー物語』(1387-1400)の挿絵を頼まれたのにその下絵をよその彫版師に利用されたという苦い経験もある。

　そのような生活の中から生まれた彩飾本はいわばブレイクの支えであったに違いない。彼は印刷した後で一つ一つに水彩絵具で色をつけているが，妻のキャサリンも手伝ったということである。最初の抒情詩に使われた色は，レモン・イエロー，エメラルド色，紫がかった薔薇色，空色などの明るいものだが，これが小予言書の時代になると，より暗い，重たい色——暗い緑，藍色，灰色，黒，赤紫——を使い始め，その後またやや明るくなり，1815年頃から金色も登場する。塗り方もあっさりから濃くなるが，この色調の変化自体が，無心から経験へ，そしてまたより高い無心へというブレイクのヴィジョンの円環を辿っているようにも見えて，興味深い。ヴィジョンの発展を視覚的に証明しているかのようである。

　しかし，本来のブレイクの考えでは，色は二の次であって，輪郭が物を言うのだ，ということであった。個展の『解説目録』で「性格も表情も堅い明確な輪郭なしには存在し得ない」と述べ，さらに「芸術の大黄金律は，人生のと同様，こうである——より明瞭で，鋭く，そして針金のようで限定する線 (the bounding line) があればあるほど，その芸術作品はそれだけ一層完璧である。そして鋭利で鋭いところが少なければ少ないほど，それだけ一層弱い模倣，剽窃(ひょうせつ)，そして不手際の証拠が大きいのである」(No. XV.) と言い切っている。ここでの「限定する線」とは，境界をつける，という意味の他に，躍る，跳ねる，という意味もあろうとリスターは言うが[9]線を重視するのは彫版師としての出発点からのことであり，またブレイクは「無二の，独特の細部描写は崇高なものの基礎である」という言葉をレイノルズの本に書きつけているように[10]，細部を重く見ることも線，輪郭の重視とつながる。

しかしそれは全体の重さを知らないということではなく，むしろ知っているからこその線と細部の強調，と言えようか。彼の神話の主題，つまり人間アルビオンが四つの要素に分かれると堕落となり，統合すれば目覚め，という主題は，そのまま細部の強調にほかならない。そして『四人のゾア』第7夜で，ロスは空に線を描き，分身の女性エニサーモンがそれに色をつける，と描かれるのは（ブレイクが彫版し，妻キャサリンが色つけを手伝った実生活を想わせるが），ロス —— 時間 —— 線，そしてエニサーモン —— 空間 —— 色彩，という意味なのである。

　彼の彩飾本は次第に絵の量を増やしていったが，本質的に絵が詩を補い，詩が絵を補うものである。そこから幾つかの意味が出てくる。第1に，絵があると余分な言葉を使わなくても済むということがある。彼の詩が象徴的であるのは，具象性を絵に任せているからだとも言えるであろう。第2に，詩の言葉以上の意味を絵に持たせることができる。例えば，身体の左の部分はいつも悪い意味を持ち，右は良い意味を持つ[11]。また雲は大抵の場合現実界と永遠界を分ける存在として出てくる[12]。また，絵に性的な意味を担わせることもできよう。そして第3に，絵と詩とが矛盾している場合がある。例えば，『無心の歌』に最初入れられていたのがのちに「経験の歌」の方へ入れられた「失われた少女」の第4スタンザに「七つの夏だけの歳だと／愛らしいライカは語った」とあって，ライカは7歳と思われるが，絵に描かれているのは若者と抱き合っている成熟した乙女であって，文字通りの7歳ではないので，青春時代の7年を言っているのか，と解釈するようになる。このような場合，絵の方を信用して絵を詩の手がかりにするのが読者の普通の反応である。それを考えると，大きな予言書を書きあげてしまったのち，最後に「ヨブ記」の挿絵集を発表したときに，絵が主体で言葉が従となっていることも当然の帰結ではなかろうかと思われるのである。

　実際に見たと彼の信じるヴィジョンから発展したヴィジョンを写し伝えるのに，言葉でできるだけのことを行い，絵もつけてはみたものの，結局は絵を主体とする形式に収斂してしまったことは，やはり幻視者ブレイクの行きつくところを示しているようでもある。

5　『ヨブ記挿絵集』

　言葉を彫版するとき，ブレイクはごくありふれた字体を使っていて，飾ることはしていない。最初に「自然宗教はない」を彫ったとき，彼は 'The Author & Printer W, Blake' という署名を逆様に入れている。プレートを彫りあげてから忘れていたのに気づいて後から彫ったためかと思われるが，ケインズはそれはブレイクがより高い権威の代理人でしかないことを示しているのだと解釈している[13]。

　ブレイクが自分自身を創造の主体ではなく，大いなるものの代理人，媒体であると考えるのは，「序詩」での雲の上の子供のイメージ以来のことであり，彼の書簡にも幾度か書かれている[14]。その媒体の仕事が，聖なるものであるはずなのに，前述のように，絵にしても詩にしても堕落したものであるということは，その向こうに復活を見ることをどうしても考えねばならなくする。無心から経験へ，そしてより高度の無心へ，という彼の詩の発展に照らしてみると，その表現法自体が経験であったわけで，それだけ経験の持つ意味は大きい。逆に言うと，復活のヴィジョンが鮮明であればあるほど経験（創造）の力は必要となる。『四人のゾア』で彼は人間アルビオンの目覚めという最終的ヴィジョンを先に書きながら，そこに到達するまでの手続きにてこずって，創造過程を擬人化したロスの去就が定まらずに結局は未完のままに残してしまった，ということはまことに象徴的である。

　『エルサレム』でブレイクはロスに「私は一つの体系を創らねばならぬ，さもないと他人の体系の奴隷となる」(pl. 10:20) と言わせたが，ロスという人物を創ったことにブレイク自身の思いが込められている。そして一応はその『エルサレム』で，物語としては，あるいはヴィジョンとしては，ロスはおのれの職分を果たし，ブレイクもおのれの職分を一応は果たして一つの復活，人間アルビオンの目覚めを見たのであって，幻視者ブレイクの円環はめでたくここで閉じるかに見えた。

　ところがその後になお，絵の復活とも言うべき『ヨブ記挿絵集』(1826)

が生まれたのであった。これは非常に意味のあることであり，この作品が大抵の場合ブレイクの全集には収められていないのは，複合芸術としてブレイクの作品を眺める立場からは，納得できないはずである。

『ヨブ記挿絵集』は聖書の「ヨブ記」に挿絵をつけたものであるが，単なる挿絵集ではなく，それ自体が予言的ヴィジョンであると評されている。『エルサレム』で一応完結したブレイクのヴィジョンはここで聖書によって再確認され，高められるのであり，また，これは絵が主で言葉が従であるので，詩と絵の関係で言えば絵の復権であり，視覚的ヴィジョンの謳歌である。ブレイクの表現法は絵→詩→詩と絵→絵と詩という展開になって落ち着いたわけである。最終的な統合である。

この作品は21枚から成るが，それぞれの頁の中央の四角い枠の中に絵が描かれ，その周囲に飾りをつけ，さらに「ヨブ記」やその他の聖書からの言葉がその絵にふさわしくちりばめられている。聖書の言葉を置いていることは，まさに「御言葉」を伝えていることにほかならなく，初期の詩以来の自分は媒体であるという意識は，ここで極まるのである。

ブレイクはすでに28歳のときに「ヨブ記」の絵を描いた経験を持つ。これは水彩で，ヨブの両側に妻や友人が座っている構図をとっており，これと同じ構図のペン画もある。つまり「ヨブ記」の物語はブレイクが永年温めてきた題材なのであった。この主題に自分のヴィジョン，そして自分のロス的役割を加えたのがこの作品である。1820年，トマス・バッツといういつもブレイクの絵を買ってくれる画商の注文でヨブの水彩画を描いたところ，リネルという友人がこれを見て感心し，別に一揃いを注文したので版画にすることとなった，というのが『ヨブ記挿絵集』誕生の由来である。しかし出版されたときにはほとんど注目されなかった。

21枚の絵はそれまでの預言書の絵よりも単純で，線を強調した伝統的なものであるが，それがかえって普遍性を感じさせもする。彩色されていないが，量感がある。ブレイクが彫版の技法の上でも大いに力量をつけてきた，その到達点である。

「ヨブ記」に挿絵をつける仕事は義人ヨブの受難をどう解釈するか，にか

かっているわけであるが、ブレイクはヨブの内にも堕落と更生の主題を読み取ったのであった。一般にはヨブの物語を因果応報的に受け取っているが、ブレイクにとってはヨブの経験するさまざまな不幸は堕落に相当するもので、それを通して彼は神を見ることができるのである。堕落から更生への原動力はヨブの想像力である。真のヴィジョンを持つことを学び、想像力を回復したとき、ヨブはキリストによる救済、新約聖書の世界へと向かうことになる。ヨブの苦難から啓示への道は旧約の神エホバからイエスへの道でもあり、歴史の展開でもあるが、それを導くのが想像力であった。ヨブの道はブレイクの神話の主人公アルビオンの道と同じである。人間アルビオンが四つの要素に分かれることで堕落するように、ヨブは妻と子供たちから分かれることで堕落し、アルビオンが4要素の統合によって目覚めるように、ヨブは最後に再び家族と一つになるのである。

『ヨブ記挿絵集』に現れる、例えば第13図の神は、『エルサレム』の第22図のアルビオンと似ているし、さらに神はヨブに似ているので、ヨブは普遍的人間アルビオンであり神でもある可能性は大いにある。しかし『エルサレム』の終わりでキリストがロスの似姿で現れると述べられたことを考えれば、ヨブすなわち神と考えるのはどうであろうか。絵と言葉の関係の難しいところである。

聖書の話に従ってヨブのところに三人の友人が訪れてのち、第12図で若きエリフが登場するが、ここは夜の場面で、雲は消え、12の星が輝き、エリフは左手（悪い方の手）で天を指している。エリフはヨブに魂を取り戻させるために訪れたのだが、まだ事態は変わらない。第13図でヨブは旋風の中に神を見るのが一つの転機ではあるが、神はヨブの左側にいる。第16図でセイタン（サタン）が没落し、第17図でついにヨブは神に出会う。そして第20図で彼の三人の娘たちが再び姿を現し、最後の第21図でヨブとその一族は心から神を讃える。その最後の絵には「ヨハネの黙示録」から「あなたの御業は、大いなる、また驚くべきものであります。／万民の主よ、あなたの道は正しく、かつ真実であります」という箇所を引用している。これがブレイクの到達した神のヴィジョンであるが、しかし第17図に神の姿が現れて

以後，第 18-21 図には神の姿はない。レインに言わせれば神が人間と一つであることをヨブが悟ったからだという[15]。外なる神ではなく，内なる神だから見えないのだというわけである。そう受け取るならば，ブレイクはここで言葉よりも絵の方に重点を置いたことになり，外なる神から内なる神への移行を絵で表し得たことになる。初期の詩で内在する神を謳ったブレイクはここで初めと終わりの帳尻を合わせたことにもなる。

　しかし，描かれていない，見えていないということはやはり不安を残すことであって，何のために絵を描いてきたのか，何のために言葉を書きつけてきたのか，改めて考えさせられてしまう。第 17 図で「今は私の目であなたを拝見します」と言葉を書きながら，絵の中のヨブの眼は，すぐ目の前の神のヴィジョンを眺めていないことと併せて考えると，ブレイクの複合芸術は，最後まで絵と詩の緊張関係を解消できなかったのではないか，とさえ言いたくなるのである。絵と詩は相補うように結びつけられたのだが，一方ではぶつかり合うものであったのだ。ブレイクの複合芸術はこの両者の関係をどうしても考えさせてしまうものなのである[16]。

注

1) 1802 年 11 月 22 日 Thomas Butts 宛書簡。
2) Frye, N. *Fearful Symmetry : A Study of William Blake*, 1947 ; rpt. Peter Smith, 1965, pp. 7-8.
3) 拙著『ブレイクの世界』研究社出版，1978 年，27 頁。
4) *A Descriptive Catalogue* (1809).
5) *A Descriptive Catalogue* 込みで入場料は半クラウンであった。
6) Examiner 誌 1809 年 9 月 17 日発行第 90 号 Robert Hunt による批評。
7) 『ブレイクの世界』27 頁。
8) Blunt, A. *The Art of William Blake*, Oxford U.P., 1959, p. 1.
9) Lister, R. *Infernal Methods : A Study of William Blake's Art Techniques*, G. Bell & Sons., 1975, p. 10.
10) 'Annotations to Reynolds' (1808) p. 58.
11) Damon, S. F. *A Blake Dictionary : The Ideas and Symbols of William Blake*, Brown U.P., 1965, p. 237.
12) *Ibid.*, p. 89.
13) Keynes, G. 'Description and Biographical Statement', William Blake Trust facsimile of *There is No Natural Religion*.
14) 1803 年 4 月 25 日トマス・バッツ宛書簡で『ミルトン』執筆について述べたものが有名である。
15) Raine, K. *The Human Face of God : William Blake and the Book of Job*, Thames and Hudson, 1982, p. 247.
16) レインはブレイクの画家，彫刻師としての技よりも，ヴィジョンを伝達する才能の方を評価しているが，詩才という意味ではなさそうである。*William Blake*, Thames and Hudson, 1970, p. 6.

『天国と地獄の結婚』

1　スウェデンボルグ批判

　1757年に最後の審判が行われ、新世界が始まった、と言ったのはスウェーデンの神秘哲学者エマニュエル・スウェデンボルグ（1688-1772）である[1]が、その年にブレイクは生まれている。彼の父はスウェデンボルグの熱心な信奉者であり、ブレイク自身もこの神秘家に大いに影響を受け、ロンドンのスウェデンボルグ協会から出版された彼の著作のほとんどを読んだと言われる。確かにスウェデンボルグの『神の愛』と『神の摂理』にブレイクが熱心に注釈をつけたものが残っており、ブレイクの初期の抒情詩にうたわれた「無心」と「経験」という人間の二つの状態を考える二元論はスウェデンボルグの影響であろうし、神を神聖な人間性とする考え、想像力の世界こそが真の現実だとする考えも、スウェデンボルグから受け継がれたものである。

　しかし、1790年、33歳の年にブレイクはスウェデンボルグ批判の書『天国と地獄の結婚』（以下『結婚』と略記）を書いた。この年はつまりスウェデンボルグの言う新世界到来の年から33年目ということであり、33年と言えば1世紀の3分の1である。「新しい天国が始まり、今はその到来から33年であるので、永遠の地獄がよみがえる。そして見よ！ スウェデンボルグはその墓に座っている天使である。彼の著作は折りたたまれた亜麻布の衣なのだ。」（『結婚』pl. 3）とブレイクが書いたとき、新しい天国が始まったというのに永遠の地獄がよみがえるという皮肉、つまりはスウェデンボルグへの皮肉にほかならないのである。もともと散文によるマニフェストといった観の

ある『結婚』をブレイクが書いたのは，師スウェデンボルグの著作『天国と地獄』(1778)に触発されてのことであって，そのパロディという意味もあったのである。スウェデンボルグは57歳のときに心眼を開かれて，天国と地獄を探検し，そこの住人と話を交わしたという。しかしそのヴィジョンは，ブレイクには受け入れられなかった。
　すでにブレイクは『神の愛』につけた注釈で自己の考えを打ち出していた。そこで言っている「善と悪とはここではともに善であって，二つの相反するものが結婚しているのである」(68)というのがスウェデンボルグ批判であり，「天国と地獄はともに生まれる」という考えが『結婚』の骨組みになる。ブレイクによると，スウェデンボルグの過ちは悪の真の性質を理解しなかったことだという。だから既成の道徳を受け入れてしまったというのである。「スウェデンボルグは一つの新しい真実も書いてはいない」(pl.21-22)という厳しい批判の理由として，天使のみと話を交わして，悪魔と話さなかったからだ，という。そこですべては善と悪に分けられて，スウェデンボルグの宇宙は二つに分離してしまい，宇宙ではなくなる。
　ブレイクはこの天国と地獄を同じ次元の相対的なものとした。二つは互いに必要なものであり，ともに働く対立物であるが，道徳的に白と黒に分けられるものでなく，また固定した動かぬ極でもなく，力関係，あるいは量の多少で分けられるものである。この新しい相対的な考えが『結婚』の主旨であり，当然スウェデンボルグに批判的なわけである。題名がすでにスウェデンボルグの著作の題名へのあてつけであり，5回にわたって描かれる「記憶すべき幻想」も，師の「記憶すべき関係」のパロディにほかならない。そしてプレート21がスウェデンボルグ攻撃の極点である。
　ブレイクの批判には，スウェデンボルグが新しい天国を目のあたりに見たと言っていることへの疑いもあったであろう。ひるがえって自分自身のヴィジョンへの自信，そしてまたその反対にまつわりつく不安もあったであろう。幼い時にヴィジョンを見たりしたブレイクは，自分のヴィジョンをそのまま周囲の人たちに信じて貰えたわけではなかった。天使を見たと言って父親に叱られたこともある。自分が見たことと，周囲の人たちの不信との間の

落差を埋めようとする試みが『結婚』でもある。したがってここにはひたむきな力がある。エネルギーがある。そしてこの力強さは，反面，前年のフランス革命を自分のヴィジョンの実現への第一歩と見たことからきている自信の故とも言えよう。

　スウィンバーンは『結婚』を「ブレイクの著作の中で最も偉大なものであり，高貴な詩と精神的な思索の詩行の形で18世紀に生み出された最高のもの」とその『ブレイク論』の中で評したが[2]，むしろ『結婚』は来るべきロマンチシズムの時代のマニフェストであり，さらにその行く末までも予兆する箇所もなくはないのである。

2　過渡的な意味

　『結婚』は27のプレートから成り立っており，一見，乱雑に並べられた，何の脈絡もないかのような構成であるが，プロローグとして詩を置き，6部から成る散文の論証が続き，最後に「自由の歌」というエピローグがつけられ，それなりにまとまった形をなしている。

　プロローグの詩は弱強格で，2-6脚の整った形を取っており，歴史の円環を歌う。リントラ（怒りを表す）という人物に歴史は始まる。彼は荒野の予言者であり，新時代の到来を告げる。そして実際に天国はやって来るが，それもやがて堕落し，再び予言者は野に追いやられてしまう。円環は一めぐりするのである。時は流れ，今は新時代が到来してすでに33年経っているというのであるから，リントラの怒りに託されたものの重さがわかる。ブレイクの現実への対処の仕方は，まず「怒り」に始まるのである。

　「怒り」はエネルギーでもあって，スウェデンボルグの著作のパロディでもある散文の部分は，エネルギー讃歌にほかならない。エネルギーこそが生の泉であって，「エネルギーは唯一の生である」，「エネルギーは永遠の喜びである」(pl. 4) とブレイクは言い切る。地獄とか悪とかも，エネルギーを基準にしてみれば，天国と善との連続線上にあるものであり，二つは互いに必

要な対立物として，ともに働き，進歩する，霊と肉も分離したものではなく，ともにあるものである。あらねばならないものというよりも，ブレイクにとっては実際にそうあるものなのである。現実の姿なのである。「天国と地獄はともに生まれる」というのもそういうことであって，ありのままの人間，生身の人間のことをブレイクは述べているのである。

　対立するはずのものが固い輪郭を持った不変の存在ではないのがブレイクの理論の特徴でもあるが，対立するものはやがて必ず合一することになる。「結婚」という書葉はこの作品では題名にだけしか出てこないが，この「結婚」も決して永遠の静止点ではない。円環上にある状態であり，流れの中の点である。

　『月の中の島』（1784-85）で初めて結婚のイメージが出てくるが，

　　彼は死んだ女に会った
　　彼は恋に落ちて彼女と結婚した

とおぞましいイメージであった。この後，「経験の歌」（1789-94）の中の「ロンドン」という詩には「結婚の柩」と歌われ，「ノートブック」に残された詩の草稿の一つ「いにしえの格言」にも「あの結婚の柩を取り去れ」と歌われる。ブレイクにとっての「結婚」は最初は必ずしも良い意味合いを持たないものであった。むしろ束縛なのである。スウェデンボルグの「結婚」観のように，深い神聖な意味を持つものではない。

　この「結婚」がブレイクにとって良い意味を帯び得るのは，束縛ではない結合を考えるときのことで，エネルギーの放出線上にあるときである。聖書ではしばしばアポカリプスが結婚として捉えられるが，ブレイクは後にキリスト教的要素をかなり取り入れた『四人のゾア』（1795-1804）で，分身ゾアたちが統一的人間になるという神話を書き，良い意味での結婚という意味合いを込めた合一を考えた。彼の神話に登場する永遠界と物質界の間にあるビューラという領域の名は「結婚した」という意味であり，詩と霊感を生む地である。そして永遠界では，性別は存在しないので，「結婚」はあり得な

い。したがってブレイクにとって「結婚」は過渡的な意味しか持たぬ状態なのである。

　天国と地獄、無限の世界と有限の世界、という対立物の調和、または一つに合体した存在というものは、「結婚」を超えた存在であって、ブレイクにとってはつまるところキリストなのである。

3　想　像　力

　冒頭の詩から窺えるように、ブレイクはこの頃、円環的時間を見ていた。とはいえ、このプロローグの詩にはその円環を断ち切る箇所が含まれている。かつて正しき人が死の谷を辿っていた、という第2連で、

> 薔薇は茨の生えるところに植えられ、
> 不毛の荒野では
> 蜜蜂が歌う。

と現在形の動詞が使われるのである。これは楽園のヴィジョンであるが、ブレイクにとってはこうしたヴィジョンはいつも現在形なのである。永遠の真実なのである。ブレイクがここで見ている時の流れは過去形で描かれた円環的なものであっても、永遠のヴィジョンはそれを超えるほど強烈なのである。『結婚』は『無心の歌』と「経験の歌」の間に書かれているので、『無心の歌』での「無心」の残像が強かったということでもあろうか。ブレイクにはまず永遠界、「無心」のヴィジョンがあって、それがこの世の経験に対する手がかりとなる。

　あるがままの人間を謳うとき、彼の考える人間像は聖なるものである。「人間がいないところでは、自然は不毛だ」(pl. 10) とか「生きるものすべては聖である」(pl. 25-27) とかと言っているのは、時間の中の生身の人間を大切に、ということなのだが、これはブレイクのもともとのヴィジョンの側か

ら言えば、堕落した状態の人間を大切に、という矛盾めいたことになる。そこでその堕落状態を必要な段階と認め、ヴィジョン自体に繰り込もうとするのが『結婚』の「対立」の考えでもあるわけである。堕落の原因とされる意識、主観の確認があり、基本になるのは物質ではなく心だという主張がなされ、時間も内側からのエネルギーで動かされる。動かす力、それが想像力なのである。

「想像力の時代とはこの確固たる説得が山々を動かしたのだ」(pl. 12-13) という言葉にある。この「想像力の時代」とは昔の佳き時代なのである。この「想像力」(imagination) という言葉はここでだけしか使われず、専ら「詩霊」(poetic genius) という言葉が想像力の意味に使われている。この「詩霊」とは普遍的なものでありながら、それぞれの人間の芯になるものであり、神は「詩霊」ともされる。ブレイクの、のちの想像力理論の芽がここにある。

この想像力は、ブレイクの考える予言者を成立させるものであって、想像力を持つ者が近代的予言者なのである。つまり全面的に肯定された自我の上に立つ者として、予言者を考えるのである。ブレイクはイザヤにこう言わせる——「有限の有機的認識においては、私は神を見なかったし、その声を聞かなかった。しかし私の感覚はあらゆるものに無限のものを見出した。そして正直な憤りの声は神の声であると、そのとき信じていたし、確信したままであるので、私は結果を気にかけずに書いたのだ」。ブレイクの考える予言者——彼自身もそこに入るのだが——は、正直で信じる力のある人のことであり、また見る能力を具えた人であって、スウェデンボルグは資格に欠けるのである。

ブレイクはイザヤとエゼキエルとに近代的予言者のありようを語らせているのだが、これらのヘブライの予言者は、実際には自己否定をその運命としていたのであって、ブレイクの考える近代的予言者とは異なる。ヘブライの予言者たちはエホバの言葉に従うためにおのれの自我は無としなければならなかった。この自己否定が予言者としての条件なのである。彼らは神に召されたのであって、自ら予言者になろうと決めたわけではない、一方的に神に選ばれたのであって、彼らの側で否と言えることではなかった。これに対し

てブレイクの近代的予言者は自己が主体のものであり、彼を動かす神はおのれの内なるもの、内なる生命のことであった。「現代的な意味での予言者は存在したことがなかった」（ワトソンへの注釈）と言うとき、ブレイクはいにしえの予言者たちと近代的予言者の違いをはっきり見ていたはずである。そして近代的予言者の成立の難しさをも見ていたはずである。

　近代的予言者にとっての神は、極言すれば、主観によっていかようにも変貌し得るものであり、『結婚』で考えている神も、自由で新鮮な働きのもの、生命力そのものであった。エネルギーそのもの、あるいは全人間的なもの自体であり、言いかえると想像力自体なのであった。それは悪魔の生き方にもつながるもので、善と悪の問題をも、連続線上のエネルギーの量の問題、想像力の問題に移行したところにブレイクの独創性がある。「地獄の格言」で、

　　過剰の道は知恵の宮殿に至る。
　　繁茂は美である。

と量が讃えられ、「淀む水から毒を期待せよ」と流れが主張される。量の多少、エネルギーの大小で事態は変化するのである。

　　もし愚かものが愚行に固執すれば彼は賢くなるだろう。
　　過度の悲しみは笑う。過度の喜びは泣く。

　そして動きの中心をなすのは想像力であり、想像力こそが真実なのである。

　　今証明されるものはかつては想像されただけであった。
　　信じられるあらゆるものは真実の似姿である。

　だが真実に達する道は一人ひとり違っていて、それぞれの精神の自由が大切なのである。

愚かものは賢者が見るのと同じ木を見ない。
　鳥は，自身の翼で舞い上がれば，高すぎるほど飛ぶことはない。

　ブレイク自身の翼で飛び始めた，そのマニフェストが『結婚』であるが，道は遠く，ブレイクの体系が形をなすのはまだ先のことである。ここではまだ断片的認識を寄せ集めているように見えるが，ここで打ち出された想像力による結婚という概念は，ブレイクの統一への志向の表れであり，やがて書き始められる予言書でこれがキリスト教的色彩に染められると，統一に向かって走ることになるのである。

4　ヴィジョンの予兆

　断片的ではあっても，啓示としてのロマン主義的思考の原型は『結婚』のうちにある。彼がそもそものヴィジョンを持ったのは説得によるものでもなく，帰納法によるものでもなかった。生まれながらに具えたものであった。そしてそのヴィジョンを抱いて，それを基準に現実に立ちむかった彼は，現実を影のようなものと見た。本物はヴィジョンの方であって，この世はその影でしかない。
　ここには統一の代わりに分化があり，喜びの代わりに悲しみがある。すべての真なるものは永遠界，想像力の世界に属し，この世のものは影でしかなく，実在性に欠ける。この世に存在するものは主体の意識によって変貌し，時間の中で絶えず動く。ものは見る者の眼によるのである。「認識の扉が浄められるとあらゆるものは人間にとって，あるがままのように，無限に見えるだろう」(「記憶すべき幻想」)。
　見ること，意識することでアダムとイヴは楽園を追われた。意識することで時間的存在となるのはロマンチシズムのありようであるが，ブレイクはこの意識，時間の世界を堕落したものであってもどうしても必要なものと考えた。生身の人間，堕落した人間を聖であるとした。人間の想像力の可能性へ

の限りない夢がそこにあり，これもまたロマンチシズムの特徴である。しかしブレイクはこうして内なる神のヴィジョンを歌いながら，やがて後期の予言書では外なる神を見てしまうのである。堕落したこの世の人間を聖とする苦闘も挫折に向かってしまうのである。

　夢の始まりと同時に苦闘の始まり，そして挫折の予兆までもがこの『結婚』にはある。ブレイクがまず「怒り」を更生の手だてに選び，そのエネルギーを謳ったのは，ヴィジョンを以て現実に身を置く正直なものの最初の反応が「怒り」だからである。神がエネルギーそのものとすれば，「怒り」も神に属するものであった。冒頭の詩でリントラは怒る。後に書かれる幾つかの予言書に展開される彼の神話も，まず「怒り」を基盤にし，そのエネルギーは神話を動的なものにする。神話の総まとめという意図で書かれた『四人のゾア』 The Four Zoas でも，「怒りで天を揺がす老いたる母の歌は……」と始まるのである。

　『結婚』の最後に政治的な色合いの濃い「自由の歌」が置かれているのも，ブレイクの「怒り」の正直な表現であろう。未来を約束するかのような力に溢れたフランス革命を意識して書かれたものである。フランス革命はこの作品執筆の前に起こり，ブレイクのヴィジョンのあかしとして予言者意識を大いに刺激したであろうが，しかし，時は流れ，やがてフランス革命のなりゆきはブレイクを幻滅させてしまう。予言は現実を離れて彼のいわゆる神話に丸まり込んでいくことになる。近代的予言者の基盤となる自我も，『ミルトン』では放棄されるべきものになる。そして最後の大作『エルサレム』ではキリストは彼岸の存在となり，神は外在するものとなってしまう。

　そういう先のなりゆきから見ると，この『結婚』は花火のように美しくはかなくも思われるが，すでにここには円環を破るものとしての永遠界のヴィジョンがある。また近代的予言者のありようを説くのがヘブライの預言者であるという皮肉もあり，相対的倫理観を打ち出しながら結婚という段階を静止点としては吟味しないままに残している曖昧さがある。そしてまた一見断片ふうの構成は，統一を志向しながらも，やはり断片的認識をはらみ，混乱を残しているので，はからずもブレイクのヴィジョンの行方を垣間見せるこ

ととなった。

注

1) スウェデンボルグの著作が英訳されたのは1778年の『天国と地獄』が最初であり、ブレイクは1790年頃に『神の愛と神の智に関する天使の智』(1788)と『神の摂理』(1790)に書き込みをしている。
2) Swinburne, A. C., *William Blake : A Critical Study*, Chatto & Windus, 1906, p. 204.

ブレイクの『ミルトン』
生成するヴィジョン

　『無心と経験の歌』は，一般に広く読まれ，親しまれてきた抒情詩集だが，『フランス革命』や『アメリカ』などの外界の政治状況に触発された小予言書群（ランベスで書かれたので「ランベス・ブック」と呼ばれる）から『ミルトン』，『エルサレム』に至る作品とは全く異なった種類であると受け取られていた。実際，予言書は難解な，常軌を逸したものとして長い間敬遠されてきて，一般に読まれるようになったのは 20 世紀になってからである。そして研究の対象となり，彼のヴィジョンに体系があることが認められたのは 1960 年代のことであった。

　しかし執筆年代からわかるように，二つのグループは同時期の作品なのである。大きく考えるならば，ブレイクは抒情詩で二つの対立する状態を高次元の調和に持って行こうとしていたのと同じことを，抒情詩のグループと小予言書のグループという対立に当てはめて『ミルトン』を書いたように見える。入れ子構造である。

　もともと彼のヴィジョンは，静止的な「無心」に秘められた不安をそのままヴィジョン自体に織り込んで「経験」について歌ったように，絶えず生成しているのであり，予言書のグループでもそれは同様であった。小予言書群の集大成のはずであった『四人のゾア』が，10 年もの歳月をかけて修正，加筆を施されたにも拘らず，ついに完成されることなく終わったものの，廃棄されることなく，これを母胎にして新たに『ミルトン』と『エルサレム』が書かれたのである。『ミルトン』はブレイクのヴィジョンの軌道修正版の一つであるのだ。

　ハロルド・ブルームは，『ミルトン』の難しさはその詩的構造に由来すると考えている[1]が，別のところで第 1 部の吟唱詩人の歌の構成について「出

来事の順ではなく，むしろ背景幕を上げているのだ」と述べている[2]のが，全体の構造を表している。さらに『ミルトン』をわかり難くしているのは，ブレイクが『四人のゾア』までに慣れ親しんだ出来事や人物を，説明なしに登場させてしまうことであり，読者のためにではなく，自分のために書いている憾がある。

　他の作品に比べて『ミルトン』には歴史的出来事への言及がきわめて少ないのも，注目に価する。それだけ主人公ミルトンの抱えていた内的問題に集中していたということであろうが，『ミルトン』のオリジナル版はAからDまで四つの版が残されていて，決定版はない[3]。集中によって，逆に完成が遠くなったのである。同時期に書き始めた『エルサレム』が，『ミルトン』のずっと後に完成したことからも，これは途上にある作品なのだと言えよう。

1　ミルトン批判

　『ミルトン』は，天上界にあった17世紀の詩人ミルトンが吟唱詩人（Bard）の歌を聞いて自らの過ちを知り，下界に降って自我を滅却する，という物語の詩である。タイトルの後に「神の道が正義であると人々に示すために」というエピグラフが置かれているのは，この作品の執筆目的であると同時に，ミルトンの『失楽園』（1667）の目的として書かれた言葉[4]でもあって，ここでブレイクはミルトンと自分を重ねているのである。

　「ミルトンは子供時代の私を愛して，その顔を見せてくれた」[5]と彼は1800年に友人宛の手紙に書いているが，ミルトンから自分への働きかけであるかのように感じているのは，ヘブライの予言者たちが神からの召命によって動いたのと同じ型である。一方，彼は『天国と地獄の結婚』に「ミルトンはそれと知らずして悪魔にくみしていたがために，天使や神のことを書くときは窮屈で，悪魔や地獄のことを書くときは自由である」[6]と批判めいた文を書いている。が，この散文作品の性質上，これは全くの批判というわけではな

く，ブレイクの共感でもあったと受け取れる。

　しかし『ミルトン』の序には，明らかなミルトン批判が書かれている。「シェイクスピアとミルトンは，ともに馬鹿げたギリシャとローマの剣の奴隷たちに由来する全般的な病気と感染によって抑えられている」[7]とあって，ギリシャ・ローマの古典を貶(おとし)め，ミルトンがキリスト教一色ではないことを非難しているのである。この序は後から付け加えられているので，書き始めてからキリスト教色が深まったということであろうし，『四人のゾア』を書いている間にブレイクがキリスト教的になって行ったのと同じことである。それが『四人のゾア』を混乱させて未完成のままに終わらせたので，『ミルトン』では余計にキリスト教に気を配ることとなった。序の結びに「すべての主の民の予言者たらんことを」という「民数記」(11：24)のモーセの言葉を引いていることも，ミルトンと自らがキリスト教的予言者であるべき，という強い思いから来ているのであろう。

　「無心の歌」の序詩で，「私」は雲の上の子供の願いで笛を吹き，その曲を歌い，葦を抜いて書きつける，という詩の成立のプロセスが歌われた[8]が，抒情詩の世界ではそのように素直にその存在を見せていた「私」が，一旦ランベス・ブックでは影を潜めていたのが，この『ミルトン』では語り手として登場したばかりか，登場人物として重要な役割を演じていることも，この段階でのブレイクの意志の強さを窺わせる。

　2部から成る『ミルトン』は，合計43葉のプレートを含むが，第1部は29葉（第16葉は絵のみ），第2部は14葉となっていて，両者はちょうど2対1の割合になる。第1部はミルトン，第2部は彼の女性的分身であるオロロンが中心であると考えるならば，この二人の関係が分量に表れているのであろう。ミルトンとオロロンが二元的対立の関係にあるかのように書かれていても[9]，実際には扱いが違うのが，こういうところからも窺える。ブレイクの女性観を表しているのかもしれない。

　物語を支える人物の中で中心的役割を担うのがロスであるが，彼は『四人のゾア』のゾアの一人で，もともと想像力を担う存在であった。四人のゾアとは，理性のユリゼン，エネルギーのオーク，感覚のサーマスで，4番目が

ロスである。四人で人間アルビオンを構成するとされる[10]。「ヨハネの黙示録」に「御座のそば近く，その周りには四つの生き物がいた」（4：6）とあるが，それと結びついてアポカリプスへ向かう過程の存在ということになる。実際に『ミルトン』に「彼は神の御座の周りに立っていた」（24：71）という1行がある。

　それぞれのゾアにはペアになる「エマネーション」（emanation，「流出」の意）と呼ばれる分身の女性がいるが，『ミルトン』では，ロスとそのエマネーションのエニサーモンが専ら活躍し，他のゾアでは理性のユリゼンがセイタン（サタン）と結びついて登場する。セイタンは『四人のゾア』ではゾアの仲間ではなく，性格が曖昧であったが，一つには『失楽園』のセイタンのイメージが強すぎたということもあるのだろう。ミルトンが活躍する『ミルトン』で，ブレイクのセイタンとミルトンのセイタンがめでたく一致するのである。セイタンは実はユリゼンだ，とロスとエニサーモンに認識させる（10：1）のが二つの世界を結びつける要になっている。

　さて『ミルトン』は『失楽園』がそうであったように，叙事詩の形式に則った詩神への祈願から始まる。

　　　ビューラの娘たちよ！　詩人の歌に霊感を与える詩神たちよ
　　　恐怖と穏やかな月明りの輝きのあなたの領土を通る
　　　不滅のミルトンの旅を記録せよ……　　　　　　　　（2：1-3）

と祈願するのは吟唱詩人であり，ブレイクである。ビューラとは，『四人のゾア』以来の，エデンの手前に位置する結合の場，休息の場である。しかし主題がミルトンの旅であると紹介されても，ミルトンが現れるのはずっと後のことであり，その前にミルトンを天上界から下降させる原因となった争いについて第13葉44行まで語られる。

　発端はブレイクの実生活上の経験を基にした争いで，耕作者パラマブロン（ブレイク）と粉碾き屋セイタン（ブレイクのパトロンで，詩人でもあるウィリアム・ヘイリ）が当事者である。ブレイクは本への書き込みの一つ[11]に，「地上の何

らかのイメージがなければ，考えることは不可能である」と書いたが，彼の大きなヴィジョンの世界も現実を材料にしているのである。

　ブレイクをロンドンのランベスからサセックスのフェルパムへ呼び寄せたヘイリは，親切に面倒を見てはくれたが，自分の方が立派な詩人であると思っている俗人であった。吟唱詩人が「形而下的な友は精神的な敵だ」（4：28）というのは，この二人の関係にほかならない。同じ言葉が手紙にも書かれている[12]。

　物語は「星の粉碾き場」の主人セイタンが，耕作者パラマブロンの仕事を横取りすることから始まる。セイタンが帝国主義的拡張を図ったのだ，という解釈もある[13]。セイタンのせいで馬は暴れ，馬鋤はおかしくなった，とパラマブロンはロスとセイタンに訴えるが，悪いのはパラマブロンの方だとセイタンは言う。ロスは悲しんで，「この痛ましい日は自然の空白（blank）であるに違いない」（8：20-21）と言い，リントラ（ブレイクの弟ロバートに当たる）も同調する。

　パラマブロンは納得できず，天界の大集会（the Assembly）を召集し，セイタンの非を明らかにしようとするが，セイタンは「自分こそが神なのだ」と主張する（1：25）。リントラが弁護するが役に立たない。このとき，セイタンは神のヴィジョンに対して不透明となる（9：31）。不透明（セイタン）と透明，収縮（アダム）と拡張，というブレイクの世界の二つの極がのちに明らかになるが，ここではセイタンの不透明が現象として起こったのであった。永遠界のものはすべて透明なのである。

　不透明のセイタンは二つに分かれ，一方は眠れるアルビオン（イギリスの名であり，全き人間であり，彼の分裂が堕落を生む）の臥所の下に，死体として休んだままの状態を保ち，もう一方の「スペクター」（Spectre）と呼ばれる理性的分身は，「女性的空間」の方へ降りて行き，神として君臨する。ロスは怒り，セイタンを懲らしめようとするが，彼はエニサーモンとともに，セイタンこそが実はゾアのユリゼンであったのだ，と悟る。ここで従来のブレイクの神話と，新しい物語が結びつく。

　吟唱詩人はこの物語を語りながら，「私の言葉に注目せよ！　それはあな

たの永遠の救いについてなのだ」という同じ呼びかけを，間隔をおいて合計7回挿入し，4回目（4：26）には後半を「形而下的な友は精神的な敵なのだ」という，ヘイリについての警告の言葉に変えている[14]。繰り返しによる強調の中で，さらにそれを半分変更して目立たせるのは，なかなかの戦略である。ブレイクのヘイリへの怒りの強さがわかる。

　物語の背景となっている構造として，ロスのハンマーとエニサーモンの織機から生まれた三つの階級がある。ロスたちの仕事の成果である。それは「神に見棄てられたもの」（the Reprobate），「贖われたもの」（the Redeemed），そして「選ばれたもの」（the Elect）であって，キリスト教の概念を下敷きにしている。セイタンは自分を「選ばれたもの」と思っていたが，天界の人々は彼を「神に見棄てられてもの」と見做していた。立場による見解の相違は劇的な効果を生んでいる。

　吟唱詩人の物語はさらに続き，ビューラの娘の一人であるルーサが，パラマブロンの馬を解き放ったのは自分であり，すべては自分のせいなのだ，自分は「罪」なのだと言う。ルーサはその後パラマブロンのベッドに連れて行かれ，夢の中で「死」を生んだと語られるが，これは『失楽園』の第2巻でセイタンが出会う地獄の門番の女性「罪」と，その息子の「死」になぞらえたものである。

　ルーサは，エニサーモンがセイタンを罪から守ろうと創った新しい空間に逃げ込み，天界の大集会はエニサーモンのこの行為を是認して，その空間に時間を与え，それが6000年に及ぶ。空間が先で時間が後である。その空間の見張りをめぐっての混乱に，神の手は前述のセイタンの不透明とともにアダムの収縮を二つの極とする（13：20）。神の手はセイタンの不透明が生じた第9葉から一段と進んで，セイタンとアダムという二つの極を揃えたのであった。

　偽善的神聖さのうちに，死体（the Body of Death）が完成するが，この者は神に見棄てられた者として死んで，罪人として罰せられた救い主イエスなのである。これがヴィジョンの行きつく先であった。

　吟唱詩人の歌は第13葉44行で終わった。後は「私」が語るが，論理的

に考えれば，吟唱詩人の歌を紹介しているのも「私」なのである。この歌を聞いた多くの者は受け入れようとはせずにこの歌を貶めるが，彼は，

> 私は霊感を受けている！　私はそれが真実であると知っている！
> 何故なら詩的守護霊の霊感に従って歌うからで
> その彼は永遠ですべてを守る神なる人間性であり
> それに対して　いつも栄光と権力と支配がありますように。アーメン
> 　　　　　　　　　　　　　　　　　　　　　　（13：51-14：3）

と反論し，吟唱詩人はミルトンの胸に避難する。

　そこでミルトンは立ち上がり，死の状態にあるアルビオンを目にして，「約束の衣」を脱ぎ捨て，贖われるもののために下界へ降りることを決意するが，それは永遠の死への道であった。冒頭の祈願の中の言葉では「旅」である。『失楽園』のセイタンの新しい世界を求めての旅が手本になっているのであろう。

　吟唱詩人の歌が終わると語り手「私」が登場するが，実は全篇の語り手であったのだ。「私」の見るところ，パラマブロンとセイタンの争いが世界の堕落にまで至ったことを知ったミルトンが，自らの内なる自我（セイタン）を感じて自己滅却のために下界へ降りるのである。大集会はミルトンの様子に「死」とアルロ（ビューラの下の地）の影を見た，と語られるが，「私」は外側から，発せられる言葉から判断するしかない。「私」（ブレイク）は見る人なのである。

　ミルトンの下降は「私」の目には流星のように見えたが，それは「私」の左足に入ると，そこから黒雲が上り，ヨーロッパ中に拡がる。しかし「私」はそれがミルトンであることを知らなかった。というのは人間は知ることができないからだ。永遠界の秘密が明かされるのは，空間と時間が終わるときなのである（21：8-9）。一方ユリゼンはミルトンの下降の意味を知っているので，アーノン河でミルトンと争う。アーノン河はヨルダンを流れて死海に注ぐ河だが，「民数記」によると，イスラエル人はこの河によってエジプト

の死の束縛から逃れたのであった。旧約聖書の時代も重ねられると、アーノン河によって死の肉体から生成の肉体に変わることになる。

エデンでは「ミルクと真珠の液体の美しい川」がオロロンと呼ばれていたが（21：15-16)、これがミルトンの後を追って下降する乙女オロロンへの最初の言及である。ブレイクの神話では、アルビオンがイギリスの名であると同時に全き人間の名であり、エルサレムが都市の名であると同時に女性の名であると同じように、オロロンも川の名であると同時に乙女の名なのであって、そういう設定によって彼女の存在の重要性を示している（ミルトンに地名があてがわれなかったのは、オロロンと不釣合であった）。

ミルトンの雲がヨーロッパ中に拡がったのをロスも見ていたが、天上では神の家族がオロロンの上で一つの太陽になる。オロロンはミルトンの下降を悲しみ、「我々も降りよう」と言うが、オロロンは複数から成る存在であるので「我々」と言うのである。「救い主イエスがオロロンの雲に乗って現れた」（21：60) ということは大きな後押しである。

「私」が永遠界を通って前へ進むためにサンダルを履いたとき（22：4-5)、ロスが私の背後に降りてきて「私」と合体した。今やロスも「私」となり、「私」も影の予言者なのである。

　　私はあの影の予言者だ。6000年前に永遠界の胸の
　　私の位置から落ちた。6000年は終わった。私は戻る！　時間も空
　　　　間も私の意志に従う。
　　私は6000年の中をあちこち歩く。時間の一瞬たりとも
　　失われてはいないし、変わる空間の一事も失われていない。
　　すべては残る。6000年のあらゆる作られたものは
　　永遠に残るのだ。セイタンが堕ちて切り離された地上では
　　すべてのものは消え、もはや見られない。
　　それらは私から、私のものから消えはしない。我々はそれらを最初
　　　　も最後も守る。
　　幾世代もの人間は時間の潮流に乗って走り続ける。

しかしその定められた顔立ちは永久にいつまでも残るのだ。

(22：15-25)

　6000年前に永遠界から堕ちた予言者ロスの力強い宣言は、「私」の宣言でもあり、かつての永遠界へ戻るという強い意志が表明されている。そして6000年の間にあったものはすべて失われない、と時間の世界の永久性が述べられるのは、時間の世界の重要性の主張でもあろう。

　かのパラマブロンとリントラがゴルゴヌーザの門で「私」（とロス）を迎える。ロス（と私）は息子たちに「我々は怒りによってではなく、慈悲によってのみ生きるのだ」（23：34）と呼びかけ、エデンでの古い予言（23：35）を思い起す。「アルビオンの地のミルトンが、進んでフェルパムから飛翔し、嫉妬の鎖を根こそぎ打ち壊すのだ」というものであり、ミルトンの行動の重さを仄めかしている。そしてパラマブロンとセイタンの争いが、セイタンの嫉妬によって起こったのだと明らかにしてもいる。

　ロスは死すべき者たちから「時間」と名づけられ、エニサーモンは「空間」と名づけられている（24：68）とされているのは、ロスの確固たる内的意志に対して、外からの目を説明するものである。人々は彼を禿頭の老爺であると思っている、と時間の伝統的擬人画（大鎌を手にした老爺）と実際のロスとの食い違いが付け加えられる。そしてブレイク独自のロスの世界についての長い説明が展開されるが、ぶどう絞り機は今やライン河のほとりにあり、ロスはリントラとパラマブロンとともにここへ降りてくる。ゴルゴヌーザの東方のセイタンの場の前、と場所が設定されている。ロスはすべてのものを絞り機の中に入れる。これは最後のぶどう収穫なのだ。「大いなるぶどう収穫が今や地上にある」（25：17）、「覚醒者は来ている」（25：32）と予言者ロスは労働者たちに叫んでいた。あらゆる国とあらゆる家族に三つの階級（選ばれたもの、神に見棄てられたもの、贖われたもの）が生まれる。審判が終わるまで堪えて待て、と説くロスは、息子たちをぶどうの収穫作業につかせていた。

　これを植物的な生成する目で見ると幻であって、そこには肉体に向かって

降りる魂たちと,肉体から解放された魂たちとがいる。このぶどう絞り機は地上では「戦争」と呼ばれている (27:1) として,さらにそれはロスの印刷所であった,と述べられるのは,一つのイメージに幾つもの意味を持たせるブレイク的方法であるが,ヴィジョンの実体のなさを示すものでもあろう。ここでは天上界と地上とを串刺しにして見ているような効果もある。

そこで永遠界と時間の世界の違いについての説明が挿入されるのも,流れとしては理解できる。永遠界には詩,絵画,音楽,学術(建築)の四つがあるのに対して,時間の世界では学術のみが慈悲によって残り,他の三つはその学術を手段にして時間,空間の世界で見ることができるというのである。ブレイク自身が絵を描き,詩を書き,それに曲をつけて歌っていたことから察するに,ここは彼の生き方の自信のようなものが窺える箇所である。

そしてロスが創った世界について語られる。ロスの息子たちのある者は形と美を生み,無に名前と住居を与え,無限のものにも限界を課す仕事をする。他の者たちは美の創造に専念し,またある者は瞬間から年,時代までの時間を建設する。また彼らは空間を創る役をも引き受け,空を創り,宇宙を創る。かくしてロスは6000年をかけて壮大な世界を創り上げたのであった。ミルトンを迎え入れる世界が整っているということである。

2 オロロンの下降

第2部はオロロンの下降の物語である。

すでに「我々も降りよう」というオロロンの言葉が第1部に記されていたが,それが実現されることになる。順序として,まずオロロンがそこから降りてくる場であるビューラについての説明がなされるが,第1部の終わりで描かれたロスの世界に匹敵するほどの長さである。

ビューラは対立するものが同等に真実である場であり (30:1),永遠界の周りに位置する。とはいえ,永久に存在している場所ではない。そこはエデンの住人たちからはよく見えるものの,ビューラの住人たち自身にとって

は，母親の胸に抱かれた幼児のようなもので，外は見えない。エデンの息子たちにとっては，穏やかで楽しい休息の地であり，ここへ疲れた者は連れて来られるのだ。この空間にオロロンの息子たちと娘たちが降っていた。そしてオロロンはミルトンを追ってさらに下の空間へ下降しようというのである。

　ビューラの娘たちは泣いたが，主 (the Lord) も権力と大いなる栄光とともに，オロロンの雲に乗って現れる。4元素の生物は一つにまとまってセイタンと名づけられるが，彼らは生成 (generation) しか知らず，再生されることはない。神に見棄てられたものということである。第1部に描かれたセイタンを，ビューラの立場で眺めているのである。オロロンの下降を嘆くビューラの人々が見るヴィジョンは優しいもので，春の歌を歌うナイチンゲール，そして雲雀の歌にリードされて始まる鳥たちの歌や花々，芳香を放つじゃこう草 (wild thyme) である。じゃこう草の thyme という名前は time と同音であり，語呂合わせになっている。したがって時間を創るロスの使者という意味合いが込められるのであろう。この植物には，もともと「キリストの梯子」という意味があるそうである[15]。

　先に天上界から降りたミルトンは，死の臥所に座り，夢の中で七人の天使と話を交わし，「状態」(states) についての哲学が語られることになる。「我々は個人ではなく状態なのだ (32：10)」，「状態は変わるが個人のアイデンティティは決して変わらない (32：23)」などアフォリズムのような言葉が並ぶが，神の手によって不透明の極と定められたセイタンも，収縮の極と定められたアダムも，状態であり，対極にある透明と拡張の状態への変化が想定されている。それでは想像力は状態なのだろうか。

　　想像力は状態ではない。人間存在自体である。
　　愛着や愛は，想像力から分かれたとき，状態となる。
　　記憶はいつも状態であり，理性は状態であり，
　　　滅却されるべく創造された。そして新しい論証的根拠が創造された。

創造され得るものは何でも減却され得るのだ。形はされ得ない。

(32：32-36)

　ビューラの歌の中から聞こえてくる聖なる声は，「あなたと結婚したとき，あなたは美しくて穏やかであったのに，今は嫉妬して恐ろしく，美しくない」という内容で，ミルトンの行動を見なさいと言う。時間の流れのうちに女性は変化する，そして嫉妬が表れてくる，という女性観は，ミルトンは女性の影を永遠の死から贖うために下降した，ということと結びつく。第1部で述べられた「内なる自己の滅却のため」というミルトンの下降の目的から逸れているように見えるが，彼の女性的分身に光を当てているのである。「ミルトンが自己滅却を行うのを六重の女性が見るとき，愛する人の死と悲惨さによって，そして滅却によって絶えず贖われるのがあなたの運命だ」(33：11-15) と言われる「あなた」とは，密通 (whoredoms) の処女なるバビロンの母である。

　ビューラの歌声はオロロンを慰める調べをも響かせる。歌声はオロロンに対して，あなたは「燃える円」(the Fiery Circle) (34：3) であるのか，と問いかけるが，この表現に絡んで，オロロンは空白 (blank) としての女性なのだ，という説がある[16]。それに触発されて，物語の中に散見する「空白」，「虚空」(void)，「裂け目」(breach) などの言葉に注意を払ってみると，ミルトンの下降という行為も，自分自身の中に虚空を開いて入る (34：40-42) とされていることから，「空白」のアナロジーに見えてくる。ブレイクのシステムは，空白の虚空が要となっているとすれば，システム全体が陰画のような趣だと言えそうである。

　オロロンはミルトンの違った跡を辿って，ビューラの下にあるアルロという世界を見るが，それは時間と空間の海へと下っている大きなポリープであって，生きている繊維から成る，27重になったものであり，人間の死をむさぼるのである。ポリープの周りにはロスが絶えず「世界の外殻」(Mundane Shell) を建設している。ここにブレイクは四人のゾアを配置するが，物語の縦糸に対して，このような構造的説明を横糸として織り込むの

が，ブレイクのヴィジョン造型術である。

　この「世界の外殻」の割れ目（chasm）にオロロンの息子たちが住んでいるが，これも割れ目である。アルビオンも，ここに古くからある岩の上に横たわっている。オロロンはこのポリープを通らなければ，理想の都ゴルゴヌーザを見ることも叶わない。しかし，そのままポリープを通れるのは救い主だけである。オロロンがすべての死の臥所を調べると，その中にミルトンの臥所があって，八人の不滅の星の世界のものが警護をしていた。この八人は，オロロンが降りて来たのを見て喜んだ。こうしてオロロンのおかげで永遠界への道が開かれ，またビューラを通ってロスとエニサーモンのところへ行かれるようになったのだ。

　この旅の間，オロロンは前述のように多数（multitude）（35：37）の形を取っている。その彼女がロスとエニサーモンのところへ降りることができたのは，セイタンも見張りの者も見つけられない「瞬間」が毎日あるので，そのときを利用したのである。この「瞬間」は時間の「割れ目」と言ってもよさそうである。

　このとき，夜が明け，エデンへのロスの使者である「じゃこう草」のある風景が見える。ゴルゴヌーザとビューラへそれぞれ流れていく二つの川があるが，オロロンはその泉のほとりに座っていた。雲雀が舞い上がった先には水晶の門があり，それが第1の天の入口である。雲雀はロスの使者なのである。次々と雲雀が交代して案内をしてくれるが，「私」の庭に降り立つオロロンは，死すべき人間やアルロのものには見えても，永遠界のものには見えない。見える，見えない，ということで人間の境涯が示されるのである。

　女性の形にならないと植物的生の世界に入れないので，オロロンは12歳の処女の姿となってブレイクの庭に現れたのであった。そしてロスは「私」と一つになったとき，「私」の植物的生の部分を火の旋風に乗せてランベスからフェルパムに連れて行き，「私」のために美しい田舎家を用意してくれていたのである。ブレイクの実生活での出来事をロスと結びつけて語ることは，フェルパムでこの詩を書いていることの説明でもある。そしてオロロンがブレイクの庭に姿を現すことは，ブレイクのヴィジョンに花を添えている

が，時間と空間についてのニュートン的（セイタン的）概念を超えることでもある。ここでは絶対的時間，絶対的空間は存在しないのだ。

「私」がオロロンに話しかけると，彼女は「私」にミルトンを知っているかと訊ねる。その声をミルトンの影が聞き，すべての繊維が凝縮してミルトンとなる。このとき「私」の見るミルトンは，内にセイタンを含み，さらに教会や，『失楽園』に登場した数々の邪教の神や怪物などがミルトンの影の中にいるのであった。ミルトンは「私」の田舎家に黒衣をまとって降りて来る。

ミルトンは，セイタンこそが自分の理性的分身である，としてセイタンに向かって，自分は自己滅却のために来ているのだと言う（38：34）。過ちを一つにまとめてセイタンとし，それを滅却する，というプロセスである。セイタンの方は，自分が神だと主張する（38：56）のだが。

突然ミルトンの周りで七人の天使が激しく燃え，道が固くなると，そこにミルトンが降る。フェルパムの谷は火に包まれ，ラッパが鳴り響く。アルビオンに向かって「目覚めよ」と呼びかける声が聞こえると，セイタンは震え，叫び声を上げ，恐れる。アルビオンがイギリス全土にまたがって立ち上がる。『四人のゾア』での，「大いなる人間アルビオンの堕落と更生」という，大いなるプロットが重なる。

ブレイクにとっては，ミルトンの最終的な行為をしっかりと見届けることが最後の役割であったのだが，肝心のミルトンの行為は微かにしかわからなかった。見えなかったのである。彼はオロロンがミルトンに語っている言葉を耳にしただけであった。

　　私はあなたがアーノン河の上で争っているのを見る。そこに恐ろし
　　　い
　　すさまじい人間が歳月のマントに覆れているのを私は見る。
　　私はロスとユリゼンを見る。オークとサーマスを見る。
　　アルビオンの四人のゾアと，彼らと争っているあなたの霊が
　　自己を棄てることで敵にあなたの生命を与えるのを見た。（40：4-8）

と述べたオロロンが，自分が原因なのであろうか，と問うと，邪悪なものたちがアルロの無数の国の下に現れた。威厳を持って答えたミルトンの言葉はこうである。

> あなたは霊感を受けた人間の言葉に従いなさい
> エルサレムの子供たちが奴隷の身から救われるように
> 消滅できるものはすべて消滅されなければいけない
> 否定というものがあり，対立がある
> 対立を取り戻すために否定は滅ぼされなければならない
> 否定はあのスペクターだ　人間の内なる論理の力だ　　　（40：29-34）

ミルトンの場合，否定とは理性の力であり，自我であり，セイタンである。そして対立とはミルトン対オロロンである。
　すべては火によって浄化されることになり，生成は再生に呑み込まれる。オロロンは「これは存在の外の虚空で，もしそこに入れば子宮となるのか？　これがアルビオンの死の臥所なのか？」（41：37-42：1）と問いかけながら，六つに分かれ，ミルトンの影の深みへと逃げ込む。ここでは虚空の認識は子宮と結びつき，生につながって行くが，オロロンはこのように虚空を埋める存在なのである。
　一方，オロロンがフェルパムに降りたとき，星月夜の八人は一人の人間，すなわち救い主イエスとなった（42：10-11）。彼の手足の周りに，血の衣のように折りたたまれたオロロンの雲があり，その内外に神の啓示が書かれていた。その衣は「6000年の横糸」と名づけられたが，それを「私」は聞いたのであって，見たのではない。
　アルビオンの周りに不滅の四人が立ち上がる。イエスはフェルパムの谷から血の雲をまとって足を踏み出し，アルビオンの死の胸に入ろうとする。それを「私」は耳にして，倒れる。「私」の魂はこの世の状態に戻り，復活と審判に向かう。「そして私の甘美な喜びの影は，震えながら私の横に立っていた」（42：28）。

雲雀がさえずりながらフェルパムから空を舞い上がり,「じゃこう草」が立ち上がる。ロスとエニサーモンはサリーの丘に立ち,彼らの雲は南風とともにロンドンの上を渡る。そしてヴィジョンの終わりはパラマブロンとリントラである。二人は人間の収穫を見下ろしている。
　かくして『ミルトン』は現実に戻って終わるが,ミルトンの自己滅却とイエスの最後を「私」はその目で見てはいない。セイタンの不透明に対するミルトンの透明は,「私」には見えないのである。ロスとミルトンを体内に迎え入れたのに,である。もっとも,ミルトンの自己滅却のときに,「私」は本来の生身の人間に戻っていたと考えられる。
　虚空が子宮になるのかと問うたオロロンは,再び生まれるという円環に巻き込まれていたとしたら,キリスト教の直線的時間の進行の中でどうなるのであろう。
　ミルトン対オロロン,という対立は,オロロンがミルトンの影の深みに逃げ込むことで解消されたが,吸収されるしかなかったオロロンは,ミルトンと五分五分の対立関係にあったわけではない。つまりは従属的女性でしかなかったのだ。言い換えれば,オロロンは完全に対立できるほどの存在を与えられていないのである。四人のゾアの図式に準じて,ミルトンのエマネーションであるかのような期待を読者に抱かせたが,ブレイクの庭に降りたとき,彼女は12歳の処女だったのである。威厳のあるミルトンと,12歳のオロロン。オロロンを空白と捉えるのも説得力がある。
　女性の復権は『エルサレム』に委ねられ,『ミルトン』は途上にあるヴィジョンとして終わった。

3　時間とヴィジョン

　「ロスは死すべき者たちによって時間と名づけられ,エニサーモンは空間と名づけられた」(24:68) と第1部で書かれることで,ブレイクのヴィジョンの世界の骨格が定められた。そしてロスとエニサーモンも,『四人のゾア』

以前の世界での存在から抜け出して、突出した位置を与えられたのである。『四人のゾア』でのロスの役割は、かつて永遠界にあった全き人間アルビオンを覚醒させて永遠界へと復帰させることであって、『ミルトン』でも方向は同じであるが、ここではロスは語り手のブレイクと一体化し、さらにミルトンとも合体することで、行動する主人公にもなったのである。

その「ミルトン＝ロス＝ブレイク」は、オロロンを自分の影の深みに受け入れて、最終的な自己滅却に至る。「影」と書かれるのは、ミルトンの本体は天上界にあり、地上に降ったのは影だからである。とすれば、これはミルトンの影の物語であったのだ。「永遠の予言者」あるいは「永遠界の予言者」と言われていたロスが、「影の予言者」（Shadowy Prophet）と『ミルトン』では名乗っているのも、時間の世界自体が影であるということであろう。

本来ならば神によって創られる時間と空間が、ここではロスとエニサーモンによって創られる。『エルサレム』に表れる「神のアナロジー」（Divine Analogy）という言葉を持ち込むならば、ロスとエニサーモンは「神のアナロジー」の作業を行っているのである。この二人が創るおかげで、『ミルトン』での時間と空間は人間的現象でもあって、パラマブロンとセイタンの争いのとき、ロスはこの争いの日を空白にしようと言う。また、オロロンがロスとエニサーモンのところへ降りるとき、セイタンには見えない一瞬を利用するのも、ロスが時間を創っているのだから、ロスの恩恵であったのだと考えてもよいだろう。あるいは、意図しなくても、神ならぬロスの創る時間、エニサーモンの空間には空白や虚空や割れ目、裂け目があっても当然のことである。

『四人のゾア』の執筆、修正、加筆に費やした10年の間に、それまでのブレイクの円環的時間はキリスト教の直線的時間に浸蝕され始め、そのせいもあってこの予言書は未完に終わった[17]。もともと『四人のゾア』の円環はわかりやすいものであって、ゾアの一人であるサーマスから女性的分身イーニオンが分かれたとき、彼女は9日間働いて「運命の円環」（Circle of Destiny）を創り、これを空間化して物質界アルロとした、というものである。この9日がちょうど『四人のゾア』の枠組みの9夜に当たる。

ロスが時間を担ったことで、ブレイクのヴィジョンは変わった。予言者とされたのも、予言は時間の流れの中に成り立つからである。『ミルトン』では『四人のゾア』で行き詰まったブレイクのヴィジョンの修復の多くをロスに委ねているように見える。

　『四人のゾア』では、ブレイクは第9夜の最終的ヴィジョンに至る力の弱さを補うために、外から動かす力として「神の会議」（the Council of God）というシステムを思いつき、整合性を持たせるために第1夜に遡って「神の会議」を書き足した。しかし、これを設定したことで、従来ブレイクが考えていた、人間の内なる神は、外の存在になってしまった。『ミルトン』では、ロス、ブレイク、ミルトンの三者合一で内的強化が図られたが、神は外在している。ロスは神のアナロジーと言えるだろうが、神そのものにはなり得ない。

　『ミルトン』には、時間は永遠界の慈悲だ、というアフォリズムのような1行があるが、これは永遠界を完結点と見ての発想であり、時間は直線である。時間には人間存在の意義が託されており、時間が永遠界を支えている。だからこそミルトンは時間の世界へ降って、やり直しをしようとしたのである。

　すべてが終わったとき、語り手の私は私として残り、ロスとエニサーモンも時間と空間を担っているのであるから当然のこととして地上に残っている。ミルトンは自己滅却によって地上を去ったのであるから、三者合一は崩れ、ブレイクはブレイク、ロスはロスに戻っているのだ。『ミルトン』は、簡単に言えばミルトンが来て帰って行った物語なのである。

　見方を変えれば、ミルトンの行為は時間界をえぐって虚空を残した、と言えるのではないだろうか。そして、だからこそ時間は存在意義があるのだ、とも。

注

1) David V. Erdman, ed. *The Poetry and Prose of William Blake*, Doubleday & Co., 1965, p. 823.（コメンタリィは Harold Bloom によるもの。）
2) Harold Bloom, *Blake's Apocalypse*, Doubleday & Co., 1963, p. 341.

3) *Jerusalem* のオリジナル版は 4 種類あり A, B は 45 葉から成る 1808 年のもの, C は追加の 5 葉を含む 1808 年のもの, D はさらに 1 葉を加えた 1815 年のもの。C と D には「序」がない。使用テキストは注 1 の Erdman 版であるが, D に序を付け加えている。
4) John Milton, *Paradise Lost* の第 1 巻 26 行 (使用テキストは The Odyssey Press, 1962 版)。
5) Erdman, D. V., *op. cit.*, p. 680. 1800 年 Flaxman 宛。
6) Erdman, D. V., *Ibid.*, p. 35.
7) Erdman, D. V., *Ibid.*, p. 94.
8) Erdman, D. V., *Ibid.*, p. 7.
   土屋繁子『ブレイクの世界』(研究社選書 5) 研究社, 1975, 24-27 頁。
9) 41：35 でオロロンはミルトンに「あなたと私は Contraries である」と述べるが, 同じ道を辿ってきたものという認識があるので, むしろペアという感覚に近い。
10) 四人のゾア

ゾア	分身	性質	要素	天体	方角
サーマス	イーニオン	感覚	水	地球	西
ユリゼン	アーニア	理性	空気	星	南
ルヴァ (オーク)	ヴェイラ	愛	火	月	東
アーソナ (ロス)	エニサーモン	想像力	土	太陽	北

11) Erdman, D. V., *op. cit.*, p. 600.
12) Erdman, D. V., *Ibid.*, p. 696. 1803 年 4 月 25 日 Butts 宛。
13) Kevin Hutchings, *Imagining Nature, Blake's Environmental Poetics*, McGill-Queen's University Press, 2002, p. 139.
14) 'Mark well...' が挿入されている箇所　2：25, 7：20, 4：26, 7：18, 7：48, 9：7, 11：31.
15) Hutchings, K., *op. cit.*, p. 150.
16) Hutchings, K., *Ibid.*, p. 143.
17) 土屋繁子『ヴィジョンのひずみ――ブレイクの『四人のゾア』』あぽろん社, 1985. 何故『四人のゾア』が未完に終わったか, についての論考。

『エルサレム』[1]

　ブレイクの『エルサレム』は『四人のゾア』の主題を受け継ぎ，その混乱を統一に至らしめようとした予言書であり，彼の詩の頂点である。同じように『四人のゾア』の軌道修正の詩である『ミルトン』が生き方に関わっているのに対して，『エルサレム』は人間の眠り（堕落）と目覚めという『四人のゾア』とほぼ同じ主題を追いながら，確固たるヴィジョンの構築を目指している。ここには無心と経験，秩序と混沌，男性と女性，聖と俗，死と再生，表層と深層，中心と周縁など，さまざまな二元的対立の解消への姿勢が見られる。この作品の主題は「戦争と平和」だというブルームの意見[2]も同じことを意味しているのであろう。

　ヴィジョンの構築のためにブレイクはまず空間を導入している。『四人のゾア』は1-9夜という時間の進行を枠組みとし，その中での円環的時間と直線的時間のぶつかり合いが作品を混乱させ，未完に終わらせたと考えられるが[3]，『エルサレム』はタイトルの女性がすでに空間を担う存在である。彼女は普遍的人間アルビオンから分裂した「エマネーション（流出）」と呼ばれる女性であり，再びアルビオンの内へ戻ることで彼は分裂，堕落，眠りの状態から救われ，永遠界に歩み入ることになっている。彼女は「ヨハネの黙示録」の新しいエルサレムでもある[4]ので，神の花嫁，神の都であり，またここでは「自由」とも呼ばれるが，ブレイクの神話では「エマネーション」は男性と男性を結びつける空間であると考えられてもいる。エルサレムに焦点が移ったことは，男性中心主義に対する女性の復権という面もあるが[5]時間に空間を導入したことでもあろう。またアルビオンを救うために働くロスという人物が炉から創り出すのも空間に属するものである。

　ヴィジョンの構築のために，ブレイク自身が神の御言葉を書き記すだけの

者という立場を取ったことも非常に重要である。いわば物語と「私」のバランスを取ろうとしたわけだが、この「私」のありようが彼のコスモロジーの行方の鍵となる。

1　アルビオンの物語

　『エルサレム』は詩と絵から成る複合芸術であり、ブレイク自身が彫版したものだが、挿絵は必ずしも詩の意味とは一致せず、やはり詩が中心の作品である。だが全100枚のプレートをほぼ等分した4章それぞれの最終プレートの全面を占める絵は、後述のように、重要な意味を持つ。詩の方は4章の初めにそれぞれ大衆、ユダヤ人、理神論者、キリスト教徒に宛てたまえがき（散文と詩）が置かれ、語り手の認識の4段階を示している。彼は四重のヴィジョンを自分は見ると書いている[6]が、一重から四重までのヴィジョンのありようが4章の基になっていると考えると理解しやすい。同じ話の反復と見えるものも、ヴィジョンの相違からくるのである。

　第1章のまえがきで、彼は読者が自分とともにあり、主イエスにおいて一つであることを願い、イエスの精神は罪の絶えざる赦しだと説く。そしてシナイ山上で書く技を人間に与えた神の声を自分は聞き、彫版するのだ、と自己の使命を規定している。その使命を全うするにはおのれを無にしなければならず、自己滅却という倫理の実践でもある。この作品の主人公はキリストだという読み方[7]もあるが、自分はおそらく最も罪深い人間だと考えるブレイクの自我の葛藤が『エルサレム』の主題だ[8]と言ってもよさそうである。自由詩型を用いることについて、「枷をはめることは人類に枷をはめること」と述べ、「私」も自由であると見せているのだが、語り手が全く自由であれば神の御言葉は伝えられない。「赦し」あっての自由である。こうした難しい仕事にブレイクは取り組むのである。その仕事の内容を、彼は「永遠界を開くこと」(5：18) と言い、「私の大いなる課題から休むことはない」(5：17) ときっぱりと言う。物語の中頃で気が挫けそうになっても、「震えずに

書くのだ，そうすれば神の手がお前を助けるだろう」(47：16) と自らに言い聞かせる。この姿は物語中の人物ロスと重なる。ロスの有名な言葉「私は一つの体系を創らねばならぬ，さもないと他人の体系の奴隷になる」(20：21) はそのままブレイクの言葉に聞こえる。このロスは『四人のゾア』では人間アルビオンを構成する4要素の一つでありながら，次第に大きな存在に成長し物語のバランスを崩すほどになり，また『ミルトン』では詩人ミルトンとブレイク本人との三者合一を成し遂げる重要人物となっている。そして今，アルビオンの救済のために働く友人として，アルビオンの外側にいる。かつて4要素の一つであった頃には，時間と想像力が彼に割り当てられていたが，その名残はまだある。最後にキリストはロスの似姿で現れるが，『ミルトン』で三者合一を書いたブレイクはここに自分の似姿をも見ていたのではないだろうか。キリスト—ロス—ブレイクである。ゾアの残りの三人は周辺に追いやられて影が薄くなり，ときどき思い出したように名前が列記される。このとき，ロスもこの世での名アーソナとして四人のゾアに入れられている。残骸のように。

　第1章の冒頭に「アルロの眠り，永遠の死の通過，永遠界への目覚め」という全篇の主題が叙事詩の形式に則って提示されるが，アルビオンはすでに堕落の状態（アルロ）にあり，本体 (humanity) は永遠界で眠り，「エマネーション」エルサレム，「スペクター」と呼ばれるサタン（セイタン），影の女性ヴェイラ，と四つの存在に分かれている (15：6-7)。『四人のゾア』での分裂よりも複雑化しており，それだけブレイクの考えが深まったのであろう。人間の本来の姿と状態とは区別されるべきもので，人間は変わらないが状態は変化するものだという見方[9]が根本にある。したがって物語中の人物たちは状態なのである。アルビオンは神の幻に背いて逃げており，堕落の状態が進むと，12人の息子，12人の娘が現れるが，第1章では息子，第2章では娘がロスに相対する。全体の流れとしては女性の力が次第に強くなる傾向がある。アルビオンがイギリスでもあるので，各都市も擬人的にアルビオンをめぐって動くが，それも物語の空間化の一つであろう。

　ロスの仕事は炉を守り，そこから救済の手段を創り出すことであり，鍛冶

仕事のイメージで描かれる。神の救済の手続きは、アルビオンの体系を固定し、それを棄てさせるというもので、それを見ることができるのはロスだけであり、炉の上に絶えず神の手を見ている（それを語れるのはブレイクだけであるという自負がある）。

　救い主は最初からアルビオンに目覚めを促し、「私はあなたの中に、あなたは私の中に、神の愛のうちに相互に存在している」（4：7）と呼びかける。「救い主」、「神の子羊」、「神の幻」と呼ばれるキリストは、呼びかけの対象であったり、理論の説明に引き合いに出されたり、昔話の中の存在であるのがほとんどであって、確固たる存在は語り手「私」のわずかな言及によって示されるだけである。そこで第1章の終わりでも「そのようなヴィジョンが私に表れたのだった」（26：1）と「私」の立場が強調されるのである。

　物語としては、アルビオンが神の幻に背いて逃げ、「エマネーション」エルサレムと影の女性ヴェイラがともにさまよっている間、ロスは自分の「スペクター」と炉で働いている。彼には名前がない。プレート6には炉の前に座っているロスが上に漂っている蝙蝠の翼の「スペクター」を見上げている絵があり、詩からだけではわからない「スペクター」のイメージが鮮明になっている。絵によるヴィジョンの質量化、明確化と言ってもよいだろう。ロスはアルビオンを「わが父」（22：18）と呼んではいるが、対等の関係で仕事に励んでいる。そして「スペクター」とは主従の関係にある。

　「スペクター」という存在は『四人のゾア』第4夜で初めて登場したが、最初は構想に入っておらず、『四人のゾア』の執筆中に生まれたもので、それが『四人のゾア』の完成を妨げた原因の一つとなった。『エルサレム』では最初からロスの影であり否定である存在であって、ロスに強制されてしぶしぶ働いている。固有名詞が与えられていないのは、実体のなさを示すものであろう。とはいえ第4章ではロスとロスの「エマネーション」とを争わせるほどの力を発揮することになる。第1章ではロスは「お前は私の自尊心であり独善だ」（8：30）とその性質を規定しながら服従を説く。ロスの最初の仕事はイアリン（アイルランド）の空間を完成させること（9：34、11：8-12）である。この空間は星の高さから星の深さまでのもので、アルビオン陣営の

「星の車輪」（5：4，46など）に対抗し得る。限定，強化がロスの，そしてブレイクの仕事の特徴である。また，より大きな仕事としてロスは芸術の都ゴルゴヌーザを建設する（10：16）。これはロンドンに相当するが，新しいゴルゴタだとする説もある[10]。この建設は「恐ろしい永遠の労働」（12：24）だが，「永遠の」とは「永遠に続く，そして永遠界に至らしめる」という二つの意味であろう。この都にエデン，ジェネレーション，ビューラ，アルロという人間の四つの状態が含まれ「あらゆるものが存在する」（13：66）とされ，非常に包括的な地である。

そしてまた「世界の外殻」（the mundane shell）（13：33）もロスの手によるものである。そこから植物生の大地を創るが，その中心に永遠界がある。一方植物生の大地は星となって「世界の外殻」まで拡がり，そこで永遠界と出会う。永遠界は世界の内と外にあるのである。人間にも内なる植物生があるとされるので，大宇宙と小宇宙（人間）のアナロジーが考えられている。永遠界（想像力の世界）と植物生の世界の対比，関係は77：13-16でまとめられるが，外側にあるアルビオンの息子たちの「星の車輪」は「サタンの車輪」（13：17）とも言われ，これもアルビオンの腰の内側にあって（18：44）道を切り開き，ビューラの夜を越える。「星の車輪」はエルサレムを東方へ，虚無へと引っ張るものでもある。空間は人間の外と内にあるもので，さらに人間の四つの地域それぞれから「外に拡がる外と，内に拡がる内がある」（18：2）とされる。そういえばブレイク自身の仕事がすでに「人間の不滅の眼を思考の世界へと内に向けて開き，永遠界へと開くこと」（5：19）と定義されていた。

ロスが見るものは生命の木のケルビムや『四人のゾア』の主役であったゾアたちとその「エマネーション」の女性たちであり，前作とのつながりを感じさせるが，アルビオンの息子や娘たちをも見る。これを外側から見ているブレイクが解説を加え，自分は「眼の前に過去，現在，未来がすべて同時に存在しているのを見る」（15：8）という。これが四重のヴィジョンであろう。「地上で活動するすべてのものはロスの広間の輝く彫像の間に見られる」（16：61）という解説も，想像力としての存在であるロスと，自分の四重の

ヴィジョンを重ねている。ロスの空間と関わる仕事として，イギリスとウェールズの 52 の州，スコットランドの 36 の州の固定化があるが，これもブレイク自身のヴィジョンの質量化の戦略と重なる。

　さまようエルサレムは第 1 章の終わり近くで大いに語るが，自分はアルビオンの胸から飛び出して神の小羊に受け止められ，その花嫁になったのであり，神の小羊は影の女性ヴェイラをアルビオンに与えたのだという。そのエルサレムはアルビオンに対して「何故私の魂の全繊維を数えようとするのか」(22:18) と詰問する。全体的把握を損なってはならないというのである。

　アルビオンはヴェイラの中にエルサレムがいるのを見るが，自分が殺した者がサタンの中にいるのも見る。この者ルヴァは『四人のゾア』ではエネルギーや情熱を司るオークという存在の永遠界での呼び名であり，ヴェイラは彼の「エマネーション」であった。彼はここでもアルビオンの分身であり，キリストを思わせる存在である。エルサレムは赦しと自己滅却を説くが，絶望の頂点にいるアルビオンにとって，彼女は彼を欺く影であり，空想の娘，呪いなのである。彼は最後の言葉の中で神の小羊に対して「おんみは迷妄だ，エルサレムは私の罪だ」(24:53) と言う。第 1 章の終わりはブレイクの詩の女神でもあるビューラの娘たちの嘆き，そして「神の子羊よ，降りてきて罪の汚名を取り除いてください」(25:12) という祈りで終わる。

　ブレイクは実生活上の地名や人名を物語にはめ込んでおり，例えばランベスという地がゴルゴヌーザのカーテンを織る者として，あるいはエルサレムが隠れる場として現れるが，このテムズ川西岸の地に彼は 1791-1800 年に住んでおり，作品を書き始めたのがここであった。Lambeth という綴りに Lamb（子羊）が入っていることもブレイクの気を良くさせているのであろう。

2　アルビオンとロス

　第 1 章と第 2 章の間にある 1 頁全面を占める絵は，腕を蛇に巻きつかれ

たハンド（アルビオンの長子）が焔に包まれて立ち，エルサレムがそれを見守っているものであり，アルビオン側とロス側の対立を表している。

　第2章のユダヤ人に宛てた前置きで，ブレイクはイギリスがユダヤ人の宗教の場であったとしており，アルビオンにイスラエルの空間も時間（歴史）も重ねようというブレイクの意図が窺える。ヴィジョンの重層化である。続く4行詩22連はブレイクの全体的ヴィジョンを紹介しており，かつてのイギリスには神の子羊がエルサレムとともにいたのに今はいない，しかし神の幻はなおも見られると語っている。ここでアルビオンの「スペクター」が腹から生まれ，その名はサタン（セイタン）だとされる。サタンはゾアの一人ユリゼンの本体であり，ミルトンの『失楽園』のサタンの連想も担っている。この4行詩の最後の方で「人間の最悪の敵は自身の家と家族の者たちだ」（27：81-82）と歌われるのは，アルビオンの分裂のことであるが，ブレイクの実生活を反映しているのかもしれない。しかし最終連（27：85-88）は「私」を前面に押し出して力強い。

　　私の取引所の中をあらゆる地が歩き，
　　あらゆる土地の中を私のものが歩くだろう。
　　互いにエルサレムを建設するであろう。
　　ともに心の中に心を，手の中に手を置いて

　この取引所（exchanges）は彼の作品あるいはヴィジョンのことであり，「私」と空間的存在が結びつけられる場である。

　第2章のプレート29-46の配列法には2種類あり，29-33を46の後へ入れるのが第2のもので，今日ではこの第2の配列が採られている[11]。こちらの方がアルビオンとロスの対立が際立つが，時間の流れが問題視されるわけではなく，ブレイクがモンタージュ的手法を用いていることがわかる配列である。

　アルビオンは今や罰する人，告発者としてタイバーン川のほとりに座っており，足許に死の木が生える。混沌から生まれたセイタン（サタン）が「私

はお前の理性的な力だ」（29：5）と言い、「神聖だというあの人間の形は70インチの長さの虫に過ぎない」（29：6）と決めつける。ヴェイラが現れるがアルビオンは彼女を認識できない。ロスは嘆くヴェイラの前に炉を開き、「誰もの胸に王座があり、それが神の座である」（30：27）のに、女性がそれを自分のものだと主張している、と言う。ブレイクの女性は善であれば弱く、強ければ悪と結びつく。

　「神の手がアルビオンの胸の中に二つの限界、つまりセイタンとアダムを見出した」（31：1-2）が、これは『四人のゾア』から引き継がれた考えであり、人間の歴史の始まりである。この二つの限界はあらゆる人間の胸にあり、セイタンは不透明、アダムは収縮の限界と考えられている[12]。ブレイクはヴィジョン構築のために限界を与えるのである。神の幻を描くときにも人間の姿をとらせ、その声は群集の声だとする。その声は「アルビオンは永遠の死へと赴く。私の中ですべての永遠が罪の宣告を通り抜け、そして墓を越えて目覚めなければならない」（31：9-10）と述べ、虚無へと降りて行く。

　神の幻が「神の慈悲」（32：53）「慈悲深いもの」（36：33）と書かれるのは、神の慈悲がキリストであり神の幻であり、それが人間に慈悲を示すという構造を示しており、神が直接人間の前に現れることはこの時点ではない。穏やかにアルビオンを追っている救い主の姿を「もし人間が見ることを止めると、彼は存在しなくなる」（34：13）と語り手ブレイクは付け加え、「見る」ことを強調する。

　「あらゆる胸に一つの宇宙が翼のように拡がっている」（34：49）と内側の空間について語られるが、アルビオンの胸の内には宝石と黄金でできたロスの門があり、植物生のものからは見えない。セイタンの見張り役にも見えない。門はブレイクの限界の象徴である[13]。この門の前で道徳的美徳の体系が始まり、レイハブ（ラハブ）と名づけられるが、レイハブはヴェイラとつながる。アルビオンはこの門を通って逃げるがそこに立ち止まり「私は死ぬ。永遠の生に赴く」（35：16）、「神は私を見棄てた」（35：22）と絶望していた。

　あらゆる谷、丘、川は「アルビオンの友たちよ、目覚めよ」（36：18）と呼びかけ、24の都市も震えながらやって来る。そして神の一族が一人の人間

の姿で現れた。これもブレイクの限定の手続きである。アルビオン救済は次第に形を整えて行くように見えるが，エルサレムはランベスの谷に逃げている。ロスは何故腕を拱いているのかとゾアたちに怒る。ロスはアルビオンの友たちから力を委ねられ「予言の霊」(39：31) と名づけられ，ヘブライの予言者であるエリアの名で呼ばれる。予言者としてのロスが規定されたのである。ところが彼らはアルビオンの病気をうつされて「見たものとなる」(39：32)。癒す者でもある都市バースが「神の子羊以外，誰にもこの恐ろしい病気を直せない」(40：15-16) と言うが，その声はアルビオンには聞こえない。ロスの炉を見てアルビオンは呪われているのは自分自身の愛情と自分の愛する者たちの愛情なのだと悟り，彼の魂は内側で死ぬ。これが第2章の核である。ロスも病気になるが，救い主が降りて来て彼に力を与える。彼は「世界の外殻」をつくる。第1章以来初めての言及である。

　神の幻は物言わぬ太陽のようにアルビオンの暗い岩の上に現れ，「アルビオンは再び立ち上がるだろう」(43：26) と予言する。そして人間の一族を閉じ込めるのだが，不死の二人が逃げて来る。アーソナ (ロス) とその「エマネーション」であった。神の手は彼らの上にあり，二人を安全にアルビオンの本体のところへ送り返した。そこでエデンの息子たちは困難なときも神の幻を守ったアーソナを讃える。ロスは彼らを胸に入れ，「聖なる救い主よ，いにしえのようにアルビオンの山々の上に立ち給え」(44：21-22) と祈る。

　ロスはアルビオンの内側を探り，すべての微細な細部が堕落させられ殺されているのを見た。またロンドンのあらゆる微細な細部が砂の粒になっているのを見る。微細な細部についての言及はこのあたり (プレート45) に集中しているが，小さな個々のものをまず大切にすべきであり，すべてをそのまま含まなければならない，というものごとのあり方についてのブレイクの基本的考えを表している。ロスはさらにエルサレムとヴェイラを見つけ，彼女たちとアルビオンとのやりとりを聞く。また炉の中にルヴァとアルビオンの恐ろしい争いを見た。その恐ろしさにブレイクはひるむが，自らを奮い立たせ，アルビオンの最後の言葉「希望は私から消えた」(47：17) を書きつける。第1章にもアルビオンの最後の言葉があったが，書かれたというよりむ

しろ聞こえたというニュアンスになっていた。書くことも限定作業であり，第2章の意味はこういうところにあるのであろう。

　第1章で空間を拡げたイアリンは，ここでそれぞれの道を示し，「そのとき彼らは自己滅却によって自己から立ち上がり，エルサレムの宮廷に，そしてシロの中に入るであろう」(49：45-46) と言う。シロとはフランスである。そして「主エホバがいる，前に，背後に，上に，下に，周りに」(49：52-53) と説く。神は取り囲む存在，どこにでもいる存在なのである。ビューラの娘たちは再び「来たれおんみ神の子羊よ，罪の記憶を取り去り給え」(50：24) と祈って第2章は終わる。第1章の終わりの彼女たちの祈りと比べると，汚名が記憶に変わっているのに気づく。時間の経過があったわけである。

　ロスの第2章での新しい働きとして，ルーベンというさまよえる人間を救おうとすることがある。ルーベンはさまよえるユダヤ人と考えられ，第2章がユダヤ人に宛てられていることと関連している。ロスはルーベンを東から西へヨルダン川を渡らせようとする。彼を固定させるのも限定の作業であるが，ルーベンは第4章でアルビオンの娘たちに呑み込まれる。ロスの注目すべきもう一つの仕事は，英語の「頑強な構造」(36：59) を創ることである。絵であれば1枚にすべて描くことができるが，言葉は延々書き連ねなければならない。ヴィジョン構築の手段としての言語の難しさをブレイクは感じていたに違いない。だからロスに英語の頑強な構造を創らせたのである。

3　堕落した世界

　プレート51の絵には左側に石に座って王笏を持ち，王冠とガウンをつけた女性，中央にうずくまった男性，右側には鎖につながれ，焔に包まれた男性が描かれている。女性はヴェイラ，男性二人はアルビオンの息子たちである[14]。

　第3章は前章よりもさらに難解とされているが[15]，一つにはブレイク自身の説明が増したためであろう。第4章に備えて，ここでアルビオンの過ちを

充分に強化しなければならないからである。この章のまえがきは他の章よりも散文が長く，4行詩は7連で短い。また本文の行数も他と比べると100行ほど長い[16]。ロスが言語構造を創った，と述べられたことと関連がありそうである。

　プレート52の絵の左手に「レイハブは一つの永遠の状態だ」とあり，右手に「魂の霊的状態はすべて永遠だ，人間とその現在の状態とを区別せよ」と書かれてあり，第3章の主題を示している。この章の理神論者たちに宛てた散文で，彼らはキリスト教徒の敵であり，人類の敵であり，宇宙的自然の敵だとブレイクは書いている。本文の冒頭，アルビオンの上で激しく泣くロスの魂の中にアルビオンの木の根が入ったとされるのも，堕落の様相の強化であり，生成の状態の強調である。ロスはアルビオンに取り囲まれる。取り囲む，閉じ込める，カーテン，ヴェイルなど，全篇を通して限定を表す語が多いのも注意を引く。が，ロスは人間の心の外に例のゴルゴヌーザを建設する。「精神的に四重のロンドン」(53：18-19)と説明されるゴルゴヌーザは絶えず創られては滅びるものなので，その建設は第1章に述べられたように，恐ろしい永遠の労働なのである。第1章での叙述がここでさらに説明されているように見えるのは，やはりヴィジョンの深化であろう。

　同様に前章で人間は「エマネーション」によって人間と結び合わされると説明したことを，ここではさらに「永遠界では個々の細部の形が特有の光を出すが，その形が神の幻であり，光が衣服だ」(54：1-2)として，その光がエルサレムだと述べている。つまり本体の神の幻から発せられる光，それがまとう衣，という二次的存在がエルサレムなのである。彼女はアルビオンの子供たちの間で「自由」と呼ばれる (54：5) と付け加えられるのは，すでに第1章の最後に述べられた言葉の確認であり，第4章の最終行「彼女たちはエルサレムと名づけられた」(99：5) に至る中間点でもある。ブレイクのヴィジョン構築法はかなり綿密なものなのである。この作品自体がエルサレムをこのようにつなぎに用いていることは，そのまま人間の各部分を結び合わせるエルサレムの働きと重なり合っている。だからタイトルが『エルサレム』なのであろう。

アルビオンはセイタンによって永遠界から混沌に投げられ,「その混沌は人と人との間の記憶だ」(54:8) と定義される。エルサレムの空間と対比的にアルビオンは記憶という時間と結びつくのである。彼はセイタンから逃れられない。セイタンは自らを神とする「手厳しく冷淡な, 収斂性のスペクター」(54:25) と書かれるが, 不透明の限界としてイギリスの歴史に組み入れられてアーサー王の名をつけられる。ロスは今やアルビオンの娘たちの形を限定し, 死の世界から生成の世界を創り出そうとしているが, セイタンはそれを壊そうとする。ゾアたちも両性具有のサタン的世界から生成の世界を創ろうとするが, それらはイギリスの地名と結びついてトポス的感覚を与えられる。前章に登場した神の一族は, ここで「神の七つの眼」(55:31) という七人を選ぶが, 最後の者がイエスである。

　アルビオンが死者の魂を捕えるために太平洋にヴェイラのヴェイルを投げると, これが彼の地の周りで生成し, 石化し始める。それにロスが手を加えると「世界の外殻」となるが, これは目覚めて永遠界へ入るための場である。改めて「世界の外殻」について説明が加えられたわけである。

　神の幻が炉の中に現れエルサレムの子供たちに話しかけるが, エルサレムはその声を耳にしても, その姿をほとんど見ることができなかった。ヴェイラは勝ち誇っているのだが。神の幻はエルサレムに「見よ, 私はいつもあなたとともにある。アルビオンの中で眠っているあなたの兄を死から立ち上がらせる力を, 私が持っているとただ信じなさい」(60:67-68) と言うが, この言葉の前半は再び62:29で繰り返されることになる。神の幻は彼女が「エホバのヴィジョンに慰められるように」(61:2) と, ナザレの大工ヨゼフとマリアの幻を見せる。身籠っているマリアと結婚する気のないヨゼフに対して, エホバは「救いは金や代価なしに, 罪の絶えざる赦しの中にあり, 大いなる永遠界における止むことのない相互の犠牲の中にあるのだ」(61:21-23) と説き, マリアとの結婚を勧める。その結果エルサレムは自分の手に乳児を抱く。ヨゼフの赦しによってキリストが生まれたということを彼女は理解したのである。さらに彼女はマグダレンにもなる。「あらゆる娼婦はかつては処女であった, あらゆる罪人はかつては幼い愛される子であった」(61:52)

という声を彼女は聞くが、一方でルヴァの霊が赤くなり血の流れとなって、天に、そして暗い夜に爆発する。ルヴァはブレイクの従来の神話では磔刑にされるキリストのイメージと重ねられていたが、ここでもその名残はある。しかしゾアの一員としてのルヴァは本能を司るサーマスを殺すとされ、本来アルビオンに属する者たちの状態は悪化するばかりである。

　エホバは泣いている乳児として天の誕生の門に現れる。希望を持って鍛冶仕事に励んでいるロスは、殺人などは幻の中でのことだと思っている。状況はさらに悪化するが、それはアルビオンの目覚めへの一歩でもある。アルビオンの娘たちはロスの前で一つにまとまり、ヴェイラとして植物生のものとなる。彼女の言葉によると、人間は蛆虫でしかなく、男性は結局は女性なのだ。キリストもマリアから生まれているが故に、聖なる人間も女性の影なのである。アルビオンの「スペクター」(サタン) がヴェイラを胸に引き入れ、両性具有となる。

　アルビオンの胸の奥でゾアたちが籤でルヴァの死を決めるという50行ほどのエピソード (15：5-56) が、『四人のゾア』第7夜b161-206から移されてはめ込まれているが、W. H. スティーヴンスンはアルビオンの内なる騒動を表しているのだと解釈している[17]。ルヴァを嘲っていた者たちは、見たものの通りに変わる。ルヴァはフランスだとされている (66：15) ので、ここに政治的意味も読み取れよう。彼らはなおも力を残しており、大きな建物を造るが、それが自然宗教であり、その祭壇が自然道徳、永遠の死の建造物である。ここでヴェイラは破壊の鉄の鎚を天から地へ向ける。アルビオンの娘たちは裸になり、ルヴァにナイフを揮い、彼の衣服を剥ぎ、残酷な指で心臓を探り、そこに祭壇を造る。このような犠牲者を見た者は、そのまま見たものとなる。

　神の幻は焔となり、火の柱、火の車輪となり、血の球体となる。

　人間の姿はアルビオンの娘たちによって変えられ始め、アルビオンの木と呼ばれる大きなポリープになる。血管と神経は二つの結び目にされ、種子は二重の結び目になる。アルビオンの娘たちはレイハブとターザ (テルザ) にまとまるが、第1章で同じことが述べられた (5：42) 後、第2章でアルビオ

ンの息子の「エマネーション」グウェンドレンがレイハブとターザに分かれたとされ (34：52)、彼女たちは流動的な存在である。レイハブはヴェイラの時間界での名である (70：31) と定義されており、前述のように「一つの永遠の状態」なのである。彼女たちは岩から繊維を取って男性を織り、その男性に合わせて自分たちを分離する。アルビオンの息子たちをヴェイルの内側に隠し、エルサレムの息子たちを外側にしてその魂をアルビオンの「スペクター」に食べさせる。そしてついに生成のポリープが大地を覆う。

ターザはアルビオンが彼女から逃げてさまよっていることを嘆いているが、やがてすべての男性は一つに統合され、ロスによってアルビオンの岸から追い払われてエルサレムの自由な愛を地獄の束縛へ引きずり込む。男女が調和しているビューラとは違うと語られるが、ビューラ以前の生成の地ジェネレーションが彼らの場なのである。が、今やビューラで死者の幽鬼たちが目覚めた (69：32)。不服従の女性の中で地獄のヴェイルが大きくなり、それをキリストが裂くと、すべてのドルイドの法は内なる聖域から取り除かれる。偽りの聖性が外側に出され、すべての微細な細部は聖なるものとされる。

エルサレムはビューラの夜に眠りながら、内なる魂のうちにさまようルーベンのために泣いていた。アルビオンの息子のハンドは三つの首、頭、脳を持ち、レイハブも三重の存在である。究極の「四重」の一歩手前の状況である。肉体に対する魂のように、アルビオンの息子たちの上にエルサレムの息子たちがいる。「上方にあるものは内部にある。というのはすべては永遠界では透明だからだ」(71：6) と説明されるが、ブレイクにとっては見通すことのできる透明なものは善であり、したがって不透明の限界がセイタンなのである。透明であれば周辺が内部にあるように見える。「外部は自己本位な中心として形成される。そして周辺はなおも拡がって前方に伸び、永遠界に達する。そして中心は永遠界の状態を持つ」(71：7-9)。また永遠界では「あなたが見るすべては、外部のように見えても内部にあるのだ。この死すべきものの世界がその影でしかないあなたの想像力の世界では」(71：18-19) とも述べられる。

大地の住人たちは喜び、「エマネーション」たちは美しいが、アルビオンは暗く、エルサレムは彼の山の上に横たわっている。エルサレムの四人の息子は生成されずにアイルランドに入るが、ロスが神の助けを求めて手を天に挙げるとアイルランドの4地方32州の分裂が始まる。アルビオンは永遠界に16の門を持ち、そのうち西に向く四つが閉じられ、12がエルサレムの門と呼ばれる。そこを通ってエルサレムの息子たちが逃げるが、四人が留まり、ロスとともに炉で働く。生成の地で見えるものと同じものが「世界の外殻」に見られる。アナロジーである。やがてルヴァの不透明な世界が一つの限界となり、ここにロスは炉を開いて性的なものを固定し、不透明の限界をセイタン、収縮の限界をアダムと名づける。

　ロスは理神論の核である自然宗教をハンマーで破壊するが、それは時間の中に現れて粉砕されるように絶えず創られている。人間としての肉体がビューラに休んでいる間、死者の幽鬼たちはアルビオンの肉体をむさぼり食べようとする。人間の中の論証する力である「スペクター」は、想像力と分かれると法律と道徳とになり、想像力を滅ぼそうとする、と語り手は改めて説明する。

　「私に教え給え、おお聖霊よ、イエスのあかしよ！　驚くべき事々を神の掟から私に語らしめよ」(74：14-15) と語り手の「私」は不安になっている。これまでのことを語り、「おお主よ私の救い主よ、門を開けよ、そうすれば私はおんみの言葉の先導をして行き、……を語ろう」(74：40-43) と物語が復習される。「しかし今は星月夜の諸天がアルビオンの力ある手足から逃げている」(75：27) というのが第3章の最後だが、もはやビューラの娘たちの祈りは聞こえないのである。

4　最終的ヴィジョン

　プレート76の絵はキリストの磔刑(たっけい)であり、その下でアルビオンがキリストのように手を拡げて見上げている。いよいよ四重のヴィジョンで物語が語

られる。語り手の解説が多かった第3章を受けて，第4章はキリスト教徒に宛てられている。「私はあなたに金色の糸の端を与える」(77：1) という前置きの4行詩の第1行が表すのは，「私」のヴィジョンへの自負であり，またキリスト教徒である「あなた」への信頼である。そして続く散文では想像力についての考えが明確に述べられる。

　想像力とは真の永遠界であり，この生成の宇宙は微かな影でしかなく，永遠界では我々は永遠の想像的肉体のうちに生きるであろう。そのときにはこの生成の限りある肉体はもはや存在しない。
(77　散文)

　これに続くブランク・ヴァースで「私」は南の谷間に立ち，火の車輪が西から東へ創造の流れに逆らってすべてを食べ尽くすのを見た，と語る。太陽は球体となり月は夜に旅をする宇宙のあり方に対して，人間は小さな根へと縮まる。この火の車輪が自然宗教であり，キリストはそれに逆らって死んだ。「イエスは自己否定と罪の赦しによって，この火のような法から自然を生み出す生の輝かしい説教者だ」(77：21-23) と「私」は説き，さらに4行詩で「イングランドよ目覚めよ」と叫びかけて前置きは終わる。
　眠っているアルビオンをむさぼろうとするその息子たち，炉の中で男性と女性を分けるロス，アルビオンの息子たちに捕えられてレイハブと名づけられ地上支配の力を与えられたヴェイラ，神に見放されたと嘆くエルサレム，と第4章の初めの状況は前章とほぼ同じである。
　アルビオンはイギリスとしても人間としても海の中の小さな岩に縮み，雨も降らない不毛の地となっている。かつてはテムズ川はヨルダン川であったが，今はイスラエルとアルビオンは遠く隔たり，外国も自分のものではなくなってしまった。ヴェイラはアルビオンを殺したと認めるがルヴァのせいにし，アルビオンがよみがえってルヴァを殺すのではないかと恐れて，彼をよみがえらせないよう願う。彼女はエルサレムの娘たちを捕えてエルサレムのために肉体を織らせようとしたが，それはドラゴンの形であった。ターザの

鎚は血と火の中で回り，戦争のラッパが大きく響く。エルサレムに敵対する女性たちが結集する。雲のようなレイハブは明確な形を取るのを拒否し，大きく拡がる。ハンドの「エマネーション」キャンベルは繊維を引き出しながらエルサレムのために小羊に反抗する肉体を織ろうとする。ハイルの「流出」グウェンドレンはハイルを乳児とし，アルビオンの娘たちに偽りの話を聞かせたが，ハイルは実は乳児ではなく，蛆虫(うじむし)であった。嫉妬するキャンベルはロスの鞴(ふいご)に入れられ，炉の中で働くこととなり，乳児を抱く。これを見て叫ぶグウェンドレンは，ルヴァのぶどう圧搾機によって蛆虫を愛の形にしようと励む。

　ロスは今や自分が天の門番アーソナであると自己確認をする。そしてアルビオンが目覚めるまで傍から離れまいと決心するものの，不安である。異教の国に呼びかけても協力は得られず，ロンドン始めイギリスの都市も助けにはならない。彼がキャンベルとその姉妹たちに，「世界の外殻」の中で勝手に活動する球を作って座っていればいい，というのは，同じものが大地の上に見られるからである。ロスはアルビオンの息子たちが去るのを見ようとする。永遠の死が戸口に立っているというのである。

　ロスがビューラの娘たちに話をしている間に，彼の「流出」はエルサレムのために生の網を織った。ロスはゴルゴヌーザから下り，山から山へ歩くために黄金のサンダルを履く。彼の「スペクター」は注意深く見張っている。アルビオンの娘たちは昔のアルビオンの地を懐しむが，詩篇137「我らはバビロンのほとりにすわり，シオンを思い出して涙を流した……」と似ているものの，現状が自分たちのせいなのだとは認識していない[18]。この頁の挿絵に２行書き込まれており，ブレイクの「私」が割り込む――「私はロンドンがバビロンの街を子供に導かれて盲目で老齢で腰が曲って物乞いをしているのを見る」(84：11-2)。ここで「私」は物語の外からもう一つの視点を提示しているのであり，これが第４章での四重のヴィジョンなのである。

　アルビオンの娘たちはレイハブと一つになる，と再び書かれる。アルビオンの息子たちは恐れてグウェンドレンの作り話（ハイルの蛆虫をめぐっての話）を取り上げると，それは空間となり，アレゴリーとなってカナンと命名され

た。限定作業の一つである。ロスは久しくさまよっているルーベンをそこに入れ，モーセとダビデの12種族の種子を播き，6000年の時間と展開を与え「神のアナロジー」(85：7) と呼んだ。神と同じような仕事だからである。ロスの仕事はブルームの言葉を借りれば，「アナロジーのための弁証法を打ち立て，それを神聖なものにする」ことなのである[19]。ロスは「私は天から新しいエルサレムが下りてくるのを見る」(86：19) と「黙示録」(xxi：2) を踏まえたヴィジョンを語るが，ヴィジョンはヴィジョンでしかない。

ロスの「エマネーション」エニサーモンはロスの腰から分離する。二人は手に手をとって母親から離れた幼児のようにさまよう。二人は支配権をめぐって争うが，この不和はロスの「スペクター」が仕掛けたもので，「スペクター」は満足している。彼が最も強力になったときなのである。

ロスは正義のハンマーを打ち，慈悲のハンマーを揮い，ハンマーの力は永遠の赦しとなるが，彼の怒りも優しさも空しいものだ。彼の「エマネーション」は神の子羊の周辺，エルサレムの中に子宮をつくり，四人のゾアたちは怒りで爆発する。エルサレムはまだヴェイラの影響下にあるのである。

そして守護天使が「反キリスト」(Antichrist) として現れる。恐ろしい人間龍としてヨーロッパとアジアの上に拡がり，三晩にわたって死の受け入れない死体をむさぼり食べる。その頭の中にすべて逆様のエデンが閉じ込められている。「私」は「微細な細部がばらばらに煉瓦釜に閉じ込められているのを見る」(89：17-18)。守護天使の中にはエルサレムが隠されている。二重の女性が幕屋に現れ「反キリスト」と一体化する。男性と女性の分離，そして人間からの分離が行われる。堕落の基本型である。ロスは「性的生成が新生を呑み込んでしまうことのないように，来たれ主イエスよ，神聖のサタン的肉体をおんみに受けよ」(90：32-33) とミドルセックスの谷で予言の霊に包まれて叫ぶ。ルヴァとアルビオンの息子たちはまとまってサタンとなる。予言者ロスはそれに対抗して警告をし，自分自身について語る。「友を赦すよりも敵を赦す方がやさしい」(91：1) とはブレイク自身の経験であり実感であろうが，現実（微細な細部）から大きなヴィジョンを構築しようとする志向が感じられる。ロスは「スペクター」に，正義の鬼たちのところへ行って人

間性に服従するように伝えよ,と命ずる。そして彼らの過ちを挙げるが,一般的な形は細部にその活力を持ち,あらゆる細部が一人の人間であり,神聖なるイエスの神聖なる一員だ,というのがロスの(ブレイクの)哲学である。「スペクター」は論証なしに信ずることを拒み,勝手に星天を畳む。ロスはアルビオンの星を読むが,「スペクター」は星の間の空間を読み,海を逆巻かせ,レヴァイアサンとビヒマスを創る[20]。ロスは「スペクター」を鉄床で叩き,別の空間に分離する。この後「スペクター」との争いはない。

　ロスが炉の中に見るのは,イスラエルやローマの国々が空間的・時間的にアルビオンの中に集まっている姿である。ロスの「エマネーション」は自分はもはや存在しないという。ロスは「性別は消え,存在を止めねばならぬ,そのときアルビオンは恐ろしい休息から立ち上がるのだ」(92:13-14)と答える。また「我々はイエスにおいて一体となるであろう」(93:19)というのはロスが息子たちにいう言葉である。

　プレート94で改めて眠っているアルビオンの周りの様子が描かれるが,イングランド(エルサレムとヴェイラが分かれる以前の存在)が胸の上に横たわり,彼らの周囲を星の車輪がめぐり,上にはロスの炉,周りに不滅の墓,そしてイアリンが夜も昼も彼らを見張って墓に座っている。

　死のような沈黙があり,時は終わった。アルビオンの目覚めである。イングランドは神の息に目覚め,7回失神する。イングランドはブリタニアだとされているが,ブリタニアとはブレイクが望んでいる新時代のイギリスであり,エルサレムのあるべき姿である[21]。イングランドが,貞節と道徳律の夢の中で自分はアルビオンを殺してしまった,と叫ぶとその声にアルビオンが動き,神の息が吹くたびに彼は目を開け,手足を動かし,イングランドを目にし,立ち上がり,焔の中へ歩み入る。キリストが彼の傍に立つが,その姿はロスに似ていた。キリストは「アルビオンよ,私が死ななければあなたは生きられないのだ。しかし私は死ぬとしても,再び生き返るであろう,そしてあなたも私とともにあるだろう。これが友情であり,兄弟の関係だ。それなしには人間は存在しないのだ」(96:14-16)と語る。雲が二人を分かち,アルビオンはキリストを気遣いながら立っていた。信仰について考え,神の

慈悲、つまりキリストがロスの似姿であったことを不思議に思っていると、アルビオンは今なすべきことを悟り、苦悩の炉に身を投げる。「すべては幻、すべては夢だ！」(96：36) と「私」は言い、ブレイクのヴィジョンはここで頂点に達したのである。炉は生命の水の泉となり、アルビオンの都市たちはまどろみから目覚め、アルビオンの息子たち、娘たちも目覚める。四人のゾアたちも目覚めてアルビオンの胸へ入る。するとアルビオンの幻がキリストの前に立つ。「目覚めよ、目覚めよ、エルサレムよ」(97：1) という呼びかけは、神がアルビオンの幻を通して語っているものである。「私」にはアルビオンの声が聞こえるだけである。アルビオンが弓を取ると、その弓は男性と女性、矢筒は子供たちである。アルビオンは四重の状態で弓矢を持って28の都市の真中にいる。焔の矢は四重に音を立てて飛んだ。神の馬車が天に現れ、歴史上の人間が現れる。すべての人間、物は四重になる。このアポカリプスは人間中心のものであり、すべては人間なのである。

「私」はエホバが互いの聖なる契約の言葉を語るのを聞き、見た。以前のものたちは何処に行ったのか、と問う声が大地から聞こえるが、それは地上の生き物たち、ゴルゴヌーザの都、32の国々からの声である。すべての人間の姿が見極められ、本来のものとなり、不死の生にいる彼の胸の中に入って行く。

  そして私は彼らの「エマネーション」たちの名前を聞いた
  彼女らはエルサレムと名づけられている   (99：1-5)

5　ロスとブレイク

『四人のゾア』でのアポカリプスは時間を含んでいたが、ここではむしろ空間的に場として捉えられており、サイクルとして再び次の段階へ移るという兆しもなく、対立状態を永久的に和解させたという印象がある。

最後の詩行で「私は『エマネーション』たちの名前を聞いた……」と書か

れるのは、物語と「私」の離れた立場、距離を示しているが、「エマネーション」たちの現在については語られていない。彼女たちはエルサレムと名づけられているということは、作品の中での言及に関連させるならば、「アルビオンの子供たちによって」なのだが、彼らは今はアルビオンの中に入ってしまい、エルサレムという名前だけが残っているのである。「ヨハネの黙示録」には、「彼（勝利を得る者）の上に、私の神の御名と私の神の都、すなわちエルサレムの名と、私の新しい名とを書きつけよう」(3:12) とあり、ブレイクをヨハネに擬するならば、ブレイクの名も称揚されるのだが、そういうことにはならない。それどころか、エルサレムは名前が話題になっているだけで、その姿はない。

彼女は「目覚めよ」とアルビオンの幻（神）に呼びかけられた後にアルビオンに会ってはいない。イングランドという、エルサレムとヴェイラが分かれる以前の存在がアルビオンの目覚めのきっかけとなるが、エルサレムへの目覚めの呼びかけはそれ以後になされている。「エマネーション」とは一種の社会的な結びつけ役だと書かれていたが、最終段階でどうなったのか。「エマネーション」が流れ出てきた元の男性を指す普通名詞、「エマネーション」の対になる言葉も用いられなかった。こうした女性の扱いに対して、フェミニズム的立場の批判もある[22]。

しかしプレート99の最後の5行の下、ほとんど頁一杯に描かれた絵こそ、エルサレムの最後の姿なのである[23]。ひげの老人が、手を拡げている女性（両性具有という見方もある）の腰に手を回しており、周りを焔が取り囲んでいる。老人はアルビオンでありエホバであろう。詩人ブレイクは画家ブレイクに最後の表現を譲ったのである。

ではロスとその「エマネーション」エニサーモンとの和解、合一はどういうものであったのか。プレート92で彼女が自分はもはや存在しないと言い、ロスが性別は消えねばならないと言っただけである。スティーヴンスンはスペースが無くなったのだろうと考えている[24]が、ロスは最後まで残っても構わなかったのかもしれない。ロスの「スペクター」も鉄床で打たれて分離されるのであって、ロスと統合はしない。四人のゾアがアルビオンの胸に入る

とき、ロスのこの世の姿であるアーソナもその中にいたが、アーソナすなわちロスと言えるのかどうか、疑問である。物語中でアーソナとロスは同一でありながら同一ではなかったからである。このロスと語り手「私」が重なっているとしたら、「私」は物語の最後でどうなるのであろうか。

　物語が最後に近づくと、「私」は「聞いた」という言葉が増えて、「見た」はほとんど書かれない。最後も「エマネーション」たちの名前を聞くのである。詩人ブレイクにはよく見えていなかったのである[25]。あるいは「頑強な言語構造」では足りなかったのである。プレート92以降、挿絵が増えて詩行が減っていることも注意を引く。

　フライはアナロジー、あるいは鏡像を『エルサレム』解釈の鍵としたが[26]、アナロジーは似て非なるものを関係づけるものである。厳然たる一線が画されているということである。キリストがロスの似姿で現れることも、ロスはキリストではないことを示唆している。『ミルトン』でのミルトン―ロス―ブレイクと同じようなキリスト―ロス―ブレイクは成立しなかったのである。神の御言葉を写すという栄光の場に身を置いたブレイクは、ロスと同じようにヴィジョンに空間を与え、限定し、エホバ―キリスト―アルビオンを描き、「赦し」を説いた。ヴィジョンの終わりにエルサレムは詩の中に存在空間を持たず、絵にその姿を残した。

　『エルサレム』の最後の頁、プレート100の全面を占める絵がロスを描いていることに注目するならば、ブレイクはロスとともに「語り手」の位置を守りながら、語るべきことは絵に委ねたように思われる。この絵ではロスはハンマーと火鋏を持って立ち、両側の者たちは背を向けている。このロスにブレイクは自分自身を重ねていたに違いない。

注

1) 使用テキストはD. V. Erdman ed., *The Poetry and Prose of William Blake* (Commentary by H. Bloom), Doubleday, 1965. 固有名詞の表記は日本語として定着しているものは、それに従う。エルサレム、サタンなど。
2) *Ibid.*, p. 843.
3) 土屋繁子『ヴィジョンのひずみ――ブレイクの「四人のゾア』141-74頁。
4) 「ヨハネの黙示録」21：2――「聖なる都、新しいエルサレムが、夫のために着飾った花嫁のように

用意を整えて，神のもとを出て，天から下ってくるのを見た。」
5) 土屋前掲書，214頁。
6) 1802年11月22日付トマス・バッツ宛書簡，D. V. Erdman ed., *op. cit.*, p. 693.
7) B. Blackstone, *English Blake*, Archon Books, 1966, p. 158.
8) Northrop Frye, *Fearful Symmetry : A Study of William Blake*, Beacon Press, 1962, pp. 292-99.
9) 31：13, 65：75.
10) H. Bloom, *Blake's Apocalypse*, Doubleday, 1965, p. 421.
11) M. D. Paley, *The Continuing City : William Blake's Jerusalem*, Oxford Univ. Press, 1983, pp. 294-303.
12) アダムが縦軸サタンが横軸と考えられ，それぞれの対極は拡張，透明である。縦軸は歴史，横軸は存在の状態であろう。73：24-28 では神の手ではなくロスが限界を設定している。
13) 鈴木雅之『幻想の詩学 ── ウィリアム・ブレイク研究』あぽろん社，1994年，201-34頁。
14) M. D. Paley ed., *William Blake : Jerusalem*, The Tate Gallery, 1991, p. 211.
15) W. H. Stevenson ed., *op. cit.*, p. 730.
16) 第1章1027行，第2章1060行，第3章1161行，第4章1061行。
17) W. H. Stevenson ed., *op. cit.*, p. 764.
18) *Ibid.*, p. 812.
19) H. Bloom, *op. cit.*, p. 469.
20) レヴァイアサンとビヒモスは「ヨブ記」(40：15，41：1) に出てくる動物 (河馬とわに) だが，『エルサレム』と「ヨブ記」との関連は，アルビオンをヨブになぞらえた箇所 (21：38-49, 22：1-11) にも見られる。
21) H. Bloom, *op. cit.*, p. 478.
22) Alicia Ostriker, "Desire Gratified and Ungratified : William Blake and Sexuality," *Romantic Poetry : Recent Revisionary Criticism*, eds. K. Kroeber & G. W. Ruoff, Rutgers Univ. Press, 1993, pp. 116-18.
23) M. D. Paley ed., *op. cit.*, p. 296.
24) W. H. Stevenson ed., *op. cit.*, p. 793.
25) 土屋繁子『ブレイクの世界 ── 幻視家の予言書』研究社出版，160-63頁。
26) N. Frye, *op. cit.*, pp. 394-403.

ブレイクの『ヨブ記』

1 絵物語の成立

　ブレイクが晩年に彫版した『ヨブ記挿絵集』（*Illustrations of the Book of Job*, 1826, 以下『ヨブ記』と略す）は旧約聖書の「ヨブ記」を基にした 21 枚の絵物語であり，彫版師としての彼の技の円熟を示すものである。しかし詩人としてのブレイクを考える者にとっては，この『ヨブ記』は詩とは受け取り難いものであり，全集に加えられることもなかった。というのは，絵の周りの飾り枠に書かれた言葉は「ヨブ記」を始め聖書から採られているために，言葉の部分にブレイク個人の詩があるとは考えられないからである。また彼の詩の発展が最後の予言書『エルサレム』で完結していると考えられたためでもあろう。しかし，キャスリン・レインも言うように[1]，この『ヨブ記』はおそらくブレイクの予言書のすべてを踏まえて彫版されたものであろうし，また一方では，ブレイクの作品を詩と絵，そして彫版から成る複合芸術[2]，あるいは「独立した芸術形態」[3]として考えるべきだとする近年の風潮からすれば，『ヨブ記』はその頂点に立つものであると考えられよう。

　この『ヨブ記』に最初に注目したのは J. ウィックスティードであった。彼は『ヨブ記についてのブレイクのヴィジョン』（1910）でこの絵の持つ象徴的な意味を指摘したのである。特にブレイクにとっては右手右足は善，左手左足は悪，という意味を持つという彼の発見は，以後のブレイクの読み方に大きな影響を与えた。その後 1935 年にケインズとビニョンとが復刻版に注をつけ[4]，1956 年には S. F. デイモンが[5]，そして 1972 年にはアンドルー・ライトが[6]それぞれ『ヨブ記』についての解釈を上梓した。最近ではキャス

リン・レインに『神の人間的な顔とヨブ記』という刺激的な書がある。

　ブレイクは1785年頃に「ヨブの苦情」という水彩画を描いたが，以来ずっと彼は「ヨブ記」に取りつかれていたらしい。1792年頃再び水彩でヨブを描き，翌年これを彫版しているほか，同年「楽園の門」の最後に「ヨブ記」からの言葉（17：14）を入れている。またほぼ同じ頃に『天国と地獄の結婚』の中で「ヨブの物語は『失楽園』と同じだが，ミルトンは解釈を誤って彼の救世主はヨブのサタンである」と述べており，ミルトンと並んでヨブの物語が彼の心を大きく占めていたことを窺わせる。1820年，いつも彼の作品を買ってくれる画商のトマス・バッツの注文によって水彩で「ヨブ記」を描いたところ，友人リネルがこれを見て新たに一組を注文したので，版画として彫版することになった，というのがこの絵物語誕生のいきさつである。

　『エルサレム』で一応完結したブレイクの詩的ヴィジョンは，ここで聖書のコンテキストに則って集約されるのである。ここでブレイクが自分の言葉ではなく聖書の言葉のみを（多少の改変はあるが）用いているということは，まさに「御言葉」を伝えていることにほかならない。初期の詩以来，創造することは同時に「しみ」（stain）であり，自分は単なる媒体であるべきだと考えていたことが，ここで確認されたということであろうか。

2　絵と言葉

　表紙を入れて合計22枚から成るブレイクの『ヨブ記』は，それ自体が一つの世界を構成している。N.フライが22という数はヘブライのアルファベットの数と同じであることに意味を見ているのも[7]，ブレイクのヴィジョンの根源的なもの，統一的なものをここに見たかったからであろう。聖書の「ヨブ記」を基にしたこの絵物語は，まず幸せなヨブとその家族を描き（第1図），次いで神の前のサタン（第2図），ヨブの息子たちの破滅（第3図）を物語る。聖書では，サタンは主に向かって「彼のすべての所有物を撃ってごら

んなさい。彼は必ずあなたの顔に向かって，あなたを呪うでしょう」と述べ，神はヨブを試みたのであった。今や息子たちは死んだも同然ということであろうか。第21図で彼らは再び姿を現すのである。そしてヨブにふりかかった災難を次々に告げる三人の使者たちが描かれ（第4図），一方ヨブは目の見えぬ乞食にパンを与える者とされるが，この絵はブレイクの創作であり，ヨブは単なる義務感から施しを行っていることを表すのである（第5図）。次にヨブを腫れ物で苦しめるサタンの絵（第6図）が続き，三人の友人がヨブを慰めに来る（第7図）。彼らは左足を前にしている。聖書の「ヨブ記」の第3章に相当するヨブの絶望と怒り（第8図）が描かれたのち，年長者エリパズの見る偽りの神のヴィジョン（第9図）が描かれ，さらにヨブは友人に責められ，悔い改めよと迫られる（第10図）。ヨブは夢で神を見るが，その神はヨブと同じ顔をしており，割れた蹄(ひづめ)を持ち，身体には蛇が巻きつき，神とはつまりサタンなのである（第11図）。聖書ではヨブの夢がどういうものであるかについては述べられていないので，ここはブレイクの独創である。若い友人エリフが登場し，ヨブに対して怒りの言葉をぶつけるが，この場面は夜として描かれ，雲はなく，12の星が空に輝き，エリフは左手で天を指している（第12図）。第11図から第12図への推移のうちに「必滅」(mortality)から「不滅」(immortality)への様式の変化が見られるとレインは言う[8]。いよいよ第13図でヨブが神を見るのが転機となる。神は十字架のような姿勢で右足を裾から現し，旋風の中からヨブに応えるのである。13とは死の数であり，それ故に新生の数であるとデイモンは言う[9]。第14図では神の天地創造が描かれ，四つの世界が描き込まれている。ブレイクの神話体系である。神は自らの創造した河馬とレビヤタンについて語る（第15図）が，第14図と第15図とは同じ世界であろう。神はすべてのものの創造主なのである。そして最後の審判となり，サタンは今や神の前から堕ちて行く（第16図）。第17図でヨブはついに真の神に出会う。神はヨブを受け入れ，ヨブは友人のために祈る（第18図）。そして友人からの施し物を受け取る（第19図）が，これはヨブが義務感から施しをしていた第5図と照応する。ヨブは三人の娘たちに自らの経験を語り（第20図），ヨブ一族は今やよみがえっ

た（第21図）。

　以前のブレイクの詩の発展が示してきた，無心から経験へ，そして無心へ，という円環と同様，『ヨブ記』もこうして一めぐりする。表紙に描かれた七人の天使が，時計の針の方向に下降して上昇しているのは，この動きを示しているのであろう。デイモンの考えでは，

　　　1 − 2　　無心
　　　3 − 7　　経験
　　　8　　　　変革
　　　9 − 12　 夜
　　　13 − 21　新生

ということになる[10]。堕落から更生へ，という動きはそのままブレイクの創造したアルビオンの物語と照応するのであって[11]，ヨブが家族を失うことはアルビオンが分裂して堕落することなのであり，ヨブの見神がアルビオンの目覚めに相当するのである。アルビオンが最終的に全き人間像を回復するように，ヨブも結局は家族を取り戻すことになる。第1図と第21図の二つのヨブの家族の絵は対応をなしていて，二つを比較すると，中央の大木を挟んで月と太陽が逆転し，時の経過を示す。第1図で眠っていた羊と犬が第21図では目覚める。また第1図で木に掲げられていた楽器が第21図では手にとられて演奏されている。家族たちが第1図で座っていたのが第21図では立像となるという点をも考えると，第1図の「静」が第21図では「動」へ，そして夜から朝へと変わったと言えそうである。それは死から真の生への変化でもあろう。最初と最後の図が鏡像的になる趣向はすでに『ユリゼンの書』でも見られたが，ブレイクの神話組み立ての一つの型である。物語の終わりは始めと結びつくのである。

　ブレイクは絵柄と言葉の両者による表現を試みているのであるが，初期の詩集の言葉と絵の並べ方とを比較するならば，ここでは確かに中心になっているのは絵であって，ブレイクの視覚的ヴィジョンが問われているのである。しかし，聖書からの引用を置かざるを得ないところに彼の絵の限界があるのであろうし，言葉 ── それも聖書の言葉 ── に依存しているところに

ブレイクの『ヨブ記』

詩人としてのブレイクの自己の神話完結後のありようが窺える。「ヨブ記」を自己流に絵として定着させることは，ブレイクの神話をなぞると同時に，「ヨブ記」に神話を閉じ込めることでもあったろう。フライは，ブレイクは「ヨブ記」に「全聖書を見た」からこの絵物語を彫版したのだと述べているが[12]，フライのこの言葉は，ブレイクが「ヨブ記」以外の箇所からも言葉を引いていることの説明にもなろうし，またブレイクの閉じ込めの枠組みの大きさを語っていると受け取ってもよかろう。

3　新約聖書への移行

　ヨブの物語は，絵の構図に込められた意味に頼って進行する。
　第1図でヨブの右側（画面の左側）にあった太陽は第7図で沈んでしまい，第9図ではすでにその姿はなく，暗黒の夜が第12図まで続く。最後の第21図では太陽は第1図の反対側に現れ，物語は昼から夜，そして朝へ，という時間の進行を辿る。絵によって時間を表したわけである。人物以外で大きな意味を持ち，しかも頻繁に登場するのが雲である。第1図の筆はリアリスティックに地上の物語の始まりを示しているが，物語がヨブの想像力に関わるようになると，第2, 5, 11図に見るように，絵の上半分は幻想的，下半分が現実の世界となり，この二つの世界を隔てるものがもくもくとした雲の筋なのである。そしてこの雲が絵の中のみならず，外側の飾り枠のほとんどにも描かれていることに注目しなければならない。まず表紙の飾り枠の下方に雲があるのであり，第1図のヨブの家族の図でも，飾り枠にあるのは祭壇との関連で煙のようにも見える雲である。第2図では絵の中の雲と飾り枠の雲とがつながっており，その後の図で絵の中と飾り枠の両方に雲が描かれるのは，第13–18図の6枚であるが，第13図では風の背後に雲が垣間見られるのに対して，第14–18図はむしろ調和的である。また，第19, 20図には飾り枠にのみ雲がある。第13–18図に雲が連続的に現れることは，第13–21図に更生が行われるというデイモンの解釈の一つの裏づけとなるであろう。

ほとんどの図の飾り枠に雲が描かれていることは,『ヨブ記』全体の性格を表していると言えないであろうか。ブレイクにとって雲は良い意味も悪い意味もともに持つものであり[13],雲を正しい物の見方を隠すものと考えるならば,サタンがヨブの許に現れるときに雲があり,サタンが没落すると雲が取り払われることの説明になるであろう。また一方では,『無心の歌』(1789)の「序詩」の中の,笛吹きに歌をせがんだ子供が雲の上にいたように,第17図でも神は雲の上である。雲は永遠界を隔てると同時に仲立ちともなり得るものなのであろう。飾り枠に描かれた圧倒的な数の雲は,デイモンが「すべてのドラマはヨブの頭の中で演じられている」[14]と述べていることを説明するであろう。そしてこの雲の扱いはサタンにも関わっていて,第5図で描かれた,上の世界を取り囲む雲を,第6図では地上に降り立ったサタンが袋のようにその口を左手で摑み,そこから焰のようなものを出して,横たわるヨブに当て,腫れ物を生じさせているのは,雲に包まれて隔てられた上部世界の外側を下部世界から眺めるような趣向になっており,このような雲の描き方によって,サタンは両方の世界の仲介者であることを示唆している。第5図で上にいたサタンが,今は下の世界に降り立っているのである。そして第16図でサタンは雲の間から焰に包まれて下の世界へ,そしてさらにその下の世界の焰の中へと落下して行く。太陽が再び現れるのはその後の第17図であり,最後の第21図では第1図の夕日と逆の方向に太陽が昇ろうとしている。その間の夜に展開されるヨブの物語は,現実の世界に始まり現実の世界に戻るものとして絵によって語られるのであるが,飾り枠の雲は,第21図にも再び現れて,締めくくりを飾る。全篇を通して雲以外に飾り枠に登場するのは,牧歌的生活,動物や植物,風,火,木,といったもので,第1図と第21図は祭壇である。しかし圧倒的に雲が多い。雲をこれだけ描くことは,この物語がヨブのみならずブレイクにとってのヴィジョンを表していることを意味しているのではあるまいか。雲はブレイクにとっても現実とヴィジョンの間に存在するものであり,それらを隔てると同時に結びつけるものなのである。したがって雲はまたサタン自身でもあるのであり,また大きく言えばブレイク自身の芸術のあり方を映しているのだとも言

えよう。

　物語を説明する言葉（聖書からの引用）はすべて飾り枠の部分に書かれ、雲と調和しており、雲は言葉であると言えそうである。（あるいは絵を読者に仲立ちするという意味で、飾り枠そのものが雲である。）言葉によって絵を説明することは、雲によって永遠界を現実界に結びつけるのと同じことであろう。その言葉をブレイクはすべて聖書から選んでいるが、「ヨブ記」をそのまま写したわけではなく、「ヨブ記」についても前後関係が乱れているほか、「ヨブ記」以外の箇所からも多少引いており、ブレイクの『ヨブ記』の独自性を表している。

　第1図の主となる言葉は「ヨブはいつも、このように行った」だが、聖書の「ヨブ記」では、この言葉の前にヨブが燔祭を捧げた話が書かれているのであって、聖書に親しんでいる者は当然それを思い浮かべるのであろうが、この絵との組み合わせだけを考えれば、「このように」が絵を指すように受け取れるという二重性がある。そして飾り枠にヨブとは何者であるのか、という説明（「ヨブ記」1：2）がなされ、ちょうど映画のフラッシュ・バックのような印象を与える。また下の飾り枠に書かれた文字は「文字は人を殺し、霊は人を生かす」と「コリント人への第2の手紙」（3：6）と「第1の手紙」（2：14）からの引用であり、この絵物語が絵を中心として、字を飾り枠に追いやっていることの意味を何気なく提示した形にもなっている。そして飾り枠上部のもくもくとした雲のアーチには、「天にいます我らの父よ、御名が崇められますように」と「マタイによる福音書」（6：9）からの祈りの言葉が書かれているが、この祈りの結びは「私たちを試みに会わせないで、悪しき者からお救いください」というものであって、これから展開しようとするヨブの物語はこの祈りに反するものなのである。だからこそヨブの苦しみが引き立つのであろうが、絵につけられた言葉は、その本来のコンテキストから、このような多重的意味を響かせ、物語に拡がりと奥行きを与えるのである。また「マタイによる福音書」にしても「コリント人への手紙」にしても、新約聖書からの引用のわけであり、ブレイクはヨブの物語を旧約聖書から解き放って新約聖書との絡みを見ようとしていることが窺える。それはエ

ホバからキリストへの移行を仄（ほの）めかすものでもある。

　第2図で引用される言葉は「ダニエル書」，「イザヤ書」，「詩篇」であって，旧約聖書の枠を出てはいない。そして「ヨブ記」の筋に従って，第2図ではサタンが主の前に（そして絵の中央に）いる。ここでは絵の中の雲の筋が，牧歌的生活を描いた飾り枠上部の雲とつながっているように見え，ブレイク自身のヴィジョンとヨブのヴィジョンとのつながり，あるいは一体化を示唆している観がある。飾り枠の最上部に書かれた「私は日の老いたる者を見た」（「ダニエル書」7：9）という言葉は雲の筋の背後にあってまるで「地の文」の趣があるが，ダニエルの見た夢の話であって，この言葉を鍵として考えれば，絵の中の雲に囲まれた部分が夢であることを示しているのであろう。

　この言葉の下に同じく雲の筋とは離れて「私たちは，あなたのお姿のうちに目覚めるでしょう」とあるのは，「詩篇」（17：15）から採られていて「しかし私は義にあってみ顔を見，目覚めるとき，みかたちを見て満ち足りるでしょう」という言葉の後半に当たり，この物語の行く末までも見通しているものであって，ブレイクの予告である。

　第3図，第4図は「ヨブ記」第1章の言葉で進行するが，第5図の飾り枠最下部に小さな字で「それは彼の心を嘆かせた」とあるのは「詩篇」（6：6）からの引用であって，ノアの話の前置きである。さらにその下に「風をおのれの使者とし，火と焔をおのれのしもべとされる」とあるのも「詩篇」（104：4）からの引用であり，これらの言葉もブレイクが旧約聖書を用いて行く末の予告をしているものと言えよう。第6図の引用は「ヨブ記」第1，2章から，そして第7図は「ヨブ記」第2章からのものである。この第7図の飾り枠最下部に小さな字で「ヤコブの手紙」（5：11）からの引用――「あなた方はヨブの忍耐のことを聞いている。また主の結末を見た」――があるが，この前後は「忍び抜いた人たちはさいわいであると，私たちは思う。あなた方はヨブの忍耐のことを聞いている。また，主が彼になさったことの結末を見て，主がいかに慈愛と憐れみとに富んだかたであるかが，わかるはずである」というものであって，ブレイクはヨブの受苦を描きながら，言葉によって結末を予告し，読者を宥（なだ）めると同時に，堕落から更生への型（自分の

神話と同じ型）を響かせるのである。

　第8-10図は「ヨブ記」からの引用によってヨブの絶望，エリパズの夢，友人からの非難が語られるが，第11図では中央の絵のすぐ上に「コリント人への第2の手紙」から「サタンも光の天使に擬装し，サタンの手下どもが義の奉仕者に擬装する」（11：14-15）と引用され，飾り枠の最下部には「彼はすべて神と呼ばれたり拝まれたりするものに反抗して立ち上がる」という「テサロニケ人への第2の手紙」（2：4）からの引用が置かれている。ここでは「ヨブ記」からの引用に幾つかの改変があるが，その一つに，本来は「わたしの心はこれを望んでこがれる」とあるべきものが「神についてのわたしのまちがった考えが，もう燃えつきている」とあるのが目を惹く。神の造ったイメージへのこだわりがここに窺われる。第12図は「ヨブ記」からのみの引用であるが，次の施風の中から神が答える第13図の言葉は「ヨブ記」が主体であっても，下部の引用は「詩篇」（104：3）が用いられている。「雲をおのれのいくさ車とし，風の翼に乗り歩く」という言葉は絵の中の神を説明するものだが，絵物語全体を覆っていた雲が，神を運ぶものとされたという点で第13図は物語の中心点をなすものであろう。第14図では専ら「創世記」（1：3，1：6，1：9，1：16，1：20，1：24）が用いられ，「ヨブ記」の中で神が長々と語る部分を代表している。第15図は「ヨブ記」のみの引用，第16図には絵の左右横向きにそれぞれ「黙示録」（12：10）と「ヨハネによる福音書」（12：31）から，そして下の部分には「ルカによる福音書」（10：17-18）からの引用が置かれている。いずれもサタンが落下することとの関連である。第18図には「ヨブ記」第42章からの引用「主はヨブの祈りを受け入れられた」が上部に置かれており，一方左下に描かれた本の開かれた頁には「マタイによる福音書」からの言葉（5：44，5：45，48）が読める。ここの飾り枠には絵筆，パレット，彫刻刀が描かれており，ブレイク自身の影が感じられる。芸術家としてのブレイクのあり方は雲のあり方，そして飾り枠自体のあり方と同じであろう。施し物を受け取るヨブが描かれる第19図では，上部の中央に置かれているのは「サムエル紀1」（2：7）からの言葉であり，下部を占めるのは「詩篇」（13：17）で，いずれも主を讃えるものである。

引き続き第20図でも「あなたの諸々のみ思いは，何と私に尊いことでしょう」と「詩篇」(139：17)からの引用が上部中央に置かれ，下部にはヨブの娘の美しさを述べる「ヨブ記」(42：15)からの言葉の下に「詩篇」(139：8)から「私が天に昇っても，あなたはそこにおられます」と神を讃える言葉が置かれる。そして飾り枠は第17図以降豊かなものに変わってきていたのが，ここでぶどうの葉と楽器とが描かれ，頂点に達する。飾り枠の図柄はヨブの内的心象なのである。締めくくりの第21図の飾り枠は第1図と同じく祭壇であるが，ここに書かれた言葉は「ヨブ記」第42章の「主はヨブの終わりを初めよりも多く恵まれた」を主体に，上には「黙示録」(15：3)から「あなたの御業は，大いなる，また驚くべきものであります」，下の祭壇には新約聖書の「ヘブル人への手紙」(10：6)から「あなたは燔祭や罪祭を好まれなかった」と書き込まれている。全体として「ヨブ記」以外からの引用は主を讃える言葉がほとんどで，新約聖書と旧約聖書とが入り交じっているが，第21図の祭壇の絵に書き込まれた詩には特に注目すべきであろう。これはキリスト自身の言葉であって，

　　あなたはいけにえやささげ物を望まれないで，
　　私のためにからだを備えてくださった。
　　あなたは燔祭や罪祭を好まれなかった。
　　そのとき私は言った。
　　「神よ，私につき，
　　巻き物の書物に書いてある通り，
　　見よ，御旨を行うためにまいりました」

というくだりからの引用なのである。ブレイクは「ヨブ記」を描きながらキリストを迎えることの意義をキリスト自身に語らせているのである。これまで新約聖書からの引用がちりばめられていたことは，最後のこの言葉を用意するものであったのであり，ここにブレイクの考えのすべてが収斂する。ヨブの物語の進行とともに旧約聖書は新約聖書へと移行していた，と言えよう

か。それはおそらく「媒体」ブレイクの一つの使命であったのであろうし、それがまた彼の独自性でもあったのであろう。

4　ヨブと神

　「ヨブ記」以外を出典とするものは、ほとんど神との関わりを述べた言葉で、特に後半は旧約聖書よりも新約聖書からの言葉の方が多く、第21図のキリストの言葉へ向けての流れを感じさせる。それは表面的には経験から啓示へというヨブの過程を表すものなのである。この方法は、「ヨブ記」に新約聖書を引き寄せるというよりも、「ヨブ記」を新約聖書に引き寄せるものであろう。

　このように考えるならば、ブレイクが絵の中で神をどう描くか、が大きな問題であるが、エホバが現れるとき、ヨブと同じ顔をしているのである[15]。デイモンの考えでは、これはヨブの神がヨブにとっての理想像であることを表しているというのであるが、この神はブレイクの神話で理性を司るユリゼンにも似ているのであり、エホバ、ヨブ、ユリゼン、そしてサタンの同一性を窺わせる。レインはこの世のすべての顔は「神のような人間性」(the Divine Humanity)の顔の一つだと言い[16]、ヨブが自身も神の姿で造られていることを悟っていることなのだと言う。一方でサタンはヨブの利己性であり、ユリゼンなのである[17]。第3図で「神の火が天から下った」(「ヨブ記」1:16)と飾り枠の上部の雲に書かれた言葉に対して、その背後や飾り枠の下部に見えるのは焰であり煙でありさそりであって、この図柄によってエホバとサタンの同一性が示されていると考えられる。すべては一つ、ということであろう。そしてブレイクの神話に即して言えば、この理性ユリゼンが同じく神話の登場人物である想像力を司るロスへと座を明け渡すのが、このブレイクの「ヨブ記」の主題でもあろう。ブレイクの神話体系では、初期にはユリゼンが主たる人物であったのが、後半にはロスに替わるのだが、その過程の圧縮がここに見られることになる。

ヨブと神の関係を考えるとき，ブレイクが「まなざし」をどのように描いているか，が一つの鍵になる。第17図で「私はあなたのことを耳で聞いていましたが今は私の目であなたを拝見いたします」と飾り枠の下部に書かれているが，その言葉にも拘らず，絵の中のヨブは目前の神を見てはいない。視線がずれているのである。ブレイクにとって「見る」とは物理的な意味のものではないにしても，絵の中の「まなざし」は，第17図のみならず，大抵の場合ずれていることに注目しなければならない。

　第1図の家族の図がすでにばらばらの視線を持っていた。前面に座っている羊のうちヨブの右側の3頭だけが目を開けている。第2図ではヨブを始め下半分にいる人たちは画面の中心のサタンを見ることができないが，興味あることに，サタンの向こう側，腹のあたりに二つの顔が浮き出ており，また右下の，人々が座っている台の最も地面に近いところにある木目が眼のように見えることである。まるで地の底から覗いているかのように四つの眼が並んでいる。第4図で使者たちが不幸の知らせを伝えにヨブのところへ走って来るとき，ヨブ夫妻は全く違う方向を見ており，第1の使者の視線はヨブの上になく，顔の表情が辛うじて捉えられる。第2の使者の視線も遙か上の方に向けられていて，目指しているはずのヨブとは関わりがない。第9図でヨブたちが雲の上の世界を仰ぎ見ても，目は神を捉えてはいない。そして第10図でヨブを責める三人の非難者の目もまた肝心のヨブを捉えてはいないのである。この三人の友人が第11図で焔の海にもがく三人の者たちになるのであろうが，この第11図では夢を見ているはずのヨブは眼を開けたままであり，割れた蹄の神に絡みつく蛇までも目をかっと見開いている。しかし対象物はない。第12図の飾り枠中央に置かれた言葉「彼の目は人の道の上にあり，彼はそのすべてのいとなみを見守るのだ」はまことに示唆的であって，彼とはもちろん神であるが，神は絵には描かれておらず，「まなざし」の相互性はないのである。そして絵の中の怒るエリフはヨブを見ているわけではなく，そうかといって目前の三人の友人を見据えているとも見えない。しかし第13図で旋風の中から答える神を，座ったヨブは見上げて確かに見ている。そして第15図で神が雲から乗り出して指差しているレビアタンと

河馬を，ヨブは見ていない。また第 16 図で堕ちるサタンをヨブは見ていないし，第 17 図では前述のように言葉と絵柄とが矛盾して，ヨブは目前の神を見ていない。そして最後の第 21 図では 2 頭の羊が第 1 図よりも元気に目を開け，ヨブとその家族のまなざしにも活気はあるが，各自の視線の行方はばらばらである。

　こう見てくると，ヨブがまともに神を見ているのは第 13 図だけであって，その点を考えれば全篇のクライマックスは第 13 図なのであろう。第 14-17 図に神はその姿を現すが，第 17 図では神はヴィジョンとなり，飾り枠に書かれる言葉は専ら「ヨハネによる福音書」第 14 章からのもの——キリストの語る言葉——である。つまり文字通りに受け取れば第 17 図は仲介者としてのキリストが神の姿をとっている絵なのである。エホバはキリストとなり，旧約聖書の世界が新約聖書の世界と重なり，エホバ，キリスト，ヨブ，サタンは一つの像に重なってしまう。第 18 図で神の姿が消えるのも当然と言うべきかもしれない。レインはこの問題の第 17 図を説明して，今やヨブは神と人間が一体となり彼自身の内にあることを悟ったのだと述べている[18]。しかし，ヨブの目前にいるのがキリストであるとすれば，神はヨブの眼には捉えられない外の存在にすり抜けたとも言えるであろう。ヨブが目前の姿を見据えてはいないからである。聞こえるのはキリストの言葉であり，ヨブは神（キリスト）をその眼でしかと捉えることはできていない。仲介者としてのキリスト越しに神を見る立場に後退した，と言えるのではなかろうか。

　ブレイクの神話の発展をこの絵物語に読み込むならば，『四人のゾア』(1795-1804) が第 13 図に当たり，以後はブレイクが内在するのみならず外在する神，そして同時に仲介するキリストを意識する方向に向かって『ミルトン』(1804-08) と『エルサレム』とが書かれたのだ，と言えないであろうか。第 18 図で祈るヨブは十字架のような姿勢をとり，赦し，自己犠牲を表すのであろうが，旧約の神の怒りの代わりに新約の赦しがあるわけである。キリストに取って代えられたエホバは姿を消すのである。第 18 図で友人のために祈るヨブは，その自我を棄てた行為によって仲介者キリストになぞらえら

れるものであり，また飾り枠に描かれたパレットなどの意味を考えれば，ヨブとブレイク自身との同一性の主張も窺える。第20図で三人の娘たちにおのれの物語を聞かせるヨブを描いているのは，ブレイクの独創であるが，ここでも語り手としてのヨブは，詩人ブレイクと重なる。

5 結 び

　ブレイクの描くヨブの物語は凡人には見えない経験領域の出来事を目に見えるものに表す試みであって，その点ではイコンの創造に似ている。キリスト教イコンの根本精神は受難と愛であるが，ヨブの経験もそれに当てはまるであろう。そのヨブの物語にキリストを重ねるという予表論的構造に加えて，ブレイクは堕落と更生，そして想像力による救い，という自分の神話の原型を重ね合わせたのである。その結果エホバ，キリスト，サタン，ヨブ，ユリゼン，そしてブレイク自身はすべて一つのものとなるのである。しかしヨブの物語にこれだけのものを詰め込むことは，決してすべてを見せることにはならない。ヨブの物語の結末は始めにつながり，物語は完結すると同時に結末が物語の外に開かれもする。

　絵と言葉を時には矛盾させ，時には調和，あるいは連動させることでブレイクは自分の認識の立体構造を提示しようとしたのである。そこに自らの言葉ではなく聖書を持ってきたことは，(あの雲のように) 自分自身がその立体構造の仲介者となろうとする意識の表れであったに違いない。そしてブレイクはヨブの物語の仲介者であろうとする限りは，内側にのめり込んで神秘家となることなく，幻視家たり得たのである。

注

1) Raine, K., *The Human Face of God : William Blake and the Book of Job* (London, 1982), p. 60.
2) ブレイクの詩集を「複合芸術」として論じた最初の書は Hagstrum, J. H., *William Blake : Poet and Painter* (Chicago, 1964)。最近では Mitchell. W. J. T., *Blake's Composite Art : A Study of the Illustrated Poetry* (Princeton, 1978) がある。
3) Frye, N., *Fearful Symmetry : A Study of William Blake* (Princeton, 1965), p. 415.

4) Binyon, L. & Keynes, G. eds., *The Illustrations of the Book of Job* (NY. 1935).
5) Damon, S. Foster, *Blake's Illustrations of the Book of Job* (Providence, 1966).
6) Wright, A., *Blake's Job : A Commentary* (London, 1972).
7) Frye, p. 417.
8) Raine, p. 205.
9) Damon, p. 36.
10) *Ibid.*, p. 5.
11) Raine, p. 58., p. 193.
12) Frye. N., "Blake's Reading of the Book," Rosenfeld, A. H. ed., *William Blake : Essays for S. Foster Damon* (Princeton, 1969), pp. 221-34.
13) Damon, S. F., *A Blake Dictionary* (Providence, 1965), p. 89. Raine, p. 62.
14) Damon, p. 3.
15) Raine, p. 47.
16) Damon, p. 40.
17) Raine, p. 49.
18) *Ibid.*, p. 247.

第 2 部

イギリス
近代詩・現代詩
試論

エミリ・ブロンテの詩
「臆病な魂はわがものではない」をめぐって

　エミリ・ブロンテ（1818-48）の残した詩は182篇あり，そのうちの21篇は生前姉のシャーロットの手で選ばれ，3姉妹の匿名詩集『カラ・エリスとアクトン・ベルによる詩集』（1848）に収められているが，あとは発表されなかった。彼女の小説『嵐ヶ丘』（*Wuthering Heights*, 1847）の蔭に隠れて，詩の方はあまり知られず，したがって読まれることも少なかったが，F. R. リーヴィスのように彼女の詩を評価する批評家も現れ[1]，1941年，C. W. ハットフィールドの手で全詩が1冊にまとめられ出版されると[2]，加速的に彼女の詩は読まれるようになった。

　エミリ・ブロンテの詩の中核をなしているのはゴンダル詩と呼ばれるもので，1834年頃から妹アンと共同で創り始めた架空の連合王国ゴンダルの物語を題材に，少しずつ語られている。これは姉のシャーロットと兄のブランウェルが組んでアングリカという物語をこしらえていたのに対抗したもので，エミリの詩には物語の中の人物が語る形式のものが多い。1844年に彼女はそれまでの詩を2冊のノートに分類して書き写し，1冊にゴンダル詩集と表題をつけ，他は無題のままであったので，彼女の考える正式のゴンダル詩は45篇であるが，他の詩にもゴンダルに関わったり，同じ心情を歌ったりするものがかなりあり，明確な線は引き難い。

　ゴンダル物語の資料はほとんど残されておらず，物語の全容はわからないが，その解明の試みとしては，F. ラッチフォードの『ゴンダルの女王』（1955）[3]が一応の成果を挙げたものとして評価されている。それによると物語の中心はゴンダルの女王オーガスタ・ジェラルディーン・アメルダ（略してA.G.A.と書かれる）であって，そのゴンダル連合王国はブロンテの住んでいたホワースと似た気候で，北方の海の島にあり，南海にガールディンという

植民地的領地を持っている。物語はおおよそ3段階に分かれる。①オーガスタとゴンダル内の小王国の君主であるアレクサンダーとの結婚と彼の戦死。②未亡人オーガスタとアスピン城のアルフレッドとの恋愛と彼の自殺。彼の娘アンジェリカは復讐を誓い，のちにオーガスタを暗殺することになる。③オーガスタとアンゴラの王ジュリアス・ブランザイダとの不倫の恋と彼の暗殺による死。その娘ロジーナの恨み。

　三つの物語の共通項は争い，愛と死，そして復讐である。戦いの詩はNo. 15，No. 25，No. 33，No. 49[4]と初期に書かれているが，勝利にしても敗戦にしても終わった後に歌われる。そして主題は次第に愛と死と復讐の方に重点が置かれ，これも過去を振り返るという趣向がほとんどである。

　シャーロットが3姉妹の詩集のために選んだエミリの21篇の詩のうち，6篇がゴンダル詩であるが，このことはゴンダル詩も物語のコンテキストから外して独立したものとして読めるということであろう。この21篇の詩の後に書かれ，彼女の白鳥の歌とも目されるのが「いかなる臆病な魂もわがものではない」('No coward soul is mine' No. 167)であるが，この作品はそれまでの彼女の詩を凝縮し，結論づけたような観がある。しかしそのヴィジョンは静止点ではなく，曖昧さや揺れが残る。時代を映しているのかもしれないその点について，それまでの詩の発展を考慮しつつ，解きほぐしてみたい。

1　魂の原型

　ブロンテの詩にはほとんど日付があり，書かれた順序に読むことができる。3姉妹の詩集に選ばれた21篇は115番目に当たる，1840年5月4日付の「スタンザ」以降のもので，その多くは1844年，45年に集中している。やはり後期の詩の方が完成度が高いということである。実生活でも姉妹の遊学，自身の遊学と挫折，ブランウェルの不祥事など，辛い経験を重ねたことが，ゴンダルの物語の進行と相俟って詩に奥行きを与えたということであろう。その行きついた先が「いかなる臆病な魂もわがものではない」なのであ

る。

No coward soul is mine
No trembler in the world's storm-troubled sphere
I see Heaven's glories shine
And Faith shines equal arming me from Fear

O God within my breast
Almighty ever-present Deity
Life, that in me hast rest
As I Undying Life, have power in thee

Vain are the thousand creeds
That move men's hearts, unutterably vain,
Worthless as withered weeds
Or idlest froth amid the boundless main

To waken doubt in one
Holding so fast by thy infinity
So surely anchored on
The steadfast rock of Immortality

With wide-embracing love
Thy spirit animates eternal years
Pervades and broods above,
Changes, sustains, dissolves, creates and rears

Though Earth and moon were gone
And suns and universes ceased to be

And thou wert left alone
Every Existence would exist in thee

There is not room for Death
Nor atom that his might could render void
Since thou art Being and Breath
And what thou art may never be destroyed

いかなる臆病な魂もわがものではない
世界の嵐にかき乱される地で震える者も
私は天の諸々の栄光が輝くのを見る
そして信仰は同様に恐れから私を守る

おお　わが胸の内なる神よ
全能の　常に存在する神性よ
生よ，不死身の生である私があなたの内に力を得たときに
私の内に安らぎを得た生よ

人間の心を動かす1000もの信条も
空しい　口に出せぬほどに空しい，
枯草のように無益だし
果てしない海のつまらぬ泡のように無益だ

あなたの無限性によってしっかりと抱かれ
不滅性の不動の岩に
確実に錨を下ろした人の内側に
疑いを呼びさますことは無益だ

広く抱擁する愛によって

あなたの霊は永遠の歳月を活きづかせ
　　行き渡り，上に垂れ込め
　　変化し，維持し，溶解し，創造し，養う

　　大地と月とがなくなり
　　多くの太陽や宇宙が存在しなくなり
　　あなたが独り残されたとしても
　　全存在はあなたの内に存在するだろう

　　そこには死のための余地はなく
　　死の力が空虚にし得る原子もない
　　何故ならあなたは「実在」であり「息吹」であり
　　今あるあなたは決して滅ぼされないであろうから

　第1行は力強く，簡潔である。もし主語を変えて「私の魂は臆病ではない」という文にすると，「魂」の存在感，あるいは他者性が弱まるであろう。この「魂」という言葉はブロンテのキー・ワードの一つであり，人間の存在の中心を意味している。彼女の詩に「魂」が表れる最初のものは，無題のNo. 11であり，「暗闇の時間の中でずっと／私の魂は奪い去られていた」(9-10行) というもので，受け身で描かれている。しかし『嵐ヶ丘』の第9章でキャサリンがエリーに対して，自分が夢中になっているヒースクリフのことを語るとき，「魂が何でできているにしても，彼は私と同じ魂の持ち主なの」[5]と「魂」は生の根源的なものとして強く認識されている。この「魂」はこの世では汚れた関係に包まれているが，やがて神の許へ戻って行く，というのがブロンテの基本的イメージであるが，詩の方でも例えばオーガスタがアスピン城主アルフレッドに宛てた詩で，彼女は魂の行方を語り，慰めとしている。

　　もしあなたがこの憂き世で罪を犯したとしても

エミリ・ブロンテの詩

> それは侘しい住居の塵でしかない
> あなたの魂はここに入ってきたとき浄らかであったが
> 再び浄らかに神の許に帰るであろう　　　(A.G.A to A.S' No. 48. 25-28)

これは『嵐ヶ丘』のキャサリンの臨終の際の言葉を思い出させる――

> 「私の一番嫌なものはこの壊れた牢獄よ。ここに閉じ込められているのにあきあきしてしまったわ。あの輝かしい世界へ早く逃げて行っていつまでもそこに住みたいのよ」[6]

「クローディアの詩」(No. 87)で「魂は少しの間，自由にその肉体を去ることができると私は思う」(11-12)と歌われるのは追放された女性が故郷ゴンダルを想っての言葉である。生きているときの「魂」の自由な動きが考えられているが，自由に抜け出せる「魂」は愛を成就させるものともなり，無題のNo. 101では「私の魂は二人が会う時間の間に横たわる／孤独の長い長い歳月を／時には飛び越えるだろう」(2-4)と，フェルナンドと目される男性がオーガスタらしき女性に語りかけている。

こうした「魂」の自由と強さは死においても持続されるべきものであり，三人姉妹詩集に選ばれた彼女の詩の最後である「老いた克己主義者」(No. 121)の結びの第3連はこうである――

> そう，私の速い日々が目標に近づくとき
> 　　これが私の懇願するすべてのことだ，
> 　生と死において，勇気を以て
> 　　堪える，鎖のない魂　　　　　　　　　　　　(9-12)

このような「魂」が「いかなる臆病な魂もわがものではない」に歌われる「魂」の原型である。そして生においても死においても連続して変わらない「魂」とは，7行目の「不死身の生」でもあろう。

「不死身の生である私があなたの内に力を得たとき」とは「魂」が肉体を得てこの世に生まれることであり，「私の内に安らぎを得た生」とはより大きな「生」が私という小さな器の中で安定して持続する，ということであろう。いわば「生」と「魂」の相互作用，相互依存である。ここで「生」と並べて呼びかけられる二つのもの，つまり「わが胸の内なる神」と「神性」は，この「生」と同格であるが，同じものとされながらも「神」から「神性」へ，そして「生」へと格が下がって行く。三つのものが重なり合った同一のものと受け取れば，いかにもロマン主義的な表現であるが，ブロンテの場合はもう少し複雑である。以下，範囲を拡げて考えてみたい。

2　囚われの魂

「魂」を閉じ込める肉体の比喩として「牢獄」が用いられるのは，1836年12月13日に書かれた無題の詩 (No. 5) に「人間の霊はその侘しい牢獄を離れて」(5) とあるのが最初であるが，ゴンダル詩では比喩ではない牢獄そのものが幾度も語り手たちの語りの場となっている。

例えば「雪の吹きだまりに寄せて」(No. 32) では，牢に入れられているオーガスタが自分の運命を嘆き，外から吹き込む雪に「天のはかない旅人よ」と呼びかけ，外の自然を夢み，自らを慰める。しかし他の牢獄の詩のほとんどは，囚われ人が昔のことを追想するものであって，読者はそれによってブロンテ姉妹の創ったゴンダルの展開を窺い知ることになる。「グレネデンの夢」(No. 49) では，アーサー・グレネデンが冬の夜，獄中で昔を想い，あの犠牲によってゴンダルの自由を獲得できればよかったのに，と思うのだが，戦いについて詳しく語られるわけではないにしても，小王国の間での戦いがゴンダル物語に織り込まれていることがわかる。しかし投獄が戦いの結果であるのかどうか，わからない場合が多い。戦いにしても愛にしても，他者との関わり方，そして力関係を表すものであるが，ブロンテには愛の方が遙かに描きやすかったに違いない。「ガールディン牢獄の洞窟にて，A.G.

A.に宛てて」(№112) では、F. デ・サマラという人物のオーガスタへの想いがある。「サザン・カレッジの牢獄の塀から」(№154) の語り手は、ロジーナという女性への不実のせいで投獄されたと思っている。「M. A. 牢獄の塀にて ── N. C.」(№164) では、M. A. という特定できない語り手が、友人が牢に入れられるよりは自分が獄中で嘆き暮らした方がましだ、と述べている。いずれも希望はない。

　牢獄に囚われている者の未来は死であり、牢獄すなわち死、という含みも生じるが、「ジュリアン・M. と A. G. ロシェル」(№165) では、囚われ人がめでたく救われる。この152行から成る作品は、すぐ後に書かれ、三人姉妹の詩集に採られた64行の「囚われ人」(№166) と同一部分を含み、その母胎となっているものだが、「囚われ人」の方にはない救出と愛の詩行が終わりにある。ジュリアンは幼なじみのロシェルが捕えられて死を願っているのに心を痛め、3カ月余り庇っている。囚われ人ロシェルにとって、牢獄は神秘体験の恍惚の場でもあって、「希望の使者が夜毎に私を訪れ／短い命と引き換えに永遠の自由をと申し出るのです」とジュリアンに語る彼女の体験は彼の心を動かす。彼は牢番から鍵を受け取り、彼女の枷を外す。「決して疑うことのない愛、確固たる貞節によって、ロシェルよ、僕はついにあなたから対等の愛を得たのだ」('By never-doubting love, unswerving constancy, Rochelle, I earned at last an equal love from thee !') とジュリアンの言葉で終わるのは、これまでの牢獄内の語り手による詩の悲劇的な独白とは異なっている。神秘体験をした囚われ人が愛によって牢獄から救い出される、というこの新しい展開は、囚われ人が自分の話を聞いてくれる存在を得たことによって可能になったわけだが、『嵐ヶ丘』の構造が紳士ロックウッドに家政婦ネリーがキャサリンとヒースクリフの2代にわたる物語を聞かせるというものであったことと、共通するものがあるように見える。閉じ込められた物語が聞き手を得た語り手によって解き放たれる、という型である。

　この解放の物語詩のすぐ後に「いかなる臆病な魂も──」が書かれていることは注目に価する。ジュリアンの 'never-doubting' や 'unswerving' という言葉遣いと、'undying' とは同じカテゴリーに入るだろう。ともに既存の状

態を否定することで成り立つ語であり，死ぬということを知っているが故に'undying'と言えるのである。

3　死のイメージ

　牢獄の冷たさを「墓のような冷気」とNo. 164でブロンテが書いたのは，牢獄と墓との類似性を見ているからである。牢獄も墓も，ともに肉体を閉じ込め，さらに内なる「魂」をも閉じ込めるが，両者の違いは「死」の前か後かということである。
　「死」のイメージはNo. 7以降絶えず現れ，次第に影を濃くして行くが，特にゴンダル詩は「死」なくしては成り立たない。最も早くA.G.A.と草稿の表題に書かれたNo. 10は[7]，オーガスタがアレクサンダーの最後を看取り，彼の言葉を聞くものである。同じくオーガスタがアレクサンダーを想っての詩No. 23は（時間の順番がNo. 10と逆である）ゴンダルを去って海の上にいるアレクサンダーと「死」が結びつけられ，「死は決して自分のえじきを戻してよこさない」(20)と述べられている。一方，救いとしての「死」というイメージもあり，No. 29の結びに「私の唯一の願いは／死の眠りのうちに忘れること」(23-24)と歌われ，No. 44では「たった一つのもの以外に休息の場はなかった——墓だ」(4)と助言される。また「死」という言葉を使わずに「死」を意味する場合がある。

　　　　至福の幾時代もが決して死ぬことのない
　　　　天上で会うべく我々は下界で別れるのだ　　　　　　　(No. 34. 15-16)

　　　　私は魂をその粘土の家から連れ出せる　　　　　　　　(No. 37. 1-2)

　こうしたさまざまな「死」の中で，ブロンテの基本的な「死」のイメージは，

> 地上には嘆く人もなく
> 深く深く墓に埋められて　　　　　　　　　　　　　（No. 38. 1-2）

という孤独なものであろう。『嵐ヶ丘』でキャサリンの墓が教会の墓地の片隅の緑の斜面に形ばかりの石碑が立てられたものであった[8]のが思い出される。そして「死はあらゆる風に乗ってやってくる」（No. 61. 32行）のである。実際，ゴンダル物語の人物はほとんどが死ぬ。

　中心人物の女王オーガスタでさえ暗殺されて死ぬ。その状況を描いた「A.G.A.の死」（No. 148）は344行から成り，描き方がそれ以前の詩と異なっている。まず山腹に座っている謎めいた暗殺者たちの描写から始まるが，その中に美しいアンジェリカがいる。そこへダグラスが彼女を追ってきて彼女への想いを語るが，彼女は愛の美しさと無情について話す。彼女が女王オーガスタのために追放されたこと，恋人を失ったことなどがこれでわかるが，彼女はその憎い敵であるオーガスタを先ほど見かけたが復讐の志を果たせなかったと言う。助力を求められたダグラスは，まずオーガスタの家来を二人殺し，それからオーガスタを殺すことになる。駆けつけた親衛隊長エルドレッドはオーガスタの死を悼み，彼女の生涯を振り返る。

> そしてあなたは去ってしまった ── すべての誇りを持って
> あなたはそんなに愛され　そんなにも神格化されている！
> 大地のように冷たく，今は
> 愛や喜びやこの世の悲しみを知ることなく ──　　（329-32）

　こうして誇り高い女王オーガスタは暗殺されたのだが，最後に親衛隊長の追悼の言葉が置かれてはいるものの，これまでの追想詩とは違って，劇的に語られている。事件は外側から描かれ，それだけ拡がりがある。これでゴンダルの物語が終わってもおかしくはないが，この後もゴンダル詩は書かれ，このすぐ後のNo. 149から最後のゴンダル詩No. 169までの21篇のうち13篇がゴンダルに関わっている。これは『嵐ヶ丘』でキャサリンが亡くなった後

に第2世代の物語が続いたのと同じ趣向のように見える。とはいえ『嵐ヶ丘』は一貫した物語を書き継いだのに対し，こちらの詩の方は断片的であり，統一性を欠く。矛盾もある。

　しかし「A.G.A.の死」以降，「死」についてのブロンテの思いは密度を高めているという点では，一貫性があると言えるかもしれない。リーヴィスが讃めた「土の中に冷たく」(cold in earth) もこの頃の作品であり，「追想」という表題をつけられて三人姉妹の詩集に入れられているが，No. 158 に当たる。この詩では『嵐ヶ丘』のヒースクリフが18年前に亡くなったキャサリンを想って嘆くのと同じように，「私」は15年前に亡くなった人を想っている。原稿では「R.アルコーナから J.ブレンザイダへ」と表題がつけられており，ラッチフォード説ではこのロジーナ・アルコーナとはオーガスタその人であって，愛するブレンザイダが暗殺されたのを悼む詩であるらしい[9]。年代記として見れば，「A.G.A.の死」以後にこれが書かれているのは矛盾しているが，整合性のなさの一例である。「ブロンテはアイデンティティから逃れようとしたのだ」[10]という説も，「果てしのない物語を書きたかったのだろう」[11]という説も否定はできない。

　この「追想」では思い出が哀悼され，死者との距離が確認される。追想とは記憶の中に死者の存在を確立することなのである。

　　　しかし黄金の夢の日々が消え
　　　絶望さえもが滅ぼすには無力となったとき
　　　そのとき私は学んだのだ，いかに存在が育まれ
　　　強くされ，喜びの助力なしに養われ得るか，ということを　(21-24)

と歌われるとき，語り手は本来は不在であるはずの「死」を「生」に変えるのである。しかし，

　　　ひとたびあの神聖極まる苦悩を深く呑み込んだからには
　　　いかにこの空ろな世界を再び求め得ようか？　　　　　　(31-32)

という結びの2行では，単なるこの世の「生」は拒否されるのである。
　この詩のすぐ後の詩「死」（'Death' No. 159）はゴンダル詩ではないが，「死」は永遠の根から分かれた時間の枯枝として捉えられ，「死」に対して，他の枝が茂るように枯枝に一撃を与えなさい，と呼びかけ，生と死を結びつけるような趣がある。「追想」よりも調和的であるように見える。「死」が解決法であるかのようなのが「哲学者」（'The Philosopher' No. 157）で，これは欲望の称揚と欲望の消滅という相反する二つの価値観を劇的にぶつけたものである。しかし哲学者は争いを「休息」の名の下に拒み，結びは「死なせてください」ということになる。

　　　おお，死なせてください。力と意志との
　　　むごたらしい争いも終わり
　　　征服された善と，征服する雲が
　　　一つの休息のうちに失くなるように！　　　　　　　　　　　(53-56)

　これで収まるのならば，求められた精神と忘却の死との間にさほど差異はない，という見方[12]もできるが，死の力の方が圧倒的だと言えるのではないだろうか。
　そこで再び「いかなる臆病な魂も──」であるが，「生」を「死」に取り込んだり，「死」を強化したりしている（「A.G.A. の死」以降の）これらの詩が土壌となっていることは否めない。「臆病な」というのは「死」を迎えるときの態度であろう。第2連で「神」，「神性」，「生」が同格のものとして並べられるとき，「生」の説明の中にある「不死身の生」という言葉が異質的な響きを持って浮かび上がってくるが，これらの三つの言葉の裏にある「死」を 'undying' という言葉が抑え込んでいるのである。ここで述べられている「生」と「不死身の生」の関係は，ちょうどNo. 159の「死」でうたわれた，永遠に根ざす時間と同じであろう。そして第25行で「死」の余地はない，と助言されると，これまでの詩で高まってきた「死」の響きが否定されるのである。しかし本当に確固たるヴィジョンかどうか，疑わしくさせるのは最

終行の 'may' である。

4 神のイメージ

　この詩の構造を見ると，何故自分は「死」に対して臆病な魂など持っていないと言えるのか，という理由が第3，4行である。第2行は内なる「魂」に対して肉体的存在のあり方を言っており，大して意味はなさそうだが，これまで見てきたように，ブロンテの持つ「魂」と「肉体」の二元論的なイメージから言えば，これがないと弱い。さて，その自分のあり方の拠って立つところは信仰であり，それが具体的に第3，4行で述べられている。天の栄光が輝くのを自分は見ること，その結果神を信じる思いが同じように「恐れ」から自分を守って輝いているからだ，と両方に 'shine' という同じ動詞を用いて 'equal' の感じを引き立てている。「守る」に 'arm' を用いているのも，武器によって守るという強さを響かせているのであろう。

　第3連で「人間の心を動かす1000もの信条も／空しい」と書かれる「心」は 'heart' であって 'soul' ではない。「魂」は動かされないのである。ここで比喩に枯草や海の泡を挙げているのは，枯草の下にある大地，泡の下の海原の大きさや確かさを感じさせ，次の連の「無限性」や「不滅性」にも通ずるのであろう。また，土の上の枯草，海の上の泡，という関係は，「魂」の上の「肉体」かもしれない。その「無限性」や「不滅性」のところで，その二つのものと人間（one）との関わりを表す言葉が，それぞれ 'Holding so fast' と 'so surely anchored' であることに注目すべきである。単純に，あるいは論理的に考えれば，これは 'held so fast' と 'so surely anchoring' の方が筋が通っている。その二つの能動態と受動態をあえて逆にすることで，ブロンテは神と人間の相互関係を表し，強調しているのであろうか。

　後半の第17行以下で，信仰の根拠となる神の御業が語られるわけだが，中心的なイメージは二つあって，一つは「広く抱擁する愛によって」神の霊が活動すること，もう一つはあらゆる存在が神の中にあることである。この

'wide-embracing love'とは、ブロンテがこれまで繰り返し書いてきた「閉じ込め」のイメージ——「牢獄」や「墓」や「肉体」——と同じく包み込むイメージであり、方向が逆であるだけである。ブロンテのこれまでの詩がマイナス方向に重かったとしたら、それに見合うだけのプラス方向の重さを担うイメージである。そして二つ目の、あらゆる存在が神の中にある、ということも、神の大きさを意味していると同時に、時間も空間も神の中に閉じ込めることであろう。最大の「閉じ込め」なのである。

　ゴンダル詩に歌われたような、戦いも、愛も、死も、すべての神の中に納められてしまう——これはロマン主義精神の特徴の一つである時間意識に叛旗をひるがえした空間化作用であり、時間意識さえも呑み込むものである。

　これまでに見たブロンテの「閉じ込め」のイメージも、時間を空間に閉じ込めるものであった。No. 44 で「すべて我々の心は嘆きの住まう館であった」(5行) と述べられたとき、空間的な場としての「心」が考えられていたのも「閉じ込め」のイメージの一つである。「魂」を閉じ込める「関係」、「肉体」を閉じ込める「牢獄」と「墓」。そして大抵の場合、時間が経過してから過去の出来事が語られるというその趣向も、時間を軸にした「閉じ込め」だと言えよう。ブロンテの詩は一口で言えば「閉じ込め」の詩なのである。ゴンダル物語自体も、ブロンテのさまざまな想念を閉じ込めるはずの枠であった。それが整合性のあるまとまったものとして完成はしなかったところに、「閉じ込め」に対する逆方向の力の働きを見てもよいのではなかろうか。ちょうど「肉体」から解放された自由な「魂」のように。詩に歌われた出来事の時間にずれがあるのも、「空間化」、「閉じ込め」に対する「時間」の反逆と言えるかもしれない。ゴンダル詩はブロンテ自らの碑銘だ、という見方[13]も、詩の発展プロセス全体を考えれば納得できる。それは「死」についての碑銘である一方、無意識的であれ物語構築の意図を結果として葬った「墓」なのである。

　さて、「いかなる臆病な魂も——」で見られた「閉じ込め」の場としての「神」は、ゴンダル物語と同様の不完全さがつきまとう。そもそもブロンテ

にとっての「神」は，初めは決して大きな存在ではなかった。ゴンダル物語は異国の，異教の人々が主題である。それも断片的な場面ばかりである。No. 2で太陽の動きを「アポロの旅」と呼んだり，No. 9でダイアナの名を挙げたり，ヘレニズム的雰囲気に近い。'god' が初めて現れるのはNo. 13で，

  少年よ，神々しいすべてを持つから君が好きだ
  君の顔立ちは神に満ちて輝いている   (9-10)

と人間に引き寄せた「神」である。戦いが描かれるNo. 25で，初めて語り手が「おお，神よ，何がこのぞっとする身震いを引き起こしたのか」(39) という嘆きを口にするが，これは深い意味はない「神」，間投詞的な慣用語であろう。しかし「神」は日常的に遍在している，ということなのかもしれない。

「ジュリアス・アンゴラによる歌」(No. 33) に見られる「神」はもう少し意識的であるが，ゴンダル物語に即した，ゴンダル的「神」である。

  我々の魂は喜びに満ちている，神が
  我々の武器に勝利を　我々の敵に死を与え給うた   (9-10)

前述の「グレンドレンの夢」(No. 49) の結びでは，「神」と人間とは同等に見える。

  影よ来い！　この真夜中はどういうことだ？
  ああ　わが神よ　私はそれをすべて知っている！
  熱病の夢が終わったと知っている
  復讐されずに復讐者は倒れるのだ！   (69-72)

また「F. デ・サマラからA.G.A.へ」(No. 71) に見るのは，あまり信用されない「神」である。

それでは神が少なくとも真実であるのか，私は試しに行く　　　（16）

そして人間の力によって動かされる「神」も登場する。しかし，

　　　しかし天は熱心な祈りによって，動かされる
　　　そして神は慈悲なのだ……　　　　　　　　　　　　（No. 97. 11-12）

と歌われると，キリスト教の「神」，新約聖書の「神」に近い。
　「ガールディン牢獄の洞窟にて，A.G.A.に宛てて」には「憎しみの神」という言葉が見られ，この詩の結びはこうである。

　　　しかし，もし天上に「神」が在るとしても
　　　その腕は強く，その言葉は真実であっても
　　　この地獄はあなたの霊をまた苦しめるだろう　　　　　　（74-76）

「ザロナの陥落に寄せて」(No. 131) の結びの祈りは慈悲を求めるようで，そうではない。

　　　しかしこの恐ろしい災の場面が
　　　最後の終末に近づいたとき
　　　神が我々の軍隊を見棄て給うたように
　　　神は我々の敵を見棄て給いますように！　　　　　　　　（81-84）

　これがおそらくゴンダルの神なのであろう。
　三人姉妹の詩集に載った彼女の詩の最初のものは「信仰と落胆」(No. 153) であるが，「落胆」の父親に対して，希望を抱き「信仰」を持つ娘は，死者たちの幸せな「魂」は「神」の許へ行くのだ，と正統的なことを言う。しかし彼女の教義的なものは欲望の力に呑み込まれてしまう。「神」のイメージが確立されていないためにキリスト教的正統の詩とは言い切れない。しかし

ブロンテはここで「神」について考えている、ということは間違いない。

　こうした「神」のイメージの発展と揺れの先に「いかなる臆病な魂も ── 」がある。「胸の内なる神」、「神性」、「生」の三つ揃いの「神」は果たして強い「魂」となっているのだろうか。

5　不確かな神

　「いかなる臆病な魂も ── 」の最終連で、「あなた」（＝「神」、「神性」、「生」）の中に「死」のための余地はない、と断言され、その理由として「あなたは〈実在〉であり〈息吹〉であり／今あるあなたは決して滅ぼされないであろうから」と述べられるが、「実在」という静止的なものと、「息吹」という動的なものが並べられるのが、「神」の二面性を述べているようで面白い。何故「神」の「実在」だけではいけないのだろうか。「実在」と「息吹」は対等のものなのだろうか。 ── おそらく「神」の「実在」だけでは人間に対するさまざまな働きかけを説明できないのであろう。働きとしての「息吹」が必要なのである。もし「実在」＝「魂」、「息吹」＝「肉体」と考えれば、両者は対等であって対等でない、ということになる。この図式は「神」と人間を同じ構造で説明するものだが、そういう類比がブロンテの内になかったとは言えないだろう。

　「神」の働きとしての「息吹」は、ブロンテの詩の中で最も多く表れる言葉「風」と結びつく、と考えられる。場面の設定にいつも「風」が描かれ、優しく吹いたり冷たかったりする。また「風」は人間の心理を映したりもする。そういう「風」が主役となった作品に「夜風」（'The Night-Wind' No.118）があるが、これは「風」との対話である。「私」に語りかける優しい「風」は、天には栄光があり眠れる大地は美しい、と言うが、「私」は受けつけない。それでも「さまよい人」（'the wanderer'）である「風」は去ろうとしない。「風」は福音をもたらす存在なのである。

　「歌」（No.149）ではA.G.A.らしき女性を追想している「私」が西風に呼び

かけて, 彼女の墓の傍に吹いて彼女の夢を鎮めてほしい, と願う。人の慰めとなる「風」である。「風」は人間のように歌ったり, 溜息を吐いたり, ものを伝えたり運んだりする。前述の「とらわれ人」(No. 166) では, ロシェルに神秘体験をもたらす「希望の死者」は西風とともにやってきた。「私を慰めるもの」(No. 144) は精霊のことであるが, 「風」に擬せられ, 「風」より優しい, とされる。それは心に閉じ込められた秘密の存在であるが, 「想像力」と容易に結びつく。

　ブロンテが「想像力」という言葉を詩の中で使ったのは, 「想像力に寄せて」(No. 150) の表題だけである。ここで,

　　外の世界には希望がないから
　　私は内なる世界を2倍も尊ぶ。　　　　　　　　　　　(7-8)

と歌われるのが想像力の世界である。そこでは「あなたと私と自由が／当然の主権を持っている」(11-12)。また「理性」が「自然」の現実に不平を言ったり, 「心」に夢のつまらなさを説いたりしても, あるいは「真実」が「空想」の花を踏みにじっても, 「あなたはいつもそこにいる」(25) と述べられ, そのあなたの働きは, さまようヴィジョンを連れ戻し, 枯れた春に新しい栄光をもたらし, より美しくなった「生」を「死」から呼び戻し, 聖なる声で現実の世界について, あなたの世界と同じくらい輝いているとささやくことなのである。これらはブロンテの「風」の働きと重なる。

　また「いつもそこにいる」という想像力のあり方は, 「いかなる臆病な魂も ―― 」で歌われる「全能の, 常に存在する神性」と同じであり, 想像力を自分の「内なる世界」とする考え方も「わが胸の内なる神」と重なる。つまりブロンテにとっての「風」, 「想像力」, そして「神」は, ほとんど同じものなのである。しかしブロンテの説明する「想像力」は, 「風」と同じようにときどき働くだけであれば役に立たない。絶えず仕事をしていなければ永遠の状態を保てない。そこで「想像力に寄せて」の最終連は, 「私はあなたの幻の至福を信用しない／しかし……／あなたを歓迎する」(31-34) とい

う屈折を見せることになる。ここでは「想像力」は自己の内にありながら幻であり、それでいて「ようこそ」と迎えるような他者性を示しているのである。「風」は他者として眺めていればそれで済むし、「神」の「息吹」に吸収されればめでたいことである。しかし「想像力」のこの捉えどころのなさと他者性は、「わが胸の内なる神」と重ねたくないものではなかったか。「いかなる臆病な魂も──」でブロンテは「想像力」という言葉は出さなかった。「不死身の生」は「想像力」でもよかったのだろうが、そこまでは考えが至っていなかったのだろう。一つには働きとしての「想像力」と場としての「想像力」が合一し難かったということもあっただろう。

そしてブロンテの「神」だが、「わが胸の内なる神」はブロンテによって閉じ込められた存在であり働きである。その神は「広く抱擁する愛」を以て霊に働かせ、また一方では内に全存在を含むものとして描かれている。つまり、働きと存在、というあり方は「想像力」と同じなのである。ただ「想像力」と異なるのは、ブロンテの「閉じ込め」に対して「神」の側が鏡像的に「閉じ込め」を見せることであろう。ちょうど「肉体」に閉じ込められた「魂」が解放を求めて自由になるように、ブロンテの「神」も彼女の内的世界から抜け出ようとしている。しかし外なる「神」に彼女は対処しきれないだろう。

最後の行で「今あるあなたは決して滅ぼされないであろう」と断言を避けて 'may' を使わざるを得なかったのは、彼女の「想像力」と同じように、信じきれない「神」であったからに違いない。

注

1) F. R. Leavis, *Revaluation : Tradition and Development in English Poetry*, Chatto & Windus, 1936, p. 13. The Oxford Book of English Verse の 19 世紀の部で、彼女の 'cold in the earth' は最上の詩だと思う、と述べている。
2) C. W. Hatfield (ed.), *The Complete Poems of Emily Jane Brontë*, Columbia University Press, 1941.
3) Fannie E. Ratchford, *Gondal's Queen : A Novel in Verse by Emily Jane Brontë*, University of Texas Press, 1955.
4) 使用テキストは Janet Gezari (ed.), *Emily Jane Brontë : The Complete Poems*, Penguin, 1992. 日付のある詩169篇と日付のないもの13篇に通し番号をつけているが、Hatfield 編テキストと多少順番が異なり、句読点も草稿に近づけて、ほとんどつけられていない。

5) Emily Brontë, *Wuthering Heights* (1847), ed. Pauline Nestor, Penguin, 1995, p. 80.
6) *Ibid.*, pp. 159-60.
7) テキストには A.G.A. の表記はない。
8) Emily Brontë, *loc. cit.*, p. 168.
9) 使用テキストの Notes, 229 頁。
10) David Musselwhite, *Parting Welded Together : Politics and Desires in the Nineteenth - Century English Novel*, Methum, 1987, pp. 83-84.
11) J. Hillis Miller, *The Disappearance of God*, Oxford University Press, 1963, p. 153.
12) テキスト 227 頁。
13) Steve Vine, *Emily Brontë* Twayne, 1998, p. 26.

スウィンバーンの詩
虚と実の間

　A. C. スウィンバーン (1837-1909) はかつては悪名高い詩人であった。しかしながら，1866 年に出版された『詩とバラード』(*Poems and Ballads*) 第 1 集があまりに官能的，異教的であるとして非難の的となり，出版者が販売を中止した，などという出来事は，歳月の流れとともに大したことではなくなり，彼の詩のメッセージよりも表現方法の方に興味が移ってきている[1]。1960 年以降，彼への関心は徐々に高まり，彼は大いに独創的な詩人であるという評さえも生まれた[2]。実際，彼の押韻や比喩にはヴィジョンとの絶妙な関わりが見られる。その手法はヴィジョンの虚を実に，実を虚にするものであって，そこにスウィンバーンの詩の本領があると思う。

1　スウィンバーンとボードレール

(1) ボードレール追悼詩

　1867 年 4 月，スウィンバーンは「今日は，そしてさようなら」と題するボードレール追悼の詩を書いた。パリにいた友人がボードレール死去の噂を伝えてきたからである。しかしこれは誤報であって，ボードレールが亡くなったのは 8 月 31 日であった。「虚」に反応して詩を書くというのはなかなか象徴的であるが，この追悼詩は 1878 年の『詩とバラード・第 2 集』に収められた。この詩が書かれたときは，ちょうど第 1 集に対する世間の非難に身を晒されており，彼は『悪の華』(1855) によってボードレールが同じような目に遭った前例にわが身を引き比べていたに違いない。ボードレールの場合はもっと公的な制裁で，300 フランの罰金と 6 篇の詩の削除が命じられたのだが。

その『悪の華』の第2版が1861年に上梓された翌年9月，スウィンバーンは「スペクテイター」誌上に無署名で『悪の華』を賞讃し，それをボードレールに送っている。ボードレール側の年譜ではこうなる——「1862年9月6日，イギリスの若い詩人スウィンバーンは『悪の華』に対する熱烈な讃辞を「スペクテイター」に寄せる」[3]。スウィンバーンはこの文の中で，ボードレールは一風変わったもの（苦痛，倦怠感，快楽）を考えようとしている，と比喩を多用して説き，さらに彼の詩に倫理性を見ようとした。自分の詩について弁明しているかのように。

　追悼詩「今日は，そしてさようなら」の中で彼はボードレールを「兄」と2度呼び（2, 188），「兄なる歌い手」(79) とも言っている。この詩の題のラテン語自体がすでに兄弟関係を背景にしたもので，カトゥルスが兄弟の墓を詣でた折に書いたエレジーの中の言葉なのである。スウィンバーンは『詩とバラード・第2集』の「カトゥルスへ」でカトゥルスを兄と呼んでおり，第1集の「プロセルピナへの讃歌」では語り手がプロセルピナに「私もまたあなたの兄弟」(94) と述べ，「ドロレス」でも語り手はドロレスを姉妹と呼ぶ (151)。親しみを持つ対象を友ではなく，血縁あるもの，しかも父ではなく兄とするところにスウィンバーンの気質が見られる。「兄」たるボードレールの場合，『悪の華』の献辞に「わが親愛な畏敬する先生であり友であるテオフィル・ゴオチエに」[4]と書いていて，「兄」という感覚は持っていない。ヴィクトル・ユーゴーに宛てた詩も3篇あるが[5]，「兄」扱いはしていない。恋人を「わが子，わが妹」という呼び方をしても[6]，男性に対して兄弟とは呼んでいないのである。その点がボードレールとスウィンバーンの違いの一つであろう。他者を兄弟関係のイメージで取り込むのは一種の甘えであり，逆に見れば一種の傲慢さである。

　さて「シャルル・ボードレールを偲んで」と副題のある「今日は，そしてさようなら」は11行詩18連から成り立ち，各連はabbaccdeedeという複雑な脚韻を持っている。

　　　SHALL I strew on thee rose or rue or laurel,

> Brother, on this that was the veil of thee ?
>   Or quiet sea-flower moulded by the sea,
> Or simplest growth of meadow-sweet or sorrel,
>   Such as the summer-sleepy Dryads weave,
>   Waked up by snow-soft sudden rains at eve ?
> Or wilt thou rather, as on earth before,
>   Half-faded fiery blossoms, pale with heat
>   And full of bitter summer but more sweet
> To thee than gleanings of a northern shore
>   Trod by no tropic feet ?   (1-11)[7)]

> あなたの上に薔薇かヘンルーダか月桂樹のどれを撒こうか？
>   兄よ，あなたのヴェイルだったこのものの上に。
>   あるいは海が造った静かなイソギンチャクか，
> あるいは素朴極まる育ちのシモツケソウやカタバミ，
>   夏の眠たいドリュアスが夕暮れに
>   やわ雪のような突然の雨に目覚めて織ったようなものか？
> あるいはあなたはむしろ以前地上にいたときのように望むのか？
>   熱で蒼ざめ，厳しい夏に満ち，
>   だが熱帯の足に踏まれぬ北の海の
> 落ち穂よりもあなたにとって甘美な
>   半ば褪せた火のような花々を。

　薔薇は愛，ヘンルーダは rue という名詞の持つもう一つの意味通り悲しみ，月桂樹は栄冠を表し，「あなたのヴェイルであったもの」とは肉体である。この連は二つの疑問文から成っており，後半の疑問文の主語はボードレールである。ボードレール的な，「半ば褪せた火のような花」を望むのか，という問いはスウィンバーンの受け取った「一風変わったもの」の具象化であろう。

スウィンバーンの詩　　　145

そのボードレールは以下の連で「眠りのない心であり，眠らぬ憂鬱な魂」(34) と呼ばれ，今や葬られた肉体から分離したものである。また「静かな目」(51)，「見慣れない花々の庭師」(68) とされ，「しめやかな一人の詩神」(106) という表現で10番目の詩神に擬せられる。またアポロの「多くの子供たちの中で最後に死んだもの」(150) であり，ヴィーナスとの関連で「二人目の悲しい犠牲」(163) と述べられる。タンホイザーに次いでヴィーナスに魅せられたのがボードレールだというのである。物語，神話を用いるのはスウィンバーンの特徴であるが，これは他人を「兄」と呼ぶのと似て，他者との関わりを利用して自分を主張する方法である。

  あなたのために，おお今は物言わぬ魂よ，わが兄よ，
    私の手からこの花輪を受け取ってください，そしてさような
    ら。
                (188-89)

と最終連で述べるとき，自分こそ英国のボードレールだという思いがあるのであろうが，例えばシェイクスピアのソネットに見られるような[8]，自分の詩こそが美を永遠に留めるのだという自負，強さはない。彼の「花輪」は追悼の言葉でしかないのである。

 しかし『悪の華』から採られた冒頭のエピグラフは，スウィンバーンの乱れを映していて興味深い。これは「大いなる心の女中」からの5行であるが，墓に花を捧げねばならぬ，とうたわれるその墓とは，ボードレールの母に仕えていた女中のものなのである。それを考慮に入れるならば，この5行をエピグラフにしたことは失礼なのだが，スウィンバーンはそこまで考えなかったのであろう。「兄」ボードレールを実は「女中」扱いにする——これが彼なりのバランスの取り方だとすれば，まことに面白い。

 さて追悼詩の第2連では，ボードレールの生前のことと今のことが比較される。「常により大きな空のより重たい太陽たちの／燃えるような物憂い栄光があなたを誘っていた」(12-13)。『悪の華』87番の「太陽」を想起するならば，太陽は詩人の想像力を意味する。かつてボードレールの見たものは

「我々には見えぬ秘密と悲しみ」(24) であり，それは「猛々しい愛と美しい有毒な葉芽」(25) である。また「享楽的な時の秘められた実り」(28)「形のない罪と，言葉を持たぬ快楽」(29) と描かれ，ボードレールの詩の解説となっている。彼の「レスボスの島」や「女の巨人」を下敷きにした箇所が2連と6連にあるのは，もちろん「兄」に敬意を表してのことである。その「兄」が今は死の世界，陰画的な世界にいるということで，un-, -less, no..., not などが4連以下で用いられるが，これは非在と存在を同時に示す言葉である。また現在のボードレール（魂）に「あなたのヴィジョンに似たものを見出したか」(67) と訊ね，疑問文を重ねる。最初の連もそうであったが，こうして疑問文を並べて返事はないという書き方は，スウィンバーンの特徴の一つである。言葉によってヴィジョンの領域は拡がるものの，実体の保証はない。「あなたは言葉の翼がついていくには遠すぎる」(89) とひとしきり「あなた」を主語にした後，「私」が強調される。あなたの悲しい魂の音，あなたの敏捷な精神の影，この閉じられた巻き物に手を置くのが「私」であり，「私の精神があなたの歌と交わるのを／死も遠ざけはしない」(103-04) と二人のつながりが述べられる。詩神が泣き，アポロがその月桂冠をあなたの糸杉（喪の象徴）の冠と混ぜようと身を届め，ヴィーナスの虜となったタンホイザーのようには聖なる杖に花が咲くことはない，と続けて語るのが「私」である。スウィンバーンはすでに「ヴィーナス礼讃」でタンホイザー伝説を用いているのだが，ローマ教皇の杖に花が咲かないとタンホイザーの罪は赦されない。ここで花が咲かないと述べることは，ボードレールも「私」もともに救われないと言いたいのであろう。

  せめて私は白い夢々の住む場を満たし
    見えない社に花輪を手向けるのだ。   (175-76)

という16連の終わりの2行で，象徴主義的な言いまわしを用いながら，「私」は大きくふくらむ。だからほかならぬこの「私」からこの花輪を受け取ってください，というのである。その花輪が素晴らしいということまでは

述べられることなく。

(2)「癩病やみ」

「癩病やみ」はおそらくボードレールの「腐れ肉」に触発されて書かれたのであろう。収められている『詩とバラード・第1集』の多くの詩は，マスクを被っての独白という形を取っているが，この詩の語り手も14世紀初めのフランスの貧しい筆写生である。

  よく考えると恋に勝るものは
   何もない，隠れた井戸水も
  飲めば恋ほどの微妙な味はない。
   このことは私と彼女を見ればよくわかる。   (1-4)

と第1連は恋の讃歌のように始まる。美しく好色な貴婦人の筆写生が彼女の情事を覗いては胸を熱くしていたが，彼女が癩病に罹って醜い姿となったおかげで彼女をものにする，という筋立てであるが，話はめでたく終わるわけではない。神はいつも，今も，「私」を憎んでいる，と絶えず神が意識されており，彼女の美しい肉体を病によって変えたのも神である，という。その変わった彼女を「私」は何よりも甘美だと見る。編み枝で造った家に彼女を隠し，水と粗末なパンを供する。「神が禁じた奉仕」(80) を行い，神に反抗する。彼女が他界しても「私」はその傍らに座り続ける。「彼女の沈んだ骨からできた鋭い顔を見ると／愛は私を噛み，刺し貫く」(105-06) というのだが，彼女が昔の恋人を想っていたことを「私」は知っている。そして神は正しいことを行わないのだろうか，という以前からの疑問を再び繰り返すのである。絶望感は癒されず，深まるばかりだが，これは罪悪感ではない。眼は自分の内には向けられず，外の神に向けられているのである。

「兄」たるボードレールの「腐れ肉」では，「あの爽やかな夏の朝，わが恋人よ，僕たちが／見たもの　思ひ出して御覧」(1-2) と，小径の曲がり角で二人して見たけものの死骸について語られる。「大空は　一輪の満開してゐ

る花のやうな／この素晴らしい残骸を見おろしてゐた」(13-14) が, 蠅は腹の上で唸り, 腹から蛆虫が這い出している。

　　──だがしかし, わが恋人よ, わが天使よ, わが情熱よ,
　　　きみだって, この汚穢に, この恐ろしい
　　腐爛の臭気に似た姿といつかは成らう,
　　　わが眼には星と輝き, わが本性には太陽のきみよ。　　(37-40)

と歌われる, その恐ろしい姿が「癩病やみ」の貴婦人の姿でもあるのだ。そして「腐れ肉」の最終連は,

　　そのときに, おお, わが美女よ, 接吻しながら蝕んで
　　　きみを喰ひ盡す蛆虫に　言へ,
　　詩人たる僕こそは　ばらばらに崩れてしまった恋愛の
　　　形体及び神聖な本質を保存したぞ, と。　　　　　　　(45-48)

と終わるが, 愛を保存したという, この誇り高い詩人としての言葉は「弟」スウィンバーンにはない。スウィンバーンの「私」は絶望を抱えた者でしかなく, それを超える強さを持たない。醜いけものの死骸を「一輪の満開してゐる花のやうな」と見るボードレールの眼も, スウィンバーンにはなかった。ボードレールはその花のような残骸を「美しい」と形容し, それを大空が見下ろしている光景として見ているのである。

2　虚と実の間

(1)「ヴィーナス礼讃」

　『詩とバラード・第1集』のアメリカ版には『ヴィーナス礼讃・その他』というタイトルがつけられたが, 良かれ悪しかれ「ヴィーナス礼讃」はこの詩集の代表作であった。

彼はボードレールがパリのオペラ座でのワーグナーの『タンホイザー』上演（1861年3月）の際に書いたパンフレットを彼から貰ったことから，タンホイザー伝説を下敷きにしてこの「ヴィーナス礼讃」という4行詩106連を書いた[9]ということである。13世紀ドイツの伝説的吟遊詩人タンホイザーは，ヴェーヌス山の宮殿でヴィーナスと7年間過ごし，ふと我に返ってローマへ巡礼の旅に赴く。教皇に罪の赦しを乞うが，教皇は自分の杖に花が咲かない限り罪は赦されない，と答える。タンホイザーは再びヴィーナスの許へ戻るが，三日後に教皇の杖に花が咲く —— というのが伝説であるが，「ヴィーナス礼讃」は「私」タンホイザーが赦免を拒絶されて戻って来ての回想，独白である。

　「眠っているのか，目覚めているのか」(1) という自分への問いかけは，キーツの「ナイチンゲールに寄せる賦」の最後の行と似ていて，ヴィーナスの美の世界とキーツ的な美とのつながりを示唆する[10]。スウィンバーンが大いに張り切って言葉を駆使したことは容易に想像できる。

　W. エンプソンは『曖昧の七つの型』(1930) の中で，曖昧の第5の型としてこの詩の13, 14連を引いている[11]。第5型とは，二つの言葉の中間に比喩があるものであり，スウィンバーンは比較されるどちらにも興味を持たせない相互比較をしているというのである。これは彼の言葉が拡散的で散漫であるという評[12]にも結びつくであろう。エンプソンのさらなる説明では，「スウィンバーンは二つの間の結びつきを単に彼がストックしている連想の大きなグループを読者に呈示するために用いている。二つの比喩の混じり合った形容は，あたかも単一の叙述におけるように，分析のためではなく気分を伝えるために結びつけられている」[13]。このどっちつかずの，気分的な形容がタンホイザーの記憶の混乱した状態を表すのに役立っているというのである。

　「ヴィーナス礼讃」では隠喩よりも直喩が多い。「気分を伝える」とエンプソンは書いたが，スウィンバーンの直喩の流れはかなり構造的である。ヴィーナスの美しさを主張している8連で，ヴィーナスを「私の魂の肉体」(30) と呼ぶのは隠喩だが，20連で「すべての魂がそうあるように私はあり

たい」(77) と言った後に as を三つ並べて草や木の葉，苦役する人間，海の下の人骨に譬えている。「私」はすなわち魂，という線を辿りつつ領域を拡げるのである。一方エンプソンの引用している13連では，「夜は火のように落ち」(49)，重い光が低く流れて落ちると「私の血と肉体は焔が揺れるように揺れる」(50-51)，と火と結びついた肉体について描かれ，次の14連では神は自分の肉体が空気，植物，水などの場であることを望んでいる，と述べられる[14]。いわば火以外の元素の世界である。魂と肉体を結ぶものが愛なのであろうが，その愛について考えている17連が直喩の流れの頂点である。

　　ああ神よ，愛が花や焔のようであることを，
　　生が名前をつけることのようであることを，
　　　死が欲望よりも憐れみ深くないことを
　　これらのことが一つことではなく，同じでないことを。　　(65-68)

愛はすでに「火のような肉体に包まれて」(39) いたが，ここで花のようであってほしいと祈ることで，タンホイザーに対する教皇の言葉に対抗している。聖なる杖に花が咲いて自分が赦免されるなど，ありそうもないことの代わりに肉体を花のようにしてほしい，という一種の補償作用がある。そして生が名をつけるようなもの，とは生はすでに存在しているもので新しく創るものではない，という意味と同時に，神の命名の御業を想起させて人間の越権行為を仄めかすのである。そして死と欲望とを結びつけて死と生が対等のものとなり，これらの3行によってタンホイザーの望みが強調され，次行の願望で今述べたことの取り消しを装うと同時に，拡張を図っているのである。

　続く18連で「見よ，今や確かにどこかに死が存在する」(69) と強く述べられ，不安がつきまとう。ヴィーナスの宮殿は熱く，官能の楽園ではあっても「熱い飢えた日々が私を貪り食べている」(99)。26連で彼女の眼と瞼は花と花のようで，私の眼と瞼は火と火のようだ，という直喩が使われるので，ここで彼女＝肉体＝花，「私」＝魂＝火，という結びつきが完成する。

しかしその彼女は「私」以外のすべての男を殺したのであり，その「私」は「堕落したすべての魂の中で最も見放された魂」(141) であり，その魂は「私にとって苦い」(146)。私の手足は「水のように揺れる」(146-47) と水の直喩がさりげなく入れられるが，今や手足 (肉体) は火ではないのである。「私」が神に願うのは，眠りが自分の唇にある死の果実を潰すこと，死が眠りのぶどうを踏むことであるが，これは彼女と「私」の関係を移行させたものである。

　月日が経ち，「闇が私の眼に光のように座る」(158)。「私は自分の魂を救う善き信を持っていただろうか？」(174-75) と考える。覗き込む地獄は火と結びつけられている。地獄の人々を見て「私の罪のような罪はない」(206) と感じる。自分はキリストに選ばれた者，神の騎士であったのだから。昔のことを考え，涙する。戦いのこと，平和なときのこと，ヴィーナスのこと。そして神が「私」の魂を救おうと絆を断ったので，「見知らぬ国の失明した裸の男のように」(332)「私」は出て来たのだった。そして北から来てローマに向かう人たちに会い，ともにローマを目指したのだ。そして教皇の言葉を聞いたのだった。

　　　「葉も樹皮も少しもない，切られて乾いたこの杖が
　　　　花咲かせ甘い香りを放つまで
　　　　　神の前で慈悲を求めるな，
　　　　それほど長くお前は慈悲から退けられるだろう」　　　(369-72)

　そこで「私」は重い心でヴィーナスの許へ戻ったのだが，彼女を抱き，恐れも退屈なことも忘れ，これに勝る生はない，と思う。彼女の美しさは海から生まれて以来変わらないが，そのときの様子を，

　　　　泡を彼女の歩む火のようにし
　　　　火の内なる花のような彼女であった。　　　　　　　　(391-92)

と水と火と花を結びつけて語っているところが直喩の流れの到着点である。さらに「彼女の口は／魂が肉体にくっつくように私の口にくっついた」(393-94)と述べることで,以前の結びつきが逆転し,彼女＝魂,「私」＝肉体,となる。また彼女の顔が「火のように」(404)「私」にくっつくのを感じ,死後そのような焔が永久にまつわりつくと知っているのだ,と述べることで,今や火であるのは「私」ではなく,彼女であると示しているのである。

  というのはラッパが轟くまで
  魂は肉体から分かれているかもしれないが,
   我々は互いに分かれない。あなたを抱き
  私の眼にあなたをほしいままにさせるのだ,　　　　　　(417-20)

とこの世の魂と肉体は一つになり,花と火の直喩が統合される。教皇の杖の花の代わりにヴィーナスを花に譬え,最後に火も花も一つとなるのである。直喩の使用によって物語はバランスが保たれるのだ。

 しかし直喩は虚構でしかない。述べられることの領域を拡げはするが,実体のなさは残る。読む側は拡大された領域までを受け取り,書く側は直喩を省いた部分だけに責任を負おうとするのではなかろうか。スウィンバーンは友人たちが「ヴィーナス礼讃」を最も危険な作品と見做したのに対して,「何よりも大衆の好みと忍耐を確かめる実験であったのだ」と言った[15]。これをそのまま受け取るならば,彼は読者を大いに気にしながら書いたわけである。実験の強力な道具が形容の方法であったのだろう。攻撃を仕掛けることも,安全弁として利用することもできたからである。6連でキリストに呼びかけ,「あなたの母親はこのような唇を持っていたか？」(23)と問うところで当時の読者は度胆を抜かれたのかもしれないが,ヴィーナスについて述べていることはほとんど直喩に頼っていると言ってもよいだろう。

 この作品について「時代が要求する宗教的理念に表向きは従いながらも,それに対して一方では反逆しないではいられぬ,19世紀後半を生きた芸術

家の先鋭な意識を形象化した作品であると取りあえず言えるだろう」[16]という見方もうなずけるが，脚韻を調べてみると，もう一つ奥に保守性があるようにも思われ，面白い。各連は aaba と第3行だけを異なる音にしており，何の変哲もない押韻に見えるが，実はこの第3行が2連ずつ韻を踏んでいるのである。1連第3行の'out'と2連第3行の'doubt'，3連の'trod'と4連の，'god'，というように，最後の106連まで見事に韻を踏んでいる。その合計53の組み合わせの中で目につくのが trod —— god（3, 4連）と god —— trod（98, 99連）であって，つまり最初は神を踏んでいたのが最終的には神が踏むことに逆転したということである。また最も多く用いられた語は'sin'で，4回あり（'sinned'が1回ある），それとペアになっている語は'therein'が2回，'within'が1回，'skin'が1回（'sinned'は'wind'とペアである）であり，罪は内なるものとして考えられたと言えなくはないだろう。さらに1, 2, 4行の三つで構成している脚韻を見ると，最後の方に多少の乱れがある。

fell —— hell —— untrouble	（86連）
enough —— thereof —— love	（96連）
cheer —— dear —— her	（97連）
fruit —— underfoot —— scandal-root	（99連）
this —— is —— bliss	（103連）

となっているのだが，スウィンバーンほどの韻律の達人が息切れしたとか，手を抜いたとかは考えられない。わざと終わりの方に不完全な韻を並べて完璧な世界の構築を避けたのであろう。しかも最後の不完全韻は，言葉をつなぐと This is bliss（これこそ至福だ）となり，字面の上では謳歌しているのである。これをすべて意識的に書いたとしたら，スウィンバーンは恐るべき詩人である。

(2)「プロセルピナへの讃歌」

　313年のミラノ勅令の後にローマ人によって書かれたという設定の「プロセルピナへの讃歌」は，「ガリレア人よ，汝らは勝てり」というユリアヌスが死に際して残した言葉をエピグラフにして，ヘレニズムに対するキリスト

教の優勢に反発している。タイトルの「讚歌」(Hymn)は讚美歌のことであり，キリスト教の讚美歌の対照物と考えればよいのだろう。

「私は充分に長生きしてきて，愛には終わりがあるという一つのことを見てしまった」という冒頭の1行はすでに厭世，倦怠感を漂わせているが，この行の中に 'lived', 'long', 'love' と三つ重ねられたlの頭韻といい，16音節から成る1行の長さといい，強弱弱という韻律といい，眠りに誘い込むようなプロセルピナの世界にふさわしい。「女神であり乙女であり女王であるものよ，今，私の近くで友となれ」(2)と彼女を自分と同等に扱おうとするが，これは彼女について述べるときに他との比較の形を用いて，比較の対象と彼女が同じ場にあると見せているのと同じことである。プロセルピナは「日や朝以上」(3)のものであり，「ぶどうや愛の泡よりもあなたの贈り物の方が立派だ」(6)と讚えられる。「アポロでさえも……従うべきむごい神ではない」(7-8)と比較の対象が拡げられる。

「私は歌うことに厭きている」(9)という理由は，「神々は愛や生のように残酷で，死のように美しい」(12)からだ，と責任を転嫁させるが，愛と生と死は「ヴィーナス礼讚」の17連で並べたものであり，人生のキーワードであって，ここでは直喩として用いて神を人間のレベルに引き下げているのである。背後にはキリストの存在がある。新しい神々は「慈悲深く，憐れみに身を包んでいる」(16)が，「私にとって新しい神々の仕掛けは不毛だ」(17)。

　　時間と神は争っていて，あなたはその中間に住む，
　　愛の不毛の乳房から小さな生を飲みほして。　　　　　　(19-20)

「私」はキリストに「ガリレア人よ」と軽蔑的な呼び名で呼びかけて，「月桂冠，棕梠，勝利成就の歌，草むらのニンフの胸」(23)などのヘレニズム文化に属するものを奪うことはできないだろうと言う。美しいイメージを並べて，これらより美しいものを与えないだろうとも言う。キリストは世界を征服したが，「愛は反逆によって苦くなり，月桂樹は5月以上に生き延びな

い」(38)。「結局世の中は甘くないのだ」(39)。運命は浜辺のない海，魂は留まる岩であると隠喩によって自然が結びつけられる。「私はあなたに跪かず，崇めもせず，最後まで変わらず見届ける」(46) とキリストに対して言い切る。すべての日々や人間の感情は過去という海に投げやられる。49-64行は頭韻をちりばめた美しい言葉で海の様子が語られるが，「海の塩はすべての人の涙だ」(57) と述べられた後，60-64 行は直喩が続く。しぶきは「血のように苦く」(60)，波頭は「牙」(60)，蒸気は「霊の溜息」(61)，騒音は「夢の中での音」(62)，深淵は「海の根」(62)，海の高さは「最も高い星の高さ」(63) に譬えられる。その海を馬に見立てて「あなた方は深い海を手綱で乗りこなそうとするのか？」(65) と問う。あなた方とは神々であり，死ぬものである。「波がついにはあなた方を覆うだろう」(68)。

> 神であったものたちが亡くなり，亡くなったあなたが神であって
>   も，
> あなたの前で王たるキュテレイア崇拝者が転落し，その頭が隠され
>   ても，
> なおあなたの王国はまかり通るだろう，ガリレア人よ，あなたの死
>   者は死んだあなたのところへ下るだろう。　　　　　(72-74)

とはいうものの，「ヴィーナス礼讃」と同じようにヴィーナスと聖母が比較される。

> あなたの母とは違い，あなたの母とは違うのが我らの母だ，花咲く
>   海の花だ
> 衣服のように世界の欲望をまとい，泡のように美しく，
>   点された火よりもはかなく，女神であり，ローマの母だ。　(78-80)

そして聖母について 1 行述べればヴィーナスについて 3 行述べるという比較が 2 度なされ，量的にもヴィーナスの優位が誇示される。「私」は話題

をプロセルピナへ戻し、「私もまたあなたの弟だ」(94) と結びつきを強調する。95-101 行で as を四つ織り込みながら夜について述べるが、主文はといえば、その夜のうちに「私の魂に彼らの魂とともに場を見つけさせよ、そして為されたことと為されなかったことを忘れさせよ」(102) という1行である。

プロセルピナは死を与えるが故に神以上のものだ、と言う「私」は、「父親たちが死んだように死ぬことだろう」(106) と自分の死について述べるが、詩の冒頭で、'I have lived' と言ったのに対して 'I shall die' とここで言っているのである。結びはまた比較級が用いられ、「死よりも強い神などいない。そして死は一つの眠りだ」(110) と自らを説得するように言い切る。

この詩はボードレール的美の勝利[17]、とか、文化と無秩序への讃辞[18]だとか言われるが、陰画的世界を「私」の立場から肯定的な言葉で構築している。しかし技法としてはマイナスに向かわせるものが駆使される。110 行の中で頭韻を揃えている行はおよそ3分の2あり、また母音の繰り返し、同一構文の繰り返し、長い重たい1行 —— これらは皆眠り、死へと誘うものである。

しかし、さらに強力なサブリミナル効果を発揮しているのが、「ヴィーナス礼讃」と同じように脚韻なのである。2行ずつ連続的に韻が踏まれているので合計 55 の組み合わせが展開されるが、同じ組み合わせが繰り返される。最も多いのが breath —— death と rods —— gods で、4回ずつある。前者は 11, 12 行、25, 26 行、35, 36 行、103, 104 行に表れ、後者は 15, 16 行、43, 44 行、65, 66 行、71, 72 行であり、言葉の順序が逆になることはなく、全くの繰り返しである。生と死を並べ、神の鞭(むち)をさりげなく想起させている。その他 wings —— things が2度 (29, 30, 51, 52) 見られ、また 1, 2 行の end —— befriend が終わり近くの 91, 92 行に再び表れている。この end は rend (40)、bend (45) との組み合わせもある。その他注目すべきは 3, 4 行の weep —— sleep が最終の 109, 110 行に再び表れて詩を閉じているということである。

こうして脚韻も眠り＝死への流れを形成する重要な要素となっているが、

この死には目覚め，復活はない。死は生の苦しみから解放させはするが，閉じられた終わりなのである。

(3)「ドロレス」

『詩とバラード・第1集』の出版当時，「ヴィーナス礼讃」，「プロセルピナへの讃歌」とともに悪評を買った「ドロレス」は，官能の悦楽と倦怠をうたった8行詩55連の作品である。副題に「七つの悲しみのマリア」とあるように，ドロレスとは聖母マリアを指しているが，当時スウィンバーンが愛していたエイダ・アイザック・メンケンが自称していた名前の一つでもあり[19]，描かれるのはいわゆる「宿命の女」(femme fatale) である。信仰の対象を俗世間のレベルに置いたという点では他の二つの詩と同じであるが，他よりも直接的に対象を眺めており，「私」がペルソナというよりドロレスがペルソナである。奇数連の最終行にリフレインとして置かれる，'Our Lady of pain'，は聖母の意味だが，語源であるスペイン語の Dolores に当たる英語の dolour ではなく pain が用いられたところに，甘さへの抵抗があるのかもしれない。

詩のテキストとして有名な *Understanding Poetry* では，響きの良さ (euphony) の項で「ドロレス」の第4連を挙げて行き過ぎだと解説している[20]。しかし表面の美だけに惑わされてはならない。例によって脚韻を見るならば，ababcdcd という単純なものではあるが，幾つか工夫がある。奇数連の最終行 (d) は前述のように，'Our Lady of Pain'であるために，第6行 (d) に pain と同じ音を持ってこなければならない。gain, vain, refrain......と眺めて行くと，どれ一つとして同じ語はない。さらに他の行の終わりに Dolores がきたときにペアとなる語が，glories (1連) と stories (6連) の他はすべて is (9, 11, 13, 17, 22, 27, 33連) なのである。完全自動詞としては9連と22連だけであるが，これだけ is を用いたということは，詩人がドロレスに実在性を与えたかったからではなかろうか。また Our Lady of Pain の前行が彼女の形容となっている場合が11回ある。

おお神秘的で陰鬱なドロレス、　　　　　　　　　　（1連）
　　おお消せない火の家、　　　　　　　　　　　　　　（3連）
　　おお女性の間で賢く、最も賢い、　　　　　　　　　（5連）
　　そして我々はあなたが不滅であると知っている、　　（7連）
　　おお素晴らしい不毛のドロレス、　　　　　　　　　（9連）
　　おお苦く優しいドロレス、　　　　　　　　　　　　（11連）
　　おお快活で繊細なドロレス、　　　　　　　　　　　（13連）
　　おお猛々しく官能的なドロレス、　　　　　　　　　（17連）
　　おおわが妹、わが連合い、わが母、　　　　　　　　（19連）
　　おお不眠で死に至らしめるドロレス、　　　　　　　（27連）
　　おお死と生殖の神(プリアポス)の娘、　　　　　　　（53連）

というものであり、他の連の第7行は6行と続く文となっている。前半は呼びかけ、後半は平叙文が多く、詩の構造が2部から成っていることがわかる。全55連の半分に当たる27連までと、28連以下とは性質が異なり、前半は官能的な描写の連続であるが、後半はいわば「無い」ものが主題である。28連の「あなたは夢見るのか?」(217)という疑問文に対して、29連の終行までが美しい、饒舌な説明である。主語のない30連を受けて31連でやっと「剣士は厳しい危険な息を吐いた」(241)という主文がくる。31連の後半はwhenが三つ重ねられ、32連でもwhen......and......andと続き、やっと33連の冒頭に主文「昔はあったが今は無いものをあなたは夢見るのか?」(249)が書かれる。非在、時間の流れを感じさせる問いである。そして次の連の終行「ああ、我々は何を失うのであろうか?」(272)以下、マイナスイメージの疑問文が38、41、43、46連に並べられ、47連で、

　　しかし蛆虫がキスであなたをよみがえらせるだろう。
　　　あなたは神のように変形、変質するだろう。
　　しゅっという蛇の鞭(むち)のように、
　　　また鞭に対する蛇のように。

スウィンバーンの詩

あなたの生はあなたが捨てても消滅しないだろう。
　　　あなたは夢が刺されるまで生きるだろう，
　　そして善は最初に死ぬ，とあなたの予言者は言った，
　　　痛みの聖母よ。　　　　　　　　　　　　　　　(369-77)

と述べられ，再び48, 49連で疑問文である。さらに50連では「我々は誰なのか」(393)，「時間とは何なのか」(395)，「私は何か」(396)という根本的な疑問が発せられる。答えはない。51連では「今や誰があなたを満足させるのか」(401)，52連ではヴィーナスやアシュタルテ（フェニキアの豊饒の女神）はどこにいるのかと訊ねる。「彼女たちは逃げてしまった」(431)とやっと答えらしきものが出てくる。最後の疑問文は54連の「何が我々にあなたへの過大な見積りを恐れさせ，／小心の息であなたを賞讃させるのか」(425-26)というものだが，答えはなく，我々の側についてのみ述べられる——「我々は大切に育てたもののように変わるだろう，それらが以前に褪せたように褪せるだろう」(429-30)。そしてすべては死に向かうのである。

　　我々は暗闇が見出すものを知るだろう，
　　　墓穴が浅いか，深いか。
　　いにしえの祖先たちと恋人たちが
　　　眠っていないのかいるのか，知るだろう。
　　地獄が天国ではないのか，我々は見るだろう，
　　　毒麦が穀物ではないのか，見出すだろう，
　　そしてあなたの7の70倍の喜びを，
　　　痛みの聖母よ。　　　　　　　　　　　　　　　(433-40)

という55連で終わるのだが，この詩の前半は呼びかけ，後半は答えの期待できない問いかけで成り立っているということは，言葉によって為されたヴィジョンの領域の拡大であって，その最も外側の漠とした輪郭と，内なる核との間にかなり差があるということである。質的にドロレスの存在を強化

しようとする意図は，前述のように脚韻や形容から読み取れるが，スウィンバーンの詩においては「対象はそこになくて，ただ言葉だけがある」というT. S. エリオットの評言[21]は，この「ドロレス」によく当てはまる。

3　時間と空間

(1)「時間の勝利」

　ペルソナに独白させる形は，詩人の描くヴィジョンと詩人自身の立場との間に距離を置くことによって，身の安全を確保できるが，反面，主体性を欠くことにもなる。スウィンバーンの場合は脚韻や直喩などによってヴィジョンを強めたり，逆に安全弁としたりして，詩の背後の詩人自身を表していたとも言えるであろう。

　独白は当然のことながら時間の流れに乗っており，意識の枠の中にある。その時間，意識は詩人のものであって詩人のものでない。ペルソナに空間的存在を与えることは，ちょうど「象徴」のように独立したものでありながら背後に詩人の存在を担うことを可能にする。スウィンバーンが『カリドンのアタランタ』（1865）などの詩劇を書いたのも充分うなずけることである。

　『詩とバラード・第1集』では「時間の勝利」がマスクを被らずに詩人の時間観を語っているが，これは時間の空間化ともいうべき試みである。この詩は ababccab という韻を踏む8行詩49連から成る。時間は愛を破壊し，真の状況を明らかにするものとして描かれる。最初は愛は高らかに歌われ，時間が我々とともにある間は，一日のうちに生涯の愛が終わるようなことがあるなどとは自分は言わない，そのようなことはあり得ない，と強調されるが，その強調が不安の表れでもある。時間は我々を隔てはしない，と述べて「大地はたった一度の夕立で駄目にはならない」(15) と，大地を愛，夕立を死あるいは時間に擬していると見せるが，すぐに「しかし雨は育っていない麦を駄目にしてしまった」(16) と続けて，愛は麦でしかなく，しかも駄目にされたということがわかる。自然のありようと人間のありようは同じであるが，主眼は愛の方にある。

スウィンバーンの詩　　161

「我々は神のようになったのだった」と as を用いて2度 (30, 37) 繰り返されるが、過去完了形である。「おお愛する人よ、私だけを愛してくれていたなら！」(41) と昔のことが思い出されるが、海は「愛と時間の母」(62) として変わらずにある。その母なる海の許へ戻りたい、と詩人は願う。

  私は大いなる美しい母の許へ帰ろう、
   人々の母であり恋人である海の許へ。
  私は彼女の許へ下ろう、私が、独りで
   彼女に近づき、キスをして混じり合おう。
  彼女に執着しよう、奮闘しよう、しっかり抱こう。
  おお　遙か昔に姉妹なしに生まれ
  兄弟なしに生まれた、美しい白い母よ、
   あなたの魂が自由なように私の魂を自由にしてくれ。　　(257-64)

'I will go back,' 'I will go down' と寄せては返す波のような調子である。母への呼びかけもこの後、波のように繰り返される。

  おお私の美しい緑に囲まれた母よ、　　　　　　　　　　(265)
  男たちの命に育まれた、美しい母よ、　　　　　　　　　(289)
  おお優しい心の、おお完璧な恋人よ、　　　　　　　　　(297)

呼びかける毎に詩人の死への願望は強まる。海へ戻ることは彼にとって救いなのである。かつて海のほとりに住んで恋をし、そして死んだフランスの若い詩人が引き合いに出されるが、彼を「兄」と呼んでも、やはり「私はどのように神を賞め讃えたり、休息を取ったりしようか」(346) と疎外感がある。自分のための余地はない、再び薔薇と友になることはない、いろいろなことはもう終わってしまって、もはや自分のものではない……と否定形が並ぶ。そして結びの4行——

> Come life, come death, not a word be said ;
> Should I lose you living, and vex you dead ?
> I never shall tell you on earth ; and in heaven,
> If I cry to you then, then, will you hear or know ?　　　　　　(389-92)

　　生よ来れ，死よ来れ，1語も言わせるな。
　　私は生きているあなたを失い，死んだあなたを悩ませるのか？
　　地上では決してあなたに語らないだろうが，天にあっては
　　　もしあなたに泣きついたら，あなたは聞いたり知ったりするのだろうか？

　肯定的な答えは期待していない。この最終連では given ── leaven ── heaven と go ── low ── know という音が組み合わされ，いわば上昇と下降を最後の know でまとめたような感じがある。ただ，終わりとしては韻のサブリミナル効果は弱い。それが死なのかもしれないが。
　ababccab という押韻は，3語の組み合わせが二組，2語が一組というわけだが，目につくのは hour と flower の韻で，前半に4回ある (2, 8, 9, 13)。またおなじみの death と breath の組み合わせも hour ── flower が消えた後に4回 (14, 20, 43, 48) ある。21連で you が三つ揃うのは一つのヤマ場であろうし，30連では me が四つ用いられるのももう一つのヤマ場であろうか。そして sea が最も多く韻を踏まれていることにも注目しなければならない。その組み合わせで最も多いのが me で6回 (10, 20, 23, 33, 36, 39)，次が3回ずつ free (1, 23, 33) と thee (20, 36, 37) であり，スウィンバーンの関心のありどころを示している。
　この詩の中で用いられた形容は比較的穏やかだが，最初は花を血に (22)，流れを夢に (59)，思考を夢と火に (107-10)，自分の純粋さを暁と露に (153) 譬えて人間と自然の調和感があったが，中頃では死と葉 (198)，私と忘れられた死者 (232) というように死の影が濃くなる。一方，彼女は薔薇 (279) である。終わりに近づくと調べは波 (356)，音楽はワイン (364)，愛は鳥

(371) と，一見穏やかさを取り戻す。とはいえ，調べ，音楽，愛は抽象的なものである。こうした形容の変化の描く曲線自体が時間に属するものであり，死への傾きを示すのであろう。

(2) 「プロセルピナの庭」

　「プロセルピナの庭」は同じく『詩とバラード・第1集』所収の詩だが，冥界の女王の庭というからには普通の庭とは異なる負のイメージが期待され，他方，庭というからには空間性が期待されるという難しさを担っている。

　庭を主題にしたものとしては，他に『詩とバラード・第2集』に「見棄てられた庭」，第3集に「庭にて」，『高潮の歌』(1871) に「シモドスの庭」があり，スウィンバーンの庭への興味が長く続いていたことがわかる。エデンの園，あるいは異教的な楽園という二つの原型的なイメージから多少は影響を受けているであろうし，閉じられた空間としての庭への興味もあったろう。また自然と人工の間にあるもの，ということも意味があったのかもしれない。しかしスウィンバーンの庭は何よりも虚の住むところである。

　彼はすでに「プロセルピナへの讃歌」を書いているが，ここでは彼女との距離が縮まり，「私」はその彼女の支配領域の縮図である庭にいる。8行詩12連というのは短い方である。ここで行き止まったということであろうか。脚韻は ababcccb であり，c が三つ並ぶのが印象的である。その c に当たる部分は，growing — sowing — mowing という第1連の農耕に関する言葉に始まり，どの連もきちんと整っているが，目を惹くのは7連の sweeter — her — her である。意図的に her を重ねて全体の中心としているのであろう。12連あるうちの7番目という位置からも，また内容からも中心なのである。そして最後の12連で vernal — diurnal — eternal となっているのも，春，日中，永遠という移行の仕方であり，終わりにふさわしい。

　改めて第1連を見ると，1行目の 'quiet' と3行目の 'riot' の不完全な押韻が意味の上で鮮やかな対比をなしているのが目につく。

HERE, where the world is quiet;
　　Here, where all trouble seems
Dead winds' and spent waves' riot
　　In doubtful dreams of dreams;
I watch the green field growing
For reaping folk and sowing,
For harvest-time and mowing,
　　A sleepy world of streams.　　　　　　　　　　　　(1-8)

ここで，世間は鎮まっているここで,
　　ここで，すべての厄介事は
夢々あやふやな夢々の中の
　　止んだ風と弱った波の騒ぎと思われるここで,
刈り入れたり種を播く人々のために
収穫期と草刈りのために
緑の野が生長するのを私は見守る,
　　流れの眠たい世界のように。

　全体としては何も対立的なことは言っていないのだが，韻だけを見るとまるでこの庭と世界が対立しているように見えるのである。虚を実に見せているわけだが，風も波も dead とか spent とか形容される状態であることは，実が虚になっていることでもある。「私」は見る人の立場であるが，「涙や笑いや，笑ったり泣いたりする人々に厭きてしまった」(9-10)，「眠り以外のすべて」(16) に厭きてしまっている。眠りは死である。この庭では「生は死を隣人に持つ」(17)。弱々しい船や霊は波や風に動かされ，漂っているが，何処へ行くのか，誰が動かしているのか，彼らは知らない。

　　しかしそのような風はこちらへは吹かず,
　　　　そのようなものはここでは生じない。　　　　(23-24)

この庭にあるものは死の花である「芥子の花咲かぬ芽」(28) であり,「プロセルピナの未熟のぶどう」(29) である。時間も自然の生も進行しないのだ。プロセルピナは死者のために「致命的なワイン」(32) を作っている。その死者たちは光が生まれるまで，夜の間まどろんでいる。人はまた死と共存し，薔薇のように美しくともその美は翳り，終わるのである。そして「愛は充分に休息するが，結局はうまくいかない」(47-48)。Sweeter ── her ── her と韻を踏んでいた 7 連でプロセルピナが姿を現す。彼女は蒼白い (pale) と形容される存在だが，5 連の 1 行目で同じように死者たちも蒼白いとされていたのと呼応している。

> 蒼白く，ポーチと玄関の向こうに
> 　静かな葉を冠にして彼女は立ち
> 冷たい不滅の手で
> 　滅ぶすべてのものを集める。
> 多くの時代や国から入り交じって
> 彼女に会いに来る男たちにとっては
> その物憂い唇は　彼女を迎えるのを
> 　恐れる恋人の唇よりも美しい。　　　　　　　(49-64)

　果実と穀物を産み出す母なる大地を，彼女は忘れる。この庭では愛も萎れ，死んだ年月とすべての悲惨なことどもが引き寄せられる。日々の死んだ夢，花にならない芽，落ち葉，涸れた泉の迷い水，とマイナスのイメージが重ねられる。
　語り手は 10, 11 連で we という代名詞を用いて普遍性を組み込むが，その「我々」は悲しみについても喜びについても確信がない。時間が変化させるのだ。愛も例外ではない。しかし，生を愛しすぎることからも，希望や恐れからも自由になって，我々は感謝する ──

> いかなる生も永遠ではないことを

死者は決して立ち上がらないことを
退屈極まる河さえもどこかで
　　安全に海へとくねって行くことを。　　　　　　　　　　(93-96)

終わりがあること，復活はないこと —— それがプロセルピナの庭であり，死である。最後の12連では，否定の吹きだまりのようにnorが6回繰り返される。

 Then star nor sun shall waken,
  Nor any change of light :
 Nor sound of waters shaken,
  Nor any sound or sight :
 Nor wintry leaves nor vernal,
 Nor days nor things diurnal ;
 Only the sleep eternal
  In an eternal night.　　　　　　　　　　　　　　(97-104)

そのとき，星も太陽も目覚めまい，
　　光のいかなる変化も，
揺すられた水の音も，
　　いかなる音や光景も，
冬の葉も春の葉も，
日々も日毎のものも目覚めまい，
ただ永遠の眠りが
　　永遠の夜の中に。

norで否定されたものは，存在を述べると同時に否定される。イメージを拡げると同時にそれが否定されて灰色の残像が残る。存在あっての非在なのである。そして最後の2行が動詞なしで終わると，そこが静止点となり，復

活のない異教的な庭であることが想起される。
　——しかし，この最終連の構文から，97 行の「目覚めまい」が 103 行にまで及んで「ただ永遠の眠りが永遠の夜の中に目覚める」という意味だとするならば，復活のニュアンスがなくはない。

(3)「見棄てられた庭」

　1876 年 3 月に書かれた[22]「見棄てられた庭」は 8 行詩 10 連から成る。「プロセルピナの庭」よりさらに短い。『詩とバラード・第 2 集』に収められているが，これまで扱ってきた詩から 10 年余り経って書かれたものであり，そこに時の流れを見ることができるかどうか，興味あるところである。
　タイトルが不定冠詞であるのは存在の希薄さを意味しているのであろうが，南英の海に面した実際にある庭を主題にしている。ababcdcd という脚韻は以前の詩に比べると素直であり，形容の仕方もそれほど華やかではない。

  I N a coign of the cliff between lowland and higland,
    At the sea-down's edge between windward and lee,
  Walled round with rocks as an inland island,
    The ghost of a garden fronts the sea.
  A girdle of brushwood and thorn encloses
    The steep square slope of the blossomless bed
  Where the weeds that grew green from the graves of its roses
    Now lie dead.   (1-8)

　低地と高地の間の断崖の突角に，
　　風上と風下の間の砂丘の端に，
　内陸の孤島のように岩に囲まれて，
　　庭の幽霊が海に面して立っている。
　柴や茨の帯が

花咲かぬ花壇の急な四角い斜面を囲む，
　　そこでは薔薇の墓から緑に生えた雑草が
　　　　今は枯れている。

　この庭の位置は中間的であり，岩に囲まれて「内陸の孤島」と形容される。inland と island の似た響きの面白さもあるだろうが，海と陸を交換したようなこの比喩は，海と陸の双方から質量を減らしている。以前よりもウイットに傾いているのかもしれないが，秀逸な表現である。「庭の幽霊」というのも庭の存在を薄めている。その動詞が front であるのは「敵対している」とも受け取れる。スウィンバーンにとっての海の意味の大きさを考えると，この庭が海に面していることは重要である。庭が島に譬えられたのも，庭を海と島の関係で見たかったからであろう。8 行目の，'Now lie dead' の主語は the weeds であるが，最後の 10 連 8 行，つまり詩の終わりでは，'Death lies dead' となる。この認識に至るのがこの詩の目標なのである。
　この庭にもし誰かが来た音がしたら，「その見知らぬ客の近くで幽霊は立ち上がらないだろうか？」(11-12) と語り手は考えるが，「私」という主語は使われず，かつてのペルソナもおらず，この庭では語り手の影も薄い。そして見知らぬ客が来たら，と考えるのも，客を見るのではなく足音や声を聞く，という認識の仕方なのである。この道はずっと通る人がいなかったということを guestless (13) と表現しているが，その他 restless (15)，scentless (34)，loveless (55) と -less を使っている。「プロセルピナの庭」での nor と同じように残像効果があるが，1 語の形容詞にまとめて簡潔化したところにスウィンバーン自身の時間の経過があるのかもしれない。
　この庭にもし誰かが枝や茨を通り抜けてやってきたら，海の風だけが動いているのを見出すであろう。茂って通りにくい道は行き止まりであり，その先には狭い荒れた場所があって，岩に囲まれたこの庭は閉じ込められたような感じがある。そこには茨しかないのだが，詩人は「時間は薔薇を奪ったが茨を残した」(21) と書いて時間の選択，意志を匂わせる。「時間の勝利」と通ずるものであろう。彼はさらに「野原は荒らされたが岩は残った」(22)

と並べているので，薔薇＝野原，茨＝岩という結びつきになるが，続けて風と草が残ったとするために，残ったものの方が多く，野原を荒らされても残っているのであるから失ったものは薔薇だけで，それだけ貴重であったのだ，という感じになる。ナイチンゲールが呼んでも失われた薔薇は答えることはない。外から来るのは海鳥の啼き声，太陽と雨，風だけである。しかし海鳥の啼き声は海風と同様，海の陸への侵入を仄めかし，太陽は万物を枯らし，雨は青白い花を乱し，風は「生が死のように不毛と見えるあたりに」(36)暴れている。「死」が直喩として用いられているが，すでに8行で雑草は dead とうたわれ，26行で苗床は「死人の心臓のように」乾いているとされており，波状攻撃のように間隔を置いて「死」が表れるのである。4度目は「愛は死んでしまった」(48)の形容詞，5度目は53行に「死者」(the dead)が2回，6度目は65行の「ここで死は再び動くことはないだろう」という名詞，そして7度目が最終行の「死は死んでいるのだ」である。8, 26, 36, 48, 53, 65, 80という行数を見ると，いかにスウィンバーンが気を配っているかわかる。

　その36行の「死」で詩の前半は終わり，それ以後「おそらく誰も知ることのない恋人たちの／すすり泣きがあった」(38-39)として架空の恋人たちの会話が交わされる。かつてのペルソナがここでは三人称で語られ，しかも実体のない存在に縮小されているのである。庭は荒れて残っているが，生きている恋人たちはいない。実の上に虚を見るのである。

　　薔薇が枯れねばならぬように海のように深く愛しなさい
　　　薔薇を真似する紅薔薇色の海草のように　　　　　　　　(51-52)

とわかりにくい文で海のものと陸のものが同等に並べられる。
　死者たちは陸の草や海の波と同じように今は loveless なのである。存在していないという点では，死者も恋も薔薇も同じである。そして未来も花や恋人たちの息が季節を美しくすることはないだろう，と時間の継続が考えられるが，そのときには「我々も眠ろう」(64)と初めて，さりげなく「我々」

が登場する。そして「ここでは死は再び動くことはないだろう」(65) と 9 連が始まるが、この行と続く 3 行とは、それぞれ not, not, never, nought を含む。そして 4 連で挙げられていた太陽と雨が再び言及され、太陽と雨が生きている間、残されたものは大地であり石であり茨であるが、「すべてこれらの上に最後の風の息が吹いて海を逆巻かせるまで」(72) と最終的イメージが付け加えられる。

  緩やかな海が立ち上がり絶壁が砕けるまで、
   深い海が台地や牧場を飲むまで、
  狭まる野原や縮まる岩を
   高潮の波の力が支配するまで、
  今ここにすべてがたじろぐその勝利のうちに、
   一人の神が自分の奇妙な祭壇で自刃したように、
  自らの手がまき散らした戦利品の上に拡がって
    死は死んでいるのだ。   (73-80)

　海が陸を征服するイメージが次第に大きくなり、海は最後に勝利を得るのだが、そのとき、死は死んで横たわっている。庭はどこへ行ったのだろう。「プロセルピナの庭」に比べると、具体的なイメージが活きているのは実在の庭を見ているからであろうが、一つには象徴主義的技法の影響もあるのであろう。具象的なものの背後に大きなものを担わせるのである。脚韻は単純になってはいるが、それなりの工夫はなされている。例えば最も多く脚韻に表れる語は sea であり、lea, we, be などと組み合わされている。そして 5 連に breath —— death のおなじみの対比があり、内容から言ってもここが分かれ目なのである。そして 1 連の bed —— dead が最終連で spread —— dead となる工夫。スウィンバーンは最後にこうして死に実体を与えているのだが、それは逆に実体を奪うことであり、庭は空間性を失うのである。
　スウィンバーンは全集に付した「まえがき」で、この作品について、場所の影響というものから霊感を受けたと書いているが[23]、実によって虚に至る

過程，象徴主義的認識と似てはいるが方向が逆の働きをここで展開したのである。空間性の確認に始まり，時間に傾き，最後は海に収斂される。海は空間でもあるのだが，詩人にとっては母であり死であり時間であった。

4 結 び

　スウィンバーンの詩の技巧は，当時としては過激なヴィジョンとバランスを取るものであった。それだけ「外」に気を遣っていたということであろう。「外」が気になるからこそボードレールを「兄」と見て孤立を回避しようとしたのである。

　彼は1863-64年にウィリアム・ブレイク論を書いたが，ブレイクは世間に理解されなかったものの次第に受け入れられてきている，と述べ，「正義はいつも多少遅れてくるものだ」[24]としているあたりに自分自身を重ねている節がある。ブレイクの『無心と経験の歌』(1789-94)のリズムと韻律の素晴らしさを讃え，特に「経験の歌」の数篇を高く評価して「何故ならこれらは火や海の光と音を持っているからだ」[25]と書いたのは，スウィンバーンならではのことである。ブレイクの後期の予言書を評価し損なってはいるが，スウィンバーンは自分に引き寄せてブレイクを見たのであった。

　一方でシェイクスピア論(1880)やベン・ジョンソン論(1889)などのエリザベス朝劇詩人論を書いているのも，スウィンバーン自身が詩劇を書いたからであり，また「外」との良い関係を結びたかったからであろう。自分を中心に据えながら「外」を見ざるを得ないところにスウィンバーンの原点があったのではなかろうか。

　無意識的であれ，絶えずバランスを取ろうとしているのはヴィクトリア朝的であるとも思える。ここで取り上げた詩も，実を虚と見せて逃げ，虚と見せて実とするものである。そのために編み出された技法は，サブリミナル・メッセージだと命名すればきわめて現代的な響きを持つだろう。ソフィスティケーションとでも言えば徒花（あだばな）的に受け取られるかもしれない。しかし虚

であれ実であれ、現実を美的に変容させるのは「眼」だけではないのである。ボードレール的な眼を持たなかったスウィンバーンは技で補ったのではなかろうか。

T. S. エリオットがスウィンバーンの詩を評して「スウィンバーンの世界は……正当化と永続性のために必要な完全性（completeness）と自足性を持っている」[26]と言ったのは、少々違う意味であろうが、あえてこの論の結びにしたいと思う。

注

1) 例えば T. S. エリオットは「病的なのは人間の感情ではなく、言葉だ」と言う。'Swinburne as Poet', *Selected Essays*, Faber & Faber, 1932, p. 327.
2) Ian Fletcher, *Swinburne*, Longman, 1973, p. 3.
3) 鈴木信太郎訳『悪の華』岩波文庫、462 頁。
4) 原文は 'MATTRE ET AMI' テキストは Baudelaire *Le Fleurs du Mal* (Flammarion 1991). 訳は鈴木信太郎による。
5) 「白鳥」、「七人の老爺」、「小さい老婆たち」。ちなみにスウィンバーンの "To Victor Hugo" ではユゴーを Father と呼んでいる。
6) 「旅への誘い」。
7) テキストは *Swinburne's Colleted Poetical Works*, vol. I (William Heinemann. 1924) を用いている。
8) 17 番、18 番など。
9) 富士川義之「タンホイザー伝説——異端者の系譜」（松村・川本・長島・村岡編『世界の中の英国』研究社、1996 年）、28 頁。
10) A. H. Harrison, *Swinburne's Medievalism — A Study in Victorian Love Poetry*, Louisiana State Univ. Pr., 1988, p. 67.
11) W. Empson, *Seven Types of Ambiguity*, Chatto & Windus, 1930, pp. 163-65.
12) T. S. Eliot, *op. cit.*, p. 324.
13) W. Empson, *op. cit.*, p. 163.
14) この 14 連についてフィリップ・ヘンダースンは詩人の力量を褒め、「彼の言葉の不正確さや不注意を責めるのは間違いだ」としている。Philip Henderson, *Swinburne，The Portrait of a Poet*, Routledge & Kegan Paul, 1974, p. 218.
15) Edmund Gosse, *The Life of A. C. Swinburne*, Macmillan, 1917, p. 141.
16) 富士川前掲書、32 頁。
17) R. Rooksby & N. Shrimpton eds. *The Whole Music of Passion : New Essays on Swinburne*, Scolar Press, 1993, p. 96.
18) *Ibid.*, p. 126. もちろんアーノルドを頭に置いての発言。
19) Clyde Kenneth Hyder, *Swinburne's Literary Career and Fame*, Russell & Russell, 1963, p. 143.
20) Cleanth Brooks & Robert Penn Warren eds., Holt-Saunders, 1985, p. 547.
21) T. S. Eliot, *op. cit.*, p. 326.
22) Edmund Gosse, *op. cit.*, p. 232.
23) *Swinburne's Collected Poetical Works* (William Heineman, 1924), p. xx.
24) A. C. Swinburne, *William Blake, a critical essay* (Arno Press, 1980), p. 1.

25) *Ibid.*, p. 116.
26) T. S. Eliot, *op. cit.*, p. 327.

詩人オスカー・ワイルド

　オスカー・ワイルド（1854-1900）はほとんどの文学ジャンルで作品を残したが，その活動は詩に始まり，詩に終わる。彼の最初の出版物は1881年の『詩集』（*Poems*）であり，存命中の最後の出版物は『レディング監獄のバラッド』（*The Ballad of Reading Gaol*, 1898）であって，その間にも詩を書き続けていた。

　ワイルドは1895年，かわいがっていた16歳年下の少年アルフレッド・ダグラス卿の父，クイーンズベリ侯爵に対する誹毀罪の訴訟に破れて有罪になり，2年の懲役の刑に処せられている。そのために「不道徳家」扱いされたが，その後の社会意識の変化もあって，今日では殉教者の扱いを受けることとなった。おかげで彼の作品は前にも増して読まれるようになったが，詩に関してはさほど人気が高まったとは言えない。

　しかし彼の詩への興味を掻き立てる本が2000年に出版された。『ワイルド全集』第1巻[1]である。これは生前に発表されなかった21篇の詩を含む全119篇を，推定できる執筆年代の順に並べたもので，注も充実している。複数の原稿の異同，他の詩人の作品や聖書との関連や詳しい出典，ワイルド自身の作品の再利用，再々利用の状況などが書かれているので，ワイルドが同時代の人たちに「独創性の欠如だ，剽窃ばかりだ」，と非難された[2]根拠も知ることができる反面，その下に働いている彼の力学について考えることができる。

　「序」によると，この詩集は①初期の詩作は後のソフィスティケイテッドな戦略につながることを示し，②ワイルド自身が何故自分の詩人としての役割を真剣に考えていたかという謎を解くものだそうで[3]，編集の意気込みが感じられる。

　もしワイルドがもう少し遅く生まれていたら，他人の詩行を活用した

T. S. エリオットの例もあり，モダニズムの旗手だと評価されたかもしれない。また自分の詩行を改めて用いることに関しても，「新しいコンテキストは元のものを意味的に限定したり，拡げたり，皮肉に変えたり，訂正したりする」[4]という最近の見方もあり，非難されることもなかったであろう。そしてまた新しい詩集のおかげで，執筆順に詩を読むことにより，詩人ワイルドの揺れ動き，その調整の仕方などが見えてくるはずである。

1 習作時代

(1) 『ラヴェンナ』まで

　ワイルドはオックスフォード在学中の1878年に『ラヴェンナ』で「ニューゲイト賞」を受賞し，詩人としての自信を得た。この詩は執筆順では48番目に当たり，初めての長詩である。それ以前は短い詩ばかりで，特にソネットが約半数を占めていた。その大半が最初の『詩集』に収められてはいるものの，習作的な感じは否めない。

　彼の詩作は古代ギリシャへの関心から始まったように見えるが，実はスウィンバーンの模倣なのである。『ラヴェンナ』までの詩の中で圧倒的に利用数が多いのは聖書であるが，次がスウィンバーンであって，最初の作品「あなた方は神となる」(№1)もスウィンバーンの詩劇『カリドンのアタランタ』のコーラスを手本にしている。また「恋歌」(№15)などはスウィンバーンそのままである。が，ワイルドの古代ギリシャへの関心は確かにあって，ソネット「アルゴスの劇場」(№30)では，ギリシャは「時間の岩に難破した船」だと嘆いている。『ラヴェンナ』以降の詩の素材の多くはギリシャ神話であり，それにキリスト教説話が絡まっていて，初期の詩から変わらないといえば変わらない。

　次にローマへの関心が表れるが，これは彼が学生の時，1875年と77年の夏休みに学友とともにイタリア旅行をしたことが影響している。最初の旅行のときは，ミラノまで行きながら彼だけ旅費の不足のためにローマまで行かれず，「訪れなかったローマ」(№7)が書かれた。この中でワイルドは自分

を「北海からの巡礼者」，ローマへの旅を「私の巡礼」と呼んでいるが，カトリシズムと結びついてのローマである。この詩は詩篇 30 のダビデの歌を踏まえて「今は顔を隠している神の御名に呼びかける」という行で終わる。「イタリア，わがイタリア」と熱く呼びかける「イタリアに近づいてのソネット」(No.27) の他に，ローマへ行かれなかった彼の思いを歌った「ジェノアでの聖週間に書かれたソネット」(No.28) があるが，

　　ああ，神よ！　ああ，神よ！　あの親しいギリシャ的時間が
　　あなたの厳しい苦痛のすべての記憶，
　　十字架，冠，兵士たち，槍を溺れさせたのだ。　　　　(12-14)

と最後の 3 行でヘレニズムの優勢を嘆いている。キリスト教あっての嘆きである。

　最初のキリスト教色の詩は「サン・ミニアート」(No.5) であり，フィレンツェの見える丘サン・ミニアートから，聖母の顔を見ることができれば死んでも構わない，と述べている。「聖歌隊の少年」(No.8) は「私の声は鳥より高く上って行くと人々は言う」と歌い始められるものの，未完に終わっている。当時のワイルドには最後まで書く力がなかったのであろう。

　キリストへの思いは現実の厳しさによって一層深まる。「ブルガリアでのキリスト教徒大虐殺に寄せるソネット」(No.33) は 1876 年の虐殺に際して，キリストに「地に降りてください」と願うものであり，「システィナ礼拝堂にて〈怒りの日〉を聞いてのソネット」(No.35) も主への呼びかけで，「我々は久しく待っている」と述べる。またソネット「暗闇から」(No.38) でも，嵐の海に溺れかかっている私を助けてください，とキリストに乞うている。今こそキリストが必要であるのに，という思いは，その空しさを知りながらもキリストへの呼びかけとなった。

　この時期の詩には，スウィンバーン以外にも多数の詩人のエコーが見られるが，おそらくスウィンバーン，D. G. ロセッティ，モリスの三人のエコーから成り立っている「わが思い出の美女」[5] (No.9) が模倣のピークであろう。

その他，ホメロス，ミルトン，キーツ，バイロンなど，彼の手本は多彩であるが，ワイルドはまず真似ることで修行していたに違いない。ソネットが24篇もあるのも，修行であったのだろう。いずれも8行と6行からなるミルトン型であり，彼のミルトンへの敬意に見合っている。『ラヴェンナ』は初めての試みとして2行連句体（heroic couplet）で書かれているが，それ以後は1連6行を連ねた長詩が増える。ワイルドは終始伝統的詩型の詩人であって，それは彼の風習喜劇が伝統の枠から出てはいないことに共通する。伝統的詩型は内なる弱さを防禦する手段にもなり得る。彼の評論「虚言の衰退」(1891)での「虚言」——美しい不実を語ること——も，内と外のギャップの収拾の仕方ではなかろうか。

しかしこの時期のワイルドにとって，詩は人生の方が模倣してくれる[6]ほどのものではなかったようである。例えば「恋歌」では，「とても怠け者の歌い手でしかない「私」は歌よりも素敵な贈り物をあげられる」，と書いて詩よりも愛を上に置いている。愛への思い入れは他の詩にも見られるが，詩への思い入れはまだそれほど強くはない。先達の詩人たちの作品を利用するのも，詩を強力にするための支え，あるいは権威づけであったとも考えられる。

その点で興味深いのは『ラヴェンナ』の直前に書かれたソネット「ヴェローナにて」(№ 47)で語り手がダンテその人であることである。教皇党であったダンテはフィレンツェから永久追放され，放浪の果てにラヴェンナで亡くなるが，このソネットはその途中のヴェローナで投獄されているという架空の状況で「私」ダンテが語る趣向のものである。先達詩人のマスクを被ることは，劇的想像力を発揮するものであり，彼の戯曲に発展するものであろう。そしてワイルド自身の監獄での体験を考えると，ダンテに囚人生活を当てはめたのは，まるで予表論ではないか。そういう状況をワイルドが設定したのは，芸術家の孤独や絶望を表すため[7]であったとしても，外と内のギャップをこれほど表現できる状況はないだろう。そして「私」は愛の永遠性を語る。それがつまりは詩の永遠性の称揚であるのは，語り手がダンテだからであって，ワイルドはここで一つ段階を超えたのであろう。

(2)『ラヴェンナ』

　かつてラスキンやアーノルドも受賞したことのある「ニューゲイト賞」を『ラヴェンナ』によって獲得したことは、ワイルドにとってこの上ない名誉であった。それまでの作品の集大成ということも意識したこの力作には、自分の詩からの再利用が多く見られる。あらかじめ試作しておいたブロックから良いものを選んで、それを材料として大きな建物を築くというような感覚であろう。アレンジメントの才が発揮されたわけだが、あるいは自分の作品が先達たちの作品並みに使えるという誇示もあったのだろうか。

　『ラヴェンナ』を書いたきっかけは、前年にその地を訪れたことであり、ここでダンテが亡くなり、バイロンも住んだということも大いに刺激になったのである。

　この都市はローマ帝国の戦略的港であったが、ワイルドの頃には、ポー川河口の堆積物によって6マイルも内陸になっていた。時間の経過と人間の堕落は、ワイルドの主題として焦点が合ったのである。そしてダンテとバイロンをこの都市に結びつけて歌うことは、「詩人」ワイルドとして正当なことであった。

　　　　1年前に私はイタリアの空気を吸った ──
　　　　そしてなお、この北国の春は美しいと思う ──　　　　　　(1-2)

とイギリスの春の描写が続くが、イタリアとイギリスを対比させるのは、イギリスという場が彼を支えているからである。「私」は1年前に馬でラヴェンナへ行き、「夕焼けの後、真紅色が通り過ぎる前に／ついにラヴェンナの塀の中に立ったのだ」と第1部は熱く終わるが、実際には鉄道を利用しての旅だったので、ここでも一つのアレンジメント、「虚言」を用いているのである。

　第2部はかつて繁栄していたこの都市も今はひっそりとして生活の音も聞こえない、と否定形が並べられるが、「ない」と言うことは、逆にそのものの存在を意識させる。

> おお，悲しく，甘美で，緘黙の！（O sad, and sweet, and silent!） (41)

と頭韻を踏んだ形容詞はラヴェンナについてのものだが，以下の4行は「蓮の国」(№ 21)の詩行を少し変えて用いたものであり，テニスンの「蓮を食べる人」やホメロスの『オデュッセイア』第9巻を下敷きにして[8]，蓮を食べることで悲しい思いを忘却したいという願いが歌われ，「忘れられた」地が「忘れさせる」地へと変わる。

　第3部では昔この地で戦った二人の勇者が歌われるものの，彼らもダンテに比べれば「哀れで空しい」。ダンテは実生活で苦痛を味わったにしても，その魂は今ベアトリーチェの傍らにあり，ラヴェンナはその灰を守っている。だから「安らかに眠り給え」。

　第4部で「バイロンは2年もの間，この地に愛と歓楽のうちに住んでいた」と歌われる。ワイルドはバイロンを「イギリスの息子」と呼び，母国での彼の汚名を晴らそうとする。

> 今は中傷の毒ある憎しみも
> 彼の申し分ない名の上を蛇のように這いはしない，
> あるいは彼の名声の堂々たる紋章を損ないはしない。　　(135-37)

という3行はワイルド自身の墓碑銘になりそうだが，ダンテにしてもバイロンにしても，ラヴェンナを仲立ちにして歌われると，まるでワイルドが彼らの追体験をすることになる，という予兆に見える。それはニイチェの「永遠の反復」であるのかもしれないし，深層心理としてダンテとバイロンがワイルドの後の選択を左右したということか。

　若い「私」のラヴェンナが第5部で歌われる。

> おお揺れる木々よ，おお林の自由よ！
> お前たちの集まる地では少なくとも人間は自由だ
> そして争いで疲れた世を半ば忘れるのだ。　　　　　(159-61)

とあるように，ここは現実を忘れさせる神話の世界なのである。が，「私」はここで修道院の晩鐘を耳にして，現実に引き戻される。ラヴェンナはキリスト教の町でもあるのだ。「甘く蜜のような時間は／侵蝕する海のようにわが心を浸し／黒いゲッセマネのあらゆる思想を溺れさせたのだ」と嘆くパターンは，ソネット「聖週間」ですでに見たものである。ただここではキリスト受難の地ゲッセマネはもともと花園であるという二面性を持つ。

　第6部ではラヴェンナの2000年の歴史が辿られ，「おお，孤独のラヴェンナよ」と呼びかけられる。ソネット「ミルトンへ」(No. 40)で堕落したイギリスを嘆いたのと同じように，ワイルドは時間がラヴェンナに残した爪あとに感慨を抱く。今，ラヴェンナは死んだも同然である。「しかし，まどろみから目覚めるな」とワイルドは語りかける。――「すべての人間の偉大さを嘲るために」。この語り口はワイルド的なウイットなのであろうが，他者との関わりによる位置づけ，あるいは意味づけ，あるいは脱構築は，ワイルドの風習喜劇の組み立ての基本でもある。そしてまた言葉がすぐに変化するのも彼の身上であり，ここでも「目覚めるな」はすぐに「目覚めるかもしれない」に変わる。

　この第6部の終わりでワイルドは「おお詩人の都市よ！」と呼びかける。

> おお，詩人の都市よ！　秋の晴着のために
> 20回の夏が緑色の胴着を脱ぐのを辛うじて見た者は
> その竪琴を呼び覚まして，声高い調べを歌わせようと
> あるいは栄光の昔を語らせようと
> 空しく求めるだろう。　　　　　　　　　　　　　(279-83)

ここではワイルド自身を詩人としているのであって，ラヴェンナで若い自分が歌おうとしても空しいのだ。しかし，とまた視点が変わって，最初に自分の馬の蹄の音がラヴェンナの沈黙を目覚めさせたのを見たとき，自分の心はこの上なく高貴に輝いた，と，自分がラヴェンナを目覚めさせたことで自分も目覚めたという相互作用を歌うのである。詩人としての自信の揺れ動き

が窺える。

　そして最後の第7部でイギリスでの現在に戻る。今，夜の優しい静けさが1年前の記憶をよみがえらせ，ラヴェンナへの愛を目覚めさせる，と書いて，ワイルドは春からの季節の移り変わりを思い，「愛だけが冬を知らず，決して死ぬことはない」と言う。これは「ヴェローナにて」でダンテに言わせたことでもある。

　　さようなら！　さようなら！　彼方の銀のランプ，
　　我々の真夜中を完璧な昼に変える月は
　　確かにあなたの塔たちを照らし，よく守っている，
　　ダンテが眠るところ，バイロンが住むのを愛したところを。
　　　　　　　　　　　　　　　　　　　　　　　（329-32）

と『ラヴェンナ』は奇麗に終わるが，詩人のさまざまな思いをそのまま受け止めるような役割を「月」に託しているのは無難に見えてはいるものの，注目すべきことである。彼の持つ「月」への思い入れは，戯曲『サロメ』(1881)で絶えず登場人物たちが意識して話題にしている「月」を生み出すが[9]，一方でワイルドが「月」にアレンジメントの力を持たせているとも言えるのではなかろうか。

2　神話世界

(1)「イティスの歌」

　ワイルドは1881年に65篇の詩を集めて『詩集』を上梓した。このうちの約40篇は新聞雑誌に発表したものであり，ワイルドとしてはこの詩集によって詩人としての評価を得たかったのであろう。が，「パンチ」誌に「詩人はワイルドだが彼の詩は柔順だ」[10]と書かれたり，評判は芳しくなかった。翌1882年には改訂版を出している（『ラヴェンナ』は1908年版に初めて収められた）。

この詩集は執筆順に並べられているわけではないので，序詩の「嗚呼」は90番目の執筆である。ここで取り上げる「イティスの歌」は51番目のもので，『ラヴェンナ』の余韻を残しており，342行という長さも332行の『ラヴェンナ』と似たようなものである。『ラヴェンナ』以降は長い詩が増え，最長は「カルミデス」(No.55) の654行である。ちなみに最後の作品『レディング監獄のバラッド』もこれと全く同じ654行であった。

　『詩集』の長詩はほとんどが弱強5歩格を主体にした6行を1スタンザとしていて，技巧的に『ラヴェンナ』から一歩進もうとしたのであろう。最も目立つ素材はギリシャ神話で，経験に乏しい当時のワイルドにとって存在の位相を表す神話が最も扱いやすかったに違いない。ワイルド自身が気に入っているという[11]「イティスの歌」もナイチンゲール物語に基づいている。ギリシャ神話でフィロメラを凌辱したテレウスと，その妻でありフィロメラの姉であるプロクネとの間の息子がイティスである。プロクネは妹を犯した夫への復讐として，イティスを殺してその肉を夫に食べさせる。タイトルの「イティスの歌」(The Burden of Itys) の burden という語は「歌」という意味と「重荷」という意味を掛けているのであろう。ワイルドの言葉の遊びは，例えば戯曲『真面目が肝心』(1899) の「アーネスト」が固有名詞と形容詞であるように，得意とするところである。

　「イギリスのテムズ河はローマよりも神聖である」と，「イティスの歌」は意表をつく比較で始まるが，「神は蒼ざめた僧侶たちがかついでいる水晶の星に隠されているよりも，テムズ河の方がふさわしい」とローマの儀式よりもイギリスの自然を賞める。教皇は「空しく平和なき地に平和を，休息なき国に休息を送っている」。「私」は1年前に「聖餅を運ぶ緋衣の枢機卿の前に跪拝した」が，今はイギリスの小麦畑の芥子が2倍も素晴らしく見える，と風景が描かれる。

　哀れなジョバンニ師はミサのときに調子を外すが，それは茶色の小鳥が自然との調和のうちに頭上で歌っているからだ。小鳥の歌はフィロメラの物語を想起させ，「私」はアルカディアの星が光る丘の上でかつて聞いたあの震える喉を見る。軒先で鳴く燕。風景の美しさ。「私に歌い給え，あなた，音

楽的な聖歌隊員よ」と「私」が呼びかける相手が茶色の小鳥なのであり，この歌う小鳥は337行で歌いやむ。「あなたが歌うのがあなた自身のレクイエムであるとしても」歌うように願い，「私」は7回も「歌い続けてくれ給え」と言葉を挟む。イギリスの地にギリシャ神話を響かせようというのである。

> 何故なら彼らは死んではいないと私はよく知っている
>   ギリシャ詩のいにしえの神々は眠っていて，
>   あなたが呼ぶのを聞いたら目覚めて本当のテッサリーだと思い，
>   このテムズをドーリスの川だと思うだろう，
>   この冷たい森の下路をかつて若いイティスが笑いながら遊んだ
>   黄色いアイリスの牧草地だと思うだろう。　　　　　（145-50）

フィロメラ伝説の町ドーリスだと取り違えるほどイギリスは素晴らしく，スウィンバーンやアーノルド，ロセッティも小鳥の歌を聞いたのだ。「歌い続け給え」と繰り返されるが，歌い続けるならば，と神話が仮定の形で語られる。自由になりなさい，過去を断ち切りなさいとイティスに大声で呼びかけるよう，「私」は小鳥に言う。「歌い続け給え，私は生に酔いたいのだ」という「私」にとって，歌は，神話は「生」なのである。そして，

> もっと大声で歌い給え，何故私はまだ見なければならぬのか，
>   あの棄てられたキリストの蒼ざめた顔を……　　　（247-48）

と強い言葉が投げられるのは，イギリスで展開される架空のギリシャ詩の世界によってキリストから離れようとすることである。「イティスの歌」はキリスト教への訣別の意志を歌うのだが──。
　そして小鳥に「歌をやめよ」と呼びかけ，「夢であった」と現実に戻る。そして『ラヴェンナ』と同じように「月」の登場である。

> 白い月は微かに光る空に漂う。

> お前の悲しい，恍惚とさせるすべての哀歌の沈黙の調停者として。
>
> (329-30)

『ラヴェンナ』の月よりも性格がはっきりしており，「彼女はお前を気にかけないし，何故気にかけなければならないのか」と距離を置いている。

茶色の小鳥は歌をやめ，モードリン学寮の高い塔は黄金色に震えて，小さな町の長い大通りを指し示し，「私」に帰りなさいと警告している。

> 聞け！ あれはクライスト・チャーチ学寮の門の鐘から響く晩鐘である。
>
> (348)

とこの詩は終わるが，クライスト・チャーチにキリストの名を響かせているあたり，ワイルドの立場の不確かさを窺わせる。ギリシャ神話もイギリスに移しての夢という形でしか語れないのである。

(2)「カルミデス」

「カルミデス」は55番目の詩であるが，3部に分かれ，6行から成るスタンザがそれぞれ48，54，8も並ぶ，合計660行の物語詩である。彼の「最も野心的な詩」[12]と言われるが，こうした物語詩は彼の童話や小説の根なのであろう。

この詩の拠り所は2世紀のギリシャの作家ルシアンの『肖像画論』第4巻である。ある少年がアフロディーテの神殿の石像に恋をし，抱擁するという物語で，少年はのちに崖から海へ飛び込んで自殺する。ピグマリオン伝説を思わせ，またワイルドの『ドリアン・グレイの画像』(1890)を思わせる物語である。カルミデスという名前はプラトンの『カルミデス』から採っていて，ソクラテスが愛したらしい，背が高くて美しい若者[13]の名前だという。詩行だけではなく，筋立てにも先行の作品をアレンジして使うのがワイルドの流儀なのである。

「彼はギリシャの若者だった」と，冒頭から物語の焦点は定まっている。

若者はシシリー帰りで，午後遅くにアテネの近くに上陸し，アクロポリスの丘に登って誰にも気づかれることなく神殿に辿り着く。夜，神殿に入り，アテナ女神の像を見て，そこに横になる。本来の話のアフロディーテをアテナに変えたのは，彼女は純潔であるが故に特に強く報復しようと思うであろうから，とエルマンは推測している[14]。時間が経ち，満月が大理石の床を照らすと彼は飛び起き，恐ろしい像を見た。神殿の周りには神々が集まっていたが，若者は死を覚悟して像を抱き，一晩中甘い言葉をささやく。船乗りが凶兆だと言う水晶で縁取りされた月が見えるが，これは『サロメ』での月と同じである。外へ出た若者はさまざまなものを見るが，「アテナの乳房を見たのだから」もう何も気にするものはなかった。舟で陸を離れると「月は漂う雲の黄褐色のマスクの後ろに隠れた」。そしてアテナは若者を溺れさせるのである。

　第2部ではポセイドンの息子が憐れんで若者の身体をギリシャへ戻す。一人の少女が近寄って彼の傍らに横たわる。たまたまアフロディーテが鳩とともに旅をしていて二人を見つけ，黄金の馬車に乗せてエーゲ海を越え，パフォスの丘に葬る。

　第3章で黄泉の国は「憂鬱な，月のないアケロン」と言われるが，そこにカルミデスは横たわっている。そこは夢のようであった。水面に影が一つ通り過ぎたようだった，と書かれ，確たる姿は描かれずに，手や唇が彼を捉え，彼らは抱き合い，恍惚のうちに情熱は消えていった。充分だ，とエロスは笑った。

　何故，再び情熱について笛を奏でようとしたのか，と語り手はポエジィに問うが，確答はない。

　　　罪の業火のような鼓動，壮烈な恥の
　　　　生涯を送ったものか，愛のない黄泉の地で
　　　情熱が，裸足で傷つきもせず
　　　　歩いている焔の畑から，焼けるような収穫の
　　　刈り残りを集めることができるなんて

もう沢山だ　　　　　　　　　　　　　　　　　　(643-48)

　過剰な愛の物語は「もう沢山だ」という言葉を免罪符にしている。エルマンは，ワイルドの詩を活気づけているのは性の心理面での破戒であると言っているが[15]，確かにこの作品でのアテナの像への愛とニンフの死体への愛の結びつきは普通ではない。作品の中での逸脱は立派な「虚言」だが，生身の詩人が作品のおかげでバランスを保てるということもあるに違いない。
　第3部で「月のない」と書かれるように，調整する「月」は必要ではなかったのである。

(3)「ヒューマニタッド」

　「ヒューマニタッド」(No.58)はスウィンバーンの『夜明け前の歌』(1871)の中の「人間讃歌」に影響を受けた[16]作品である。見慣れないタイトルは，ラテン語のhumanitatusとスペイン語のhumanidadを合体させたワイルドの造語で[17]，人間性を意味する。ホイットマンのLibertadの模倣でもあろうとのことで，ワイルドらしい調整能力の生んだ言葉である。483行のこの詩は，長さでは「カルミデス」に次ぐ。
　「今は真冬だ」という書き出しは，「エロスの園」(No.75)の第1行「今は真夏だ」と対になっていて，ワイルドの大きな枠組みを示唆している。まず冬景色が描かれるが，春が大気の中にある，とされて春の牧歌的風景が未来形で描かれる。ワイルドの牧歌的風景はまだ存在していないものとして詩の中に存在するのである。そして確かな時間として「どんな普通の鳥でも私を斉唱させたときがあった」と，ワーズワースの「不滅のオード」(1802-04)を真似て調和のあった少年時代が歌われる。同様の過去を惜しむ気持ちは「嗚呼」にも歌われるが，ワイルドの時間意識は非常に強い。時は流れたが，「私」は変わったのか？と，ここで「私」が表に出てくる。春よ，「あなたは変わらない」が，「私」の方が愚かにも変わったのだ。「あなた」による「私」の明確化，あるいは「私」による「あなた」の明確化である。知恵とは無縁で，苦痛の後継ぎである「私」は「決して昇らない太陽の光と音楽を

待っている」。神も役に立たず，死も手荒すぎる。そして「私」はあの高貴な狂気である愛からの脱走者を演じなければならない。一層不毛で厳しい生活へと入って行く「私」は，知恵や芸術の女神アテナのもの。とはいえ「私」はアカデミーに足を踏み入れることもできず，アテナのふくろうも迷ってしまっている。時間を司る詩神は歴史の巻き物をひもとくが，読んでいると頁が霞んで読めなくなる。「私」はワーズワースに頼りたいが，我々は学問の取り替えっ子であって，どのギリシャ学派にも従わない。

誰が立派かといえば，イタリアのために戦ったマッチーニがいる。そのイタリアは「最も祝福され，最も悲しい国」である。人は自由を求めて死ぬこともできるのに，我々は受け継いだものに値しない，惨めな人間だ。「厳しいミルトンのペンはどこにあるのか？」と「私」は嘆く。我々の最善の熱狂も無法の子供たちを生み，無秩序は自由の裏切者を生む。この憂えるべき現実に「リンカーン寺院の聖歌隊を通して天使に歌えと告げた芸術はどこにあるのか？」自然は変わらないのに，精神は去ってしまった。

> ああ！　もし我々の内なる神を
> 見ることができたら　ともかくも生は
> 絵に描かれた天使よりも大きいのだ！　　　　　　　　　（358-60）

「私」の思考はプラスの方に向かう。次いで最も威厳のある遍在の形を取る生の支配のあり方について述べられる。この生の支配によって，理性は情熱のうちに表現を見出し，そうでなければ下等となる単なる感覚は心に火を与え，幾つかの音から1オクターヴの和音を奏でる。その和音の調べはすべてのめぐる天空を飛び，新しい絶対支配権と，さらに勝ち誇った力で元気づけられて，その主へと戻るのである。

> 侘しく追放された漂泊者として，我々自身のものであるべきものを
> 奪われ，我々は狂気の不穏で生きられるだけだ。　　　　　（401-02）

疲れた足で新しいカルヴァリ（キリスト磔刑の地）へと向かうと、「我々」はそこで鏡の中の自分のように自殺した人間性を見る。それは強く打たれた口、茨の冠を被せられた額と、キリストのイメージと重なるが、「我々」は自分で自分を殺したのだと悟るのである。これが混沌から変わらずに上昇を目指してきた原初的な力の結果なのか！という思いに対して、いや、と異議を唱えてこの詩は閉じられる。

　　いや、いや、我々は十字架に掛けられるだけで
　　　　額から雨のように血の汗が流れても
　　釘を緩めるのだ──わかっているが我々は下りて
　　　　赤い傷を和らげる──我々は再び完全になり
　　ヒソプをつけた答えは必要ない
　　　　純粋に人間的なもの、それは神に似ており、それは神である。

(433-38)

　キリストの処刑のとき、人々がぶどう酒を含ませた海綿をヒソプに結びつけてさし出したとされるので、それが必要ないということは、我々には治癒力があって、キリストとは違うということであろうか。仲立ちなしに神となる、とも読める。最後の1行は、スウィンバーンの「人間讃歌」の中の「しかし神は、もし神が存在するなら、人間である人間の実質である」のエコーであるが[18]、この詩はスウィンバーンよりも複雑でわかりにくい。いろいろなものを詰め込もうとしたのであろうが、前半の牧歌的部分と後半の論考的部分を統合するために、最後にキリストを持ってきたように思える。「月」の役割をキリストに負わせたのである。
　ちなみに前半の「私」が後半では「我々」に変わるのが象徴的に思えるが、225行で最初の「我々」がさりげなく用いられ、305行ではっきりと「我々は惨めな人間だ」と「我々」の領域に入る。「我々」の中に読者が入るとしたら、この変化は劇的である。

3 愛 の 詩

(1)「新しいヘレン」

　「新しいヘレン」(No. 60) はトロイ戦争の原因となった美女ヘレンの生まれ変わりを歌う，という印象のタイトルだが，女優リリー・ラングトリへの讃歌でもある。弱強5歩格10行が1スタンザで，それを10並べて合計100行というのは形へのこだわりのなせる業であろう。

　　トロイの壁をめぐり神々の息子たちが
　　あの大いなる遠征で戦って以来，あなたはどこにいたのか？ (1-2)

と問いかけるのは，ヘレンが現代まで生き延びているという扱いである。次に疑問文が二つ重ねられ，第2スタンザでは二つ，一つ飛んで第4スタンザで一つ，と次第に疑問文が姿を消して行く。後の「スフィンクス」(No. 118) は全170行のうち，疑問符が約20もある詩で，昔から今までの長い生を持つものを，疑問文によって実体があるかのように構築して行く手法は，この詩に似ている。ヘレンもスフィンクスも，時間を超えている存在である。

　この詩では第1スタンザの三つの疑問文に答えがなくとも，7行目冒頭で「何故なら」と自分の側の認識を語る。旧世界の騎士道と力とを戦争の騒々しい真紅の波に誘い込んだのはあなたなのだから，と。ヘレンのアイデンティティが強調されると同時に，これは語り手の立場の確認でもある。その「あなた」は「夜の銀色の沈黙に懸けられた星のように」と形容され，第2スタンザで「あなたは火を積んだ月を支配したのか？」と，おなじみの「月」を支配する側になる。moon は noon と韻を踏んでバランスが取られているが，その「昼」は「費やされて疲れた時間」である。

　「いや，あなたはヘレンであって，他の何者でもない」と第3スタンザで断言されたのち，ヘレンをめぐる男たちが話題となる。「あなたはどこへ行っていたのか？」という2度目の問いに答える形でギリシャ神話の世界が

描かれる。が、それは否定され、「あなたは全く忘れられた人とともに、あの空ろな丘に隠れていた」とヴィーナスとともに洞穴に隠れたタンホイザーの伝説を思い出させる。スウィンバーンの「プロセルピナへの讃歌」に、玉座にあったキュテレイア（ヴィーナス）が退いて今は聖母マリアが王冠を戴いている、とあるのを踏まえて、ヴィーナスは「人々がエリシネと呼び、廃位した女王」と呼ばれる。「彼女」は、

　　愛から楽しい喜びを得ることなく、
　　愛の堪え難い苦痛だけを、
　　　彼女の心を刺して二つに割る剣だけを、
　　子供を生まぬという苦々しさだけを得た。　　　　　（47-50）

　この箇所は「ルカによる福音書」（2：35）でのシメオンのマリアへの言葉「あなた自身も剣で胸を刺し貫かれるでしょう」のエコーであり、スウィンバーンの詩と同様、ヘレンからマリアへの交代、ヘレニズムからヘブライズムへの移行を微かに仄(ほの)めかしている。ここがちょうど全体の半分、頂点になる。隠れた昔のヘレンの代わりにあなたがいる、という運びである。
　「私」は「愛の恐ろしい車輪」に壊されて、歌おうという心も失ってしまっている。ここはスウィンバーンの「ヴィーナス礼讃」63行の「めぐる車輪のように壊された私の身体」からきている。自分はもう駄目だと言いつつ、「もしあなたがその神殿で私に跪(ひざま)かせてくださるなら／どのような破滅の時が来ようと気にはかけない」とカルミデスのようなことを言うが、それでいて「ああ、あなたはここに留まらないだろう」と一歩退く。歌よりも愛の希望の方が棄て難いのは、前述の「恋歌」と同じである。
　ヘレンに対して、ここにぐずぐずしないで昔の喜びの塔へ飛んで戻りなさい、と勧めるのは半ば自暴自棄の境地であろうが、ここに残る自分は「苦痛の茨の冠を額に被る」と、「ヒューマニタッド」で見たようなキリストのイメージになる。さらに、夜明けが来て影が逃げるまで、ほんの少しここに留まってください、と未練がましい願いが述べられるが、この行は「雅歌」

(3・17)の「わが愛する者よ，日の涼しくなるまで，影の消えるまで，身を返して出て行って……」を踏まえている。引き留める理由は，自分にはあなた以外の神はいないのだから，ということで，ヘレンを神格化している。

> あなたは普通の女性のようには生まれなかった！
> 　　泡の銀の輝きに囲まれて
> 　　　　サファイアの海の深みから生まれたのだ！
> そしてあなたの誕生の時に，不滅の星が
> 　　　焔のひげを生やして，東の空できらめいて，
> 　　あなたの故郷の島の羊飼いたちを目覚めさせたのだ。　　(81-86)

と，ヴィーナスの誕生とキリストの誕生を重ねるのである。さらに次にはクレオパトラを想起させる「あなたは死ぬことはない。エジプトの蛇もあなたの足許に這いはしない」という詩行が来て，クレオパトラ以上だと言うのである。

最後のスタンザの冒頭に「浄らかで汚れのない愛の百合よ！」(Lily of love, pure and inviolate!) と，女優リリー・ラングトリの名前が百合と重ねて出される。百合は聖母マリアの純潔の象徴でもある。さらに「象牙の塔，火の紅い薔薇よ！」と華麗なイメージが書かれるが，実体を表すために言葉を幾つも重ねるのは言葉への不信だと言えるかもしれない。しかしワイルドはむしろ白と赤，冷と暖という対立的なイメージを並べたかったのであろう。次の「あなたは我々の闇を照らすために降りてきたのだ」という1行を説明するために，残りの7行が費やされて結びとなる。

> 何故なら我々は運命の大きな網にきっちり捕えられ，
> 　　「世界の望み」を待ちくたびれて，
> 　　　　当てもなく「暗黒の家」の中をさまよい，
> 　　浪費された生のための，ぐずつく惨めさのための
> 　　　　まどろみの鎮痛剤を当てもなく求めたのだ，

あなたの再建された神殿と
　　　あなたの美しさの白い栄光を見るまで。　　　　　　（94-100）

　「世界の望み」とはキリストのことである。キリストは来なかったかもしれないが，そのイメージは散在していて，存在を否定はできない。新しいヘレンがヘレニズムとヘブライズムを融合させる存在と言えるのかもしれない。もしそうだとすれば，それを成り立たせるのは愛なのである。

(2)「パンテア」
　「パンテア」（No. 62）のタイトルは，シェリーの『プロメテウスの解放』に登場する海の精の名前であって，汎神論を表している。

　　いや，火から火へ，情熱的苦痛から
　　　より致命的な喜びへ，歩いて行こう──　　　　　　（1-2）

と，口説いている恋愛詩のように始まる。呼びかけている「私」は，知識よりも感じることの方がよいのだ，死んだ哲学で魂を悩ませるな，と今の生きている感覚を使うことを説く。

　ナイチンゲールや百合などの古典的イメージから，神々は気楽に過ごしていて人間どもの群れを蠅のように見下している，という話へと進み，並みの恋愛詩ではなくなってくる。神々とはギリシャ，ローマ神話の神々であり，ジュピターの妻ユーノーが歩き，トロイの美少年ガニメーデスが琥珀色の泡立つ新ぶどう酒の中で跳ねていて，ヴィーナスは羊飼いと楽しみ，妬む泉の精が覗いている。イギリスのような北風が吹くことはなく，雪も降らない，と比較される。これまでの詩でのイギリス礼讃の逆である。人間はといえば「何か優しく悲しい罪，何か死んだ喜びのために泣きながら横たわっている」，と some sweet sin や dead delight のように頭韻を踏み，相容れない形容詞と名詞を結びつけている。

　神々が知っているのは忘却の河レーテの春なのだ。神や運命は人間の敵で

ある。「おお,我々は生まれるのが遅すぎた」ものだから,

> おお,我々は罪悪感に厭きている,
> 　快楽の愛人の絶望に厭きている,　　　　　　　　　　(79-80)

> それは人間が弱く,神は眠っているからだ。

> 火のような色の一瞬,一つの偉大な愛。すると見よ,我々は死ぬ。
> 　　　　　　　　　　　　　　　　　　　　　　　　　(84)

　この「火のような色の」という言葉は「ミルトンへ」で用いられていて,そこでは「我々のこの豪華な,火のような色の世界は／冴えないグレイの灰へと落されたようだ」と,堕落する前の束の間の華やかさを言っていた。ここでは「一瞬」と「愛」が神のものであると同時に,人間のものでもあるように見える。もしこの「パンテア」を恋の口説きの詩として読むならば,一瞬のうちに愛は燃え上がり,一つになった大いなる愛を手に入れ,我々は死ぬ(エリザベス朝に用いられた性的な意味でもある),ということになる。いずれにしてもこれが詩全体の頂点と考えてもよいだろう。
　死ぬ,と言いながら,地獄へ運ぶ者はいないし,墓は封印され,兵隊たちは見張っている。葬られることがなければ「死者が再び起き上がることはない」。

> 我々は溶けて至上の大気となり,
> 　触れたり見たりするものと一つになる,　　　　　　　(91-92)

と感覚の世界と一つになる。「すべての生は一つであり,すべての変化である」。さらに大いなる生が大地の巨大な心臓によって鼓動し,単一の本質(Being)の大波は細菌から人間へとうねる。ここはワーズワースの「まどろみが私の精神を封印した」のエコーである。

「自然では何も失われず，すべてのものは死の恨みのうちに生きている」。そして「我々」は再び少年少女となる。死後の生について考えると，「何と私の心は躍ることか」[19]。「私」と「あなた」はこの後に「我々」となり，「我々二人の恋人」という表現にもなり，恋愛詩らしくなるが，最後のスタンザは瞑想詩ふうである。

　　我々はあの大いなる交響曲の音符となるだろう
　　　その抑揚はリズムの領域をめぐり
　　すべての生きている世界の鼓動する心臓は
　　　我々の心臓と一つになるだろう。こっそり這う年月は
　　今はその恐怖を無くし，我々は死なない。
　　宇宙自体が我々の不滅となるだろう。　　　　　　　(175-80)

　世界と一つになって調和するから我々は死なない，という考えは，ジョン・ダンが恋人たちを個別化，異化して歌った恋愛詩[20]とは対照的であるが，タイトルの「パンテア」が汎神論を意味するように，不滅の存在となることはつまり神となることで，至るところに神が存在する，という考えは人間の不遜さを表しているとも言える。
　しかしまた，この大いなる調和は，例の「月」の役割と通じるものがある。逆に言えば「愛」も「月」も「調和」も調整作用を持つ手段であり，「愛」はキリストでもあり得る。

(3)「エロスの園」
　「パンテア」から「エロスの園」までの間には，比較的やわらかい短詩が並んでいて，そのムードをまとめるかのように276行のこの詩が置かれている。
　「今は真夏だ」という冒頭の言葉は「ヒューマニタッド」の「今は真冬だ」と対照的である。今は6月の中旬でまだ刈り入れは始まっていないが，すぐに秋になるので，とまだ現実になってはいない風景が描かれる。「思うに，

それは花のないデイスの野に厭きたときに／プロセルピナが踏むべき地なのだ！」。この詩はスウィンバーンの「プロセルピナへの讃歌」を下敷きにしているが、ワイルドの「虚言」の活躍する場でもある。とはいえ、スウィンバーンの「讃歌」が、313年のミラノ勅令の後にローマ人によって書かれたという設定であるのに比べると、ワイルドの枠組みは弱い。またスウィンバーンはヘレニズムに対するキリスト教の優勢に反発しているが、ワイルドは穏やかである。「ギリシャ人に知られている永遠の祝福の隠された秘密を、ここで人は見つけるかもしれない」。確かに愛の神エロスの園には神々との結びつきのある花々がある。が、「私の魂の偶像であるあなた」の美しさには敵わない。

  そこで私は彼方の泉のほとりの葦を一本切って
   森の神々を妬ませよう　すると老いた牧神パンは
  いかなる若い侵入者がこの静かな住居で
   歌おうとするのか、いぶかる……　　　　　　　　　(73-76)

　語り手は神話世界の中に入って、笛で神話を語ろうとするのである。以前は専ら他者として外から神話世界を想像していたのが、自己の存在を主張しているわけである。「私」はヒヤシンス、ナイチンゲール、そしてダフネについて語ろう、プロセルピナについて歌おう、月の女神について笛を吹こう、と力強く述べる。「もし私の笛が甘いメロディを奏でられたら、昔エーゲ海のほとり、人々の間に住んでいたアテナの顔も見えるだろう」。
　「美の精よ」と呼びかけるのは、シェリーの「理想美への讃歌」からの借用だが、愛の神の園なのだから、あなたを大切に思う人がいる以上、ここに留まってください、という願いで tarry という語を用いるのは、「新しいヘレン」でヘレンに呼びかけたのと同じ言葉、同じ趣向である。「あなた」を最も愛したキーツ、「あなた」を愛することで歌を学んだスウィンバーン、人間の疲れた魂を慰めたモリス、「あなた」を愛したロセッティ、と詩人たちの名を挙げて、しかしそういう人たちはほとんどいなくなった、と嘆く。時

代が科学的になってきたのである。「この科学的時代が，現代の奇蹟の従者たちとともに我々の門を壊して通ったとしても，何の利益があるのか！」，「私は違う育てられ方をして，私の魂は生のより高いところから，より至高の目標へと進むのだ。」

最後は希望の風景である。アーモンドの花は輝き，うずらくいなは僧侶の声に答え，だいしゃくしぎは飛び立ち，雲雀はその日が近いと喜んで草から真珠のような露をまき散らす。その太陽はまもなく現れる。それは神だ。神への愛で，雲雀はこの沈黙の谷を歌の波で満たしながらすでに視界から去っている。

　　ああ，その鳥の飛翔には
　　　るつぼで試され得る以上のものがある ——
　　しかし空気は新鮮になる，さあ行こう
　　さあすぐに木こりが来るだろう。何と我々は6月の今宵を生きてきたことか！
　　　　　　　　　　　　　　　　　　　　　　　　　(273-76)

科学への批判があっても，雲雀の歌に慰められ，希望を抱けるのは，ここがエロスの園だからである。手製の葦笛で物語を語ろうと言った「私」の物語が，「美の精」に呼びかける後半部分であり，最後は雲雀に詩人としての自分の姿を重ねているのであろう。雲雀はエロスの園から出て行くのであろうか。「飛翔」の flight はまた脱出でもある。

4　詩人と時間

(1)「嗚呼」

90番目に書かれた「嗚呼」は『詩集』の序詩として後から付け加えられたソネットである。『詩集』について論ずるときは序詩として最初に取り上げるものだが，本論は詩の書かれた順に見ているので，『詩集』の最後に出会うこととなった。すべてが書かれた後の執筆だと思って読むのと，序詩と

して読むのとでは，印象が異なるに違いない。

　タイトルにフランス語を使っているのは，こちらの方がやや深刻なニュアンスがあるからであろうが，ワイルドのフランス語との関わりの深さを表してもいるのだろう。『サロメ』を最初はフランス語で書いたのは有名な話だが，『詩集』の詩でもタイトルにフランス語を使ったものが10篇近くある。その他，ラテン語，ギリシャ語，イタリア語のタイトルもあって，外国語への彼の関心の高さを示しているが，ワイルドがアイルランド生まれであることに起因する言葉への不安感があるのではないか，という意見[21]もある。アイルランド人にとっては英語は本来の母国語ではないからである。

　「嗚呼」と詩人が嘆くのは自分自身についてである。

　　私の魂がすべての風が奏でられ得る絃の
　　リュートとなるまで　すべての情熱で漂うこと——
　　私がいにしえの知恵と厳しい統制を
　　棄て去ったのは　そのことのためであるのか？　　　　　　(1-4)

　時間的，論理的には3段階がある。いにしえの知恵と厳しい統制を棄てて自由な自分となる，という2段階がまずあり，そこに達するまですべての情熱で漂う不確かな自分となる，という中間地帯があるのである。それが因果関係があったのか，と「私」は問う。それについての反省，発展が次の4行で，

　　思うにわが人生は，全体の秘密を損なうだけのものであるのに
　　笛とつまらぬ歌で
　　子供っぽい休日について書き散らした
　　二番煎じの巻き物であるのか？　　　　　　　　　　　　　(5-8)

　人生に巻き物という比喩を使い，主題も「子供っぽい」，「休日」と，つまらなさを2倍にして，「つまらぬ歌」を書くが，それも「秘密を損なう」と

いうマイナス効果しかない。まことに「嗚呼」である。しかし ──

> 確かに日の当たる丘を歩き，人生の不協和音から
> 一つの奇麗な和音を演奏し
> 神の耳に達したかもしれない時期もあった。
> あの時は死んだのか？　見よ！　私はただ
> 小さな鞭(むち)でロマンスの蜜に触れただけである ──
> それなのに私は魂の遺産を失わなければならないのか？　　　(9-14)

　このソネットを書いたのは，『詩集』の出版の直前，1881年6月の少し前だと推測されている[22]。最初はキーツの手紙からの引用が序詩の位置を占めるはずだったというが，自分のソネットに替えたことは一種の自立であったのだろう。とはいえ相変わらず先達の作品を利用していて[23]，冒頭の4行はペイターの『ルネッサンス』(1873)の結論部分の「経験の結果よりも経験自体が目的である」という言葉のエコーであり，後の『ドリアン・グレイの画像』のヘンリー卿がドリアンに言う言葉「君に関して何ものもなくすな。いつも新しい感情を求めていなさい」とも関連する。2行目の「リュート」はコウルリッジの「イオリアのハープ」，シェリーの「有為転変」の竪琴につながるもの。また3-4行はバイロンの「ラーラ」の「幻の追跡に間違って費やされた歳月と，より良い目的のために与えられた無駄な力とのことを考えて」を思わせる。12-14行は「サムエル記」(上・14：43)の，サウルの息子ヨナタンが父に向かって言う言葉「私は確かに手にあった杖の先に少しばかりの蜜をつけて，なめました。私はここにいます。死は覚悟しています」から来ている。

　前半で関わっている詩人たちと，13行の「ロマンスの蜜」の裏にある聖書とは二つの極になっているが，それも twice ── written であるのかもしれない。最初の4行で述べられた因果関係と，終わりの部分での因果関係も twice ── written である。そして5-8行も含めて，すべて時間の経過に関わっている。『詩集』の最後に，つまり90番目にこの詩が書かれたからこ

その時間へのこだわりではなかったろうか。ではこの『詩集』は喪失の物語なのであろうか。最終行が疑問文であり，またmustを使っていることを考えれば，評価は読者に任されているのであろう。疑問文は修辞的であるのかもしれないが，タイトルを考えれば嘆きである。

この序詩が最も読者を意識した詩であるのは，やはり90番目の詩だったからであろう。時間は超越できないのである。

(2)「**スフィンクス**」

ワイルドが有罪となる前の最後の詩「スフィンクス」は，最初は4行のスタンザであったのが，のちに2行の弱強8歩格という難しい型に改められ，174行の作品になったものである。見た目は散文詩に近く，この詩の出版の前に散文詩を6篇書いていたことと多少は関わりがあるのだろう。1877年，オックスフォード時代に書き始められ，完成して出版にこぎつけたのは1894年である。その間，書き継がれ，手直しされ，12種の原稿が残っているそうである。一方で戯曲や小説，評論を書いていたわけだが，詩にこだわっていたワイルドの執念がここに見える。

献辞はフランスのサンボリスト，マルセル・シュオブに宛てられているが，この作品の語り口にもサンボリスムの影響が見られ[24]，彼のフランスへの変わらぬ興味が窺える。この詩はスフィンクスに問いかけ，スフィンクスについて想像する形を取っているが，スフィンクスとは，ギリシャ神話では女性の頭と乳房，ライオンの身体，鳥の翼，蛇の尾と人間の声を持った女性の怪物で，旅人に謎をかけ，オイディプスがそれを解いたとき，自殺したと伝えられる。この詩の語り手は学生で，1000世紀も青春と美を誇ってきたスフィンクスの象牙の像を部屋の隅に置いている。彼が一方的にスフィンクス像に語りかけているのは，ワイルドの批評に用いられた対話形式の変型と言えよう。相手のスフィンクスは他者でありながらワイルドの分身でもある。

スフィンクスを三人称で紹介した平叙文の後，「出てこい，わが美しき執事よ！」という呼びかけで自分の優位を誇示するが，そのスフィンクスを形容して，「そんなにも眠って，そんなにも像のようで」，「優美にグロテスク」

などという言葉が並ぶのは，言葉を材料としてスフィンクス像を創り上げて行くような趣である。しかも，その言葉のほとんどが疑問文と命令文であって，スフィンクスの愛と勝利の物語も確かさに欠ける。エジプトの神アモンが恋人であったという話になって平叙文に戻るが，そこに命令文が混ざり，話は終わる。

  エジプトへ去れ。恐れるな。唯一の神は死んでしまった。
  唯一の神が自分の横腹を兵士たちの槍で傷つけさせた。 （1129-30）

とスフィンクスとキリストが交差する。しかしスフィンクスの恋人たちは死ぬことなく，立ち上がってスフィンクスの声を聞く，と平叙文で事実のように述べ，「ナイルへ帰れ」と命令文になる。単調さを避ける工夫がなされているのである。「何故ぐずぐずしているのか？」（149行）と問うときの動詞が tarry で，「新しいヘレン」や「エロスの園」でこの動詞が用いられたときは「とどまってくれ」であったことを思い出させる。
 スフィンクスは美や愛の対極にあるのであろうか。スフィンクスの外観が描写されるときに「淀んだ湖に震える空想的な月のようなお前の目」というイメージがあり，ワイルドの「月」は今や実体を失い，スフィンクスの目の中に収まってしまっているのだ。実は冒頭の平叙文で「銀色の月は彼女にとって何物でもない」と，外界の代表のような形で月が引き合いに出されていたので，スフィンクスの側から言えば，外の月が内に入ったということになる。

  歌もなく言葉もないどのような罪の幽霊が夜のカーテンの闇を這い，
  私のろうそくが明るく燃えるのを見てノックし，お前に入れと言ったのか？ （163-64）

背後にある大きなネガティヴなものの存在を示唆する問いかけであるが，

言葉を発している私自身のことでもあり得る。そこで「私よりも呪われていて、癩病で白くなっている他の者はいないのか？」と訊ねる。「ここから去れ、お前、忌わしい神秘よ！」と語り手はスフィンクスを追いやるが、「お前は私の信条を不毛の偽りにしてしまう」と言うように、スフィンクスは語り手を明確化し、堕落させる。「偽りのスフィンクスよ！」と偽者呼ばわりするのは、自己防衛でもある。

　　　……お前は先に行け、私をキリスト受難の像に委ねて

　　その蒼ざめた重荷は苦痛で病み、疲れた眼で世界を見守り、
　　滅びるすべての魂のために泣き、すべての魂のために空しく泣く。
　　　　　　　　　　　　　　　　　　　　　　　　（170-72）

と、pain と in と vain に韻を踏ませて終わっている。Sphinx と Crucifix（キリスト受難の像）の韻にも注目すべきであろう。そしてもちろん、最後はキリストで終わっていることに注目しなければならない。調整者がついにキリストになったのである。しかしそれは生身のキリストではなく、像でしかない。それもスフィンクスの像と同じレベルで置かれているのである。

(3) 『レディング監獄のバラッド』
　ワイルドの生涯最後の詩がこれである。作品番号119。
　彼は1887年にレディング監獄に入っていたが、そのときチャールズ・ウルドリッジという30歳の元近衛兵が妻殺しの罪で同じところにいて、絞首刑になった。それを書いたのがこれで、1898年に出版されたとき、作品名は彼の囚人番号「C・3・3」になっていた。
　654行もあるこの詩は、弱強4歩格の6行を1スタンザとしており、全体は6部から成る。

　　彼は真紅の上衣を着ていなかった、

血とぶどう酒は赤いから，
　そして血とぶどう酒は彼の手にあった
　　死者と一緒の彼を人々が見つけたとき，
　彼が愛してベッドで殺した
　　哀れな死んだ女と一緒に。　　　　　　　　（1-6）

という単純だが謎めいた始まり方は，読者の注意を引いて，バラッドにふさわしい。「彼」がもはや近衛兵の赤い制服ではないこと，血は殺人を表し，ぶどう酒は酔っぱらっていたことと聖餐の儀式を連想させるが，殺人現場の様子であること，「彼」が殺したのは愛した女性であったこと，などのおおよそのことが6行に詰め込まれている。

　囚人たちは庭で輪を描いて歩くのが日課の運動なのだが，「私」は他の輪の「彼」の思いに沈んだ様子に目を留める。「彼」の目は「囚人たちが空と呼ぶ青い小さな天蓋」に向けられている。「あいつは縛り首になる」という仲間の声に「私」はショックを受ける。「あいつは愛する者を殺してしまった／だから死ななければならなかった」と自分に言い聞かせるが，ワイルド自身もいわば愛する者を殺したようなものである。

　　しかし人は皆愛するものを殺すのだ，
　　　それぞれがこのことを聞かせるのだ，
　　ある者は厳しいまなざしでそれを為し，
　　ある者はお世辞たらたらの言葉で，
　　臆病者はキスでそれを為し，
　　勇敢な者は剣でそれを為す。　　　　　　　（37-42）

と一般論的コメントが挟まれるが，このスタンザは少し言葉を変えて第6部の最後のスタンザに再登場する。以下，He does not... で始まるスタンザが七つ続いて第1部は終わる。否定によって存在しないものを逆に印象づけるおなじみの手法であり，ワイルドの言葉は虚によって実らしく見せる虚なの

である。

　第2部では「私」が6週間にわたって見た「彼」の様子が書かれる。彼の足取りは軽く，楽しげに見えるが，まなざしは相変わらず思いに沈んでいる。「私」は「彼」の死に思いをめぐらすが，「彼」とすれ違っても話をするわけではない。「我々は二人の追放者だった」という親近感があるのだが。第3部で監獄での生活が具体的に描かれる。医者や教誨師，看守などの様子。「道化のパレード」であり「悪魔お抱えの旅団」である我々。言葉と現実の差が戯画的描写で強調される。囚人たちの仕事はといえば，掃除，郵便袋の縫製，石割り，旋盤回し，踏み車踏みなどの労役である。しかし働いていても「すべての人の心に／恐怖がなおもあった」。そんなある日，仕事の帰りに塀ぎわに掘られた穴を見る。絞首刑が執行されるのだ。「彼」本人は安らかに眠っていたが，囚人たちは眠れない。これまで祈ったことのない者まで祈った。当日，処刑の行われる朝8時の鐘が鳴り，麻縄が黒ずんだ梁に掛けられるのを見る。執行人の罠によって，祈りが叫び声になるのを聞く。

　　彼があれほど酷い叫び声を上げるほど
　　　彼を動かしたすべての悲哀と
　　狂おしい悔恨と血の汗を
　　　私ほど知るものはいなかった。
　　一つ以上の生を生きるものは
　　　一つ以上の死を死なねばならぬのだから　　　　　　(391-96)

　3行目の wild regrets（狂おしい悔恨）に，ワイルド自身の名前を読み取るべきなのであろう。
　処刑後の様子が第4部である。「彼」の様子が囚人たちに感染したかのように，「彼」の思いに沈んだまなざしが「彼ら」のものになっている。第1部の第3スタンザで「彼」の様子が歌われていたのが，少しずつ言葉を変えて再び第4部の第4スタンザに置かれる。前には「銀色の帆で通り過ぎる漂う雲」と言われていたのが「幸せな自由のうちに通り過ぎる気苦労のない

雲」に変わって，自由ではない身が意識されているのである。「彼」が埋められたところに墓などはなく，泥と砂が撒かれ，石灰が燃えている。3年間その呪われた地点は不毛のままだろう，と歌うが，いや，それは違う，と考え直される。

  それは違う！　神の情け深い大地は
   人間が知るよりも情け深く，
  紅薔薇はただもっと紅く咲き，
   白薔薇はもっと白く咲くだろう。　　　　　　(477-80)

しかし実際には薔薇は咲かない。「陶片や小石や火灯石が我々に与えられたものだ」と『ハムレット』で死んだオフィーリアに投げられた言葉がはめ込まれる。
 死んだ「彼」は平安である。人々の「彼」に対する扱いは非人間的であったが，しかしすべてはよし，である。「彼」は生の決められた領域にやってきただけなのだ。

  そして彼のために見知らぬものの涙が
   壊れて久しい憐れみの壺を満たすだろう，
  彼を悼むのは追放者であり
   追放者はいつも悼むのだから。　　　　　　　(531-34)

 この4行はパリのペール・ラシェーズ墓地に建てられたワイルドの記念碑に刻まれている。「彼」と「私」が読者によって重ねられたのである。
 第5部は厳しい法律，囚人の苛酷な環境に対する批判であるが，「しかし神の永遠の法は優しく，石の心を打ち破る」と「エゼキエル書」が引かれ，人間の罪はキリストによって贖(あがな)われることが述べられる。
 そして最後の第6部は「まとめ」として三つのスタンザが口調よく，皮肉っぽく並べられ，その三つ目が前述の37-42行の繰り返しである。「人は

皆愛するものを殺すのだ」と。違うところは each が all になったこと。
　ギリシャ神話はもはやなく，聖書のエコーをところどころに入れて，ワイルドは絞首刑になった元近衛兵と自分を重ねつつ，654 行のバラッドを書いたのである。

5　結　び

　「レディング監獄のバラッド」の中で，囚人たちが other souls in pain，「私」が a soul in pain と書かれているのが興味深い。ありふれた用法であるが，ワイルドとしては初めて soul を人間の意味に使ったからである。「魂」はそれまでの詩では心の中心にある人切な部分を表し（18, 24, 27, 45），47 の「ヴェローナにて」では「魂」こそがダンテの核だとされていた。その後も 8, 62, 64, 75, 81 と「魂」は顔を出し，93 の無題の詩では「我々の魂は凧のようだ」と「魂」そのものが主題となる。117 の散文詩「知恵の師」では「彼」は「魂」に話しかけるほど「魂」は存在感を獲得している。118 の「スフィンクス」では，最終行でキリストの像が「滅びるすべての魂のために泣く」と書かれたが，この「魂」は人間という意味であってもよかった。そして最後の「バラッド」では余分なものを削ぎ落としたような感じで「魂」が人間の意味になっているのであるから，彼の詩は「魂」の成長史でもあったのだ。
　いわゆる「獄中記」に「死に臨むまでにその魂を保つ者がまことに少ないとは悲しいことである」[25]という言葉があるが，魂の自覚の仕方を教えたのがキリストである。ワイルドの詩には調整作用を持つものとして，「月」や「愛」や「調和」があるのを見てきたが，「バラッド」にはそのようなものはない。代わりに肉体化した魂があるのである。だから最後はキリストが出てこなければならなかった。「獄中記」でキリストの資性の根底にあるのは想像力だ，そして彼は詩人の仲間だ，ということが述べられるが[26]，「獄中記」の後に書かれた「バラッド」にキリストが現れるのは当然のことである。彼

の詩すべてを統括,調整するような存在になったのである。

　しかし,その一方で散文詩「師」(№116)で,

　　この男のしたことをみんな僕もした。それなのに彼らは僕を十字架
　　に掛けなかった。

とワイルドは書いているのである。模倣をしても本物にはなれなかった,と思っている男は,モダニズムの時代には早すぎた。彼の時代と折り合いをつけるために詩を書いていたのだろうが。

注

1) *The Complete Works of Oscar Wilde*, eds, R. Fong & K. Beckson, vol I. *Poems and Poems in Prose*, Oxford University Press, 2000.
2) *Ibid.*, p. xxii.
3) *Ibid.*, p. x ('Introduction' by Ian Small).
4) George Steiner, *Grammars of Creation*, Yale University Press, 2001, p. 100.
5) *The Complete Works*, p. 224.
6) Wilde, 'The Decay of Lying', *The Complete Works of Oscar Wilde*, ed. J. B. Foreman, Collins, 1948, p. 992.
7) *The Complete Works*, p. 247.
8) *Ibid.*, pp. 248, 229.
9) 『サロメ』では月を死んだ女みたいだと言うヘロデアの小姓の台詞を皮切りに,絶えず月が意識される。サロメは月を「冷たくて浄らか」だと言うが,母親のヘロデアは「月は月に似ているだけ」と言う。ヘロデはサロメに踊りを所望するときに月が赤くなるのを見,すべて終わったときに「月を隠せ」と言う。
10) Richard Ellmann, *Oscar Wilde*, Penguin Books, 1987, pp. 138-39.
11) *The Letters of Oscar Wilde*, ed. Rupert Hart-Davis (Hart-Davis, 1962), p. 64.
12) Ellmann, *op. cit.*, p. 134.
13) *The Complete Works*, p. 261.
14) Ellmann. *op. cit.*, p. 135.
15) *Ibid.*, p. 135.
16) *The Complete Works*, p. 266.
17) *Ibid.*, p. 266.
18) *Ibid.*, p. 271.
19) My heart leaps up when I behold (by W. Wordsworth).
20) 例えば 'The Sun Rising' では,二人のベッドが世界の中心となる。
21) Declan Kiberdy, "Oscar Wilde : the resurgence of lying", *The Cambridge Companion to Oscar Wilde*, ed. Peter Raby, Cambridge University Press, 1997, p. 277.
22) *The Complete Works*, p. 293.
23) *Ibid.*, p. 293.

24) Karl Beckson & Bobby Fong, "Wilde as poet", *The Cambridge Companion*, p. 66.
25) J. B. Foreman ed., *op. cit.*, p. 293.
26) *Ibid.*, p. 923.

G. M. ホプキンズのソネット
インスケープと心

　ジェラード・マンリー・ホプキンズ（1844-89）の唯一の詩集が友人である詩人 R. ブリッジズ（1844-1930）の手によって出版されたのは、死後 29 年経った 1918 年のことである。T. S. エリオットの第 1 詩集が出版されたのはその前年であり、世はモダニズムの時代になっていたが、ホプキンズはこのとき、モダニズムの先駆であるかのように受け入れられたのである。

　彼のリズムが新鮮だったこともあるが、フランスの詩人ヴァレリーがホプキンズの詩を読んで、意を強くしたと述べている[1]ように、その詩はフランス象徴主義との類縁を感じさせるとともに、彼の唱えた「インスケープ」はイギリスのモダニズムの「顕現」や「瞬間」への興味[2]に通じるものであった。さらに表現のための独自の技法は、モダニズムの言葉への関心に通じるものがある。

　聖職者であったホプキンズが狭い世界で詩を書き、それもブリッジズなど、ごく限られた人々にしか読まれなかったにも拘らず、その詩が 20 世紀に高く評価されたことは、それが宗教詩になりきれなかったせいでもあろう。ホプキンズは詩人としての「心」（heart）に非常な負担をかけていたのではなかったか。ソネットという形式は、伝統的な枠組みの中での彼の格闘のアナロジーになっている。彼の完成した 48 の作品のうちソネットが 35 篇に及ぶのもうなずけることである。

1　インスケープとは

　ホプキンズは早くから詩を書き始め、1860 年にはハイゲイト校で賞を得

ている。1863年，オックスフォードのベイリオル学寮に入学してブリッジズと出会い，生涯にわたる友情を結んだ。日記とともにブリッジズに宛てた手紙がホプキンズの詩に光を当てているが，それ以前に，ブリッジズという読者がいてこそ詩が書けたのであろう。

当時のオックスフォードには，いわゆる「オックスフォード運動」の影響がまだ残っていて，ニューマンがカトリック教会に転じた21年後の1866年，それまで国教徒であったホプキンズもローマ・カトリックに改宗する。さらに2年後にはイエズス会に属したのであった。1540年創立のイエズス会は，カトリック教会と聖座への奉仕を目的とした団体で，霊的実践を行い，個人こそが自身のうちに神の愛の道を見出すことができるとしていた。そのイエズス会に入ったとき，彼はそれまでに書いた詩を焼却している。詩人的な面を棄てての帰依のつもりであったのであろう。修業に修業を重ねて，ホプキンズは1884年にダブリンの大学の古典学講座の教授となり[3)]，1889年にチフスで亡くなっている。聖職者の道を歩みながら書いた彼の詩が，信仰告白のような色合いを帯びているのも無理からぬことだが，詩を書かないではいられなかった彼の思いをまず受け止めるべきであろう。

彼の唯一の長詩「ドイッチュランド号の難破」(The Wreck of the Deutschland, 1876) は，イエズス会の機関誌への掲載を拒絶されている。彼としては，この詩によって神との関わり方を会得し，引き続き詩を書くようにもなったのだが。以後主としてソネットを書くようになったのは，長い詩を書くゆとりもなかったのであろうが，14行という長さとソネット特有の構成がイエズス会の「霊操」の表現に手頃であったためだと思われる。

1877年，司祭叙品の年にいわゆる「ブライト・ソネット」10篇を書いたのは，聖職者としての喜びの表現である。その後10年ほどの寡作の時代を経て，晩年に「テリブル・ソネット」を書いた。この明から暗への展開は一見，ウィリアム・ブレイクの無垢と経験の対比を思わせるが，これは対比ではなく時間に乗った流れであり，その先に融合はない。春の喜びから冬の世界の苦しみへの下降曲線である。一方彼は「インスケープ」(inscape)と「インストレス」(instress) という独自の言葉で詩学を語り，技法としては，これ

も独特の「スプラング・リズム」(sprung rhythm) を用いた。「インスケープ」理論はペーターに負っているとも考えられている[4]が、「インスケープ」と「インストレス」への最初の言及は1868年、ギリシャの哲学者パルメニデスについてのノートに見られる。「すべてのものはインストレスに支えられており、それがなければ無意味だ」と言い、続いて「インスケープ」を重要視している[5]が、その後「インスケープ」に重心が移った。「インスケープ」とは、対象に個としての本質的な内なる姿を見ること、そして「インストレス」はそれを実現させる力である。見る者を見る対象に結びつけるものでもある。ホプキンズがパルメニデスに見たものは、まず力、そして内なる姿だったわけだが、詩を書くときには逆であろう。第1に事物への没入によって内なる姿を把握するのであり、これはイエズス会の「霊操」と呼ばれる修練の目標と重なる。詩人ホプキンズと聖職者ホプキンズは、少なくとも始めは調和していたのである。言葉にこだわるならば、「インスケープ」は内なる風景 (landscape) として存在と形を結びつけるものであり、逃亡 (escape) の対極として外へ逃げることなく内へ向かうのである。しかしこの内の強調が個の強調となるならば、個を無にすることが求められるイエズス会の教条に反することになる[6]。また「インスケープ」は静止的な隠喩ではなく、「インストレス」というエネルギーが与えられることから、いわばロマン主義的色合いを帯びることにもなった。

　「ドイッチュランド号の難破」以前に書かれた素朴な詩が数篇あるが、その中に「私をあなたの周りを飛ぶ鳥にしてください」(Let me be to Thee as the circling bird) という、おそらくは最初のソネットであろうものがあり、ホプキンズの神に対する基本的なあり方を見せている。鳥として神の周りを飛んでいるイメージはもちろん神中心のものだが、その神のイメージは明らかではない。以後自分の目で輪の中心である神の姿を見ようとするのが彼の詩であり、「インスケープ」であったのだろう。

　35連280行から成る「ドイッチュランド号の難破」は、「インスケープ」と「インストレス」についての考えがかなり深まってからの作品である。「インスケープ」という語は用いられていないが、「彼の神秘はインストレス

され，強調されねばならぬ」(His mystery must be instressed, stressed, 5連7行) と述べられており，instress と stress の関係がわかる。相乗効果も意図されているのであろう。ここでの神の「神秘」が「インスケープ」に相当するが，この作品自体が現実の難破事件に神（キリスト）の存在を見ようとした「インスケープ」なのである。ホプキンズはここでスプラング・リズムも試みており，この時期の持てるものすべてを注ぎ込んだ。スプラング・リズムは一つの強勢の後に複数の弱い音節を並べて，自然に近いリズム，散文に近いリズムにしたものである。のちに彼が歌った視覚的な「斑の美」の聴覚化でもあろう。ソネット群では，リズムを整えるために，頭韻，類韻，中間韻，繰り返しなどを用いて，技の限りを尽くすことになる。

　この長詩はイエズス会機関誌に受け入れられなかったとはいえ，（それだからこそ）ソネット群の母胎であるので，ここで簡単に眺めておきたい。「ドイッチュランド号の難破」は2部から成り，第1部の10連は神の支配を受容しようとする詩人の心境，第2部25連は事件と詩人の解釈が語られる。第1部の各連8行は，2-3-4-3-5-5-4-6の強勢を持ち，第2部では各連の1行目が3強勢になる。事件は1875年12月7日深夜，イギリスの近海で船が難破し，ドイツから追放されて乗船していたドイツ人修道尼五人が亡くなった，というものであり，その長である女性がキリストに呼びかけたことに詩人は「心」を動かされたのである。第2部だけでも物語詩として成立するところを，ホプキンズは神と自分との関わりの確認として第1部を書いている。特に冒頭の連は詩全体を支えるものである。これは「あなた」(Thou) という神への呼びかけに始まるが，神は私を支配し，生命を維持する者であり，さらには「世界の岸辺，海の統治」であるという隠喩が用いられ，「生者と死者の主」であると歌われる。その神に対して，「私」は「再びあなたの指を感じ，あなたを見つける」と，能動的，感覚的な受容を表明するのである。

　ホプキンズは単なる語り手ではなく，出来事の意義，神の存在を説く者であって，神の栄光の確信が根底にある。第1部の終わりでは，神，キリスト，聖霊の三位一体が歌われる。第2部の物語では，難破の描写の後，第

24連で修道尼の長が「おおキリストよ、早く来てください」と空に向かって叫び、第28連で「そこでそのとき、主が／彼自身が、唯一の人、キリスト、王、長が／彼女を投げ込んだ難局を直すことができるのだ」と、ホプキンズは彼女と一体になったかのようにキリストの存在と力を説く。キリストは難破によって贖いをなした、と考えるのであり、キリストがこの事件のインスケープとなるのである。第1部を神に対する「あなた」で始めたホプキンズは、第2部の最終連で修道尼に対してキリストがイギリスを訪れるように取次ぎを頼むが、最後の言葉はLordである。

こうした形の整え方は、この詩が誰に対しても訴えかけてはいない自己完結型であることと関わっているのであろうが、さらに「心」(heart) がキーワードになっていることも、閉じられた型の故であろう。第1部では、第2連で「あなた（神）が怖いほどの高所からさっと跳び下りて踏みつけた一つの心 (a heart) の気絶」、第3連では自分を鳥に譬え、「主の御心に心 (the heart) を投げるように飛んで行った」、第6連では神秘の衝撃について「心 (hearts) が輝き溶ける」、第9連では神を讃えて「（あなたは）自分が苦しめた心 (heart) の父であり、慈しむ者」と、さまざまな形の「心」が現れる。いずれも神の行為に反応するものである。そして事件が語られる第2部では、第17連でheart——break, heart——brokeという言葉が用いられた他は、「心」は後の方に集中していて、第29連で修道尼について「正しい心 (a heart right) があったのだ」、第30連で「イエス、心の光 (heart's light) よ」と呼びかけられ、第34連でキリストについて「肉体化した心」(heart-fleshed)」と述べられ、最後の第35連では結びの行が「我々の心の慈愛の炉の火にせよ (Our heart's charity's hearth's fire)」という修道尼への呼びかけである。キリストという主旋律に対する副旋律が人間の「心」なのである。

2　「ブライト・ソネット」

この作品を書いた翌1877年、北ウェールズの聖ベウノ学寮での3年間の

神学研究を終えたホプキンズは,「ブライト・ソネット」と呼ばれる10篇のソネットを書いた。作品名は次の通り。

31 「神の壮麗」(God's Grandeur)
32 「星の輝く夜」(The Starlight Night)
33 「春」(The Spring)
40 「戸外の明かり」(The Lantern out of Doors)
35 「海と雲雀」(The Sea and the Skylark)
36 「鷹」(The Windhover)
37 「斑の美」(Pied Beauty)
38 「収穫の喜び」(Hurrahing in Harvest)
39 「籠の雲雀」(The Caged Skylark)
34 「エルウィの谷で」(In the Valley of The Elwy)

　この順番はマリアーニの説によっているが[7],作品名の前の番号はオックスフォード版『ホプキンズ詩集』第4版によるもので[8]第4版は従来の研究とは異なる点が幾つかあり,例えば「ドイッチュランド号」もこの版で初めて完成詩として入れられたのである。この「ブライト・ソネット」の順番に関しては,後述のように,第5版の新版は,後の時期に属するとされてきた「かわせみが火となるように」(As Kingfishers catch fire)をこのグループに加えている[9]。

　「ブライト・ソネット」の最初の二つは2月に書かれており,いずれも神の存在を実感する喜びに溢れている。「神の壮麗」の第1行は「世界は神の壮麗に満ちている」という断言に始まり,「それは震える金箔のように火と燃え／砕かれた油が滲み出るように偉大さにまとまる」と具体的イメージが並べられ,4行目で「では今,何故人々は神の鞭を気にかけないのか？」と問題が提起される。世界は神の責任で成り立っているのだから,人間の不始末に神が鞭を揮っても当然であるのに,人間はそれを無視している。しかし,それにも拘らず「自然は決して尽きることはない」,とセステット（後

半6行)で説かれる。「何故なら聖霊が暖かな胸と輝く翼で，歪んだ世界の上に屈み込んでいるからだ」と結ばれ，考えの流れは第1行に戻る。すべては神に支えられているのである。聖霊が卵を温める鳥のイメージで描かれるのは，初期の詩以来のホプキンズの鳥へのこだわり[10]を示しており，聖霊の働きの有難さとともに，卵が孵るという未来への希望もあるのだろう。オクティヴ(前半8行)で god —— rod —— trod —— shod と，1-4，5-8行が韻を踏んで，上から下への視点の移動を表しているが，セステット最後の聖霊は，「下」を包み込む「上」なのである。

続く「星の輝く夜」も輝きを描いて，風景は隠喩となり，最後はキリストである。

　　……この一つひとつの輝く杭が
　　私たちのキリストを囲んでいるのだ
　　キリストとその母とすべての聖人たちを

とキリストの存在を見ている。この時期のソネットは，イエズス会の「霊操」の実践のような趣があり，キリストへの言及が特徴となっている。「春」でも「戸外の明かり」でも，最後はキリストであり，それを歌うのに前者では「春ほど美しいものはない」と演繹法のように断言をし，後者は逆に「ときどき，夜に明かりが動いて我々の目を楽しませる」と帰納法のように，小さなことから始まってキリストに至る。

この時期の代表作「鷹」が他のソネットと趣を異にするのは，「我らが主キリストへ」という副題(それも後から加えられている)をつけながら，キリストという名は用いられず，鷹がキリストの隠喩，「インスケープ」となることである。ホプキンズ自身がこのソネットを会心の作と述べた[11]のも，スプラング・リズムや頭韻など，持てる技すべてを投入してこの「インスケープ」を表したことに満足したのであろう。これまでのソネットには「心」が出てこなかったのが，ここで姿を現すことにも注目したい。「会心の作」を吟味するために，原詩を引用する。まずオクティヴから。

I CÁUGHT this mórning mórning's mínion, kíngdom of dáylight's dáuphin,
　　dapple-dáwn-drawn Fálcon, in his ríding
　　　Of the rólling level únderneáth him steady áir, and stríding
Hígh there, how he rúng upon the réin of a wímpling wíng
In his écstasy! then óff, óff fórth on swíng,
　　As a skáte's heel sweeps smóoth on a bów-bend : the húrl and glíding
　　　Rebúffed the bíg wínd. My héart in hiding
Stirred for a bírd, — the achíeve of, the mástery of the thíng !

私は見た　今朝　朝の愛し子　日の王国の
　　王子を　斑の暁に引かれた鷹が
　　　彼の下のめぐる平らなしっかりした空気に
そこに高く闊歩するのを　何と彼はうっとりとして
細かく揺れる翼の手綱を引き締め輪を描いて飛ぶことか
　　それから離れてスケートの踵が滑らかに弧を描くように
　　　急進と滑りは大風を退けた。私の隠されている心は
1羽の鳥のために動いた ── そのものの達成，支配！

　冒頭の 'I caught' は「見た」と解釈されるのが普通だが，「つかまえた」という本来の意味を響かせている。見るだけではなく，質量のあるものとしてわがものとする，視覚だけではない存在の確かめ方である。また 'caught' は続く二つの 'morning' とともに，その音によってゆったりと鷹が旋回する動きを表している。さらに各行の終わりがすべて -ing となっているのも，繰り返しめぐっている印象を与える。'kingdom' を途中で切って 'king' を脚韻に用いるという荒業は非日常性を仄めかしており，ホプキンズの技法に対する自信，言葉へのゆるぎない信頼が感じられる。詩は世界を構築する企てなのである。この場合は質量を伴った世界の構築である。旋回する鷹が質量の

ある空気の上に乗っているかのように描かれているように。眺めていた詩人の隠れている「心」はそこで動いたのである。その「心」の反応が以下のセステットとなる。

    Brute béauty and válour and áct, oh, air, príde, plume, hére
        Búckle! AND the fíre that bréaks from thée then, a billion
    Tímes told lóvelier, more dángerous, O mý chevalíer!
        No wónder of it : shéer plód makes plóugh down síllion
    Shine, and blúe-bleak émbers, áh my déar,
        Fall, gáll themselves, and gásh góld-vermílion,

    この鳥の野性の美と勇気と行動　ああその様子　誇り　羽も　ここ
      で
        引き締めよ！　するとお前からほとばしり出る火は
    十億倍も美しく　より危険になる　おおわが騎士よ！
        不思議ではない　懸命に精出せば畝も光る
    そして青白い燃えのこり　ああ愛しいものよ
        降下し傷つき，金朱色の裂け目を見せる

ここで表に出た「心」は以後何回も表れるが，楽しい「心」としては「収穫の喜び」が頂点であろう。以下下降線を辿るのである。
　'Buckle!'という言葉はさまざまに解釈されてきたが，鷹に向かってと同時に「心」に向かっての命令形であろう。この言葉の曖昧さの性質については，W. エンプソンが早くに『曖昧の七つの型』の中で7番目の曖昧さの例としてこのソネットを挙げ，'Buckle' について論じている[12]。エンプソンの考えでは，鷹の美と，その対極にある自分の忍耐強い精神的断念とが同時に語られている，という。形の上でも過去形で語られていたオクティヴに対して，'Buckle' は命令形であるにしても，平叙文であるにしても，現在形なのである。エリスはこの言葉を「下りなさい」という意味と「獲物を捕えなさ

い」という意味であろう[13]としている。鷹の上から下への動きであり、ホプキンズの眼の動きそのものでもある。

　最終行は十字架上のキリストが脇腹に受けた槍による傷を連想させ、傷と美しさが重なるが、キリストの名を用いることなく、鷹の隠喩によってキリストを表すこの最終行に至る動きのきっかけが'Buckle'である。「ドイッチュランド号の難破」での修道尼のキリストへの呼びかけに相当する。また詩人の隠れている「心」と表に出た「心」をつなぐのがこの'Buckle'なのである。そして空を旋回していた鷹が急降下することが「インスケープ」と「インストレス」なのであろう。さらに、隠れていた自分の「心」がここで表れることも「インスケープ」ではなかったろうか。「会心の作」のこのソネットは、ホプキンズの「心」の出発点であり頂点なのであろう。「収穫の喜び」を経て「心」は下降線を辿ることになる。技巧的にも、前述の構成に加えて、スプラング・リズムや頭韻などもちりばめて、達成感があったことであろう。もう一つ、このソネットがホプキンズにとっての分岐点ではなかったかと思われるのは、オクティヴは自然の鷹というイメージを描いているのが、後半のセステットではむしろ言葉による構築という面が見えていることである。後のソネットでは言葉への依存度が高まるが、その走りがこのセステットなのである。

　次のソネットが自然の斑の美を歌った10行の短縮ソネットであるということは、内容は彼のさらに進んだ考えの表明であったとしても、反面、エネルギーの衰えの一歩であるのかもしれない。「斑の美」は「鷹」ほど複雑ではない。斑のものの美しさは神が背後にあってのものだという。人間には全体を捉えることはできず、斑を見て美しさを知り、神の力を知る、と受け取ればよいのだろうが、斑の美を見ることができる自分、という自意識を持ったら、聖職者としては赦されないだろう。とはいえ、このときのホプキンズはひたすら調和を見ている。このソネットが6＋4行の短縮形であること自体が、斑の体現だとも言えそうである。のちの「平安」(peace)も同じ短縮形であるところを見ると、短い形は斑としての意味があるのであろう。

　「斑の美」は「斑なもののために神に栄光あれ」と始まり、「神を讃えよ」

で終わる。「神に栄光あれ」と「神を讃えよ」はイグナティウス・ロヨラのモットーであり[14]、ホプキンズはイエズス会の方式に沿って、祈りの形でこれを書いている。宗教的枠組みへの安心感がある。「神を讃えよ」はニューマンの「高みにある最も聖なるものを讃えよ」という讃美歌のエコーでもある[15]。二つの祈りの間に自然の美しい斑のもののイメージが描かれるが、タイトルにある 'pied' という言葉の他に 'dappled' 'brinded' 'in stipple' 'freckled' という斑を意味する形容を用いている。それだけ言葉への依存度が高いわけであるが、具体的イメージの方も半ばまでで、後は言葉による説明である。伝統的（文学的・宗教的）枠組みと言葉への信頼があるからこそ詩が書けるという喜び、そして安心感。この時期のホプキンズにはそれがあったに違いない。

　斑に美を見ることは、前述のようにモダニズムの時代に流行した顕現や瞬間の尊重と通ずるものがある。ホプキンズの考える「インスケープ」も、すべての人がすべての事象に期待できるものではなく、詩人の目による斑的選択なのである。さらにスプラング・リズムという発想も斑の変形、つまり斑を音の領域へ移行したものではなかったか。頻繁に用いられる頭韻も、その同じ音の反復が斑のような効果をもたらすものである。

　同じ頃に書かれた「収穫の喜び」では「私」が力強く現れ、また「心」が最後に歌われ、この時期のソネットとしては最も喜びに満ちている印象を与える。冒頭、「夏は今終わる」と述べられるが、終わりは始まりであり、収穫は精神的収穫である。あたりの美しさ、特に空の美しさが描かれ、第5、6行で「私は歩く。私は見上げる。心を、目を挙げる。／天国であの栄光の中を歩いて救い主の落ち穂拾いをしよう」と、「私」は神との結びつきを大切にするのである。セステットでは、青い丘が「世界を支配する彼の堂々たる肩」であると、宇宙的な存在を見る。最終2行は「心は大胆な、さらに大胆な翼をかかげ／あの方を求めて急進する　おお半ば大地を蹴ってあの方を求めて」と「心」のエネルギーが溢れる。「鷹」で表に出た「心」がここで大手をふってキリストを求める。ホプキンズにとって自然は背後にキリスト教的秩序を隠しているもので、それを見つけるのが「私」であり、そのと

き「心」は高揚するのである。「インストレス」が働くのである。

「エルウィの谷で」でも「すべてが素晴らしかった家を思い出しなさい」と美しい、心地好い自然が語られる。それは精神的な意味に満ちた世界である。しかし、他のソネットは高揚気分ばかりではない。「海と雲雀」では右に波の音、左に上昇する雲雀の歌を聞いて、人間が失ったものを思い、「我々の天性も性格も砕け、砕けつつあり／人間の最後の塵となり、すぐに人間の最初の泥へと乾くのだ」と終わる。また「籠の雲雀」では人間の上昇する精神が肉体に閉じ込められていることを思う。すべてめでたしというわけではないのである。

とはいえ、最初の「神の壮麗」でさえも、人間の愚かないとなみにも拘らず自然は尽きることはない、と言っていたことを考えれば、人間の愚かさなくしてはホプキンズの「ブライト・ソネット」は成り立たない、と言えるだろう。「星の輝く夜」でも美しい風景は祈りを代金として買えるものである。「収穫の喜び」でも救い主の落ち穂を拾うのは、見ることができる者だけであり、愚かな人間は喜びにあずかれないのである。つまり「ブライト・ソネット」はすべてが初めから輝いているという詩ではなく、愚かな人間がいてこそ見えてくる輝きの詩なのである。

3　人間への興味

1877年から1882年まで、オックスフォード、リヴァプール、ストニィハーストで書かれたソネットは、人間への興味を示している。その点では「かわせみが火となるように」はやや異質だが、前述のように1990年に出たマッケンジー編『ホプキンズ詩集』ではこのソネットを1877年に書かれたものとして「ブライト・ソネット」の仲間に入れている。1877年3月に書かれたとわかっている「星の輝く夜」の後、という位置である。新説の根拠は草稿の筆跡とレイアウトだそうである。このソネットはブリッジズに送られなかったので執筆年月の特定は難しかったのだが、従来の位置にはそ

れなりの理由があったのであろう。マッケンジーの新説に対して従来通りであるべきだという反論も当然ある。感性の流れからも従来の順序が自然だとする意見[16]などがあり、難しい問題である。取りあえず従来通りの順序で眺めることにする。作品は次の通り。

「ダンス・スコウトゥスのオックスフォード」（Duns Scotus's Oxford）
「ヘンリー・パーセル」（Henry Purcell）
「屋内のろうそく」（The Candle Indoors）
「美しい心」（The Handsome Heart）
「アンドロメダ」（Andromeda）
「フェリックス・ランダル」（Felix Randal）
「かわせみが火となるように」（As Kingfishers catch fire）
「リブルスデイル」（Ribblesdale）

「ダンス・スコウトゥスのオックスフォード」は1879年3月に書かれているが、ホプキンズが母校オックスフォードへ戻って目にした風景をまず描いているので、初期のソネットの自然描写の流れに沿っている。そこにスコウトゥス（スコットランドの神学者、1266?-1308）の姿を置き、セステットで「だが、ああ」と同じ空気を吸っている自分の気持ちを述べる。スコウトゥスは見ることによって人間は自然に触れ、キリストの中に自然の豊かさがある、と考えており、固体性、個性を重視した。いわばホプキンズの先達である。彼がスコウトゥスを初めて読んだのは1872年8月で、それ以来の傾倒ぶりがこのソネットに窺えるが、一方、ここには19世紀のオックスフォードへの幻滅がある。以前よりも外の現実とのつながりを意識しているということだろう。

1879年4月に書かれた「ヘンリー・パーセル」は、イギリスの作曲家パーセル（1659-95）の音楽に「インスケープ」を見たもので、初めてアレクサンドライン（6詩脚）が用いられている。複雑な考えを表すのに長い行が必要であったのであろうが、ホプキンズが感覚的に捉えた音の「インスケープ」

を文字にするのは新しい経験であり，このソネットの難解な言葉はブリッジズを悩ませることとなった。ブリッジズが何回も質問を重ねた結果，ホプキンズの意図はかなり明らかになってはいる。パーセルがプロテスタントであることに多少のこだわりはあるものの，個性は充分認めているというのがオクティヴで，セステットではパーセルと鷗が重ねられ，パーセルの魂が肉体から離れて平和に神とともにあることを祈るのである。鳥のイメージが用いられるのは敬意の表明なのであろう。ホプキンズ自身の解説がなければ理解できないほど凝ったこの作品は，スコウトゥスのソネットとともに，自分に影響を与えた過去の人を歌っており，詩人の目は自然から人間の世界，時間の流れに向けられているのである。そして一方では，1行目の 'Have fáir fállen, O fáir, fáir have fállen' という命令文がパーセルの音楽を写すかのようなリズムと f の頭韻によって書かれているように，意味よりも音を生む言葉の使い方に力が込められている。

　その後の「屋内のろうそく」や「美しい心」が日常生活の経験を題材にした読みやすいものであることは，「ヘンリー・パーセル」の反動であろうか。「屋内のろうそく」は「ブライト・ソネット」の「戸外の明かり」の対のようなもので，ここでは詩人は窓の外から家の内部を見て思いをめぐらしている。窓辺にいる者が誰なのか，よくわからぬままに，神の栄光を讃える者だと考える。心（heart）の丸天井に火を再び点すのが彼の責任だ，とも思う。部屋が「心」の隠喩になっており，薄れた信仰心を再びよみがえらせようというのである。

　「美しい心」では，「心」がタイトルに用いられていることが目を惹くが，以前の「心」よりも日常的な「心」，道徳的な，外寄りの「心」となっている。第5行で「心とは何たるものか！」と感嘆文で書き，幾つかのイメージを挙げているが，行儀正しい心が褒められている。「心」が現実の生活レベルで取り上げられたのであった。ギリシャ神話を下敷きに次のソネット「アンドロメダ」は，教会をアンドロメダに，キリスト教をペルセウスになぞらえており，このように題材が拡がっているのはこの時期のソネットの特徴であろう。

そして10行の短縮ソネット「平安」がくる。1879年10月2日に書かれたアレクサンドラインである。14行を10行に減らし，詩脚を一つずつ増やすというのは，見た目には安定感がありそうである。「平安よ，野鳩よ，いつ翼を恥ずかし気に閉じるのか」と，平安が鳩に譬えられ，平安を求める「私」は鳩の訪れを乞う「木」である。「私は自分の心に猫を被らせはしない」と「心」(heart) は真実でなければならない。もちろん鳩はキリストでもある。「いつ，いつ，平安よ，あなたは，平安よ？」と問う言葉には主動詞がない。「私」は真の平安を求めるのだが，内なる戦いが怖気づかせる。神はそのような私に平安ならぬ「忍耐」を残した。この忍耐はやがて羽毛が生え揃えば平安となる。「真の平安がここに来て宿るとき，甘い言葉を交わすためではなく，巣ごもりし，卵を抱くためである。」この約6年後に「忍耐よ，それは難しいものだ」というソネットが書かれるのだが，現実と向かい合い始めた今，ホプキンズの筆は厳しくなり始めている。

　そして1880年4月に「フェリックス・ランダル」が書かれた。リヴァプールの貧民の多い教区の説教師として働いていたときのことである。この時期は他にソネットではない詩「兄弟」(Brothers) と「春と秋」(Spring and Fall) しか書けず，リヴァプールには詩神がいないと友人宛の手紙に書いたことがある[17]。フェリックス・ランダルは彼の教区の鍛冶屋の名前で，その死についてアレクサンドラインを用いたソネットを書いたのである。聖職者として生身の人間たちと身近に接していたホプキンズは，詩の題材をそこに見つけたのであり，最後の3行を読むと，この作品が死者にとってと同様ホプキンズにとっても慰めであったことが感じられる。

　従来の順序ではこの後の問題の「かわせみが火となるように」がきて，その次に「リブルスデイル」がくるのだが，1882年12月末に書かれたこの「リブルスデイル」は「かわせみが火となるように」と多少は類似点があるということで，それが最初にこの順序に決められた理由の一つであるらしい。当時のホプキンズの任地ストニィハーストを流れる川がリブル川で，その流域がリブルスデイルだが，このソネットは大地に呼びかける形で流域の自然の美について語り，人間たちが大地を滅ぼすとする。が，セステットで

詩人は大地が目，口，心を持っていないわけではない，と述べる。それらは人間にあるのだ，と。人間は親しいと同時に頑固でもあるが，人間は神の王国の継承者なのである。「かわせみが火となるように」のオクティヴはこうである。

  かわせみが火となり，とんぼが焰を呼ぶように
    円天井の縁から転がり込んだ石が音を立てるように
    つまびかれたそれぞれの弦が語るように
  それぞれの鐘の揺れる縁が舌で音を発し，その名を広めるように
  それぞれの限りあるものは一つの同じことをなすのだ。
    つまりそれぞれが住んでいる内なる存在を分かち与え
    自己を自己としてそれ自身となり，それは自身を語り，綴り
  「わが為すことは我なり，そのために我は来にけり」と叫ぶ。

「～のように」と直喩を並べた第1-4行は，「神の壮麗」でまず「世界は神の壮麗に満ちている」と断言的に述べてからそれを説明した演繹的記述の逆である。考えを整理してから書いたという印象を与える。「ブライト・ソネット」では隠喩が主であったので，直喩が用いられているのは新鮮といえば新鮮である。イメージは視覚的のみならず聴覚的でもあり，すべては同じことをするのだ，という。皆内なる本質を外に出してそのためにこそ自分は存在しているのだ，というのは，そのままインスケープ理論の説明になっている。

 セステットは 'I say more :' と強勢が重ねられて，人間との関わりが述べられる。

  私はさらに言う。義なる者は義を行い，
    恩寵を保ち，それが彼の行為を恩寵とし，
  彼は神の目においてそうあることを神の目において為す――
    つまりキリストだ――キリストは何万もの場で振舞い

手足は美しく彼の目ではない目において美しく
　　　　　人々の顔の特徴によって父なる神に対して振舞う。

　キリストに終わるところは1877年の「ブライト・ソネット」と似ている。しかし，キリストが人間の手足と目において見ているという考え方は前述のように「リブルスデイル」と似ている。ホプキンズがこのソネットをブリッジズに送らなかったのは，カトリック嫌いのブリッジズに見せたくなかったということであろうし，その分，正直なことを書いているわけである。新詩集の主張のように，この「かわせみが火となるように」を「ブライト・ソネット」群に入れるとすれば，編者による体裁からの推論は別として内容をもう少し吟味せねばなるまい。前述の緒方氏の反論は，イエズス会の神学者の反感を買いそうなほど堂々と個を主張しているこのソネットを「ブライト・ソネット」に入れるのはおかしい，というものだが，ブリッジズに送られることなく手許に置いておかれた，ということが，逆に1877年に書かれたのかもしれない，と思わせる。そして「心」が出ていないことが，「鷹」以前のソネットであってもおかしくはないと思わせるのである。

　ちなみに「ブライト・ソネット」以後のソネットでは，「ダンス・スコウトゥスのオックスフォード」と「ヘンリー・パーセル」で 'spirits' と 'spirit' がそれぞれ現れる。また，「平安」，「屋内のろうそく」，「美しい心」，「フェリックス・ランダル」，「リブルスデイル」では 'heart' が用いられている。「心」が表れないのは「アンドロメダ」と「かわせみが火となるように」だけなのである。この「心」を中心に考えると，「ブライト・ソネット」の「鷹」の前にこのソネットを入れると，「心」がなくても折り合いがよさそうである。

4　内省的ソネット

　1885-89年に当時の任地ダブリンで書かれた内省的ソネット6篇が「テ

リブル・ソネット」と呼ばれているが，新しい，慣れない地で修道者として悩んだことが背景にある[18]。この6篇の前に書かれた「シビルの木の葉の判読」(Spelt from Sibyl's Leaves, 1885) が，すでに暗い闇に覆われていて，6篇の序曲となっているので，これを見ておきたい。

　これは各行8強勢という長さで，4強勢目の後に休止を入れており，彼のソネットの中では最も長い1行である。多くの言葉が必要であっても，14行というソネットの枠はそのままにして，行を長くする道を選んでいるのである。これまでと同じように頭韻に力を入れたり，言葉による構築への意志を見せているが，その割にまとまりに欠けて，そのことがまるで自然界の調和の翳りを抱いているかのように見える。「霊操」の型と同じように，まず状況の瞑想として，夕方から夜への変化が念入りに描かれる。「夕暮れは，時間の，大きな，すべての子宮，すべての家庭，すべての柩である夜へと引き締まる。」太陽の残照が大地の多様性と色とを呑み込んだ後の暗闇の中，自己は自己に浸り，解体する。多様な美も調和も色もないのである。詩人は「心」(heart) に呼びかける。「心よ，私をすっかり取り囲んでください」と，今や心を拠り所にして，心の内側に自分を入れてしまいたいのだが，くちばしのような葉の大枝がドラゴンのように黒く模様を描き，神託を伝える。多様性が失われた今，すべては二つの群に分かれ，白と黒，正と邪，となっているが，最終2行で究極的な神託が述べられる。「二つだけが語ったり，互いに追い出したりする世界に注意しなさい。／自ら苦しめ，自ら締めつけ，覆いも隠れ場もなく，さまざまな考えが呻きながら軋り合う拷問台に注意しなさい」と。この世界も拷問台も「心」であってはならない。

　かつては神の壮麗をその内に見せていた自然が，今は夜の暗闇の中で崩壊し，植物は視覚的「インスケープ」の代わりに神託という言葉を伝える。神もキリストもいない。詩人の喜びは苦しみへと変わってしまっているのである。聖職者として赴任した各地での厳しい経験がホプキンズを変えたのだ。詩人としてのあり方も，頼るものが直接的な視覚的イメージから言葉によって喚起されるイメージへと変わった。それも外から内なる「心」へと目が向くようになったのである。人間の至らない面を神が補い給うが故に神を讃え

ていた「ブライト・ソネット」の構造と決定的に違うのは，神がもはや力を発揮できる存在ではなくなったことである。あるいは，神を見ていた目が見る力を失ったということであろう。木の葉の神託も，神の言葉ではない。希望も慰めもない世界――それは地獄にほかならない。感覚的にものごとを捉える詩人にとっては，それだけ救いがなくなったということである。

そして「テリブル・ソネット」の6篇である。

「腐肉の慰め」（Carrion Comfort）
「最悪のことなど何もない」（No worst, there is none.）
「見知らぬ人に見えることは」（To seem the stranger）
「私は目覚めて感じる」（I wake and feel）
「忍耐」（Patience）
「私自身の心」（My own heart）

アレクサンドラインで書かれた「腐肉の慰め」は，1885年5月の作である。もとは無題であったのを，ブリッジズが1行目の言葉を取って題名としたもの。

　　いや，その気はない，腐肉の慰めよ，絶望よ，お前を食べて楽しむ
　　　気はない。

と第1行でホプキンズは絶望を拒絶する。'not' が第1行に3，第2行に1，第4行に2，そして第3行には 'no more' がある。「しかし，ああ，しかし，ああ，恐ろしいあなた／何故あなたは私を手荒く扱うのか，あなたの歪んだ世界を右（正しい）足が揺するなんて」と第5行以下で呼びかける相手は，絶望ではなく，その背後にいるキリストであろう。何故，と問うてその理由を自分で「私の籾殻が飛んで私の穀物がすっかり，奇麗に残るためか」と最後の審判の選別のようなイメージで考えるが，それも「いや」と否定する。「わが心よ，見よ」と心に呼びかけて語りたいことは，神の罰を受け入れて

神の手にキスをして楽しい気分であったのに，誰に歓声を上げるというのか？という詩人の迷いである。英雄のキリストなのか？ それともキリストと戦う自分なのか？「今は去った暗闇の，あの夜，あの年に」惨めな私は神と格闘したのだ。神と私の関係は「格闘」にまでなってしまった[19]。「私」の膨張，拡大であり，あるいは神が個人的な神となったことか。頼りの「心」は文字の中に埋もれて存在感を弱めてしまっている。このソネット以後の5篇はインスピレーションで書かれたそうである[20]。

　「最悪のことなど何もない」では，オクティヴで「慰める者（聖霊）よ，どこにあなたの慰めの行為があるのか？／我々の母なるマリアよ，どこにあなたの救い（relief）があるのか？」と救いのなさが問いかけの形で描かれ，その叫びは高まり，集まり，世界の悲しみとなり，鉄床の上でなお歌い，そして鎮まる。すると復讐者が「すぐに片を付けよ」と叫ぶ。今や自分の苦悩が苦悩の対象なのである。そこでセステットでは「心」（mind）の中に山々があるのを詩人は見る。逆転現象である。かつて「収穫の喜び」では，青い丘が世界を支配する彼の堂々たる肩なのだと歌って，そのままインスケープになっていたのに，今は風景は「心」の内にあるのだ。最終3行は，

　　　　……さあ，這うのだ
　惨めな者よ，旋風の中，慰めの下で。
　すべての生を死は終わらせ，一日は眠りによって死ぬ。

と結ばれるが，絶望に始まったソネットは絶望に終わり，かつて輝いていたソネットのように明るい進展はない。「旋風の中，慰めの下で」というのは「ヨブ記」の中でヨブに答える場面を連想させる[21]が，ヨブの場合は神からの働きかけがあったのだ。

　「見知らぬ人に見えることは私の運命だ」というタイトルはわかりやすいが，イエズス会は布教活動として世界各地に修道士を派遣しており，ホプキンズばかりが他所者の経験をしたわけではない。両親や兄弟姉妹がキリストの内にいる，と彼が言うのも，信仰厚い，真っ当な言葉であろう。「彼は私

の平安，私の別れ，剣と争い」と言うのも布教者の心得であろう。しかし第5行以下で，

  イギリスよ，その名誉を　ああ私の心すべてが求めるが
  創造の思いの伴侶であるのに　私が嘆願しても
  聞こうとしないし，私も嘆願しない

というとき，「心」(heart) が布教者としてではなく反応している。今，任地アイルランドにあって，これが第3の別れ (remove) だと言う。第1はオックスフォードでのカトリックへの改宗，第2はイエズス会に入ったことと考えられる[22]。「私の心が育てる最も賢い言葉を，暗い天の不可解な法度が妨げ，地獄の呪いが挫折させるのだ」と第12, 13行にあるように，今や「心」はホプキンズの詩を書かせるものとして認識されているのに，言葉も詩も幸せに生み出されることはない。最後は「言葉は聞いて貰えず胸に収め，聞かれても心に留めて貰えず，それを抱いて私は孤独な初心者 (a lonely began) のままなのだ」と結ばれるが，これは詩と信仰の双方に当てはまることなのだろう。この嘆きは創造エネルギーの衰退を意味してもいるのだろう。しかし詩人としての創作の不毛が，言葉自体への不信にまでは至っていないのは，彼がヴィクトリア朝人であったからだろう。'a lonely began' は 'a lonely one who began' と解釈するのが普通だが，'began' を名詞として，彼は自己を閉じ込める過去の行動に捉えられている，と読む[23]のも魅力的である。

 自分を苦しめるものでしかなくなった神に対して，自分はどうあるべきなのか。「私は目覚めて感じる」では，目覚めたのに感じるのは光ではなく，不快な闇の膚だ，と述べた後，「私」は「心」(heart) とともにあり，「何と長い時を，何と黒い時間を私たちは今宵過ごしたことか」と歌う。ここでも「心」への呼びかけがある。「心よ，何という光景をお前は見たことか」と。「心」は証人でもある。セステットで自分の体験が語られるが，

  私は胆汁だ，胸やけだ，神の最も深い命令が

私に苦さを味わわせるであろう

と衝撃的である。'gall'（胆汁）という語は「鷹」の最終行で 'gall themselves'（傷つく）という形で用いられていたのが思い出されるが，かつては自然の風景に「インスケープ」を見て神の摂理を感じていた詩人が，今は自分自身を対象に，隠喩で語る。「私の味こそ私なのだ」と感覚的表現を昔のように用いても，外への発展はない。この苦い自我を酵母として用いると，パンの身体が酸っぱくなる。詩人にわかるのは，失われた者たち（the lost = 地獄に堕ちる者たち）はこうなのだということ。彼らが受ける鞭(むち)は今の私の受ける鞭と同じで，汗する自我の問題なのである。そして，もっと悪い。「汗する（sweating）自我」とは神に見放された人々の状況であり，「インスケープ」である[24]。

　「忍耐は難しいことだ！」で始まる「忍耐」は，6年前に書かれた短縮ソネット「平安」と関わっていて，そのソネットでは，神は「平安」を奪った代わりに，やがて平和な鳩に育つはずの「絶妙な忍耐」（patience exquisite）をくれたのであった。今，「忍耐」は自然の「心」の蔦になぞらえられ，根を張り，成長し，惨めな過去の目的の廃墟を覆ってくれる。しかしセステットではその「心」が軋っているのを我々は耳にする。詩人は神がどこにいるのか探すが，神の方こそ忍耐しているのだと悟る。「忍耐は彼の固い巣を蜜で満たし，我々の知っているやり方でそれはやって来るのだ」と述べられ，他のソネットたちに比べると，救いがあるように見える。

　「私自身の心」では，ついに「心」（heart）自体がソネットの主題になる。

　　私自身の心にもっと憐れみを掛けさせてください，
　　　これからは私の悲しい自己に優しく生きさせてください，

と歌われる「私自身の心」は，「忍耐」での自然に具わった心であろう。「心」の外側を包んでいる「私」。自然の心が虐げられている結果の悲しむべき自我。理性的な心（mind）にも言及され，ホプキンズの構造的全体像が示

される。

　セステットでは，魂と自我に呼びかけて，これまで専らheartの「心」に呼びかけてきたのと趣を異にしている。内側の構造が拡がったのである。

　　魂よ，自我よ，哀れなジャック自身よ，疲れた君に忠告しよう。
　　それでいいのだ。くさぐさの思いをしばしよそへ去らせなさい。
　　慰めに根を張る余地を残しなさい。喜びの大きさを

　　神が知っているときに，神が知っているものに合わせなさい。
　　神の微笑みは無理強いではないのはわかるだろう。むしろ予期せぬ
　　　ときに――
　　山々の間の斑の空のように――美しい1マイルを照らすのだ。

　美しいイメージが自分に言い聞かせるように語られるが，advise ―― size ―― skies, awhile ―― smile ―― mile というセステットの脚韻を眺めると，天と人，あるいは時間と空間の調和のようなものが感じられる。「忍耐」とともに，この「私自身の心」にはやや救いがある。
　これらの「テリブル・ソネット」の後に書かれた注目すべきソネットが2篇ある。「あなたは本当に正しい」（Thou art indeed just）と，ブリッジズに宛てた「R. B. に」（To R.B.）である。前者では詩人は神と向き合い，「主よ，私があなたと争おうとしても，あなたは本当に正しいのです」と述べ，それなら何故に悪人，罪人が栄えるのか，と問いかけ，何故に私にひどい仕打ちをなさるのか，と迫る。セステットでは，葉が茂っている土手や草むらのイメージを示して，それに引き換え自分の心は冬だ，と言うのである。「ああ，わが主よ，わが生命の主よ，私の根に雨を注いでください」と，「ヨブ記」を思わせる[25]祈りで最終行を結んでいるが，このソネットはいわば挫折の統括である。
　そして長らくホプキンズの詩の読み手であった友人ブリッジズに対しての「R. B. に」では，思想を生み出す喜びや焔のような力強い衝動はたちまち消

えてしまうにしても，「心」(mind) を不滅の歌の母とする，と言う。heart ではなく，mind である。しかし，

> 詩神の父である甘美な火，これを私の魂は必要とする。
> 私は霊感の一つの恍惚が欲しい。
> おお，そのとき，もし私ののろのろした詩行で
>
> あなたが轟き，高まり，祝歌，創造物を捉え損なったとしても，
> 私の冬の世界は，ほとんどあの至福を呼吸していないが，
> 今，あなたに溜息とともに我々の弁明を差し出すのだ。

と，もどかしいホプキンズの気持ちが書きつけられたのであった。

5 結　び

　ホプキンズが英国国教からローマ・カトリックへ改宗したとき，ニューマンの影響とはいえ，身のまわりの現実よりも真であるはずのものを選んだのであろう。イエズス会士になったのも，それが真であり義であると思ったからであろう。それこそが神の摂理だと考えたに違いない。
　彼が詩を書き続けたのも，自分の感覚で見つけた真の美を表現できると思ったからであろう。「霊操」の類似体験であったが，一方で「インスケープ」と「インストレス」という詩学も編み出した。そして「ドイッチュランド号の難破」で彼は自分が見つけた真のキリストを書けたと思った。それがイエズス会の機関誌に採用されなかったのは残念であったに違いないが，彼はこのとき「心」についても書いていたのである。以後「ブライト・ソネット」で神（キリスト）を見出し，神の支配による調和を讃え，「鷹」で隠れていた「心」を表に出した。「心」は彼のソネット群の副旋律となる。しかし聖職者としての現実の厳しい経験を積んでいくホプキンズには，次第に詩が

書けなくなっていく。彼の「心」は現実をそのまま受け止めきれず，軋り始める。外側にあったはずの「インスケープ」を見ることがおぼつかなくなり，「心」の内側に「インスケープ」を見るようになる。ますます「心」に頼ると同時に，神の支配に不信感を抱く。最後の「テリブル・ソネット」6篇のうち，「心」に呼びかけたものが3篇もあるのは，まるで外なる神が内にもあるかのようである。それ以後のソネットには，もはや「心」(heart)は登場しない。'mind'だけである。

彼が自分の詩集を編むつもりで準備した「序」は，1883年か，それ以後のものとされるが，書かれているのはスプラング・リズムや短縮ソネットの型のことばかりで，彼の喜びも悩みも苦しみもなく，彼の「心」はどこにも見えない。

注

1) Michael Sprinker, *A Counterpoint of Dissonance*, The Johns Hopkins Univ. Press, 1980, p. 39.
2) Joyce の 'epiphany', Woolf の 'the moment', Eliot の 'the still point' など。
3) 神の大いなる栄光のために，ラテン語，ギリシャ語など人文主義的教養の基礎を教えるのがイエズス会の方針である。
4) W. H. Gardner, ed., *Gerard Manley Hopkins : A Selection of His Poems and prose*, Penguin Bks., 1953, p. xxii.
5) Humphry House & Graham Storey, eds., *The Journals and Papers of Gerard Manley Hopkins*, Orford Univ. Press, 1959, pp. 199, 206.
6) 「人間は主なる神を賛美し敬い，神に仕え，それによって自己の救霊を完成するために創造されている」とする「霊操」は，霊操者に受動的能動性を求めるもので，心身の執着を除き去ることが必要とされる。
7) Paul L. Mariani, *A Commentary on Complete Poems of Gerard Manley Hopkins*, Cornell Univ. Press, 1970, pp. 84-85.
8) W. H. Gardner and N. H. Mackenzie, eds., *The Poems of Gerard Manley Hopkins*, fourth edition, Oxford Univ. Press, 1967.
本稿の引用文もこれに拠っている。なお第3版は1948年に出版された。
9) N. H. Mackenzie, ed., *Hopkins*, Oxford English Text Series, Oxford Univ. Press, 1990.
10) 「ドイッチュランド号の難破」では，第3連で心に鳩の翼を持たせ，第12連では父なる神の翼というイメージが表れる。
11) Claud Colleer Abbott ed., *The Letters of Gerard Manley Hopkins to Robert Bridzes*, 2d ed., Oxford Univ. Press, 1955, p. 85.
12) William Empson, *Seven Types of Ambiguity*, Chatto & Windus, 1930, rpt., 1956, 99, pp. 225-26.
13) Virginia Ridley Ellis, *Gerard Manley Hopkins and the Language of Mystery*, Univ. of Missouri Press, 1991, p. 206.
14) Peter Milward, S. J., *A Commentary on the Sonnets of G. M. Hopkins*, Loyola Univ. Press, 1969, p. 43.
15) *Ibid.*, p. 45.

16) 緒方登摩「感性のながれ — 新版ホプキンズ詩集（OET）をめぐって —」『英語青年』vol. cxxxvll, No 10, 1992年1月, 14-16頁。
17) Claud Colleer Abbott ed., *op. cit.*, p. 33.
18) *Ibid.*, p. 293.
19) 'genesis'32：22-28.
20) Claud Colleer Abbott ed., *op. cit.*, p. 221.
21) 'Job'38：1.
22) Peter Milward, S. J., *op. cit.*, p. 154.
23) Paul L. Mariani, *op. cit.*, p. 217.
24) *Ibid.*, p. 222.
25) 'Job'10：20.

戦争詩人オウエン

　「私の主題は戦争であり，戦争の憐れさである。詩はこの憐れさの中にあるのだ」
と生前には出版されることのなかった詩集のための序文に書きつけたウィルフレッド・オウエン（1893-1918）は，25歳で戦死し，戦争詩人と呼ばれるが，その彼にも彼なりのものの見方の成長曲線があって，それは戦争という特殊な外的境遇を超えて詩人の心の内なるものに収斂していったように思われる。
　「今日詩人になし得る唯一の事柄は警告である。真の詩人が真実でなければならない理由がそこにある」という言葉で彼は同じ序文を締めくくったが，この態度の根本にあるのは，まず見ることであった。オウエンの参戦した20世紀の戦争は，もはや過去の戦争のようにロマンスに彩られたものではなかったが，世間一般は戦争について従来通りの甘いイメージを抱いていた。彼はこの食い違いをはっきり見たのであって，それを歌うことがすなわち警告であり，真実であることであった。
　詩集の最初の作品「1914年7月の日記から」ですでに対照の手法が用いられているのを見ると，オウエンが戦争を通して食い違った二つのものの把握，表現に向かったということは，もともとの傾向が戦争をきっかけに拡大発展されたということだと考えられる。そしてその「日記から」だが，ここでは植物，動物など人間を取り巻くものと人間とを対比的に巧みに置いていきながら，終行では人間の代わりに星が置かれているという動きがあり，この静止的でない対照法がまたオウエンの詩の方向を暗示しているともとれるのである。
　憐れさというものも，その状態と同時によりよい状態を対照的に想定して

初めて持ち得る感情であろう。オウエンが「憐れさ」(pity) と言うとき，そのものの陰に違った状態を同時に見ているのだ。そして当然のことながら見るものと見られるものの間に距離があるわけで，例えば「S.I.W.」(Self-Inflicted Wound の略。自傷) などに見られる劇的描写もこの見方と関係するのだろうが，この距離を置いた見方が，彼の場合，次第に内へ丸まり込んでいくように思われる。また対照という手法も，固い輪郭あるもの同志がぶつかり合うのではなく，二つの状態が絡み合い圧縮された形での表現となっていくのである。現実を直視することによって二つのもの，二つの状態はより共存性を帯び，対象を超えて彼の見方自体に食い込んでくると言ってもよいかもしれない。

　若いオウエンは自分の見たものを表すのに初めはやや性急であった。あることを述べたのち「しかし」と皮を剝いで見せる構成をかなり頻繁に用いており，詩集のうちおよそ 4 分の 1 くらいの詩にこの「しかし」が見られる。かのエリオットが「しかし」と言うときは，慎重に結論を引きのばすという感じがするが，オウエンはむしろ逆に，結論を急ぐかのような「しかし」を用いた。そして初期のものほど「しかし」に重みがかけられていて，ということはつまり食い違いの対照がはっきりしていることだが，詩人の怒りを反映している。こうした「しかし」の例に「老人と若者の寓話」が挙げられよう。エホバがアブラハムに対して，その子イサクをエホバのために捧げる気があるかどうかを試みようとした話 (創世紀 22 章) をそのまま追って行きながら，最後に「しかし」と筋書きが変わってしまう詩である。

　　しかし老人はその気はなく，
　　　息子をそしてヨーロッパの半分の種子を一つひとつ殺した。

　現代のアブラム (アブラハムの前名で，99 歳の時エホバによって祝福とともに多数の民の父という意味の名アブラハムが与えられた。この詩ではアブラム) は神の命令に従うという大義名分で実は命令に背いて息子たちを犬死させるのである。そういう無法な戦争への怒りがこの詩の「しかし」に込められているのだが，

オウエンがさほど単純ではない証拠に，物語の裏に銃，軍備，ピストル，肩章，防禦壁，塹壕など戦争のイメージが重ねられている。

　こういうオウエンの持ち前ともいえる技巧的な複雑さは，次第に「しかし」から剝き出しの力を奪い，二つの絡み合った認識の圧縮された表現をもたらすようになる。そして直接的表現の代わりに例えば「感覚喪失」に見られるような幾度も繰り返される反語的な言い方が用いられ，時には対照は遠慮がちに比較の形を取ったりする。また技巧的には half-rhyme が存分に駆使されて不安な雰囲気あるいは挫折感をもりたてるのである。

　彼のおしつまった表現のよい例に「見送り」で兵隊たちの顔を「厳しく陽気な」と言っているのが挙げられよう。ここにうたわれる見送りには，普通ならあるはずの親しさが欠けていて，兵隊たちは機械的に送り出されて行く。高台の野営地から暗くなっていく小径を下って駅へやって来た兵隊たちにとって，戦場へ赴くのは下降であり，いつの日かこの村へ戻ることがあったら上昇なのである。戦場への下降という意識を持った兵隊たちの見せる顔——それが「厳しく陽気な」なのである。現実の姿を見れば見るほど食い違いは複雑に絡んだまま共存性を主張するのである。

　この食い違いを劇的に扱ったのが「S.I.W.」である。家族たちに見送られていつ死ぬかわからぬ戦場へ送られた若者が，「無事安全です」と家へ手紙を書きながら毎日死におびえているうち，とうとうある日死んでしまうが，のちに英国製の弾丸が発見される。戦友たちは「ティムは笑って死にました」と彼の母親に書き送るのだが，この痛ましい皮肉な状況にオウエンの付け加えた「詩」は，

　　それは逃れ難い束縛のそれ以上の日々に対しての
　　彼の魂の道理を尽くした危機であり，
　　それは這ってくる火が屋根となり，火がカーテンとなる壁，
　　壊れることのない鉄線を張った隠れた塹壕の壁に対するものであ
　　　　り，
　　その火はゆっくりと掠めて彼を焼き尽くさずに

戦争詩人オウエン

とっておくのだ，死の約束を嘲りのために
　　そして生の半分の約束のためとそれらの怒りのためにも

というものであった。劇的描写を狙いながら，こういう「詩」を挟まずにいられなかったオウエンは，ともすると距離を超え，その認識は内へ丸まり込もうとし始めたようである。

　彼の反応がもはや直接的でなく充分に濾過されている「無益」では，そこにあるのは詩人の感情そのものである。「肉体の背が高くなったのはこのことのためだったのか？」と歌うとき，詩人にとって距離も何もあったものではなく，感情への傾斜が見事に実っているのである。戦争を明らかに歌っている「不運な若者への讃歌」も，ありきたりの憤りの歌ではなく，音の技巧に支えられた心情の籠もった鎮魂曲であり，詩人と対象の距離は縮まってしまっている。また「坑夫たち」でも突き放して眺めているようでありながら，

　　しかし彼らは我々を夢みはしないのだ
　　土に埋もれた哀れな若者たちを。

と締めくくられるとき，決して自身を憐れんでいるわけではないが，初期のものに見られた外へ向かっての怒りとは違って，内へ向けられた眼がある。そしてこの眼は，外からの圧迫を受けた内なるものの挫折感，どんづまりの意識，ひいては死の観念をも捉え始めたようである。「彼らの足が世界の果てに至ったと知りながら」（「春の攻勢」）などという表現を経て，このどんづまりの意識は詩集の最後に収められた「奇妙な出会い」で見事に結晶している。この詩はまた彼の食い違いの同時的把握の究極の姿でもあって，ここでは内に丸まり込んだ認識に抜け道がない。最後の「さあ眠ろう……」の句がわずかに息抜きと感じられる重苦しさがある。

　「見送り」では戦場へ赴くことが下降であったが，ここではさらに戦場から下降して塹壕へ入り込む。戦争という現実から逃れたと思ったがそこはま

だ戦争の続きの場であり，地獄でもあり，死の場でもある。死体の間から思いがけなく飛び起きた一人の兵が，絶望の祝福をし，「私」に向かって「どんな希望を君が持っていても，僕の命もそうだった」と言い，駄目になってしまった過去を語る。「私」と「相手」の対比は現在と過去，生と死の対比であるが，これが最後には「僕は君が残した敵なんだ，わが友よ」という逆説的な言葉によって一つとなってしまう。語られる死者の過去は「語られざる真実」であり「戦争の憐れさ，戦争が放散する憐れさ」であるが，同時にそれは「私」の生涯でもあった。そして「私」はオウエン自身を浮かび上がらせる。自分はこの世界のうしろ向きの行進から抜け出る術を知っていた，という言葉が吐かれるとき，オウエン自身の「眼」への信頼，詩人としての自覚が語られている感がある。この「私」が殺した敵兵とはもう一つの自我であるかもしれない。戦争は「私」を駄目にしてしまったが，その戦争の外的状況よりも，今は詩人の内部に光が当てられているかのようだ。「見知らぬ友よ」と最初に呼びかけた相手が実は敵であるという皮肉，しかしなお友なのだという複雑さは，外の戦争 ── そして死の観念 ── を受け止めた詩人の認識のおしつまった姿を表すものではなかったろうか。

「J. アルフレッド・プルフロックの恋歌」をめぐって

1 「恋歌」として

　「J. アルフレッド・プルフロックの恋歌」(The Love Song of J. Alfred Prufrock, 1910) は，T. S. エリオットの後期の詩についてとやかく言う人でもその魅力を認めざるを得ない詩であり，彼の詩の発展の原点であるのだが，『荒地』(The Waste Land, 1922) の蔭に隠れてさほど吟味されてこなかった憾がある。中年男が相手の女性を口説こうとしてなかなかできない逡巡の歌，というのがこの恋歌の一般的な受け取り方であるが，題名にある恋歌はついに歌われなかったのであろうか。歌われたにせよ，歌われなかったにせよ，恋歌と書いたところにまずエリオットの狙いはあったはずである。恋歌にも伝統がある。ローマの抒情詩人カトゥルス (c. 84-c. 54 B.C.) が恋人レスビアに呼びかけて歌った「生きんかな，いとしレスビア，かつ，我ら恋を交わさん」(『詩集』5) が示すように，「生きよう」(vivamus = let us live) という類の呼びかけは古くから恋歌の一つの型である。クリストファー・マーロウ (1564-94) が歌った「さあ，ともに生きてわが恋人となるように」(「情熱的羊飼から恋人へ」) という有名な1行も，カトゥルスの変型にほかならない。そしてカトゥルスが「日は沈むとも，また帰り来るを得んに，短き光，ひとたび沈むや，我らは，ただ果てしなく続く夜を眠る定め」と締めくくったように，生には限りあるのだから，今，愛そうではないか，と現在という時を強調するのも恋の歌の型であって，例えばロバート・ヘリック (1591-1674) はこう歌った。

さあ行こう，僕らが青春の只中にいる間に，
　　時間の無邪気な愚行を扱っている間に！
　　　僕らは自由を知る前に
　　　たちまち年を取って死ぬ。
　　　人生は短い，そして1日1日は
　　　太陽と同じく遙かに去るのだ。　　　　（「コリナは5月祭に行く」）

　そして「プルフロックの恋歌」の後半部でエリオットがもじりの下敷きに用いているアンドルー・マーヴェル（1621-78）の「はにかむ恋人へ」はまさしくそういう型を取っている傑作であった——もし我々が充分な世界と時間を持っているのであれば，このはにかみも罪ではなかろうが，我々の背後には時間の翼ある馬車が近づいて来るし，我々の前には永遠の砂漠が横たわっている。だから今のうちに恋をしよう，というのであり，エリオットが用いている詩行の前にも，

　　　さあできる間に楽しもう

という呼びかけがあり，さらに言うならば，エリオットの用いた箇所も，原詩では 'Let us' で始まるのである。
　エリオットが当然承知しているはずのこのような恋の歌の伝統を考えるならば，冒頭の「それでは行こうか，君と僕……」（'Let us go then, you and I, . . .'）という1行は恋の歌の形式そのものだと受け取ってもよかろう。君と僕を恋人と自分と読むのもきわめて自然である。そのつもりで読んでいって，途中で君の影が薄くなるのに気づくその意外性がエリオットの一つの意図であったのではなかろうか。
　その意外性がこの「恋歌」を20世紀の詩にしてもいるのであって，さらにもう一つの意外性は，「今のうちに」と呼びかけるはずの時間の感覚が，相手を説得する武器になるのではなく，自分自身の内側で膨張して行動を起こさせなくしてしまうというアイロニーである。そしてまた，プルフロック

という人物を創造して詩人との間に距離を置いたということが,「恋歌」をより複雑にしているのである。

2　「君」と「僕」

　エリオットは芝居の前口上のようにダンテの『神曲』の「地獄篇」27:61-66をエピグラフに用いているが,ここでは地獄のモンテフェルトロがダンテに話しかけ,あなたは生きて地上に戻ることはないのだから,お話しても自分の恥にはなるまい,と述べるのである。モンテフェルトロが続いて語る身の上は別に恋の物語ではないので,この言葉によって状況の設定がなされただけのことであろうが,地獄という場,話し相手がそこに下って来たということ,しかも他に伝わる恐れはないという安心感がこの「恋歌」を成立させる条件として示されたわけである。とすると,プルフロックがこれから語ろうとする相手は恋人であるかもしれないし,この歌を聞かせる道づれ(=読者)かもしれない。そこで君という存在についての疑問が君と僕を注目させる。君と僕とは分裂した自我なのだという第3の読み方が一般的であるが,これは第1行だけで判断できることではなく,詩の進行につれて考えさせられることである。

　その君と僕の全篇を通しての絡みであるが,冒頭の「君と僕」は中頃では「僕」が比重を占め,最後には「僕たち」となって,

　　僕たちは海の部屋をうろうろしていた
　　赤と茶色の花環をつけた海の乙女たちのせいで
　　ついには人声が僕たちを目覚めさせ,僕たちは溺れる。

と締めくくられる,というのが大雑把ななりゆきだが,これを詳しく見ると,冒頭の1行の次に「君」が登場するのは同じスタンザである。

陰険なもくろみの
　　退屈な議論のように続く通りは
　　君を何か圧倒的な疑問へ導く

と言っているので,「君」は「圧倒的な疑問」が何であるのか，その内容をまだ知らない者であって，一般的な君，恋人の君，読者の君などと考えられる。そして「さあ行こう。二人で訪問しよう」と最初のスタンザは終わるが，どこを訪問するのかは明示されない。ただ空白の後に,

　　部屋では女たちが行ったり来たり
　　ミケランジェロの話をしながら

と2行が置かれ，そういう客間の風景が訪問先であろうかと思わせる。そして10月の夕暮れの黄色い霧が描かれ，次のスタンザでは,

　　時間はあるだろう，時間はあるだろう
　　君が会う幾つもの顔に会うために顔を用意する時間が ──
　　殺して創造する時間はあるだろう,
　　手のすべての仕事と日々のための時間
　　その手は君の皿の上に疑問を一つ持ち上げて落す ──
　　君のための時間と僕のための時間
　　そしてなおも百もの優柔不断のための時間
　　そして百もの幻と改定のための時間
　　トーストとお茶をとる前に。

と3箇所に「君」が現れるが,「君が会う幾つもの顔」と言っている「君」と「僕」と置き換えてもよさそうであり，また一般的読者ととってもよさそうであり，次の「君の」は先ほどの「君を圧倒的な疑問へ導く」に関連したイメージの「君の」であり，これらに対して3番目の「君」は,「僕ら」と

「J. アルフレッド・プルフロックの恋歌」をめぐって　　243

対比的に使われているので,「僕」寄りから離れた他者としての意識の強い「君」である。

　ここで恋歌の定石通りに「君」を恋人と受け取ったらどうであろうか。時間の速さを武器にしての恋の口説きとは全く逆に, あなたの側にも時間はまだあるだろう, と述べていることになる。時間はすぐに過ぎ去るのだから, さあ, 今, 恋をしようよ, ではなく, 時間はまだあなたの側にも私の側にもあるだろう, と言うのである。これでは恋の口説きにならないが, この「恋歌」のおかしみは, こういうアイロニーにあるのではなかろうか。しかも「君のための時間」と「僕のための時間」とは同じ「時間」を指していないのかもしれず, ここで時間はずれ始める。以後,「僕のための時間」の方だけが関わってくるのである。

　この後しばらくは「君」は登場せず, 専ら「僕」の考えが述べられるが,「やってみるか？」と問いながら, 一方では,「頭の真中に禿があり」と階段の上から見られる自分の姿を想像する。プルフロックは行動する人に見えていたのが, 観る人をも兼ねてしまうので, こういう視点は実は「君」を含んでいることになる。そしてプルフロックの逡巡の根拠として,「僕はすでにそれらすべてを知っているから, それらすべてを知っているから」と経験論が3スタンザ重ねられるが, この三つのスタンザは6, 7, 8行と次第に行を増して調子が高まり, そこで空白がくる。そしてその後にクライマックスの3行と2行が韻なしでくる。

　　　こう言おうか, 僕は夕暮れに狭い道を通り抜け
　　　シャツ姿で窓から身を乗り出した淋しい男たちの
　　　パイプから立ち上る煙をじっと見ていた, と？
　　　　僕は沈黙の海の床をカサコソ横切る
　　　ギザギザの対の鋏であればよかったのに。

　前半3行は高い調子で, 後半2行は低い調子で述べられ, 前半は外側に対して, 後半は内側に退いての思いである。彼が見る他者としての人間は,

部屋の中で行ったり来たりする女たちにしても、ここの孤独な男たちにしても、複数であったり、リアルな存在を持たなかったりで、ここの後半2行のプルフロックの孤独感は一層際立つ。後半2行は『ハムレット』第2幕第2場でハムレットがポローニアスに言う台詞と結びつけられて考えられるが[1]、エリオット自身が自分のごく初期の詩はエリザベス朝後期のドラマとフランスのジュール・ラフォルグ（1860-87）から形を学んだのだと述べている[2] そのラフォルグの散文詩の一節——

　　そして私は、そんなに場違いであればよかったのか？
　　カブトガニたちの間で、仰向けになって？

に見られる疎外感と同じであろう[3]。

　再び空白の後、一向にことを起こさないプルフロック同様、昼下がりも夕暮れも眠って倦怠感がかもし出されるが、その雰囲気が拡がるのが「ここ、君と僕の傍らで」である。「僕たち」ではなく「君と僕」であるので、距離感があり、恋人と僕と読める。ここは12行ずつのスタンザを三つ重ねているが、まず第1のスタンザで倦怠感に包まれながらプルフロックは考える——

　　しかし僕は泣いて断食をして、泣いて祈ったけれど、
　　（少し禿(は)げている）自分の頭が皿に載せて運び込まれるのを見たけれ
　　　ど、
　　僕は予言者ではない——そして大したことではない。

　断食をしたり祈ったりする信仰の人のイメージと、サロメに愛されたために首を斬られた予言者ヨカナーンのイメージが重ねられるが、自分は予言者などではない、と否定による自己規定がなされる。この強い口調を受けてこのスタンザの終行は、

そして要するに，僕は怖かったのだ。

と言い切り，しかも過去形である。
　この過去形を踏まえて「それは結局，価値があったのだろうか……」と疑問文の時制が変わり，次のスタンザも同じ繰り返しで始められる。繰り返されるたびに無力感も強まるが，このスタンザでは「君と僕の話などの間に」と距離感のある「君」が現れる。その直後にその「それ」に相当するものが，あれこれ並べられるが，その二つ目がマーヴェルの「はにかむ恋人へ」からのもじりであって，

　　　To have squeezed the universe into a ball
　　　To roll it toward some overwhelming question,

　　　宇宙を一つの球にしぼり込むこと
　　　何か圧倒的な疑問に向けてそれを転がすこと

とある。マーヴェルの原詩はこうである ——

　　　Let us roll all our strength, and all
　　　Our sweetness up into one ball :
　　　And tear our pleasure with enough strife,
　　　Through the iron gates of life.

　　　我々の力をすべて丸めよう，そして
　　　すべて我々の甘美さを一つの球に丸め込もう，
　　　そして充分に争って我々の楽しみを裂こう，
　　　生の鉄門を通して。

　マーヴェルはこのクライマックスとなる恋人への呼びかけに性的な意味を

込めて意味と力強さを増幅しているのだが，エリオットはクライマックスには程遠く，ひねって「何か圧倒的な疑問」へとむしろ距離を置いてしまって（「疑問」の内容は決して明言されない），しかも直接的行動を述べているのではなく，自分の考えの中の言葉でしかない。次の行の，

> To say ; 'I am Lazarus, come from the dead,
> Come back to tell you all, I shall tell you all' ──

> こう言う「私はラザロ，死者の間からよみがえり，
> あなたにすべてを語るために来た，あなたにすべてを語ろう」

は形としては「何か圧倒的な疑問」の形容句，あるいは「転がす」(roll) という動詞の目的にとれるし，「疑問」と切り離して前行の 'To have...' と並べて it の内容だと考えれば，そういうことを口にするのは価値のあることであったろうか，という意味になる。後者であればラザロの告白の相手が恋人の「君」であることになるし，前の 'To have...' が過去のことであるのに対してこれからの出来事として述べられることになり，どちらかというと後者の解釈の方が詩の流れとしては面白い。とはいえ，告白する内容も，相手も明らかではなく，次に，

> もし誰かが，彼女の頭の脇の枕を整えながら，
> 「全くそんなつもりじゃないのよ
> 　全くそんなつもりじゃないのよ」と言ったとしたら？

と条件節が付け加えられると，その相手は性別さえも失いかけて，わずかに「彼女の頭」という言葉で女性であることが仄めかされる。これまで追ってきた「君」が恋人であったとしたら，この段階で「君」は影となってしまうのであり，「君」は分裂した自我なのだという説に根拠を与えるところである。次のスタンザも同様の思考パターンだが，

もし誰かが枕を整えたり，ショールを脱ぎ捨てたりして，
　窓の方向を向いて，こう言ったとしたら——
　　「それは全く違う，
　　　全くそんなつもりじゃない」

と述べられると，性別を表す言葉さえもここからは消え失せ，彼女は一段とわからない存在になってしまう。この「誰か」(one) は（前のスタンザの「誰か」も）たとえ男性と解したとしても筋が通らなくはない。自分を含めた第三者的男性が，いよいよというときに，こんなつもりではなかった，とためらい，言い訳をする図として読めなくはない。自分の意図と実際の行動との食い違いを想像している言葉として面白みがある。しかし残念ながらプルフロックにはそこまで行く勇気はあるまい。
　そして三たび空白。その後詩は一挙に終わりへと滑って行く。

　　いや！　僕はハムレット王子ではないし，そんなつもりもなかっ
　　　た。
　　従臣なのだ……

とここでも否定による自己規定がなされる。自分は主役のハムレット王子ではなく，おつきの廷臣だという考えが，ポローニアスを頭に置いてのものとすると，前述の「僕はギザギザの一対の鋏であればよかったのに」というイメージがハムレットのポローニアスに向かっての言葉と関連しているという説が意味を持ってくる。そして「ほとんど，ときどきは，道化で」とさらにためらいがちの自己規定がなされると（「僕は……」から「道化で」と収まるまでの言葉は何と長いのであろう），この道化という言葉はラフォルグのピエロを連想させ，一方では『リア王』の第1幕5場で道化がリア王に向かって言う台詞を思い出させる。

　　道化「もしあなたが私の道化だったら，おじさん，

盛りのくる前に年を取ったら鞭打ちの目に合わせるでしょう」
　リア王「どうして？」
　道化「賢くなるまで年を取るべきじゃなかったのさ」

　プルフロックの心理は、「実際に時間はあるだろう」と始まって以来、強弱の振動を伴いながらも、ここまでずっと一気につながってきた。ここで「僕」が大きく膨張し、「君」は消えてしまう。しかもその「僕」は全く賢くない、卑小な「僕」であるのだ。
　プルフロックはもはや中年であり、なおも年をとる。蟹であればよかったと思った彼は、浜辺を歩こうかと考える。彼は人魚たちが互いに歌っているのを聞いたことがあるが、自分に歌ってくれるわけではないという疎外感を抱いている。彼は人間の女性たちとは仲間ではないのだが、人魚たちさえも離れた存在であるのだ。
　そして「僕たち」は海の部屋のあちこちでぐずぐずしてきたのだ――人声が我々を目覚めさせるまで。そして我々は溺れるのだ、と詩は終わるが、溺れるという言葉には die という言葉の持つ性的な意味はない。「僕たち」という言葉は、普通の恋歌ならば「君」と「僕」のめでたい合体であろうが、ここではそのような積極的響きは持たない。むしろあきらめであろうか。詩の冒頭で訪問しようと言った行く先は、この最後で「僕たちは海の部屋でうろついていた」と語られるので、訪問先の部屋と海の部屋が重なり、さては今まで海の底を訪問していたのか、という結びになる。我々を目覚めさせる人声とは現実であり、我々は実はずっと眠っていたということにもなる。現実には恋は語られず、「愛」という言葉さえも、感情さえも見当たらないまま、恋人としての「君」は消えてしまった。

3　「僕」の内的世界

　「プルフロックの恋歌」は、他者である「君」を消滅させる一方で、比例

的に自分の内側を増大させていく。「時間はあるだろう……」とプルフロックが迷い始めると、時間が内側に淀んでしまう。黄色い霧が沈みすべてがまどろんでしまうと、プルフロックの物理的な持ち時間は少なくなってしまうのだが、内的な時間は不活性化し、眠りとなり、不決断の時間、逃避の時間が次から次へつながっていく。しかもその時間は外側からも自分に影響を及ぼすのだということをプルフロックは経験から知っているし、今も充分に意識している。内側の堂々めぐりが「僕は……道化」と定着すると一転して「僕は年をとる……」となるが、これはプルフロックの下降曲線を描く意識の極みであって、ここには客観的世界のリアリティはほとんどない。街の裏通りの風景は、外にあるものであったが、すでに、同時に自分の心の内なる風景でもあった。部屋の中で行ったり来たりする女たちも、どれがどの人で、という個別の具体的存在は持たず、プルフロックの濾過紙を通した存在であった。

　「君」という存在を、地獄を案内してもらうダンテのように一緒について回る見物人であると考えるならば、この見物人はプルフロックの意識の中で次第に存在を消されていき、最後はともに溺れるということになる。最初は「それでは行こうか、君と僕」と軽い口調で始まり、軽やかに行動するかに見えた「僕」の方が、「君」をさしおいて、見る者に逆転してしまい、何も行動は起こされなくなるのである。主役ハムレットではない、というのもその点に関わるのであろうし、自分は道化なのだと言うとき、見る側に身を置いての自己嘲笑がある、そして最後にともに溺れることで「君」も「僕」もこの世へはもはや還れない、したがって恋歌を聞かせても恥をかくことはないのだ、という恋歌成立の枠組みが完成される。

　「僕」が膨張して「君」を消していくことを考えると、「君」と「僕」とを自我の分裂と見る通説が説得力を持ってくる。「君」は自己の中の他者である。といっても対等のものではないので、例えばウィリアムソンは「君」をプルフロックの抑圧された性的な自我であると考えるが[4]、これは恋人を自我の中に取り込んだ読み方とでも言うべきものであろう。途中で「君」の影が薄くなるのは、その自我を抑えつけてしまうという意味になる。そもそも

「君」と「僕」には対立の緊張はなく,「僕」の方が優勢であるので,「君」はむしろ「僕」の中の緩みとでも言えそうである。もし「君」と「僕」とが対等に対立関係を持っていたら,プルフロックは行うこととそれについての観照の間の落差を土台に哲学者となり得たかもしれない。彼は実際に哲学者のように自らの置かれた状況を把握しようと「僕は知っていたのだ……」と繰り返し経験を語るのだが,「僕はコーヒースプーンで自分の人生を計り尽くしてしまった」と自分の人生がつまらないものであって,単調で平凡な日々の繰り返しであることを認識しているのである。つまり見る者は行為者の卑小さを見てしまっているので,プルフロックにはとても哲学者は演じられない。彼にとって,まして自分とは何者かなどという問題は途方もない難問であるのだ。しかし,この段階には少なくともまだ行為者としての「僕」がいた。それが希薄になってしまうのは,蟹であればよかったとプルフロックがラフォルグ的に考える,その後からであり,昼下がりも夕暮れも眠ると述べられるとき,プルフロック自身ももはや行為者ではなくなってしまったのである。「ほとんど,ときどきは,道化で」と一応の結論を出したとき,道化とはまさしく傍観者であり,また自分で自分を観る者である。その境地での言葉が,次行の,

　　僕は年をとる……僕は年をとる……
　　ズボンの裾をまくってはこうか

であり,すでにこれは「恋歌」の範疇からはみ出た散文的な言葉である。「君」を封じてしまったプルフロックの「僕」は,またもやもう一つの「君」,もう一つの視点を生じているのかもしれないのであって,一旦自我の中に「君」の存在を見てしまうということは,無限の「君」が存在する可能性を知るということであろう。「君」は二人以上,「僕たち」は三人以上であるのかもしれない。だからこそ,分裂など持たないかのマーヴェルの求婚者は大胆であったのに,プルフロックは大胆にはなれなかったのである。「宇宙を一つの球にしぼり込む」というマーヴェルの詩行のもじりは憎い。プル

フロックにとって世界を一つの球に丸めるなどということは，大変なことなのだから。

　膨張したプルフロックの内的世界は現実から離れ，夢のようなものであった。最後に「僕たちは海の部屋をうろうろしていた」と言うとき，この動詞は経験よりむしろ，締めくくりとして時間の経過を示すものであろう。「うろうろする」(linger) という言葉は去りかねてぐずぐずするという意味だが，黄色い霧の動きにも用いられていた。プルフロックの「恋歌」はまさしくうろうろすることであり，「僕たちの訪問」とは海の部屋にうろうろすることであった。そしてそれは実は眠りでもあった。「手術台の上で麻酔をかけられた患者のように」と最初のところで夕暮れが描かれたのは，そのままプルフロックに当てはまることであった。黄色い霧も眠りに落ち，夕暮れも眠った。しかしプルフロックはそのままになるのではなく，人声が「僕たち」を目覚めさせるのである。プルフロックは以前に人声を経験していて，「僕は知っていた……」を3度繰り返すところで，「僕は人声が終止和音 (dying fall) で消えて行く (dying) のを知っている」と現在形で述べている。そしてすでにそれは'dying'と結びつけられていたのであった。プルフロックの接触する人間は複数であったり，離れていたり，目とか腕とかの部分的存在であって誰一人として鮮明な輪郭，リアルな存在のものはいないが，プルフロックたちを目覚めさせるものも直接に話しかける声ではない人声であった。それに対応するようにプルフロック側も「僕たち」という複数なのである。

　そして，目覚めたら溺れる。目覚めるということは，今まで見ていたつもりだったのに，本当は見てはいなかったのだということである。「僕」が行為者であることをやめて見る者となったかに思われたことさえも，最後に否定されるわけである。とすれば，「プルフロックの恋歌」は全くの徒労の歌である。そして，溺れてしまったら，もう，何も見えない。彼の「溺れるという感覚」は生の中の自身の死を悟ることだ，とギッシュは言うが[5]，溺れる，と述べていることは感覚以上のものであったのではなかろうか。目覚めなかったら溺れないかもしれない。しかし目覚めさせるのは人声という外側

からのものであって，プルフロックの意志でどうこうというものではない。そこで人声は外なる自我に立ち戻らせるけれど彼は強烈な現実に堪えられないのだ，という解釈[6]も出てくるが，その外なる自我を内なる自我がこれまでなおざりにしていたということではあるまい。内なる自我（＝見る者）は外なる自我を消滅させ，それをまた見ていたはずである。

　溺れることについて，のちに『荒地』の中で溺死が一つの基調音となったことも考えに入れるべきかもしれない。『荒地』第1部ではソソストリス夫人がタロット占いで溺死したフェニキアの水夫のカードだと差し出し，「水死を恐れよ」と告げ，さらにそれを受けて第4部は「水死」と題されるのである。『荒地』での溺死は復活を約束する。海や水に生命力を読み取るとしたら，プルフロックも復活と，全く無関係ではあるまい。しかしエピグラフのモンテフェルトロの言葉の呪縛を解いて復活と結びつけるならば，どうしてももう一つ外側の「君」を想定しなければなるまい。プルフロックのカードが読者のカードだということである。

4　重層的視点

　普通の恋歌であれば，恋の成就という最後の一点に向かって調子が高まっていき，いわば上向きの歌になるのだが，「プルフロックの恋歌」は専ら下降曲線を描く。

　地獄でモンテフェルトロがダンテに語りかける言葉のエピグラフがすでに地獄という場を設定し，上へ戻れないであろうことを暗示するが，プルフロック自身，すでに盛りを過ぎた中年男であり，自分が年を重ねていきつつあるのを意識して，その意識の世界という地獄に閉じ込められている。恋歌の場所は街を抜けてサロンふうの部屋へ，そして海辺，さらに海の底へと降りていく。季節もこれから冬に向かう10月であり，時間も夕暮れから夜にかけてである。夕暮れの比喩に使われる「手術台の上で麻酔をかけられた患者」に注目するならば，意識が無くなっていくところであり，つまり無意識

の世界に沈んでいくところである。黄色い霧も猫の姿勢で水たまりの上に淀み，家の周りで丸くなって眠り込む (fall asleep)。部屋の中で女たちがミケランジェロのことを話しながら行ったり来たりしている動きは，プルフロックの辿っている方向とは違って平面運動であり，同じリズムに乗ることはなさそうである。ひとつ，気ばってみるかな，とプルフロックは考えるが，続いて「振り返って階段を降りる時間」があるだろう，と思ってしまうのは，のちの『聖灰水曜日』(Ash-Wednesday)（1930）での階段のイメージ——

  第2の階段の最初の曲がり角で
  私は振り返って下を見た……

とちょうど逆の動きであって，プルフロックは階段さえも上らないのである。そして「僕は知っていた……」と自分の経験を考えるとき，時間の流れを下ってきたという意識がちらつき，その中で特に，

  僕は人声が終止和音で消えて行くのを知っている
  向こうの部屋からの音楽の下で。

という語り口は下降気分を充分に伝える。彼が抱くイメージの中で上るものといえば，「僕は言おうか……」と考える台詞の中の「パイプから立ち上る煙」ぐらいであろう。そしてクライマックスの蟹のイメージで彼は海の底という最低点に達する。ここでプルフロック自身，おのれの卑小さを感じ，疎外感を抱いているので，これ以下には下降できない。そこで以後は価値論とともに自分のつまらなさをあれこれ考える。そして最後は海である。人間の乙女ではない人魚たちを，プルフロックは見たことがあると言うが，「僕は彼女たちが波に乗って海の方へ行くのを見たことがある」と言っている「海の方へ」という言葉は，のちの「ベデガー旅行案内を持ったバーバンク」(1919) で，

> 海の下の葬送曲は
> 　吊鐘とともに海の方へ去った
> 　ゆっくりと……

と歌われ，エリオットにとっては死と結びついているのである。そしてプルフロックは人声に目を覚ますと，溺れる。
　このプルフロックによみがえりは期待できるのであろうか。

> 僕は自分の（少し禿げている）頭が皿に載せて運び込まれるのを見た
> 　が，
> 僕は予言者ではない——

と述べるプルフロックには予見も予言もできず，サロメに愛されたが故に首を斬られた予言者ヨカナーンの死のイメージを見たとしても，愛されないで首を斬られることになりそうな身には，愛と切り離された死のイメージにしかならない。また自分はラザロだと口にすることは価値あることになろうか，と考えるとき，ラザロはプルフロックの考えの中でだけのイメージであって，「ラザロよ，出で来れ」と呼びかけるキリストも彼には存在しはしない。プルフロックがラザロたり得たら，すべてを告げることもできたかもしれないが……。地獄のモンテフェルトロの言葉はプルフロックのラザロへの思いによって裏切られそうになるのだが，やはり不発に終わるしかないのである。
　エピグラフに再び注目するならば，モンテフェルトロの言葉は「恋歌」全体を支える外側の枠組みとなり，もう一つの視点を用意するものであろう。モンテフェルトロが，誰も生きては還らないのだから話をしても恥にはなるまいと述べたとしても，結局ダンテは読者にそれを伝えているのであり，同様に，プルフロックも，みっともない中年男の恋歌らしいものを自嘲気味に話しても大丈夫だと考えたとしても，結局は外側の読者が読むことを想定しての話であるのだから，恥を被ることになる（この「恋歌」を収めた詩集の題名

は『プルフロックと他の観察』〔Prufrock and Other Observations〕であり，プルフロックも観察されるのである)。最後の締めくくりで「僕たち」と言われることは，読者をも引きずり込んでともに溺れることで幕を閉じようという意図とも読める。そして我々読者は「恋歌」を読むのである。ということは，「恋歌」の枠の外によみがえりが委ねられていることになる。

　自分自身を意識しているプルフロックを我々は見る。プルフロックの自己憐憫を交えた意識も，その軽い語り口も，きわめてラフォルグ的ではあるが，エリオットはラフォルグよりも重層的に詩を組み立てた。ラフォルグが自分を複数の視点で見たのは平面上でのことであったが，エリオットは縦に切りとって見せたのである。そしてそのプルフロックを見るもう一つ外側の視点の余地を残して，もしかしたら復活するか，という希望を漂わせている。

　そしてまた「君」を「恋歌」のレベルでの恋人，道づれ，自我の分裂，あるいはその複数形，そして読者，と読んで，これらの読み方を並列するのではなく，重ね合わせてみると，『荒地』のティレシアスとの距離もきわめて近いものに見えてくるのである。

注

1) E. Drew, *T. S. Eliot : the design of his poetry*, 1949, p. 36.
2) 'Introduction'to *Ezra Pound : Selected Poems*, 1959, p. 8.
3) W. Ramsey, *Jules Laforgue and the Ironic Inheritance*, 1953, p. 202.
  また A. D. Moody は *Salome* の中の水族館についての感想の違う部分を引用している (*Thomas Stearns Eliot : Poet*, 1979, p. 34)。
4) G. Williamson, *A Reader's Guide to T. S. Eliot*, 1953, p. 66.
5) N. K. Gish, *Time in the Poetry of T. S. Eliot*, 1981, p. 7.
6) *loc. cit.*

変容の場『荒地』

1 秩序の断片化

April is the cruellest month, breeding
Lilacs out of the land, mixing
Memory and desire, stirring
Dull roots with spring rain.

4月は残酷極まる月だ
死んだ土地からライラックを生み
記憶と欲望を混ぜ合わせ
春の雨で生気のない根を奮い立たせる。

という『荒地』(*The Waste Land*) 冒頭の4行は，T. S. エリオットのこの作品の方向をほぼ決定してしまうものである。「死んだ」土地からライラックを「生み」，「記憶」と「欲望」を混ぜ合わせることは，過去と未来とをつなぎ，変容させるものであって，しかもそのことが「残酷極まる」と苦痛を響かせ，『荒地』が苦悩の詩であろうことを匂わせるのである。この発言者が何者であるのか定かでないことも，この作品の構成に関わっていく。

さらに，最初の3行は各行の終わりに ing 形を置いて次行に目的語を持ち越すという形式を取っていて，韻を揃えた安定性を枠にして，意味上の連続性と視覚的不連続性とを同時に表しているのである。使われている動詞は breeding, mixing, stirring と自然の生成を思わせる発展性を持ち，4行目は

動詞を含まない完結的様式となる。3行の動，対，1行の静，とも言えようか。「4月」に始まり「雨」に終わるこの4行は，こうして連続と不連続をはめ込んだ一つの秩序なのであり，この秩序を揺さぶり壊していくのが以下の詩の流れである。単に壊すだけではなく，そこに新しい現実認識，あるいはヴィジョンが生まれるかどうか——それが『荒地』の持つスリリングな魅力であろう。

　この4行の次にくる3行が冬への逆行であるのは，記憶のなせる業であろうが，あるいは単に時間の関節を外しただけのことかもしれない。冬への逆行と読めるのは，秩序の意識が働いているからであり，記憶という言葉の残像が活きているからである。「冬は我々を暖かく保った」(5)という，生命を春へ持ち越す冬の意義の表明は，意外な言葉の組み合わせで為されるが，「保った」(kept)という言葉で連続性が仄(ほの)めかされる。4月の「動」が残酷であるのに対して，冬の「静」は暖かいものとされ，「残酷極まる」という言葉はこうして以後その余波を及ぼして行くのである。「残酷極まる」という情緒的，個人的受け取り方からの脱却，と言った方がよいかもしれない。それは，より客観的に，より普遍的に，という逃れ方であり，横へ，縦への転位が試みられるが，それが欲望と記憶でもあり，また戦略的に過去の文学作品をはめ込むという方法となり，「残酷極まる」と受け取る「私」の解体にまで至ろうというのである。

　I部の季節はさらに逆行して（時間の関節を外されて），夏となるが，時間は大きくサイクルをめぐり，「私」の子供時代の思い出が述べられる。記憶が力を得ての展開であり，「私」の断片的提示であり，時間に空間が与えられたような拡がりがある。ここに見られる「我々」，「私」，「彼」，「あなた」という代名詞は，間接話法と直接話法の混在を示しながらも，何気ない形で滑り込まされた「彼」と「私」は，「彼は言った，マリ，／マリ，しっかり摑まって。そして私たちは滑った。」(15-16)と互いに関わりを持つ存在であって，『荒地』の人間関係が総じて希薄であることを考えると，この記憶に浮かんだ束の間の結びつきは原点的イメージと言えるであろう。以後，そのような確かな関係は見られない。そして「あなたは感じる」，「私は読む

……そして行く」(17-18) という現在形の動詞は，記憶の中の「現在」を強調する。

その「現在」に触発されたように，これまでの記憶の縦糸に対する「現在」の横糸が姿を現す。冒頭の4行目に表れたイメージ「生気のない根」がクローズ・アップされて，

 ぐいと摑む根は何か，どの枝が
 この石屑の中から生えるのか？

と早いテンポで現在の荒地的風景への疑問が呈されるが，このイメージはV部で展開される基調音的な風景とつながっており，いわば予兆なのである。"clutch"（ぐいと摑む）という言葉がⅢ部の最初 (174) にも用いられることも注意を引く。次第にひからびていく荒地の中で植物が生きようとする最後の努力と結びついているからである。この荒地的風景の中でなされる「人の子よ」(20) という呼びかけは，エゼキエル書を踏まえてのものだと詩人は自注で明らかにしているが，「人の子よ，立ち上がれ，我なんじに背きし反逆の民へつかわさん」というエゼキエルに向けた神の言葉は，「ぐいと摑む」に通じる行為にも聞こえて，現代では不発である。現代のエゼキエルは「君はただ壊れたイメージの山しか知らない」(21-22) と言われる限られた存在でしかない。そして，

 君に見せよう　朝に君の後ろを大股で歩く君の影とも
 夕方に君を迎えて立ち上る君の影とも
 異なる何ものかを。   (27-29)

という「私」は，聖書の余韻を読み取れば神であろうが，現代では神とは言い難い。また「あなた」もエゼキエルめいてはいるが，その影が朝には「あなた」の背後を歩み，夕べには「あなた」を出迎えるという，分裂的存在であって，「プルフロック」の分裂した「私」を思わせる。ここで「見せる」

という積極的行為に注目しなければなるまい。この詩での「見ること」との関わりはここから始まる。この箇所は，さらにⅤ部で「いつも君の横を歩いている第3の人は誰だ」(359) と歌われるキリストらしき人物とつながるイメージでもあろう。

この「私」が見せようというのが「ひと握りの土の中の恐怖」であるが，この恐怖とは次の「トリスタンとイゾルデ」の歌 (31-4) のようでもあり，さらにヒヤシンス娘のエピソード (35-42) のようでもある。ヒヤシンス園から戻ってきたヒヤシンス娘のイメージは，失われた楽園を思わせるが，これはふと垣間見られたヴィジョンであり，しかも，

  私は語れず
  眼は見えなくなった，私は生きてもおらず
  死んでもいなかった，そして何も知らなかった，
   光の中心，沈黙の中に目を凝らして。   (38-41)

とあるように受容する側に問題がある。「眼は見えなくなった」というイメージは以後の眼のイメージや盲目の予言者ティレシアスの像と関わりを持つ。ヒヤシンス園は輝かしいとは言い切れないイメージであるが，(それだからこそ，と言うべきか)『荒地』の原点である。物理的にもⅠ部の中心に位置していて，Ⅰ部は 18 行―18 行―ヒヤシンス園の 16 行―17 行―18 行という構成をとっている。一般にエリオットのヴィジョンは喜びとして積極的に見られるのではなく，堪え難い重荷から突然解放された安堵感をもって見られるのであるが[1]，このヒヤシンス園もそうであろう。

その原点から隔たったところに千里眼のソソストリス夫人がいる。彼女が風邪を引いているというところに，詩人の皮肉があるのであろう。彼女の並べるタロット・カードの中に「私」の運命であるフェニキアの水夫のカードがあるが，一方，見ることを禁じられている空白のカードがあったり，磔になった男のカードが見当たらなかったりするのは，受容の仕方が至らないからであろう。「眼」は「プルフロック」以来エリオットの固執しているイ

メージであるが、千里眼のソソストリス夫人さえもすべてが見えるわけではなく、彼女自身も、

　　あれは彼の眼であった真珠なのです。ごらんなさい！　　　　（48）

と他人の眼を気にするのである。シェイクスピアの『あらし』の中のこの歌は、括弧つきでおずおずと現れるが、眼が真珠に変わったということは、豊かなものへの変容と見えたとしても、その眼はもはや見ることをしない、役に立たない飾りとなっているということである。つまり同時にプラスでありマイナスであることになる。

　ソソストリス夫人が並べるカードに描かれた人物は、三叉の棒を持った男も、片目の商人もフェニキアの水夫に同化されることになり、また女もすべて一人の女なのである。つまり人間の運命は皆同じなのであり、ここで予言された「私」の運命は、（Ⅳ部の水死で表現されるが、）すべての人間の運命でもあることになる。ソソストリス夫人の見るものの中に「輪になって歩く人の群れ」があるが、円環的にめぐる群衆の図はすぐ後に出てくるロンドンの群衆であり、ダンテの神曲の地獄の図であり、人間の運命そのものである。

　Ⅰ部を締めくくるのは、こうした群衆の場である非現実の都市であるが、Ⅲ部とⅣ部に繰り返し表れるこの非現実の都市のイメージは永却回帰を感じさせ、神の都との対比を仄めかす。『荒地』の現実は仮象に過ぎない。現実がそのまま非現実であるとも言えようが、その非現実が虚構化できるならば、救いはある。まず現実（非現実）をどう見るか、が根本問題であろうが、「私」の見方は絶えず修正を迫られていて、

　　死があれほど多くを滅ぼしていたとは私は思わなかった　　　（63）

と非現実の都市にあっての「私」の感慨、新発見が述べられもする。そしてこのとき、Ⅰ部の主題でもあった「死」が共鳴する。Ⅰ部の題名がすでに「死者の埋葬」であり、死んだ土地（2）、枯れた木（23）と歌われ、トリスタ

ンとイゾルデの歌も死を仄めかしていた。「私」のカードが水死したフェニキアの水夫なのであり,「水死を恐れよ」という彼女の忠告を誘う。非現実の都市は死の都市でもある。聖メアリ・ウルノス寺院の鐘が死んだような音を鳴らしているのが聞こえるところで知人にあって,「私」は一方的に喋る。

「ステットソン！
　ミラエの海戦で同じ船に乗っていた君！
　去年君が庭に植えたあの死体は,
　もう芽を出したかい？　今年は花が咲くだろうか？
　それとも突然の霜が苗床を邪魔したのだろうか？
　おお, 人間の友である犬をここから離しておくんだよ,
　でないと犬はまた爪で掘り返すよ！
　君！　偽善の読者, わが同胞, わが兄弟よ！」　　　　　　(69-76)

『荒地』には答えのある会話はない。答えがあるとすれば, V部の「雷の言葉」が集約された答えということになるだろう。この地では人間同志の関係も非現実なのである。何しろすべての人間はⅢ部に登場する予言者ティレシアスに吸収されてしまうので, 存在は輪郭を必要としない。同様に時間についても, すべての時間は一つの時となり, ローマ軍がカルタゴを破ったミラエの海戦も第1次世界大戦も同じである。そしてこの共時的把握は, また歴史についての意識をよみがえらせもするのである。時間の意識はさらに円環的時間をも巻き込み, 去年庭に植えた死体からの芽生え, 開花, というイメージは自然の生成のサイクルを思わせる。この部分は冒頭の4行を思い出させ, 詩の上でのサイクルを形成する。ヒヤシンスの園と死体を植えた庭との共通性と差異性もあるであろう。原点的イメージとの関わりである。そして死体を掘り返さないように犬を引き離しておくようにという言葉は, 春の「動」を歌った冒頭の4行の否定ともなる。その矛盾が「偽善的読者」という挑戦的呼びかけを誘うのであろう。

ボードレールからの引用でⅠ部を終わるのは, 一つには同時代感覚（横糸）

を入れることであろうが[2)]，フランス語ですべてが同胞という言葉を投げつけている点に，エリオットの技法の巧みさと，統一性への意志が感じられる。断片による統一，ということになろうか。

2　秩序への志向

　エリオットの秩序への志向は，大きくは，Ⅰ-Ⅳ部に土，空気，火，水という四大のイメージを当て，Ⅴ部を包括的なフィナーレにしているという構成自体にすでに窺われる。そして記憶（時間）を縦糸にした断片的イメージの提示方法にもそれなりの流れがあって，そこにも秩序への意志，あるいは神話構築の意図が読み取れよう。

　例えばトリスタンとイゾルデの歌（31-4）の背景としての海は，ソソストリス夫人の示すカードの溺れたフェニキアの水夫や三叉の棒を持った男のイメージとつながり，「水死を恐れよ」(35) という言葉と共鳴し，「私」とステットソンの参戦したミラエの海戦につながる。この海のイメージは，Ⅱ部に引き継がれ，室内に閉じ込められた装飾としての海のイメージと，終わりに語られるオフィーリアの台詞を下敷きにした「おやすみなさい，皆様方」(172) という言葉から連想されるオフィーリアの水死が表れるが，Ⅰ部もⅡ部も実体としての海は描かれず，海は屈折した形で浮かび出る，非現実的なものでしかない。Ⅲ部でやっと海，水は現実感を帯び，テムズ川，レマン湖，漁夫王の釣り，とつながり，とりわけテムズ川にはスペンサーの歌，そして舟遊びをするエリザベスとレスター伯とが結びつけられたりして，過去が重ねられる。そしてⅣ部が水死というクライマックスになる。転じてⅤ部では「ここには水がない」(331) となり，雨への待望となるのである。

　またⅠ部の「死」の基調音にアクセントをつけるように，最終連に犬を死体から引き離しておかないとそれを掘り起こすと述べられるが，その死体のイメージを引き継ぐように，Ⅱ部では，

> 思うに我々はねずみの路地にいて
> そこでは死人が骨をなくすのだ。　　　　　　　　　(115-16)

と歌われ，Ⅲ部では，

> 私は聞く
> 骨のぶつかる音を　　　　　　　　　　　　　　　(185-86)

> 狭い低くて乾いた屋根裏に散らばる骨　　　　　　　(194-95)

と乾いた骨のイメージが表れるが，「水のない」Ⅴ部に至る経過と併行して骨までも乾いていくかのようである。Ⅳ部で，

> 海底の流れが
> ささやきながら彼の骨を拾った。　　　　　　　　　(315-16)

と水と骨の出会いがあり，これが一つの頂点であろう。そして水のないⅤ部では，

> 乾いた骨は誰をも傷つけられない。　　　　　　　　(390)

と述べられて乾いた骨のイメージもここに極まり，終止符が打たれる。
　骨と同様，乾いたイメージである岩は，荒地的風景を構成する重大な要素だが，Ⅰ部で，

> この岩の下に陰がある，
> （この赤い岩の陰の下に入り給え）　　　　　　　　(25-26)

と歌われたのが，Ⅴ部では，

> ここは水がなく岩だけがある
> 岩があって水はなく砂の道　　　　　　　　　　　　（331-32)

と描かれて関連性が浮き上がる。一つの枠組みなのである。また非現実の都市は、Ⅰ、Ⅱ、Ⅲ部に繰り返し現れることで、一つの流れを構成しているのである。

そのような断片的イメージの流れをさらに大きく秩序づけるものとして漁夫王伝説が用いられているわけだが、これは漁夫王と呼ばれる王が性的に不能となり、彼の領土も荒廃し不毛となったとき、一人の騎士が現れて、試練ののち危険の聖堂から槍と聖杯を手に入れて呪いを解く、という神話である。物語自体に希望、救いがあるわけであるが、この荒地でそれが実現されるという保証はない。この神話は円環的に一めぐりするが、聖杯を求める後半の話だけを考えれば、時間は直線的に進行していると言える。円環と直線という両面性がこの神話の魅力であろう。

そして神話の進行のうちに「私」が（一方では、Ⅲ部に登場する盲目の老人ティレシアスに吸収されながら）漁夫王と重なるのである。Ⅰ部でソソストリス夫人のタロット・カードに現れた溺れたフェニキアの水夫は、Ⅲ部で、

> そのとき冬の夕暮れにガスタンクの裏に回って
> 私は淀んだ運河で釣りをしていたのだ
> 兄王の難破や
> それ以前の父王の死について熟考しながら。　　　　（189-92)

と背景は現代ふうながらも、王の次男である人物が「私」と一体になる感があるが、この「私」の堕落の極みがⅢ部最後の数行にくる。

> それからカルタゴへ私は来た
> 燃えて　燃えて　燃えて　燃えて
> おお主よ　あなたは私をお選びくださった

>   おお主よ　あなたはお選びになる。
>   燃えて　　　　　　　　　　　　　　　　　　　　(307-11)

　聖オーガスティン（アウグスティヌス）の告白と仏陀の火の説教とを結びつけることは「偶然ではない」とエリオットは言うが，断片的な「燃えて」という言葉による終わり方は，次のIV部の水死と鋭くぶつかる。水死したフェニキア人フレバスは「私」と重なるが，ここで，

>   異教徒もユダヤ人も
>   おお　舵輪を回し風上に気を配るあなた
>   フレバスのことを考えよ，彼はかつてはあなた並みに美しく長身で
>   　あった　　　　　　　　　　　　　　　　　　　(319-21)

と呼びかけている「私」は見る者としての存在を持っているのであって，「私」は二人でありながら一人であることになる。「私」の変容がここでなされるのである。
　そしてV部の終わりで再び「私」の釣りが語られるが，今回は運河ではなく，浜辺での釣りであり，海，あるいは水は「私」の前にある。

>   私は岸辺に座っていた
>   不毛の平地を背に釣をしながら
>   せめて私の土地を整えようか？
>   ロンドン橋は落ちる　落ちる　落ちる
>   〈そう言って彼は浄火に身を隠した〉
>   〈いつ私は燕になれるのか──おお燕よ燕〉
>   〈廃墟の塔にアキテーヌ公〉
>   これらの断片を私は自分の破滅の支えにしてきた
>   まあ，それでは私はあなたに合わせよう。ヒエロニモはまた狂った。

ダッタ。ダヤドヴァム。ダミアータ。
　　　シャンティ　シャンティ　シャンティ　　　　　　　　（423-33）

　しかもここでは岸辺という意味もあるshoreを支えるという動詞に用いているのである。「これらの断片」はⅠ部の「壊れたイメージの山」(22)を想起させるが，断片を風化させてしまわなかったこと，そして「せめて私の土地を整えようか？」という意志は漁夫王らしい「私」のあり方，秩序への志向を示すものである。
　しかし一方でロンドン橋は落ちるという現実（非現実）があるのであり，「それから彼は漁火の中へ身を隠した」ということは，Ⅲ部の「燃えて」を思わせながら，再生を匂わせている曖昧さをとどめている。また「いつ私は燕のようになれるだろうか」とⅡ部の室内装飾に表れていたフィロメラの伝説がここに残響を見せているが，「ナイチンゲールがすべての荒野を犯されざる声で満たした」(101)と歌われたときには何か直線的な時間の運行を感じさせたのが，ここではむしろ時間の円環的運行を匂わせている。さらに狂気を装って復讐を図るヒエロニモにとって，気が狂うことは不可欠の条件であるが，もし本当に狂ってしまったらことが成就するかどうかわからない。その虚と実は荒地の現実と非現実の関係の写しでもあり，「私」が救われるかどうか，曖昧なままである。
　ここまでくると，この作品の冒頭のエピグラムが思い出されるが，それならば出口はない。エピグラムはローマの風刺作家ペトロニウスの『サテュリコン』から引用されており，クーマエの巫女はアポロから掌中の砂と同数の年齢まで寿命を与えられたものの，若さを願わなかったために，ついに身体が痩せおとろえてしまい，それで「私は死にたい」ということになるのである。
　Ⅱ部の題名が最初の原稿では「檻の中で」であったことも示唆的である。多重の意味が込められ，また読み取れるこの作品で，閉じ込められた自己の殻，あるいは現実からの脱却がエリオットのまず目指すところであったのだ[3]。「私」の統合と解体はそこに絡んでくる。

3　ティレシアス登場

　脱却を可能にするかに見られる設定がⅢ部に登場する盲目の老人ティレシアスである。ギリシャ神話中のこの人物を持ってくることは，漁夫王伝説が人物の行為を追うものであるのに対して，視点の問題，認識の問題を担わせるものである。「眼」(eye) は「私」(I) でもあるので，さまざまな「私」の断片がティレシアスに吸収されることになる。
　冒頭で「4月は残酷極まる月だ」と述べているのが何者なのかわからない状態で始まり，さまざまな「私」が現れる中で，中心的な存在が実はティレシアスなのだとエリオットの自注は語る。すべての人物が結局はティレシアスにおいて融合する，というのである。このティレシアスがⅢ部の中ほどに出現するのも，Ⅰ部のヒヤシンス園，Ⅱ部の神経症的な言葉と並んで示唆的である。
　盲目でしなびた乳房を持つティレシアスはすでに「ゲロンチョン」(1919) にその母型を表しているが，ここでは予言的能力を持ち，現代の情事の図を見ることができる。彼は「記憶」と「欲望」の接点なのである。しかし彼自身の「欲望」は今は「記憶」の中にしかなく，経験は括弧の中で語られることになる。今は他人の「欲望」を見ることに逃れているのである。もし見る側として確かな存在を持ち得れば，それがドラマを成立させもしようが，人物はすべてティレシアスであるということで，個々の人物は確固たる輪郭を持ち得ない。ドラマ化による現実からの脱出は不可能である。『荒地』の中での記憶，歴史，といった時間に関わるものを縦糸とすれば，「私」という意識は縦糸であると同時に横糸（空間）ともなり得るのであろうが，それと同じ点，両者の交わる点にティレシアスは存在している。彼は個人個人の統合体であると同時に個人を超えた，非個人的な存在なのである。(真珠になった眼のように)「私」の非個人的なものへの解体が，『荒地』の主題でもある。
　「私」という個人的意識は，他者（あるいは「私」の中の他者）へ解体するか，あるいは混じり合うことで自意識の枠からの脱却が図られるのである。その

枠はII部の原題「檻の中」に表されるものであろうが、ティレシアスの拡散的あり方の対極にある。ティレシアスが all であるとすれば、II部の中心的な言葉は nothing である。II部の中ほどの神経症的な言葉はまさしく nothing のものであり、その前後を挟んでいる上流階級の女性の寝室の描写と、下層階級のおかみさんのお喋りも、ともに nothing の変型であろう。これがエリオットの見た現実である。前半の描写では、女性の姿は描かれることなく、その部屋の描写も鏡に始まり、鏡の支柱に彫られたキューピッドも一人は眼を蔽っており（ここでも見ることをしない眼）、鏡はテーブルの上の光を二重にしていて、光の交響曲を見せてはいるが、つまりは虚像なのである。彼女を飾る化粧品や合成香水も人工的空しさを漂わせている。マントルピースの上にフィロメラの物語が描かれているのは、ギリシャ神話の凌辱の響きを今に伝えるものである。姿のないところに足音がこだまし、音が消えるとそれが言葉になる。無から生まれた言葉である。

　　　私の神経は今夜おかしいのよ　　　　　　　　　　　　　　　(111)

と文字通り神経症的な言葉が聞こえ、言葉の合間に

　　　「思うに我々はねずみの路地にいて」　　　　　　　　　　(115-16)

と「私」の言葉が述べられ、骨すら失ってしまった死者は存在しなかったも同然の nothing である。そして「何もないまた何もない」(Nothing again nothing)（120）と nothing さえも断片的であり、

　　　　　　　　　　　'Do
　　'You know nothing? Do you see nothing? Do you remember
　　'Nothing?'　　　　　　　　　　　　　　　　　　　　　(121-23)

　　　「何も知らないの？　何も見えないの？　何も覚えていないの？」

とnothingがまるで輪郭を持つ存在であるかのように浮かび上がり，nothingを知り，見る，覚えている，という趣となる。このnothingはⅢで凌辱される娘の一人の言葉「何かを何かに結びつけられない」（I can connect / Nothing with nothing）（301-2）に受け継がれ，「うちの人たちは何も期待しないつましい人たち」（My people humble people who expect / Nothing）（304-5）という言葉で頂点に至る。そのnothingからの脱却が『荒地』の後半の流れであろう。

Ⅱ部の後半は，一転して対照的な下町のおかみさんの言葉が長々と語られるが，すべての女性は一人の女性，というエリオットの自注に従えば，彼女は前半部分のsheと同一人物であり，また部屋だけの女，言葉だけの女，というこの二人は実体を描かれないという点で同じである。「時間です急いでください」とバーテンが帰りを促す声は次第に間隔が詰まってくるが，これは外界であり，物理的時間でありながら，大きな決断を迫る託宣にも聞こえる。一方圧倒的なおかみさんの言葉は，日常生活を映しながら最後は「おやすみなさい皆様方，おやすみなさいお優しい御婦人方，おやすみなさい，おやすみなさい，おやすみなさい」（172）とオフィーリアの台詞に収斂してしまう。水死するオフィーリアと下町のおかみさんとは，また同一の女性なのであり，日常生活の背後に死がある。しかし同時にこの台詞はオフィーリアとおかみさんの違いを際立たせているのであって，悲劇のヒロインたり得ない現代の下層階級の女性，エリザベス朝の栄光とは隔たった現代，ドラマの成り立たない断片的存在が浮かび上がることになり，Ⅲ部の文学作品の引用によるエリザベス朝と現代との対比につながっている。

現在と過去の対比は共通点と相違点を示唆するが，エリオットの手法は文学作品の引用によって両面を同時に提示するので，「一」から「多」を生むものである。他方，すべての人間がティレシアスに溶け込むような構成は「多」が「一」となるものである。これは「思想を薔薇の花のように直接に感じる」[4]という彼の理想とする感受性のあり方とも通じるのであって，一度にすべてを見ること，すべてを把握することこそが『荒地』での波の希求なのである。Ⅱ部のシェイクスピアの『アントニーとクレオパトラ』からの引用，ウェブスター，ミドルトンの作品の利用，さらにⅢ部でのスペン

サー，シェイクスピア，マーヴェルとくると，エリオットのルネッサンス期への思い入れが読み取れる。佳き時代の詩人たちを下敷きにして今の時代を眺め，さらにその二つを視野に収める立場を暗示するのである。

見る者として中心にティレシアスを据えることは，さらに時代を遡り，ギリシャ神話の昔にまでつき抜ける軸を置いたことにほかならない。そこには歴史感覚がある。しかしティレシアスは「すみれ色の時刻」(215, 220) にのみ現代の情事を見ているのであって，これは彼自身の限界でもあり，また文明の黄昏を表すものであろうか。彼自身，かつては男女両性をその身に経験したが，今は見る側だけであり，「このティレシアスの見るところのものがこの詩の真髄である」とすれば，彼もすべてのものを見ているわけではないのである。

「プルフロック」以来，「ある婦人の肖像」，「不滅のささやき」などに表れた他人の眼のイメージは，『荒地』では「あれは彼の眼であった真珠なのです」(48, 125) という過去の眼，もはや役立たなくなって美へと変容してしまったものとして表れる。草稿では，この句がⅡ部で述べられるとき，「私は覚えている」とこの句との間に「ヒヤシンス園」が入っている。つまりこの眼のイメージはヒヤシンス園に通じる原点的イメージであったのであろう。ともに失われたものである。またこの句が最初にⅡ部で現れたときには「ごらんなさい！」という言葉がついていたのが，2度目には削られていることにも注目すべきであろう。見ることを否定しようとする傾向が読み取れるからである。草稿にはあった見る行為が後に削除されている箇所は他にもあって，Ⅰ部の「非現実の都市」の後に「私はときどき見ていたし見ているのだ」，そしてⅢ部の「非現実の都市」の後には「私は見ていたし見ているのだ」という言葉が入っていたのが削られている。またソソストリス夫人の見ることを禁じられたカードの話の後に「私は空しく見る」とあったのも省かれている。見るという行為を殊更に述べるのをやめるのは，見る力の弱まりでもあるわけであり，また「私」という意識が希薄になったことでもあろう。評論「伝統と個人の才能」の中で，彼は真の詩人が要求するものは「絶えざる自己犠牲，絶えざる個性の消滅である。何故なら詩とは個性の表現で

はなく，個性からの脱却なのだから」[5]と述べたが，これは「私」("I")を消し，見る行為("eye")を消そうとする『荒地』の中の動きを説明するものである。

4 変容の果て

「非現実の都市を私は見ていたし見ているのだ」と草稿に書かれたように，「私」は非現実をも見る人間である。「非現実の都市」とされるロンドンは，神の都と対比されながら，最終的にはV部でヨーロッパのすべての都市とつながる。そしてそれらはダンテやボードレールの地獄を垣間見させるという点でも非現実なのである。「私は見ていたし，見ているのだ」を省くことは，見る側の生身の存在を消し去り，対象の非現実性をさらに大きく際立たせるということになる。しかし逆に考えれば，非現実の世界の方が見る存在としての「私」を拒否したと言えるのではないか。現実と非現実とは一つのものなのであろうが，両者をともに捉える視点をまだ「私」(ティレシアス)は持っていないのである。いや，持つ必要はないのかもしれない。

Ⅳ部の「水死」で「私」の運命がフェニキアの水夫フレバスの上に成就されるのは，一つの現実化であるが，同時に「私」は生を失って非現実化する。二つの方向を持った変容なのである。

> 海底の流れが
> ささやきながら彼の骨を拾った。浮き沈みしながら
> 彼は老年と青春の場を通り
> 渦の中に入って行った。　　　　　　　　　　　　(315-18)

とフェニキア人は自然の円環的運行に吸収されてめぐった。彼は「私」なのだが，その「私」は異教徒やユダヤ人に向かって呼びかける。──「おお舵輪を回し風上に気を配るあなた，フレバスのことを考えよ，彼はかつては

あなた並みに美しく長身であった。」これは傍観者，見る者としての発言であって，「私」はここで円環をめぐる行為者としての「私」(フレバス)と見る者としての「私」(ティレシアス)という2面を持っているのであり，「水死」の章にともにあるという限り両者は一つと言えようが，しかし二人はやはり割れているように見えるのである。

　Ⅳ部の水死の後にⅤ部「雷の言葉」がきて騎士の聖杯探求の場面が展開されるが，ここでは風景を描くことが「私」の旅，行動を示唆し，また描かれた風景は内なる風景でもある。すべてのものは乾ききっているが，水がないということは喪失の感覚と結びつき，否定の描写が重ねられる。「いつも君の横を歩いている第3の人は誰だ？」と言われるこの定かならぬ人物はキリストだが，キリスト時代とそれ以後の歴史が意識され，絶望と希望の両方が重ねられる。

>　山あいのこの崩れた穴の中で
>　微かな月光を浴びて礼拝堂近く
>　転がった墓の上で草が歌っている
>　無人の礼拝堂はただ風の棲みかだ
>　そこには窓がなくドアは揺れ動き
>　乾いた骨は誰も傷つけることはあり得ない
>　ただ1羽の雄鶏が棟木に止まり
>　コ　コ　リコ　コ　コ　リコ
>　稲妻の閃光の中で。それから湿った突風が
>　雨を運ぶ
>　　　　　　　　　　　　　　　　　　　　　(385-94)

　これが聖杯伝説のクライマックスである。そして「私」は雷の言葉を聞く――与えよ，共感せよ，自制せよ，と。それで救いがあるのであろうか。かつてⅢ部で漁夫王の「私」が釣りをしていたときには，「兄王の難破やそれ以前の父王の死について熟考しながら」と父と兄のことを考え，血縁関係を述べることで，時間に秩序を与え，自分の身元を明らかにする兆しを見せ

たのだが，最後の場面で釣りをしているのは独りぼっちの「私」であり，「せめて私の土地を整えようか？」(425) と述べる，ささやかな秩序への意志を持った「私」である。その「私」を取り巻く文学作品の断片的引用は，一瞬のイメージを閃かせ，深層の拡がりを見せるが，もしこれをもヴィジョンと言えるならば，「私」の見るヴィジョンはヒヤシンス園ですでに弱々しいものであったのが，ここではなお一層後退して他人の文学作品を通してしか表れなくなっているのである。冒頭の「4月は残酷極まる月だ」という痛みを伴った言葉も，最後に至ってみると引用の集積の中に埋もれてしまうのである。そして神話の中の人物「私」は歴史の中の言葉に囲まれて，個人的「私」を失ってしまう。見る者と行動する者が一致していた幸せな騎士の探求の物語の後，漁夫王の「私」はティレシアスの視点を持つことなく，雷の言葉を繰り返すだけである。

　『荒地』で駆使される神話的手法と文学作品の引用という技法は，言葉の持つ直接的な意味を剥奪し，多重的意味を付け加えるが，こうした言葉の非個性化は，「私」の変容，解体と絡んでいる。外側の非個性化と実質的な非個性化と言えよう。「客観的相関物」という考えで，エリオットは内と外とのバランスを取ることを重視したが，『荒地』を成り立たせるものは，「私」を盲いさせ，風化させる変容作用と，言葉によって構築される世界を非個性化させる作用である。しかしそのバランスが救いのヴィジョンをもたらすかどうかは別問題である。

　　『荒地』は，もし少しでも動いているとしたら，ある瞬間に向かって動いている，それは詩の外にあって決してやってこないかもしれないが，それを我々は終わりのところでなおも待っているのである[6]。

注

1) Lyndall Gordon, *Eliot's Early Years*, Oxford U.P., 1977, p. 140.
2) F. O. Matthiessen, *The Achievement of T. S. Eliot*, Oxford U.P., 1935, p. 34.
3) Valerie Eliot ed., *The Waste Land*, Harcourt Brace Jovanovich, 1971. に作品成立の事情が詳しい。

4) T. S. Eliot, "The Metaphysical Poets" *Selected Essays*, Faber & Faber, 1932, p. 287.
5) T. S. Eliot, "Tradition and Individual Talent" *Ibid.*, p. 21.
6) Helen Gardner, *The Art of T. S. Eliot*, Cresset Press, 1949, p. 87.

エリオットとブレイク
ブレイクの眼も真珠に？

　T. S. エリオットの最初の評論集『聖なる森』(*The Sacred Wood*, 1920) に収められたブレイク論は，ロマン派詩人についての彼の最初の論である。この文はもともとは「裸の男」('The Naked Man') と題する書評であったが，決して裸身を晒すことのなかった彼のブレイクへの複雑な反応を映している。

　ブレイクに見られる特殊性はすべての偉大な詩の特殊性なのだ，ということからエリオットは論を起こすが，さらにそれは誠実さであり，恐ろしい (terrifying) とするところに彼の立揚がある。ブレイクの「虎」のイメージを喚起させる terrifying というこの語は，エリオットがブレイクの圧倒的な力に充分反応していることを表している。さらに彼はブレイクの誠実さ（つまり裸身であること）が不愉快であると述べ，誠実さというものは高度な技術的熟練なしには得られない，と述べる。ブレイクに有利に働いた条件として彼が挙げるのは，文学については必要とする教育しか受けなかったこと，そしてジャーナリズムに乗り出さなかったことである。余分な教育を受けていないということは，彼より優位に立つ人間がいない，それ故に周りを圧倒し得るほど恐ろしくもなれるということである。彼の哲学も当然ひとりよがりのものとなる。つまり，孤立こそがブレイクを裸身のブレイクたらしめたものなのであった。そのブレイクのものの見方にもエリオットは言及せずにはいられない。

　　ブレイクの長篇詩の欠点は，彼が幻視的でありすぎるとか，我々人間の世界から離れすぎているということではなく，彼が観念に捉われすぎて，ものをはっきり見なかったことに由来しているのである。

内側の世界に多く関わっているために外側を充分に見ない，つまり内が外を凌駕しているブレイクの態度は，エリオットの言う「客観的相関物」を生み得ない。エリオットはこうして，ブレイクの孤立の状態に由来する，彼の眼のあり方の不備を指摘して，ブレイクがブレイクであること全体に反応したのであった。

　ブレイクは単なる天才詩人 (a poet of genius) だとエリオットは言う。天才だけでは，外側にあるべきものがないのだから，裸身同様というわけである。しかしブレイクにとっての genius とは詩的想像力（詩霊）を意味し，最初は imagination の代わりに用いられていた語であるので，もし本人がこの評言を聞いたら，さぞ喜んだであろう。エリオットの考えでは，ブレイクに外の枠組みがあったら充分に外を見たであろうし，自分一人の哲学に耽溺したりもしなかったであろうに，ということになる。エリオットの「見る」ことは動因ではなく，内と外との均衡を保つ作用を意味していたのだ。このブレイク批判は「伝統と個人の才能」(1919) の伝統論につながるし，また「J. アルフレッド・プルフロックの恋歌」の屈折した眼や，『荒地』のティレシアスの存在とも響き合う。

　「ボードレールの芸術家としての真の価値は，彼が作品の表面上の形式を見出したことにあるのではなく，ある生の形式を探していたことにあった」とエリオットはボードレール論 (1921) で述べているが，内なる混乱は野放しにしてはいけないのであり，たとえ成功しなくても形式を見出そうとする態度がなければならない。「批評の機能」(1923) の中で，古典主義とロマン主義との違いは「完全なものと断片的なもの，成熟したものと未熟なもの，秩序あるものと混乱したものの間の相違」と述べているが，この対立的図式はのちに，古典主義はロマン主義の到達点であるという段階的差異として把握されることになる。古典主義を優位に置くことで一つの秩序が構築されるのである（平面的対立がのちに段階的差異へと秩序づけられる発展は，ブレイクの神話の中で理性のユリゼンと情熱のオークとが最初は二元的対立であったのが，のちに老年と青春のサイクルとして把握されるようになったのと似ているではないか）。対立ならば両者は同等の立場だが，段階的差異として考えるならば，ロマン主義は古典

主義に変貌，成長する，あるいは吸収されることになる。それがエリオットの考える全き像であり，時間の経過の上に成り立つ秩序である。

この図式はブレイクを抑え込むものであるが，もしこれに則ってエリオット自身について考えるならば，彼が古典主義を標榜する以前にロマン主義の時代を持っていても当然だ，という自己弁護に聞こえるが，一方，後に彼がロマン主義に対して軟化することの説明にもなる。

実際，彼はごく若い頃にはシェリーに夢中であった。彼のロマン派体験は，自身の青春，結婚の苦さと結びつくのであろうし，根本的には剝き出しの生（性）への彼の嫌悪感と重なっているのであろう。ブレイクに向けられた terrifying という語は，そのままロマン派詩人たちへの恐れをも表すものであろう。成熟していない，到達点に至っていない，秩序がない，それなのにその力は自分を圧倒する——それが terrifying の意味合いである。

エリオットにしてみれば，内なる混乱，内なる暴力は何としても抑え込まなければならない。彼がジョイスの『ユリシーズ』（1922）の神話的手法を評価したのも，そこに自分と同質の秩序への手段を見たからである。

それは単純に，現代史である無益と無秩序の大パノラマを，統御し秩序づけし，それに形と意義を与えるという方法なのである。しかし秩序への意志はブレイクにもあったのであり，しかもそのために神話を用いたのであるから，エリオットやジョイスの先駆であると言えなくはない。ただブレイクの場合，その神話が自家製のものであり，ひとりよがりの哲学の賜物であったところにエリオットの反発があった。しかし堕落から再生へ，あるいは死から復活へ，というブレイクの神話の型は，エリオットの神話と同種である。ノースロップ・フライがブレイク研究の書『恐るべき均斉』（1947）から出発して原型批評に至ったこと，そしてその目でエリオット論（1963）を書いて宗教的想像力という接点を示唆していることは，まことに興味深い。ブレイクは，自分は神の御言葉を記す媒体であると考えて後期予言書を書いたが，彼にとっての創作はすなわち自己放棄でもあって，その点ではエリオットよりも宗教的色合いが濃いと言えよう。しかしエリオットに言わせれば，外を見なかったことがブレイクの予言書の欠点なのである。ブレイクほど外

を変型させたり色をつけたりしては、エリオットの考える詩人のあり方に当てはまらない。ブレイクの外は大抵の揚合、内によって変容させられてしまうが、それほどの強烈な内（想像力）を持つが故に、ブレイクは terrifying なのであろう。このように二人の詩人は大きく隔たっているのだが、それでも共通の神話的祖型を持っていること自体は否めない。

　全きものの探求という型は、ロマン主義的な色合いを持つものであるが、エリオットにもブレイクにもともに見られる。『四つの四重奏』を以て詩の世界を閉じたエリオットも、最後までその型から逸れることはなかった。彼の全きものへの志向は、神話的方法による秩序づけという技法上のこともさることながら、初期の批評にもすでに表れていた。「形而上詩人たち」(1921) でダンに思想と感性の統一を見たこともまさしくその例であり、伝統と個人の才能についての思考も、「客観的相関物」という発想も、すべて全きものへの道にほかならない。さらに彼が詩から劇へと向かったのも、より全きものを目指してのことであったのであろう。初期の詩で扱われた切断された関係、断片的認識は当然修復されて完全なものにならねばならないのであって、生身の人間の演じる空間と時間にエリオットは好ましい釣り合いを見たのである。また宗教への接近も、外への依存による全きものへの道であったのだ。その過程がそのままロマン主義的様相を帯びてしまうのだが。

　とはいえ、エリオットは自らの内を晒すような探求は見せない。内的発動は認めたくない。しかしブレイクにとっては心がそのまま全宇宙でもあるので、その探求は同時に内であり外でもあるものとなる。内は内、外は外として釣り合いを保とうとしたエリオットにとっては、そのような裸身的探求は承服しかねるもの、terrifying なものであったろう。

　1927 年の国教への改宗は、エリオットの反ロマン主義的傾向を再燃させた。この時期には、ブレイクは哲学的にはアマチュア、神学的には異端（「ブレイクの神秘主義」'The Mysticism of Blake', 1927）であるとした。が、30 年代半ばから彼はロマン主義と和解し始め、50 年代にはかのシェリーをも認め、60 年代には古典主義とロマン主義という用語がもはや自分には重要ではなくなった。(「批評家を批評する」'To Criticize the Critic', 1965) と述べるに至る。こ

の軟化現象は彼の創造的想像力の衰退とともに起こっているのだが，要するに外への依存度の増大と内なる想像力の衰退とが，エリオットのロマン主義への嫌悪感を薄めたのである。もはや terrifying ではなくなったのだ。

　この雪解けの過程は，自分の抱え込んでいるロマン主義的傾向への反発の溶解曲線でもあったのだ。F. R. リーヴィスは『再評価』(*Revaluation*, 1936) の中で，「経験の歌」(1789-94) の序詩と『聖灰水曜日』(*Ash Wednesday*, 1930) とがともに多義的であって散文化しにくいという共通点を指摘しているが，エリオットのそれ以前の詩では，言葉の多義性は彼の内なる混乱に由来するものである。「プルフロック」の冒頭の 1 行 "Let us go then, you and I" に自己の内なる二元的分裂を読み取るならば，これはブレイクの神話同様，ロマン主義的心理劇である。ブレイクは人間アルビオンが 4 要素に分化し再び統合するという型を骨組みにしているが，エリオットも同様にまず自己分裂を見て，最後は「我々」が溺れるのである。もっとも，"let us ―" という呼びかけは恋の口説きの詩の常套語でもあるので，「あなた」と「私」を独立した二人として読んでも差し支えはない。その場合，読者は二つの意外性に出会う。一つは「あなた」が途中で希薄になること，もう一つは時間が相手に対する武器ではなく，自身の内側を膨張させ，行動不能にするものになってしまうことである。このような複数の読み方を誘うのは，エリオットの抱えていた内なる混乱にほかならない。

　人間の分裂と統合という型は，『荒地』の人物たちにも当てはまる。「すべての女は要するに一人の女であり，女も男もティレシアスなのである。そしてティレシアスが見るものがこの作品の内容にほかならない……」と自注で言うように，両性を経験した盲目のティレシアスはブレイクのアルビオンに相当する。しかし彼は一方では人間の苦しみのヴィジョンにさいなまれており，ブレイクのアルビオンがめでたく統合するプラスのものであるのに対して，マイナスのものである。アルビオンの場合は人間の形而下的な面を含めての全的統一だが，ティレシアスは見ることによる統一であり，それも盲目というマイナスによるものである。プルフロックは行動者から観察者（行動不能者）に変わらざるを得なかったが，ティレシアスは見るだけの者である。

一方、ブレイクのアルビオンは経験する者であった。

プルフロックからティレシアスへのエリオットの発展は、ブレイクの神話がユリゼンとオークの二元的対立から4要素の分裂と統合の物語へと発展していったのに似ている。さらに強引に言うならば、エリオットの初期の詩はブレイクの小予言書に相当し、『荒地』は『四人のゾア』(1795-1804)に、そして『四つの四重奏』は『エルサレム』(1804-20)に照応すると言えそうである。

「ブレイクははっきり見なかった」と言うエリオット自身の眼は、どういうものであったのか。彼にとって眼はすなわち"I"であり、「プルフロック」に見られるようにそれは肉を膨張させ、さらにそれをもう一つの眼が外から見るという入り組んだものである。あるいはティレシアスに見るように、盲目でありながらすべてを見るという、マイナスを軸にした見方でもある。これも全きものへの希求の一つの現れであろうが、見るときに見る側の立場を外から逆に規定するという複雑なことにもなり、このような眼のあり方は無限の増殖を生み、不安なものでしかなくなる。神話的方法はそれを抑える枠なのである。そして肉体を離れた眼こそが彼の理想なのだ——「かのひとの在りし日の眼、今は真珠」と歌ったように。

エリオットが質量を持たない視線を錯綜させているのに対して、ブレイクにとっては四重のヴィジョンこそが真の見方であって、彼は見ることに質量を加えるような捉え方をしている。それは想像力の働きそのものでもある。彼は想像力に次第に重きを置くようになり、最後の『エルサレム』では想像力は人間存在自体であると述べるに至るが、時間の中に成り立つ想像力に空間が与えられると、それは全きものとして永遠界そのものをも表し得る。真の実在は想像力の中に存するのだ。ブレイクにとって現実のものは永遠界の実在の影でしかない。「すべてのものは人間の想像力の中にある」とも彼は『エルサレム』で言うが、これだけ充足してしまえば、内はそのまま外となり、外に何を見なくても構わなくなる。

エリオットの眼はブレイク的な見方を抑え込むところに成り立つ。マイナス方向に働く眼であり、それが彼にとっての真珠なのである。彼にとって迷

妄の空虚な形を生むだけのブレイク的想像力は，それこそ恐ろしいものであっただろう。詩と批評とが別のものであったエリオットにとって，すべてを含もうとするブレイクの想像力は混乱としか見えないであろう。裸身のブレイクは衣服をまとわねばならない。眼は肉体を離れて真珠とならねばならない。内と外とは均衡を保たねばならない。伝統，キリスト教，正統，といった概念は皆内なる想像力に秩序を与えるもの，またそれによって内を育てるもの，ということになる。「客観的相関物」というエリオットの言葉は，彼が最初から劇に関心を持ち，自らも最終的に詩劇を書いたことと関わっている。外の空間に依存する割合の大きいものが劇であり，ばらばらの関係も劇空間で秩序づけられる。視線の錯綜も観客側の眼によって支えられる。そしてこれは，彼自身の想像力（内）の弱化を支えることにもなる。ブレイクにも初期には劇への志向があり，『詩的素描』(Poetical Sketches, 1769-78) にその断片を見ることができるが，それ以後，劇は書いていない。内が大きく膨張して外を浸蝕した，あるいは内がそのまま外となったためであろう。その過剰な内を今度は自家製の神話が支えることになる。エリオットと異なって，神話さえも内から創ったわけだが，前述のようにその祖型はエリオットと同じものであった。同じ祖型からそれぞれ内と外とを向いていたのである。

　二人の詩人に見られる自己放棄という倫理も，一見同じように見えるが，方向は異なる。エリオットが外によって内を活かすことを考えていたのに対して，ブレイクの自己放棄は，もともと自我にこそ自己の基盤があるので，その自我の全一性を保つための自己放棄，いわば内を強化するための自己放棄なのである。ブレイクにとって自己放棄と罪の赦しとは同じものなのであり，キリストがその最たる例であった。エリオットのキリストも同様に，神と人間との仲介者ではある。しかし彼にとっては，キリストその人よりもキリスト教の方が問題であった。ブレイクの虎を想起させる「ゲロンチョン」('Gerontion', 1919) の虎は，キリストを暗示するイメージであるが，まず世界に受け入れられないものとして登場し，再び現れるときは「我々をむさぼり食べる」。ブレイクの想像力とも見えるこのイメージは，当時のエリオットの内なる混乱を圧縮したものかもしれない。以後，彼はキリストよりもその

外側ともいうべきキリスト教に関わって行く。

　ブレイクの想像力は人間と神との接点であり、キリストと同義ともなる。両詩人はともに時間を超えることを考えたが、ブレイクの揚合は時間（内）に積極的な意義を与え、いわば此岸寄りの道である。初期の詩においてさえも、無心を見ることで世俗的なものを棄てたわけではないし、後期の神話では想像力ロスに時間と予言を担わせることになる。時間とはブレイクにとって生成を存在に変え、潜在的なものを顕現化する場であり、同時にその働き自体をも含んでしまうものなのである。いわば時間が想像力と重なることで想像力を永遠界への強力な手段とするのだ。そしてキリストがその想像力と重なる。

　一方エリオットにとっては、単なる想像力は抑え込まれるべきものであり、『四つの四重奏』で時間が主題になるときも、絡んでいるのは意識であって想像力ではない。想像力は抑えられ、衰えてしまい、問題は今や意識としての時間、あるいは時間の中の人間の意識、そして時間を超える道なのである。時間の中にのみ薔薇園の瞬間があると述べられるように、時間の中の静止点が永遠界を垣間見る場となるのだ。エリオットにとっての神は外在すべきもの、彼岸の存在である。ブレイクの神との関わりを動とすれば、エリオットのそれは静である。エリオットは自らの内にもあるブレイク的なものを恐れたが、時の流れとともに内は張り合うほどの力を持たなくなり、外への依存と相俟って、恐れはほぼ消え去り、めでたく彼は静止点を見たのである。

E. ミュアの詩
旅人還らず

1 神話の始まり

　エドウィン・ミュア（1887-1959）が詩人となったのは35歳の時であった。「わが幼年時代は全て神話／遠い島で演じられて」とのちに「神話」と題する詩でうたった彼は，スコットランドの北方オークニーで生まれ，14歳の時一家でグラスゴーに移っている。それまでの幼年時代は彼にとってエデンであり，神話の世界であり，そこでは時間は静止していた。

　　私の生まれたオークニーは，普通のものと寓話的なものの間に大した差のないところだった。生きている人々の生活は伝説へと変わるのである。

と彼は『自伝』[1]で述べているが，この平和な島から産業のグラスゴーへと彼が移り住んだことは，永遠界から時間の世界へ堕したこと，エデンの園から追放されたことであり，彼自身の成長と相俟って，人間の歴史をなぞって生きることでもあった。そして彼は自分の人生全体を神話に変えようとしたのである。
　彼は『自伝』に最初は「物語と寓話」という題名をつけていたが，自分の辿ってきた人生を物語であり寓話であるものとして捉えるということは，輝かしい幼年時代があったからこそであり，彼が詩を書き始めたことも，また『自伝』を書いたことも，すべてこの原点のなせる業であった。そしてこの原点と，同時にそこからの隔たりを見たのが詩人となったときの出発点で

あった。そして実際に彼は幼年時代をうたうことから始めたのである。そしてその原点からの隔たりを生む時間というものに思いをめぐらし，彼は精神の旅を辿り始める。「ヴィジョンに取りつかれて」[2]の旅である。

2 時　　間

　幼年時代に焦点を当てた『第1詩集』(1925)ののち，ミュアは『時間の主題による変奏曲』(1934)で時間を歌った10篇の詩を並べている。彼が時間の流れの中に見るものは現代の荒地であり，人々の病弊，混乱，無目的であるが，「いかにして我々はここに至ったか？」という問いに対して答えはない。

　　限りない平原のどまんなかで
　　我々の道は終わるのか？

という第2部冒頭の問いにも，明確な答えはない。修辞的疑問としてとれば「否」と答えるわけだが，それほど断定的な答えはまだない。時間が連続して流れて行くことは確かだが，

　　我々は戻れない，
　　だから後継者たちの王国を見ることはないだろう。

と否定形は強く響く。しかし戻れずに進んで行く「我々」に，少なくとも約束の地はあるようである。約束の地はそれぞれのセクションの終わりに置かれるが，イスラエルのさまよえる民族のイメージが下敷きになっており，「我々の地はどこか？」という問いに対する答えはない。ただわかっているのは時間が破壊する者であると同時に救う者でもある (VII) ということ，そして時間の中でのみ対立するものの結合がなされ，人間の精神の故郷は時間

を超えたところにある（VIII）ということである。
　この時間の認識は自分自身の存在なくしてはあり得ず，

　　頭から爪先まで私の皮膚に包まれているのは
　　私が知っていて知らない者である。

と歌うとき，ミュアは自分自身の分身をそこに見ていて，初期のT. S.エリオットを思わせるが，この人物はときどきやって来る訪問者であり，

　　彼の名は「無関心」だ。
　　何ものも攻撃しないが，彼が攻撃自体なのだ。

と詩人は名前を与えるが，

　　……私にはわからない
　　彼が私自身なのかあるいは私をうまく置き去りにしたものなのか
　　……

という存在であり，原罪なのである[3]。そしてこの「無関心」は時間そのものでもあり，時間と自我とが重なっては逸れて流れて行く。
　この『時間の主題による変奏曲』はミュアの抱え込んだ時間についての問題をほとんど取り込んでおり，確答を持たぬままミュアは先へ進んで行く。
　彼自身の声がよりはっきりと聞きとれる次の詩集『旅と場所』(1937)でも，人間は時間に縛られているし，戻ることはできない。

　　いつも曲がりくねって
　　　「再び」の国を切り離す道がある。　　　　　　　（「道」）

と歌うように，旅も場所も具体的なものではなく，歌われる場は「山々」，

「丘」であり,「見知らぬ場所」であり,「光と闇の場所」,「行きつかない場所」なのである。旅の主体はミュアと重なったトリストラムであり,ヘルダーリンであるが,固有名詞の背後に普遍がある。空間的な旅とともに時間的な旅として「堕落」が歌われもする。またトロイや,アーサー王の魔術師マーリンが現れたり,彼自身の生の意味を問うために時間的,空間的な手がかりを探っているのだが,第1詩集ですでに幾らか下敷きにしていた神話を,この詩集以後ミュアは大いに用いるようになる。身のまわりのなまなましい現実からの逃避と言えなくもないが,自分の幼年時代を神話であると最初に確信した彼にとっては,共通の神話を枠組みにすることは自身の幼年時代を取り込み,拡充することでもあり,時間を超える手だてでもあり,一方では自己を客観化する手段でもあった。作品と詩人とを切り離して考える当時の風潮に対して,ミュアはむしろ自身を作品の中に参加させ,また自分の作品について『自伝』の中で語りもするのである。このことは作品に生身の自己を満たして見せるということではなく,むしろ自己を客観化し,普遍化することなのであった。そしてその自分——つまり人間一般——が旅の果てにかつてのエデンへ戻れるかどうか,が問題なのである。この『旅と場所』の中の「堕落」という詩では,ミュアは堕落以前に自分はどういう形であったのか,と問う。時間の連続の意識に則って,堕落以前の原点に思いを馳せるのである。過去の原点を考え,そこから遠のかせた時間の破壊性を眺め,未来の人間の運命を考えること——それがこの段階での彼の課題であった。

　より現実と結びついた次の詩集『狭い場所』(1943)以後,ミュアは「帰還」という題名の詩を三つほど書いた。この『狭い場所』の「オデッセウスの帰還」が最初であるが,「帰還」という題名であったのが,のちに「オデッセウスの」が付け加えられた。オデッセウス(ローマ名ではユリシーズ)の物語は英雄譚であり,また帰郷の物語であるが,ミュアはオデッセウスその人の物語をうたうのではなく,故郷で彼を待つ妻ペネロペに焦点を合わせるのである。次の詩集『航海』(1946)の「ギリシャ人の帰還」——これも最初の題名は「帰還」であった——でも夫を待つペネロペの姿があり,

また最後の詩集『エデンに片足を』(1956) の第1部には彼らの息子の側からうたった「テレマコスの想い出」があり、オデッセウスの帰還 —— というよりも不在 —— をもう一つの視点から眺めている。帰りの旅がこうしてオデッセウスの物語に重ねられようとするのだが、主人公であるはずのオデッセウスはまだ帰って来てはいない。神話ではオデッセウスは必ず戻って来ることになっているが、もしその神話の時間を輪切りにしたら、彼は永久に帰って来ない。ミュアはオデッセウスをひたすら待つペロネーペの側に立っているが、時間の流れに堪えて待つ人、帰って来ると信じながら織物を織ってはほどいて求婚者たちを退けている人を歌うことで、オデッセウスの未帰還を浮かび上がらせている。

最初の「オデッセウスの帰還」では、主人のいない家の、物音がこだましているがらんどうの感じが日常的イメージで描かれる。

　　オデッセウスの家ではパタパタとドアが開き、
　　緩んだ掛け金は誰の手にも渡って
　　裏切、内通、勧誘、取引の者どもを内に入れていた。
　　部屋や通路が反響するのは
　　公共市場の安逸と混乱で、
　　壁はあなたが話をし、床に唾を吐き
　　うつろな目で新来者を眺めるときに
　　寄りかかる単なる壁。そこであなたは自分自身になれるだろう。

日常的とはいえ、何か夢のようなイメージであり、リアルに描かれた想像上の場面である。そして「あなた」を引き込むさりげない書き方。この空虚な風景に対して後半はペネローペが家の中心に座って織物を織ってはほどき、ほどいては織っている姿と、オデッセウスに問いかけているその心が描かれる。

　　　　　　　オデッセウスよ、これが義務なのよ。

織ってはほどくことが。秩序と正義と希望と平和が入れる
　　からっぽの門を守ることが。
　　ああ，あなたは帰ってくるの？　それとも死んでいて
　　この作られた空虚さが私の究極の空虚なの？

　オデッセウスが戻ることは秩序，希望，平和をもたらすことであり，彼の不在はこれらすべてを成り立たせず，陰画的風景にしてしまう。死んでさえいなければ必ず彼は帰って来る，とペネローペは確信するのだが，彼は死んだのかもしれない……。

　　彼女は織ってはほどきまた織っていたが
　　そのときでさえ世界の曲がりくねった道にあったオデッセウスが
　　帰路についていることを知らなかった。

　「世界の長い曲がりくねった道」は迷路のイメージにつながり，したがって時間そのものであるが，オデッセウスはそこを通り抜けて戻って来るはずなのであり，ペネローペはただそれを知らないのである。
　のちの「テレマコスの想い出」では成人した息子のテレマコスが当時を振り返って，いかに自分が母親ペネローペの愛と誠実さを理解していなかったかを述べる。

　　彼女は誇りと誠実と愛を恐れの中へと
　　織り込んでいたとは知らずに

　ミュア自身が幼年時代を成人してから振り返ってその神話的意味を悟ったように，テレマコスも成人して初めて母親の行為の意味を悟るのである。そういう点ではミュアはテレマコスと重なる。
　「ギリシャ人の帰還」でもギリシャ兵たちはトロイ戦争ののち故郷へ戻って来たが，オデッセウスは帰って来ない。戦争が終わった今，ギリシャ兵た

ちには生きる目的はない。彼らにとって10年前に後にしたこの故郷は色あせてしまっている。

  ついに彼らが到着したとき
  かつて胸に抱いた子供らしい光景と
  間に横たわる
  戦争を見出した――

　この詩の八つのスタンザはすべて第1行と終行の最後に同じ句か同じ語が置かれ，韻の構成もababbaと単調である。しかし第7スタンザで一転して，妻と子供たちのために彼らは再び命を棄てようとするであろう，とうたわれる。そして重ねるように最後のスタンザは，兵士たちの帰還を塔の上から眺めているペネローペで締めくくられる。

  彼女は独り，塔の中。

と動詞抜きで終行が結ばれるとき，一人とり残された淋しさ，神話の完結されていない不安が漂う。オデッセウスはまだ帰って来ないのである。そして彼女がオデッセウスの不在を，彼の不在が彼女の存在を支える。

3　「帰還」の意味

　ジョイスの『ユリシーズ』(1922)でも，主人公は家へ帰ることは帰った。しかしミュアのオデッセウスは帰らない。

  バーナード・ショウよりもましなものを示せなかった前の時代よりも，
  ジョイスと『ユリシーズ』を示せる今の時代に生きたいのだ[4]。

と手紙に書いたミュアは，ジョイスの『ユリシーズ』を大いに意識していたわけだが，しかしミュアはミュアであった。

　1949年の詩集『迷宮』で彼は「帰還」と「帰りの旅」の二つの帰還の詩を書いているが，「私」も帰りついたとは言い難い。前述の「オデッセウスの帰還」も「ギリシャ人の帰還」も，ともに最初の題名は「帰還」であったのがのちに訂正され，純粋に「帰還」と題する詩はこの『迷宮』のものだけとなった。主人公は「私」である。

　　　私はときどき自分が老いて老いた男であるのを見る。
　　　時間の忠実な下僕として時間とともに長い間歩いてきて
　　　彼は私にとって見知らぬものとなっている ── かつては
　　　私自身だったのに ── 時間とほぼ同じくらい知らなくて，
　　　老人の杖と伝説的外套によって心安くなるのだ，
　　　というのも，ほら，それは私，それは私なのだ。

と「私」である老人が自身の家へ帰ろうとしているのを「見る」のであって，「見る」という言葉に詩人の客観的態度を込めているのだが，同時に実際の経験ではないヴィジョンであるということも示されている。「私」は長い年月の後に老いさらばえて戻って来たのであり，声々は私に呼びかけ，周りのものも好意的であるのだが，

　　　だが私は入れない，内なるすべてのものが
　　　そこで私の前に立ち上がり，私に逆らって
　　　切望の甘く恐ろしい迷宮が立ち上るので，
　　　私は脇に逸れていつも
　　　早かろうと遅かろうと前へ進む道を取るのだ。

　老人はそこまで帰って来ているのに家へ入れないのである。「私」である老人を帰らせないものは外側の事情ではなく，自らの内側にあるものであっ

た。

　「帰りの旅」の目的は「私の一族を探すため」であった。7部からなる旅の目的は最初ははっきりしている。

　　始まりを探しなさい，あなたがどこから来たのか学びなさい，
　　あなたを作ったさまざまの土を知りなさい。

そして「私」は昔を遡(さかのぼ)って旅をしていくのだが，最後のセクションで「もし終わりに着いたなら……」と考える。

　　もしあの場所に着いたとしても，耳をつんざくあの道以外に
　　どうやって私のいる場にいけるのか，生のように広く世界のように
　　　広い道，
　　それによってすべてがすべてに至る道以外に，
　　強者は弱者と，速い者は静止する者と，すべてが……

それが旅の目的に適うのかどうか，目的は次第にぼけていき，夢のようなイメージはそのまま最後で目覚めることなく，最後に辿りついたイメージは，

　　収穫はない。
　　だが畑の周りは収穫物ですっかり白く，
　　そこに我々の旅の地がある。我々は見ないで通るが，
　　静かで輝く夕空を背景に
　　あの黄金の収穫者を見守ってきたのである。

　それと知らずして眺めているキリストのヴィジョンであるのかもしれないが，自身に実りがあったわけではないし，「我々」は通り過ぎて行くのである。

詩集の題名となった詩「迷宮」でも，迷宮から首尾よく抜け出したテーセウスが（固有名詞は出てこないが）その翌日に一人称で語る形を取っているが，彼は迷宮から「出て来た」と言うのであって，戻ったという感じは持っていない。迷宮の中では，

　　私は恐れかかっていた。
　　どこかなだらかな曲がり角で戻って来る私自身に会うのを，
　　私自身であれ私の幻であれ……

と戻って来る自分自身か実体のない幽霊かに会うことを恐れたが，分裂した自分，あるいはその影の意識と，戻ることとが結びつくのが迷宮なのである。それまでのミュアの詩集の題名を並べてみても，旅，場所，航海，などとなっていたのが，「迷宮」で行き止まりになっているのであって，帰り旅をヴィジョンとして見てはいても，帰れないのである。
　ペネローペの側を専ら歌ったミュアは，オデッセウス自身の旅の意味について全く興味がなかったわけではあるまい。むしろその意味の重さをよく知っていたはずである。オデッセウスの航海とその冒険は神話からの脱出，合理的近代への自我の脱出行であったとする見方が，30年代にかけてドイツで流行していたが[5]，この見方をとるならば故郷の概念をオデッセウスの神話から切り離さなければならない。ところがミュアの旅はもともと神話からの脱出ではなく，逆に神話への復帰であったのだ。彼がオデッセウスの帰郷を描くにはそれまでの航海の意味づけをした上でなければならない。その手続きはミュア自身の哲学の構築を意味し，ジョイスの『ユリシーズ』に張り合うことを意味する。ミュアがオデッセウスの帰還にのみ興味を持ち，しかも主人公を帰らせなかったことは，一つにはそういう外の情勢の反映があったに違いない。
　一方ミュア自身のヴィジョンの中で，帰路を辿って原点に戻りつこうがつくまいが構わなくなってしまったという事情がある。彼は50歳を過ぎてからキリスト教に惹かれていったのである。キリストの存在を実感として感じ

たというのである。『迷路』に収められている「変容」に当時の彼の心象を見ることができる。題名は山上でのキリストの変容を表すが、世界も変容するのである。

> そこで地面から我々は感じた、美徳が我々の血管を通して
> 枝分かれしてついには我々が全体となるのを、
> 我々の手首は泉の水のように新鮮で浄らかで
> 我々の手は聖なるものを扱うために新しくされ
> 我々の見ることすべての源は濯がれ浄化され
> ついには土と光と水がそこに入り
> 澄んだ堕落以前の世界を我々に返したのだ。

「我々」も変わった。そして「現実であれ幻であれ、これを我々は見てきたのだ」と述べた後、動詞が現在形となり、

> ひとりそれは花として咲き輝いて
> 時間が流れ続ける間は自身のために栄える。

と前半は結ばれる。この「それ」は「あの輝かしい王国」であり、現在形は永遠の存在を表す。それは過去へ戻ったり未来を夢見たりするものではなく、ここにあるものだというのである。この地にあるもの、時間の中にあるものを、彼は積極的に見るようになった。もはや原点の神話にだけ価値を見るのではない。善と悪は同時に存在しているものであり、時間は救いとなり得るものである。とすれば、あえて旅に出る必要がどこにあろうか。何故帰りの旅を辿る必要があるのか。

4 『エデンに片足を』

　『エデンに片足を』は帰り旅を必要としなくなったミュアの境地をうたってはいるが，彼はまだ揺れ動いている。この最後の詩集は2部に分かれており，第1部はこれまでうたってきた神話の世界を総括的に扱いながら，第2部ではまだ詩人自身が旅人であるような混乱を残している。第1部の最初がミルトンをうたったソネット，第2部はカフカに寄せたソネット，というのも象徴的である。第1部が過去，第2部が現在，という分類もできるであろう。また形の上で14行詩を書くに至ったのは，それだけ安定した秩序への志向があったことであろう。そして第1部でミルトンのソネットを書いていることは，ミュアがこれまで追ってきた主題とミルトンの主題が重なることが確認されたことであろうし，ミルトンに連なるキリスト教詩の伝統にくみしたということであろう。しかし第1部だけでまとまっているわけではなく，カフカに宛てたソネットで始まる第2部があるということも意味があるのである。第1部には入らない現代の様相の認識が第2部にあることで，ミュアにとってのすべてとなる。そして「しかしあなたは……罪のすべての葉に読み取り……であろう／永遠の秘密の手書き文字を，救いの証拠を。」とソネットを結んでいるのは，第2部が決して第1部と対照的であるわけではないことを示していて，ミュアの目はやはり現実の背後に永遠を見ている。

　第1部で扱われる神話はギリシャ神話だけではなく，「アダムの夢」，「エデンの外」，「アブラハム」，「反キリスト」とキリスト教神話が積極的に取り入れられ，二つの世界が並べられる。対立というよりも調和のうちに存在する。ミュアは今や自分自身と人間の歴史を重ねているのであって，初期の詩集から見え隠れしていた彼の自意識が，神話の中に拡散して普遍性を帯びる。このことは，受容の精神を身につけたからこそであろう。

　詩集の題となった詩「エデンに片足を」は人間がエデンへ戻ったというのではなく，エデンにまだ片足を残したままでいる，というものなのであり，

この堕ちた世界の中心に堕落していない世界はずっと存在していたというのである。失われたものを探しに出立する，というのではなく，そのものは最初からそこにあるのであり，善も悪もともにそこにある。永遠界と時間界も共存する。

> けれどもなおエデンからあの根が現れる
> 出発の日と同じぐらい汚れのない根が。
> 時間は茂みと果実を受け取り
> 原型の葉を燃やして
> 冬の道にまき散らされた
> 恐怖と悲しみの型にするのだ。

しかしミュアはこの境地でめでたく終わったわけではなく，第2部で揺れ動く。前述のように第1部にテレマコスが母親ペネローペの行為の意味を語る詩があるのに対して，第2部では「仮説的時代のための歌」と題する詩で，帰って来ないオデッセウスを待つペネローペ自身の言葉が書きつけられている。

> しかしなお彼女は言った「始めたところに
> 私は戻らなければいけない。でないとすべては失われ，
> 偉大なオデッセウスは嵐に揺すられ，
> 私の技では難破して滅びるだろう。だから，彼を浜辺に導くのよ。
> そして再び彼女は織物を裂き
> それ以上彼女の心から分かれなかった。

始めたところに戻らねばならない，というのはもちろん彼女の織っている織物のことであるが，今や帰還するのはオデッセウスではなくてペネローペなのである。そして昔のこのペネローペの心に対して，今は熱い心も石化する，と歌われ，

石の障壁が壊れ
　　　　もはや悲しみと喜びが目覚めなくなるまで。

と締めくくられる。もう一つ注目すべきことは，かつてはユリシーズとラテン名で書いていたのがギリシャふうに戻ったことである。ミュアはジョイスの『ユリシーズ』から抜け出して，自分のオデッセウスを —— 不在ながら —— 持ったのである。

　ミュアの現代についての認識の極みは「馬たち」であろう。エリオットはこれを「原子力時代の偉大な，脅かす詩」と呼んだ[6]が，ミュアが幼年時代以来親しんできた馬という動物を持ってきているところに彼の本領がある。馬は彼の幼年時代のヴィジョンとともにあり，また時間のイメージとも重なったが，今，馬の代わりに新しい見慣れぬトラクターがやって来るのである。そして，

　　　我々の生活は変わった。彼らの到来が我々の始まり。

というのが終行であるが，絶望で終わっているわけではない。受容の態度である。

　実生活の上では，まるで旅人が故郷に帰ったかのように彼は1956年秋にオークニーに戻り，自分の家を持った。しかし受容の態度を身につけた詩人は，ヴィジョンの中でオデッセウスを帰らせなかった。『エデンに片足を』に表される調和と多少の揺れ動きの両方を持ったまま，彼はこの地にとどまるのである。彼が真のキリスト教徒であったとは言い難い。彼はいつも結論を避けるような詩を書いてきたが，キリスト教に関してもとことんまで究めはしなかった。彼がオデッセウスを帰らせなかったのも，旅人を帰郷させなかったのも，彼が一歩手前でとどまる詩人であったからである。一歩手前でとどまることで調和が保たれることもあるのである。

　1979年12月の *TLS* にミュアの未発表の詩が2篇，リッチー・ロバートソンの手で発表された[7]。その一つの「正義の人」と題する詩で，ミュアが

削った最後の3行をロバートソンはあえて復元して発表している。

　　主よ，彼の顔にあの贈り物を投げつけてください
　　彼の選択ではあり得ないと思われる
　　あの贈り物，あなたの恩寵を。

　この3行の意味，そして削ったことの意味を考えると，ミュアが最後まで揺れ動き，一歩手前でとどまったことがわかるであろう。

注
1) *The Autobiography*, London, 1954, p. 14.
2) T. S. Eliot ed., *Edwin Muir : Selected Poems*, London, 1965, p. 10.
3) E. Huberman, *The Poetry of Edwin Muir : The Field of Good and Ill*, NY, 1971, p. 72.
4) P. H. Butter ed., *Selected Letters of Edwin Muir*, London, 1975, Feb. 28, 1925. S. Schiff 宛。
5) 徳永恂『現代批判の哲学』（東京大学出版会，1979）。
6) T. S. Eliot ed., *Selected Poems*, p. 10.
7) *TLS*, 1979 年 12 月 21 日号。

『ゴドーを待ちながら』考
道化たちの黄昏

1　ヴラジーミルとエストラゴン

　二人の道化じみた浮浪者——ヴラジーミルとエストラゴン——がゴドー(Godot)という人物の来るのを同じ場所で，黄昏の同じ時刻に，二日にわたって待っているというサミュエル・ベケット(Samuel Beckett)の『ゴドーを待ちながら』(*Waiting for Godot*)は，1953年のパリ初演以来30年のうちに現代の古典となってしまった。

　En Attendant Godot というフランス語の原名からは，waiting が「待ちながら」という意味であることが窺えるが，しかし英語の waiting はまた「待つこと」でもあり，何の行動も伴わない「待つこと」自体が芝居の主題でもあると言える。幕があいて最初に聞くエストラゴンの台詞もきわめて象徴的に「どうにもならん」("Nothing to be done"〔9〕)[1]というものだが，この言葉はこれから始まる芝居自体について述べているようにも聞こえ，しかも be 動詞を含まない名詞止めの形であって，「待つこと」と等価値的に舞台上に 'nothing' が拡がるような印象を与えさえする。

　道化の流れを汲む二人の主役たちはとにかく芝居の間は(つまり二日間は)待っている。そして彼らの待っているゴドーは少なくとも芝居が終わるまでは現れない。二人の男が待つべき約束の場所は果たしてここなのか，また夕暮れの今が待つべき時なのか，ということも二人の会話からは定かではない。特にそれはディディと呼ばれるヴラジーミルよりもゴゴーと呼ばれるエストラゴンにとって一層不確かなことである。エストラゴンは相棒に「確かにここなんだろうな？」(14)と訊ねたりする。しかし彼らの方がむしろ遅

れてきた男たちであるのかもしれない。芝居の初めの方でヴラジーミルは「手に手を取って，エッフェル塔の上から身投げすることができたろう。最初のやつらと一緒に。あの頃は立派な身なりをしていたもんだ。今じゃもう手遅れさ。私たちはもう塔に登らせてもらえやしない。」(10) と言うが，フランス語読みで efel，英語読みで aifel，併せて aifəl = I fell と受け取れなくはないこのエッフェル塔から fall さえしそこなったのがこの二人の男たちである。当時は見ばえしていたのに今では見られたものではない，という点でも黄昏の男たちである。彼らはまともな時間の流れから脱落しているのかもしれないが，二人の会話のずれは，脱臼 (dislocate) しているのはひょっとすると彼らではなく他の者たちかもしれないとも考えさせる。その相対的な不確かさがこの芝居の身上であろう。

　ディディ，ゴゴーという互いの呼び名も，元の名を似て非なるものにしたという点では芝居の構成自体の写しである。つまり，芝居の中で彼らが聖書の文句やパーティ・ジョークを不正確に引用したり，あるいはいろいろな真似ごっこをしたりして，原典からの写しによる存在の稀薄化とでもいうようなものを行っているのと，彼らの呼び名 —— 本来 8 文字の名を 4 文字にしている —— とは軌を一にしているのである。待っている人物の名ゴドー (Godot) もゴゴー (Gogo) とディディ (Didi) が一つに合わさったものにも聞こえるし —— とすると存在の稀薄化の上に成り立つゴドーということになる —— またゴドーは神 (God) だと考えるならば，ゴゴーは God，ディディは Dieu を連想させもしよう。こうして二人の男たちは名前の上でゴドーと結びついているのかもしれないし，また二人で一組になっているのかもしれない。実際，人物設定の上からは二人は対照的であって，ヴラジーミルは記憶も確かで論理的であり，抽象的にものを考えるが，エストラゴンの方はすぐにものごとを忘れ，関心を持つものは食べ物とか長靴とか，お金とか，専ら身近な，形而下的なものである。彼は「忘れ難いね」(34) と感想を述べたとしても翌日にはけろりと忘れて自分の言葉さえも裏切る男であり，「おれは歴史学者じゃないぜ」(65) と言う。彼らがゴドーを待っているのだという重大な事柄もヴラジーミルの口から専ら語られるのであり，やっと終幕

近くになってエストラゴンも「ゴドーを待つんだ」(87)と述べる。まるで二人の認識が一致するまでの芝居といった趣だが，ゴドーについての知識も当然ヴラジーミルの方が多い。ともすればまどろんで夢を見るエストラゴンを阻むヴラジーミルは孤独感からそうするのだが，いつもエストラゴンの注意をゴドーへ向けさせる役でもある。

　この二人の組み合わせはどちらが主でもなく，観客は二人を同じレベルで捉えることを要求される。両極間にかもし出される不確かさ，食い違いが芝居の基調であろう。舞台が昼と夜の間の黄昏に設定されていることもこれと無縁ではあるまい。黄昏は夜に向かって進行するが，その黄昏さえもエストラゴンは明け方と取り違えたりする (85)。一夜明けて第2幕になると，エストラゴンの記憶は再び混沌としてヴラジーミルと対立するので，夜はエストラゴンの黄昏感覚を断ち切りながら，しかも促進させるものなのである。彼らの黄昏はまた歴史の黄昏であることは，第4の男ラッキーの長い台詞のイメージに明らかであり，これは終末論の芝居でもあるのだ。

　エストラゴンとヴラジーミルの組み合わせが不確かさを展開するところに別の二人組ポッツォとラッキーが現れ，エストラゴン——ヴラジーミル組は演ずる側から観る側へと回る。彼らの去った後ゴドーの使いの少年が登場し，少年とゴドーとのペアとしての組み合わせを考えさせるが，第2幕で再び使いとして登場する少年が同一人物であることを否定するので，そのペアとしての組み合わせの可能性があやふやになり，それでまたゴドーの存在が遠ざかる。ゴドーが来れば救われるとヴラジーミルは言うのだが (94)，少年の伝言は二日とも「今日は来ない，また明日」というものであり，ゴドーへの伝言を求められてもヴラジーミルは「そうだな……私たちに会ったと言いな」(52) と第1幕で述べ，第2幕では「そうだな……私に会ったとな……私に会ったと」(92) と繰り返すだけである。

2　nothing の重さ

「どうにもならん」(9) という開幕直後のエストラゴンの台詞は，彼が長靴をうまく脱げないことを言っているのだが，ヴラジーミルには人生論的発言と受け止められ，そして観客にはこれから始まる芝居についての言葉とも受け取られる。以後，同様の台詞は幾度も繰り返し述べられることになる。そのままの形ではエストラゴンが1回 (21)，ヴラジーミルが2回 (いずれも11) の他に，その変形としてエストラゴンは，

「見たってなんにもないよ」
(There's nothing to show. 〔11〕)

「どうも仕方がありません」
(Nothing we can do about it. 〔23〕)

「ところで，なんにも起こらないね」
(In the meantime nothing happens. 〔38〕)

「なんにも起こらない，だあれも来ない，だあれも行かない」
(Nothing happens, nobody comes, nobody goes. 〔41〕)

などと述べ，ヴラジーミルは，

「どうしようもない」
(There's nothing we can do. 〔68〕)

「やることなんか，なんにもない」
(There's nothing to do. 〔74〕)

と述べる。観客は二人の男を両極として 'nothing' を幅ひろく受け取ることから始まって、その変奏を追っていくのである。しかしベケットの以後の芝居がより一層芝居的なものを削られていくことを考えると、原点としてのこの芝居にはまだ 'nothing' がある、と言えよう。この芝居は 'nothing' の有形化であり、舞台上の 'nothing' が大きくなればなるほど舞台の外のゴドーの存在が大きくなる。

　待つことの他は何もすることのない二人は、それぞれエストラゴンは長靴と格闘したり、ヴラジーミルは帽子をいじくりまわしたりして、次から次へと話を展開させるが、高次元路線を受け持つヴラジーミルは福音書を話題にする。救い主にともに十字架に掛けられた二人の盗人のうち救われたのは一人であり、それについて四つの福音書の意見が食い違っている、ということを述べ、事実なるものの曖昧さ、伝聞の曖昧さを伝えると同時に、救われることへの関心の強さがこの芝居の伴奏として響く。そして彼らはゴドーを待っているのだという認識が、

　　E：もう行こう
　　V：駄目だよ
　　E：なぜさ？
　　V：ゴドーを待つんだ　　　　　　　　　　　　　　　(14)

という台詞で説明される。彼らが舞台上にいる唯一最大の理由がゴドーを待つことなのである。彼らの話はイギリス人が淫売宿に行った話などに逸れるが、絶えず待つことが意識され、エストラゴンが暇つぶしにここにある木での首つりを提案したときも、ヴラジーミルは「はっきりするまで待とう」(18) と抑える。周辺的な遊びでも絶えず話はゴドーへと収斂していくのであって、ゴドーは彼らの行動を舞台の外から規制しているのである。

　そして二人にとって最大の事件、ポッツォと首に縄をつけてポッツォに引かれているラッキーの登場である。エストラゴンは「あなたはゴドーさんじゃありませんか？」(22) とポッツォに訊ねるが、「ゴドーってのは誰か

ね？」(23)と逆に言われる。ヴラジーミルの答えは「それはその……ちょっとした知り合いで」であり，エストラゴンは一層否定的に「そりゃ違う，知ってるってほどじゃない」と答え，ゴドーとの関わり方の違いをはっきりさせる。

　二人は新しく登場した二人組のすることを観察し，いろいろなことを言い合うが，先ほどまで演技者であった立場から観客の側に身を置くことになったわけで，さらにそのエストラゴン ― ヴラジーミル組とポッツォ ― ラッキー組の関係を観客は眺めることになる。劇中劇を眺める構造である。エストラゴンはラッキーのための骨を拾ってしゃぶるような関わり方をするが，ヴラジーミルは，ラッキーの首に縄をつけているのはけしからんと言ったり，何故ラッキーが荷物を置かないのかと訊ねたり，さらに「あんたは厄介払いをしたいと思っている？」(31-2)という質問をポッツォに5回も繰り返しぶつけるのである。それに対するポッツォの最終的答えは「その通り」(32)であり，「為を思ったら殺すより仕方がない」(32)と述べてラッキーを泣かせてしまう。エストラゴンはラッキーにハンカチを手渡そうとして足を蹴られるが，肉体的に傷つくのはいつもエストラゴンの方である。ポッツォは自分が演技者として眺められていることを充分に意識しており，「用意はいいかな？　皆わしを見とるね？」(30)と訊ね，吸入器で喉を湿らせ，咳払いをし，唾を吐き，また吸入器を使って……という具合に構えてから喋る男である。演劇的状況を必要とするのである。それが話しているうちにパイプをなくし，吸入器をなくし，さらには大切な時計さえもなくしてしまう。この相対的な黄昏の世界で時を刻む唯一のものであった時計を。ポッツォは自分の持ち物を失うことで'nothing'への道を辿っているのである。

　ポッツォ ― ラッキー組のヤマ場はラッキーの長広舌で，二人の観客を楽しませるために演じることをポッツォが命じるのだが，thinking という名目の下に行われる。考えることさえも道化芝居に堕しているわけであるが，ラッキーが考えるには帽子が必要とされ，まるで考えることが外からやって来るかのような印象を考える。主体の意志と関わりなく溢れるラッキーの言葉の洪水は，以後『私じゃない』(*Not I*)や『あのとき』(*That Time*)などに至

るまでの ── 次第にエネルギーを失って無理に絞り出される言葉という様相を帯びていくが ── 喋ることと主体との分離に取りつかれたベケットの独白の原型と言えるであろう。ラッキーはその名に反して一度も笑わない男であり，この芝居の中で彼の台詞はこの独白だけである。個人的な神の存在の仮定から始まる終わりのない文は条件節とも疑問文ともとれるが，最後は頭蓋骨のイメージである。文を為さない文のありようはそのままタガの外れた世界像の写しであるが，ラッキーの言葉の中で時間は直線的に進行して頭蓋骨に収斂して行き，失われた時間は取り戻せないというメッセージに聞こえる。エストラゴンとヴラジーミルの時間が横すべりして行くときに，ポッツォとラッキーの時間は急速にゼロに向かって行く。第2幕で再び現れたときの後者たちの変わりようはどうであろう ── ポッツォは失明し，ラッキーは言葉を失っているのである。彼らの経験する時間とエストラゴン ── ヴラジーミルの時間とは速度がまるで違う。第1幕でポッツォとラッキーが去った後ヴラジーミルは「おかげで時間が経った」(48)と述べるが，エストラゴンとヴラジーミルの時間はポッツォとラッキーの時間を包み込み，ゆったりしたものなのである。ヴラジーミルは以前にポッツォを見たことがあるらしく，「変わったもんだ，あの人たちも」(48)と言う。それに対してエストラゴンは「なぜ，向こうで，こっちがわからなかったんだ？」と当然の質問をする。「それだけじゃ何とも言えない」("That means nothing"というのが）ヴラジーミルの答えだが，またしても'nothing'である。彼ら2組の生きている時間のテンポがすでにずれていて，互いにそれと認め合うことは難しく，また意味のないこととなっているのではなかろうか。

　第2幕は第1幕あってのものであって，第1幕よりも希薄になった写し，変奏のような趣がある。幕があくとヴラジーミルが歌いながら入って来るが，その歌は死んだ犬の墓に書きつける歌がまた死んだ犬のことで……と次から次へ続くものであり，ゴドーを to dog と逆様に読むならば，犬の歌はゴドーの鏡像の趣があり，しかも次第に小さくなっていく。第2幕でのポッツォとラッキーが第1幕で退場した方向から登場することも鏡像的であることを考え合わせると，第2幕は第1幕の鏡像かもしれないのである。鏡像

とは実像を逆様にした写しであって、似て非なるものなのである。第2幕でエストラゴンが「さて、嬉しくなったところで、何をしよう？」(60) と問うのに対してヴラジーミルは「ゴドーを待つのさ。昨日とは、変わったことがあるんだよ、ここには」と時の流れのうちに事態が変化したのを見てとっている。第一、例の木の葉が茂っているではないか。昨日は何もなかったのに。エストラゴンの方は前日のことはまたしても断片的にしか覚えていない。この二人が帽子遊び、ポッツォ—ラッキーごっこ、悪口ごっこ、立木ごっこなどをして時間を潰し、「遊んでいると、時間は経つもんだ！」(76) とヴラジーミルが感想を述べたりしていると、ポッツォとラッキーが再び現れるが、彼らはもはや第1幕で会った人物ではない。縄が短くなって互いに助け合う存在になっているのも道理、ポッツォは失明し、弱々しくなっており、ラッキーもあの長台詞はどこへやら、言葉を失っていることが後で明らかにされるのである。昨日と今日の間に何が起こったのか。いつ失明したのかとヴラジーミルは2度訊ねるが、2度目にポッツォは「聞かんでくれ。盲人に時間の観念はないんだ。盲人には、時間的なことはいっさい見えないのさ」(86) と言う。第1幕では時計を持っていたポッツォなのである。彼は持ち物をなくした上にここではさらに視力までも失い、時間の観念を失い、'nothing' に一段と近づいているのである。いつラッキーが言葉を失ったのかというヴラジーミルの問いに対する彼の答えも、独白ふうに言葉が狭められていく。

　ここでのポッツォとラッキーは一旦倒れると自分たちでは立ち上がれない弱い存在である。エストラゴンとヴラジーミルがポッツォを起き上がらせても二人が離れるとまた倒れてしまう。二人は退場してもすぐまた倒れる音をたてる。結局のところエストラゴンもヴラジーミルも二人を救うことはできなかったのである。救うことは彼らの業ではなく、彼らは救われる側としてただ待つのみである。「ゴドーを待つんだ」という台詞は第1幕で3回、第2幕で10回述べられるが、この数字の増加は待つことの意識が強まったことを表している。ポッツォ—ラッキーの加速化された時間、あるいは時間観念の喪失をまのあたりに見たことは、ますますそれに拍車をかける。そし

てそれにつれて舞台は暗さを増すのであって、早い話が登場人物の笑う回数が第1幕では7回であるのに第2幕ではたった1回となる[2]。その笑い方にも変化があり、ポッツォの最初の大笑いが次には普通の笑いとなり、第2幕では笑いの記憶についてさえも語りたがらなくなるのである。彼らは'nothing'に近づくにつれて笑いを失うのであり、それにつれてゴドーの存在がより強く意識されることになる。

3　時間の多様性

　道化とはいつも無時間的な混沌を生きる存在であり、ゴドーを待つ二人の主役もそうした趣を持っているが、しかし軽やかなエストラゴンに比べてヴラジーミルの方は時間をより強く意識していて、ポッツォとラッキーが助けを求めているときに次のように言う──「もう、私たちだけじゃない、夜を待つのも、ゴドーを待つのも、それから……とにかく、待つのに、だ。さっきからずっと私たちは、自分たちだけで全力を尽くして戦ってきた。だがそれは終わった。もうこれで、あしたになったも同然だ」(77) そしてポッツォの「助けて」と助けを求める声を聞き流して続ける──「すでに時間の流れがまるで違う。太陽は沈み、すぐ月が出る。そして私たちは立ち去れる……ここから」(77) よく見るとこの時間意識は現在を通り越して未来を取り込んでいるのがわかる。そして一方では強烈な現在進行形の意識がある──「我々が現在ここで何をなすべきか、考えねばならないのは、それだ。だが、さいわいなことに我々はそれを知っている。そうだ、この広大なる混沌の中で明らかなことはただ一つ、すなわち、我々はゴドーの来るのを待っているということだ」(80) 自分たちがゴドーを待っているということ以外は混沌としていると言うヴラジーミルに理解できないものの一つに、第1幕と第2幕の間に唯一の舞台装置である木に葉が茂るという出来事があった。彼らの時間よりもポッツォ──ラッキーの時間の方が早く進行しているとしたら、この木の属している時間も後者の世界に属するのであろうが、た

だポッツォ――ラッキーの時間が，'nothing' に向かうのに対して，木は葉を茂らせるという自然界の春を思わせる方向――復活かもしれない――に向かっているという違いがある。逆方向というのではなく，より加速的であるのであろう。(ポッツォは第1幕で「今晩は秋の気配がする」〔24〕と言っている。) エストラゴン――ヴラジーミルの経験している時間と，ポッツォ――ラッキーの時間と，どちらが真か，などということではなく，両者は共存するものだが，第2幕でエストラゴン――ヴラジーミルの持っている不確かさが一層深まるのは，一つには第2幕自体が第1幕の写しであり，変奏であって実在性が希薄になるからであり，またポッツォ――ラッキーの時間 (そして木が属している時間) の経過の速さが鮮明になるからである。この時間のずれは，ゴドーの到来によって何とかなるのではあるまいかという期待を持たせるものでもある。

エストラゴンは「縛られているわけじゃないだろう？」(20) とゴドーへの結びつきを否定するが，ゴドーは絶えず彼らの行動に関わってくる。枝からぶらさがろうとエストラゴンが言うとき (17) に，ゴドーを待って彼が何と言うか聞こうとヴラジーミルが言うのもその一つであるが，この問答の続きでゴドーと彼らの関わり方の原点が述べられる。

  E：まあ一つの希望とでもいった。
  V：そうだ。
  E：ぼんやりとした嘆願のような。
  V：そうともいえる。
  E：で，向こうは，何て返事したんだい？
  V：考えてみようと。
  E：今は何も約束はできないが。
  V：いずれはよく熟慮しようと。 (18)

彼らにゴドーを待たせているものは，このようなゴドーのイメージであるが，しかし彼らの言葉が本当であるかどうかはわからない。単なる遊びとし

て言葉を並べたのかもしれないのである。ただ「もしゴドーが来なかったら」という問いに対する答え方が第1幕と第2幕では大きく異なっていることに注目しなければなるまい。第1幕の初めの方ではヴラジーミルは「あしたもう一度来てみるさ」(14)と言ったのに、第2幕の終わりでは彼は「あした首をつろう。ゴドーが来ない限り」と言うのであり、さらにエストラゴンが「もし来たら？」と訊ねると「私たちは救われる」と言う。彼らは救われるためにゴドーを待っているのだが、そうでなければ死、という二者択一の状態になっていて、しかもそれは自分で選べるものではない。

　ヴラジーミルにとってはゴドーを待つことと夜を待つことは同様のことであり、絶えず夜はまだかと気にして「夜はやって来ない気かな？」(33)と問うたりする。そして待つことは "waiting for... waiting" (77) と無限に待つことでもあって、第2幕冒頭の犬の歌のように waiting for waiting for waiting... と続きそうな行為である。しかし夜の方はやって来た。第1幕の終わりで、今日は来られないというゴドーの伝言を持って来た少年が去ると、夜が突然やって来て —— fall するのだが —— 月が昇る。ヴラジーミルは「やっとか！」(52)と言う。それでは夜が明ければゴドーの到来かと思われたのに、第2幕ではふり出しに戻り、第1幕の変奏が演じられた後、再びゴドーの使いとしてやって来た少年が、昨日の使いは自分ではないと述べると、ゴドーの存在は一段とわからなくなる。第1幕ではエストラゴン ——ヴラジーミルとポッツォ ——ラッキーの二人組に対して少年とゴドーというもう一つの組み合わせが予想されたのが、第2幕で昨日の少年と今日の少年という組み合わせができてしまい ——二人の少年を旧約聖書と新約聖書と考える人もいるが[3]—— ゴドーははみ出してもう一段階外側に追いやられるからである。あたかも三つの二項対立の調停役であるかのようにも見えてくるのである。少年のもたらしたゴドーの伝言は絶望の確認であると同時に希望を明日へ引きのばすものであって、ゴドー自身の持つ意味は変わらないのだが、舞台上の状況は一段と暗く、一段と希薄になっているところが問題である。

　少年の言葉からは旧約聖書の神のようなゴドーのイメージが浮かび上がる

が、ゴドーが神であるとすれば、神は本来隠れてあるべきものであるのだからゴドーが現れなくてもそれは当然であろうが、もしゴドーが人間の姿をとった神という性質のものであれば、現れないことは神の存在自体を疑わせる、重大な問題となろう。そしてどちらともわからないのがゴドーなのである。エストラゴンは絶えず自分をキリストになぞらえて「おれは一生、自分をキリストと一緒にしてきたんだよ」(52)と言ったりするし、ラッキーもまたキリスト的イメージで捉えることができようが、似ているもの、なぞらえるものが実体そのものではない、ということはこの芝居の構成と同様である。似て非なるものたちが待つゴドーが同じく似て非なるものなのか、それとも実体なのか、という興味が芝居の進行とともに次第に強くなる。

　これまで述べたように、エストラゴン — ヴラジーミル組とポッツォ — ラッキー組の属する世界は同一ではない。第2幕の初めでエストラゴンはラッキーのことを「そういえば、なんだか一人、気違い(lunatic)がいたな、おれを蹴とばしやがった」と言うが、lunaticといえば語源は月であり、夜の世界に属することになる。夜、そして'nothing'であるからこそポッツォは第1幕で所持品をなくし第2幕で視力を失ったものとして現れ、ラッキーも言葉を失うのである。そもそもポッツォという名はゴドーという名と母音のみ似ていて非なるものであり、ゴドーはGodと音は似ていて非なるものであるが、'nothing'に向かうポッツォと、夜とともに待たれているゴドーは、同じ世界に属しているように見えていても、やはり非なるものであろう。ポッツォは第1幕で「だが、その静けさ、優しさのベールの陰に夜は駆け足でやってくる。そして我々に飛びかかる」(38)と言うが、この夜のくる前の黄昏の世界がエストラゴンとヴラジーミルの属する場であって、ゴドーとは違う世界である。観客は二人の道化に焦点を当てて見ているが、もしかしたら、ポッツォ — ラッキーの方が主軸の時間を生きていてエストラゴン — ヴラジーミルは周辺部に身を落とすべき存在であるのかもしれないし、あるいは現れないゴドーこそがすべての中心であるのかもしれない。

4 nothingとsomething

　この芝居での唯一のセットである立木は，彼らがゴドーを待つ場所の目印であった。少なくともヴラジーミルはそう考えていた。ゴドーが木のそばだと言ったというのである――「木の前だって言っていたからな」("He said by the tree.") (14) というその「木」は 'a tree' ではなく 'the tree' なのである。しかし 'by the tree' はまた「木にかけて」という誓いの言葉でもある。そして 'the tree' が十字架という意味であればキリスト再臨の予言と受け取れなくはない。'the tree' がエデンにある生命の木か知恵の木だと解釈すれば，エストラゴンがポッツォに名を訊ねられたときにアダムと答える (25) のも辻褄が合っているし，ヴラジーミルが「いつも日の落ちる頃なんだが」(46) とゴドーの来る時刻のことを述べるのもエデンでの暮らしのことと受け取れよう。ヴラジーミルが「木の前だって言ってたからな」と言ったとき，初めて二人はこの木を眺め，何の木であろうかと問題にする。

　　V：わからない。柳かな？
　　E：葉っぱはどこだ？
　　V：枯れちまったんだろう　　　　　　　　　　　　　　　　(14)

　その次に木が話題になるのは，その枝にぶらさがってみようとエストラゴンが提案するとき (17) で，このときヴラジーミルは重いから枝が折れるのでは……とエストラゴンが考えるのは，木が枯れているという認識を踏まえているのであろう。そしてヴラジーミルが「何ていうか，聞いてからにするか」(18) と判断をゴドーに委ね，ここで木とゴドーはほんのいっとき結びつくのである。
　この木が枯れているどころか，第2幕では葉を茂らせているのである。幕があくとエストラゴンが前日置いていった長靴とラッキーの落していった帽子はそのままになって第1幕からの連続性を示しているのに，木だけは常識

的時間の流れを超えて葉がついている。その葉に気づくのは当然ヴラジーミルである。「ちょっと御覧，この木を」(60)と相棒の注意を促すと，エストラゴンは「昨日はなかったかな，そこに？」と木の存在に関わる反応を示す。そこで話はエストラゴンの前日の記憶を呼びさます方向に流れるが，再びヴラジーミルが「あれを御覧」(65)と木への注意を促すと，エストラゴンは "I see nothing." と言う。見えないというのである。字面で考えれば 'nothing' を見ているということで，tree = nothing ということになる。

V：だって，昨日はまっ黒で骸骨だったじゃないか。今日は葉に覆われている。
E：葉？
V：たったひと晩だ。
E：春だからだろ，きっと。
V：しかし，ひと晩で！
E：ゆうべはおれたち，ここにいやしなかったって言ってるだろう。夢でも見たんだ。　　　　　　　　　　　　　　　(66)

エストラゴンにしてみれば，相棒は夢を見ているのであって，自分の方が正しい，ということになる。目の前の木をそのまま素直に受け止めているのである。木は彼ら二人の認識の試金石となっているのである。

そしてポッツォとラッキーが再び登場してきたとき，エストラゴンとヴラジーミルは木の蔭に隠れるが隠れきることはできず，「この木ときたら，なんの役にも立たない」(74)とヴラジーミルは言うが，この時制の使い方は意味深長である。そして彼らはこの役に立たない木の真似ごっこをさえする。「じゃあ，木の運動をやろう，平衡のためだ」(76)，というヴラジーミルの台詞は，木と平衡感覚とを結びつけていて，黄昏の道化たちも木に一種の拠り所を見ていること，しかも木をパロディ化してしまう，という二面性をはしなくも表している。これは芝居全体の縮図であると言ってもよいかもしれない。そして芝居の終わりで再び夜が訪れたとき，木が話題になる。ヴ

ラジーミルがゴドーを待たなければいけないからここから立ち去れないとエストラゴンに言うと、エストラゴンは「いっそのこと、すっぽかしてやったらどうだ？」(93)と訊ねる。

　　V：後でひどい目に会わされる。木だけが生きている。

と木が生命あるものとして積極的に捉えられるが、エストラゴンは「何だ、ありゃあ」と訊ねる。

　　V：木さ。
　　E：いや、だからさ、何の？
　　V：知らない。柳かな。

ヴラジーミルのこの台詞は第1幕の初めの方の台詞(14)と同じであり、こうして第2幕の終わりでまた同じ台詞を使うということは、やはり第1幕、第2幕の鏡像的対比を示すものであろう。エストラゴンは相棒を木の方へ引っ張っていき、木の前にじっと立つ。

　　E：首をつったらどうだろう
　　V：なんで？
　　E：綱の切れっぱしかなんかないのかい？
　　V：ない
　　E：じゃあ、駄目だ。　　　　　　　　　　　　　　　　(93)

エストラゴンのベルトを試してみるが切れてしまい、明日ちゃんとした紐を持って来られると彼は言うが、彼はもうこのような生き方に堪えられなくなっている。

　　E：おれは、このままじゃとてもやっていけない。

V：口ではみんなそう言うさ。
E：別れることにしたら？　その方がいいかもしれない。
V：それより，あした首をつろう。ゴドーが来ない限り。
E：もし来たら？
V：私たちは救われる。　　　　　　　　　　　　　　　　（94）

　明日の方針はこれで決まったが，明日になっても今日の記憶が残っているかどうかはわからない。

V：じゃあ，行くか？
E：ああ，行こう。

と言いながら二人は動かず，幕となる。二人はついに別れることができなかったわけだが，ここに立ち尽くすことは，皮肉な見方をすればそれと知らずして立木ごっこをしていることではないのか。
　彼らの行ってきたことは「待つこと」であり，その時間潰しだけであって，「待つこと」自体の役にはまるで立っていない。しかも皆「ごっこ」遊びであった。第2幕の方が「ごっこ」が多く行われ，第2幕自体が第1幕の「ごっこ」なのである。「ごっこ」とは実体と似て非なるものであり，実体から遠ざかることであるが，第2幕が第1幕と鏡像的関係にあるとすれば，関係の左右逆転があるわけで，それだけ虚像という趣を増すことになる。論理的なヴラジーミルの方も第2幕の終わり近くには自分に自信がなくなって「私は眠っていたんだろうか，他人が苦しんでいる間に？　今でも眠っているんだろうか？」(90-91)と言うのも，この稀薄化を映しているのではなかろうか。何が真なのかわからなくなった舞台で葉を茂らせた木と，やって来ないゴドーの存在とが強く意識されるのが幕切れである。
　第1幕の初めの方で，エストラゴンは舞台中央に進み出て客席に背を向けて止まる。「いい場所だ」と言って向きを変え，正面に歩み出て客席に向いて，「いい眺めだ」と言う。彼は芝居を演じていると同時に演出家でもあり

観客でもあるので，舞台上に存在するということの他は，確固たる枠組み，意味づけを拒否する。彼は同時に何にでもなれるのである。

　そもそもこの芝居自体が「ごっこ」なのであり，彼らの存在自体も「ごっこ」なのである。彼らが待っていることも「ごっこ」，ゴドーごっこであるかもしれない。「ごっこ」の行きつく先は 'nothing' であるが，この芝居の中で次第にその存在が強く意識されていくもの——木とゴドー——は，この 'nothing' に対抗するほどの 'nothing' であろう。木を見てエストラゴンが "I see nothing." と言ったように，あるいはゴドーについても第2幕で少年がヴラジーミルに「ゴドーさんは何をしている？」と訊ねられて「なんにもしていません」("He does nothing, Sir")（91）と答えるように，木もゴドーも，エストラゴン—ヴラジーミルの側の 'nothing'，そしてポッツォ—ラッキーの関わっているより加速的な，'nothing' とバランスを取れるほど 'nothing' なのである。

　しかしこの 'nothing' は 'something' になり得る感じを残していて，舞台上に見る第2幕の木の「生」あるいは「復活」が視覚的に 'something' を象徴しているのではなかろうか。木だけが生きている，とヴラジーミルが言うように。そしてこの木の持つプラス性によって舞台の外のゴドーもプラスの意味を持ち得るのであり，彼らを救うかもしれないものとなるのである。

　とはいえ，何もしないという点ではエストラゴン—ヴラジーミルとゴドーは同じだとも言えよう。とすれば黄昏の道化たちはすなわちゴドーであるという分身的な考え方も可能であろう。とすれば彼らの待っているという行為は何ももたらさない無意味なものになってしまう。彼ら自身の言葉では救われるためにゴドーを待っているのだが，そのゴドーが 'something' であると同時に 'nothing' でもあり得る，というパラドックス，あるいは二重性がこの芝居の凄みではなかろうか。

注

1) テキストは Faber Paperbecks 1981 年版による。引用文の後の数字は頁を表す。訳文は安堂信也・高橋康也共訳『ベケット戯曲全集 1』（白水社，1967 年）による。
2) Ruby Cohn, 'The Laughter of Sad Sam Beckett' (M. J. Friedman ed., *Samuel Beckett Now*, Univ. of

Chicago Press, 1975) 参照。
3) Helene L. Baldwin, *Samuel Beckett's Real Silence*, The Pennsylvania State Univ. Press, 1981, p. 115.

あ と が き

　英詩について書いてきて，いつの間にか半世紀が経ってしまった。
　この詩論集は，これまでに専門誌や紀要に載せて頂いた詩論の中から，ウィリアム・ブレイクに関するもの8篇と，それ以外の近代詩，現代詩についてのもの10篇を選んで，執筆順ではなく，詩人，作品の年代順に並べたものである。いろいろな点で不体裁ではあるが，言葉の吟味から詩人のヴィジョンに新しい光を当てるという方法では一貫していると思う。
　これまでに『ブレイクの世界』(1978年) と『ヴィジョンのひずみ——ブレイクの「四人のゾア」』(1985年) を上梓しているので，ブレイク一筋と思われているかもしれないが，遙か昔の私の卒業論文（早稲田大学）も，修士論文（東京大学）も，T. S. エリオットであった。1988年，エリオット生誕100年記念として『英語青年』11月号の特集「エリオットと英米の作家・詩人」にエリオットとブレイクを結びつけた「ブレイクの眼も真珠に？」を書かせて頂いて，エリオットへの恩を少しお返しできたような気でいる。
　1990年代に入って，中央大学人文科学研究所の研究チームに入れて頂いてからは，優れたチームメイトに刺激を頂戴しながら，より広い範囲の近代詩を読むようになり，その成果がこの論文集の根幹になっている。有難いことである。
　最後に置いたベケット論は，私が詩以外のものについて書いた唯一のものであるが，1983年，今は亡き高橋康也さんの本郷でのベケット演習に（大阪から日帰りで通って）潜り込ませて頂いたときのレポートであって，光栄にもお褒め頂いたものである。戯曲を読むのにも私流の詩の読み方が通用するという保証を頂けたようで，私の勲章となった。
　各論文の初出タイトルと掲載書，並びに紀要，雑誌は次の通りである。

初 出 一 覧

1：'Love's Secret' 考……………………『英語青年』1974年7月号。
2：無垢と経験の構図……………… 中央大学『人文研紀要』22，1992年。
3：「経験の歌」再考………………『英語青年』1999年4月号。
4：ブレイクと複合芸術……… 関西大学『英文学論集』23号，1983年。
5：「天国と地獄の結婚」
　　……『クリティカ』18号，1975年（東京大学大学院修士課程の同人誌）。
6：生成するヴィジョン――ブレイクの『ミルトン』
　　………………………… 中央大学『人文研紀要』67，2010年。
7：『エルサレム』……………… 中央大学『人文研紀要』25，1996年。
8：ブレイクの「ヨブ記」…… 和洋女子大学『英文学会誌』21，1987年。
9：エミリー・ブロンテの詩……… 中央大学『人文研紀要』35，1999年。
10：虚と実の間――スウィンバーンの詩
　　……… 中央大学人文研研究叢書17『ヴィジョンと現実』1997年。
11：詩人オスカー・ワイルド
　　‥中央大学人文研研究叢書30『埋もれた風景たちの発見』2002年。
12：インスケープと心――G. M. ホプキンズのソネット
　　………………………… 中央大学『人文研紀要』47，2003年。
13：戦争詩人オウエン……………………『英語青年』1963年5月号。
14：'The Love Song of J. Alfred Prufrock' をめぐって
　　………………… 関西大学『英文学論集』31，1981年。
15：変容の場『荒地』………… 和洋女子大学『英文学会誌』20，1986年。
16：ブレイクの眼も真珠に？………『英語青年』1988年11月号
　　　　　　　　　「特集　T. S. エリオットと英米作家・詩人」。
17：旅人還らず――E. ミュアの詩
　　……………………… 関西大学『英文学論集』20，1980年。
18：道化たちの黄昏――『ゴドーを待ちながら』
　　……………… 関西大学文学部『文学論集』33巻3号，1984年。

執筆の時期が50年にも亘る雑多な論文を中央大学出版部がこうして一冊の本にして下さったことは，この上なく有難く，嬉しい。出版までの段取りを大澤雅範氏につけて頂き，本の形を取るまでの手間のかかる仕事を柴﨑郁子氏にお願いできたのは，まことに幸せなことであった。心から御礼申し上げる。

　　2012年1月

土 屋 繁 子

索　引

〔 A-Z 〕

「A.G.A. の死」……………………132-134
「F. デ・サマラから A.G.A. へ」……………137
generation……………………………033, 074
half-rhyme……………………………………237
「J. アルフレッド・プルフロックの恋歌」（「プルフロックの恋歌」）
　　………………240, 241, 249, 252, 253, 277
「M.A. 牢獄の塀にて──N.C.」……………130
「R.B. に」……………………………………231
「S.I.W.」………………………………236, 237
Understanding Poetry………………………158

〔 あ行 〕

「嗚呼」…………………183, 187, 197-199
「ああ！　ひまわりよ」…………………022
「愛の園」………………008, 023, 033, 036
「愛の秘密」………………003, 004, 007, 008
『曖昧の七つの型』…………………150, 217
アイロニー…………………016, 241, 244
「贖われたもの」……………………………069
『悪の華』………………143, 144, 146, 173
アーサー王…………………………094, 287
アシュタルテ………………………………160
アーソナ………………082, 085, 091, 099, 104
アダム
　………036, 061, 068, 069, 074, 090, 097, 105, 311
「アダムの夢」………………………………295
「新しいヘレン」…………………190, 196, 201
「あなた方は神となる」……………………176
「あなたは本当に正しい」…………………231
アナロジー……075, 081, 087, 097, 100, 104, 209
アーノルド，マシュー（Arnold, Matthew）
　………………………………173, 179, 184

アーノン河…………………070, 071, 077
「アブラハム」………………………………295
アポカリプス………………057, 067, 102
『アメリカ』…………………………033, 064
アメルダ，オーガスタ・ジェラルディーン
　…………………………………………123
『あらし』……………………………………261
『嵐ヶ丘』………………123, 127, 128, 130, 132, 133
「アルゴスの劇場」…………………………176
アルビオン……………………………017,
　032, 038, 039, 045, 046, 049, 050, 052, 067, 068,
　070-072, 076-078, 080, 083-105, 109, 280, 281
「アルビオンの岩の間のアリマテのヨセフ」
　…………………………………………042
「アルビオンの娘たちの幻想」……………033
「ある婦人の肖像」…………………………271
アルロ………070, 075, 076, 078, 080, 085, 087
アレギエーリ，ダンテ（Alighieri, Dante）
　……………………………048, 178-180,
　　182, 206, 242, 250, 253, 255, 261, 272
アレゴリー……………………………………099
『荒地』………………240, 253, 256-258,
　260-262, 268, 270-272, 274, 277, 280, 281, 318
アン（Brontë, Anne）………………………123
『アントニーとクレオパトラ』……………270
「アンドロメダ」………………221, 222, 225
イアリン………………………086, 092, 101
イエズス会
　………210-212, 215, 219, 225, 228, 229, 232, 233
「イオリアのハープ」………………………199
「いかなる臆病な魂もわがものではない」
　（「いかなる臆病な魂も──」）
　………………124, 128, 130, 134, 136, 139-141
イザヤ…………………………………059, 113
「イタリアに近づいてのソネット」………177

「イティスの歌」……………………… 182-184
イーニオン ……………………………… 080, 082
「いにしえの歌人の声」………… 010, 030, 033
「インスケープ」
　……… 209-212, 215, 218, 219, 221, 226, 230, 232, 233
「インストレス」……………… 210, 211, 218, 220, 232
ヴァレリー，ポール（Valéry, Paul）………… 209
ウィックスティード，ジョセフ（Wicksteed,
　Joseph）……………………………………… 106
「有為転変」……………………………………… 199
ヴィジョン ………………………………………… 004,
　008, 010, 012, 015, 018, 027, 030, 032, 035, 037-
　044, 047-053, 055, 056, 058, 059, 061, 062, 064,
　068, 069, 073, 074, 076, 079, 081-084, 086-090,
　092-094, 097-100, 102, 104, 106-109, 111, 113,
　118, 124, 134, 140, 143, 147, 160, 161, 172, 258, 260,
　274, 280, 281, 285, 291-293, 297, 317, 318
「ヴィーナス礼讃」
　……………………… 147, 149, 150, 153, 155-158, 191
『ヴィーナス礼讃・その他』………………… 149
ウィリアムソン，ジョージ（Williamson,
　George）………………………………… 250, 256
ヴェイラ ……………………………… 031, 082, 085,
　086, 088, 090-092, 094-096, 098, 100, 101, 103
ウェブスター，ジョン（Webster, John）…… 270
「ヴェローナにて」………………… 178, 182, 206
「歌」………………………………… 033, 139, 183
「美しい心」…………………………… 221, 222, 225
「失われた小さな男の子」………………… 016, 033
「失われた小さな女の子」………………… 010, 027
「失われて見つかった小さな男の子」……… 033
歌人 ………………………… 010, 020, 021, 030, 031, 033-035
「乳母の歌」……………………… 010, 011, 014, 033
「馬たち」………………………………………… 297
「海と雲雀」……………………………… 214, 220
「運命の円環」………………………………… 080
エゼキエル …………………………… 059, 205, 259
エデン …………………………… 043, 067, 071-074,

076, 087, 091, 100, 164, 284, 287, 295, 296, 311
『エデンに片足を』……………… 288, 295, 297
「エデンの外」……………………………… 295
エドワーズ，リチャード（Edwards, Richard）
　……………………………………………… 047
エニサーモン …………………………………… 046,
　049, 067-069, 072, 076, 079-082, 100, 103
エネルギー ……………… 038, 045, 046, 056, 057,
　059, 060, 062, 066, 088, 211, 218, 219, 229, 305
エホバ ……………………………………… 052, 059,
　092, 094, 095, 102-104, 112, 116, 118, 119, 236
エマネーション ………………………………… 067,
　083, 085-088, 091, 093, 096, 097, 099-104
「選ばれたもの」……………………………… 069
エリア ……………………………………………… 091
エリオット，トマス・スターンズ（Eliot,
　Thomas Stearns）……………………………… 161,
　173, 176, 209, 236, 240-242, 245, 247, 255-257,
　260, 263, 266-271, 274-283, 286, 297, 317, 318
エリパズ ……………………………………… 108, 114
「エルウィの谷で」……………………… 214, 220
『エルサレム』………………………… 032, 035,
　039, 041, 045-047, 050-052, 062, 064, 065, 079,
　080, 083, 084, 086, 093, 104-107, 118, 281, 318
エルマン，リチャード（Ellmann, Richard）
　…………………………………… 186, 187, 207
「エロスの園」……………………… 187, 195, 201
「煙突掃除」………………… 010, 016, 017, 019, 033
エンプソン，ウィリアム（Empson, Sir
　William）…………………… 150, 151, 173, 217, 233
「老いた克己主義者」………………………… 128
オウエン，ウィルフレッド（Owen, Wilfred）
　………………………………………… 235-239, 318
「大いなる心の女中」……………………… 146
オーク（Orc）
　……………… 007, 045, 066, 077, 082, 088, 277, 281
「屋内のろうそく」………………… 221, 222, 225
「おさなごの悲しみ」……………………… 010, 026

「おさなごの喜び」	10-12, 26
『恐るべき均斉』	041, 278
「オックスフォード運動」	210
「オデッセウスの帰還」	287, 288, 291
『オデュッセイア』	180
「訪れなかったローマ」	176
オロロン	066, 071, 073-080, 082
「女の巨人」	147

〔 か行 〕

『解説目録』	048
「帰りの旅」	291, 292
「影の予言者」	080
「籠の雲雀」	214, 220
「仮説的時代のための歌」	296
「学校生活」	010
カトゥルス, ガイアス・ヴァレリウス (Catullus, Gaius Valerius)	144, 240
「カトゥルスへ」	144
カナン	099
「神に見棄てられたもの」	069
『神の愛』	054, 055
「神の姿」	010, 028, 033
「神のアナロジー」	080, 100
「神の会議」	081
『神の摂理』	054, 063
「神の壮麗」	214, 220, 224
『カラ・エリスとアクトン・ベルによる詩集』	123
『カリドンのアタランタ』	161, 176
「ガールディン牢獄の洞窟にて、A.G.A.に宛てて」	129, 138
「カルミデス」	183, 185, 187
『カルミデス』	185
「かわせみが火となるように」	214, 220, 221, 223-225
「感覚喪失」	237
『カンタベリー物語』	048

「帰還」	287, 290, 291
キーツ	150, 178, 196, 199
「奇妙な出会い」	238
キャサリン	048, 049, 127, 128, 130, 132, 133
「客観的相関物」	274, 277, 279, 282
旧約聖書	071, 106, 112, 113, 115, 116, 118, 309
「兄弟」	223
「虚言の衰退」	178
漁夫王	263, 265, 267, 268, 273, 274
「ギリシャ人の帰還」	287, 289, 291
キリスト	012, 014, 018, 020, 025, 031, 035, 037, 042, 046, 047, 052, 057, 058, 061, 062, 066, 069, 074, 079, 080, 084-086, 088, 090, 093-098, 101, 102, 104, 113, 115, 116, 118, 119, 138, 152-156, 176, 177, 181, 184, 185, 189, 191-193, 195, 196, 201, 202, 205, 206, 212, 213, 215, 218, 219, 221-228, 232, 255, 260, 273, 282, 283, 292-295, 297, 310, 311
グウェンドレン	096, 099
「腐れ肉」	148, 149
「暗闇から」	177
グレイ, トマス (Gray, Thomas)	047
「グレネデンの夢」	129
グレン, ヘザー (Glen, Heather)	013
「クローディアの詩」	128
「経験の歌」	003, 008, 049, 057, 058
「形而上詩人たち」	279
「ゲロンチョン」	268, 282
「恋歌」	176, 178, 191, 240-242, 244, 251, 252, 255, 256
「航海」	287
「坑夫たち」	238
コウルリッジ, サミュエル・テイラー (Coleridge, Samuel Taylor)	199
「戸外の明かり」	214, 215, 222
「獄中記」	206
「こだまする原っぱ」	015, 033, 036
『ゴドーを待ちながら』	299, 318
「子羊」	010, 012, 024, 033, 037

「コリナは5月祭に行く」.................... 241
「コリント人への第2の手紙」............ 112, 114
ゴルゴヌーザ........ 072, 076, 087, 088, 093, 099, 102
ゴンダル詩............ 123, 124, 129, 131, 132, 134, 136
『ゴンダルの女王』......................... 123
「今日は，そしてさようなら」............ 143, 144

〔さ行〕

「最悪のことなど何もない」............ 227, 228
『再評価』.................................. 280
「サザン・カレッジの牢獄の塀から」........ 130
サタン............ 052, 067, 085, 087–089, 094,
   095, 100, 104, 105, 107, 108, 111, 113, 114, 116–119
サーマス（Tharmas)
   .... 045, 066, 077, 080, 082, 095
「サムエル記」............................... 199
「サムエル紀1」............................. 114
「ザロナの陥落に寄せて」................... 138
「サロメ」................ 182, 186, 198, 207
サンプソン，ジョン（Sampson, John)
   .... 005, 006
「サン・ミニアート」....................... 177
「死」..................................... 006,
   023, 069, 070, 131, 133–136, 139, 140, 170, 261, 263
シェイクスピア（Shakespeare, William)
   .... 066, 146, 261, 270, 271
シェイクスピア論.......................... 172
「ジェノアでの聖週間に書かれたソネット」
   177
シェリー，パーシー・ビッシュ（Shelley,
   Percy Bysshe)............ 193, 196, 199, 278, 279
『時間の主題による変奏曲』............ 285, 286
「時間の勝利」............................ 161, 169
「地獄の格言」............................. 060
「地獄の方法」........................ 011, 038, 044
「地獄篇」................................ 242
自己滅却
   .... 039, 070, 075, 077, 079–081, 084, 088, 092

『詩集』............ 175, 176, 182, 183, 197–200, 240
「システィナ礼拝堂にて〈怒りの日〉を聞き
   てのソネット」......................... 177
「自然宗教はない」..................... 047, 050
『失楽園』............ 065, 067, 069, 070, 077, 089, 107
『詩的素描』......................... 040, 282
『自伝』............................. 284, 287
『詩とバラード』........................... 143
『詩とバラード・第2集』........ 143, 144, 164, 168
「シビルの木の葉の判読」................... 226
「詩篇」............................... 113–115
「シモドスの庭」........................... 164
じゃこう草.................... 074, 076, 079
シャーロット（Brontë, Charlotte)........ 123, 124
「収穫の喜び」............ 214, 217–220, 228
「自由の歌」........................... 056, 062
「ジュリアス・アンゴラによる歌」........... 137
「ジュリアン・M.とA.G.ロシェル」......... 130
ジョイス，ジェイムズ（Joyce, James)
   .... 233, 278, 290, 291, 293, 297
「小学生」................................. 033
「序詩」........................... 010–013,
   019, 020, 031, 033–035, 038, 039, 047, 050, 111
「詩霊」.................................. 059
『神曲』............................. 048, 242
「信仰と落胆」............................. 138
新約聖書........ 052, 110, 112, 115, 116, 118, 138, 309
「神話」.................................. 284
スウィンバーン，アルジャーノン・チャール
   ズ（Swinburne, Algernon Charles)........ 056,
   063, 143–147, 149, 150, 153, 154, 158, 161, 163, 164,
   169–173, 176, 177, 184, 187, 189, 191, 196, 318
スウェデンボルグ，エマニュエル
   （Swedenborg, Emanuel)......... 054–057, 059, 063
スコウトゥス........................ 221, 222, 225
「スタンザ」............................... 124
スティーヴンスン，W. H.（Stevenson, W. H.)
   .... 095, 103, 105

「スフィンクス」·················190, 200, 206
「スプラング・リズム」·················211
スペクター
·············068, 085, 086, 089, 094-097, 099-101, 103
スペンサー，エドマンド（Spenser, Edmund）
·················043, 263, 270
「すべての宗教は一つである」·················047
聖オーガスティン·················266
「聖歌隊の少年」·················177
「正義の人」·················297
『聖灰水曜日』·················254, 280
生成（generation）·················033
セイタン·················052, 067-072, 074, 076-080, 085, 089, 090, 094, 096, 097
『聖なる森』·················276
「聖木曜日」·················010, 025, 033, 038
「世界の外殻」·················075, 076, 087, 091, 094, 097, 099
『狭い場所』·················287
「1914年7月の日記から」·················235
ゾア ···045, 057, 066-068, 075, 077, 079, 080, 082, 085, 087, 089, 091, 094, 095, 100, 102-104, 317
彩飾本·················040, 046-049
想像力·················019, 020, 041, 043, 045, 046, 052, 054, 059-061, 066, 074, 082, 085, 087, 096-098, 110, 116, 119, 140, 141, 146, 178, 206, 277-283

〔 た行 〕

『第1詩集』·················285
「第1の手紙」·················112
「大地の答え」·················021, 035, 038
「太陽」·················146
「鷹」·················214, 215, 218, 219, 225, 230, 232
『高潮の歌』·················164
ターザ·················095, 096, 098
「ダニエル書」·················113
『旅と場所』·················286, 287
「堕落」·················043, 287
ダン，ジョン（Donne, John）·················195, 279

「ダンス・スコウトゥスのオックスフォード」
·················221, 225
『タンホイザー』·················150
「小さな黒い男の子」·················013, 016, 019
影版法·················011, 043
チョーサー，ジェフリー（Chaucer, Geoffrey）
·················048
「追想」·················133, 134
「月の中の島」·················057
「土くれと小石」·················021, 031
「土の中に冷たく」·················133
デイモン，S. F.（Damon, S. F.）
·············006, 008, 009, 053, 106, 108-111, 116, 120
ティレシアス
·············256, 260, 262, 265, 268-274, 277, 280, 281
「テサロニケ人への第2の手紙」·················114
「哲学者」·················134
テニスン，アルフレッド（Tennyson, Alfred）
·················180
デューラー，アルブレヒト（Dürer, Albrecht）
·················042
「テリブル・ソネット」······210, 225, 227, 231, 233
「テルザに」·················031
「テレマコスの想い出」·················288, 289
天界の大集会·················068, 069
「天使」·················036
『天国と地獄』·················055, 063
『天国と地獄の結婚』·················006, 007, 011, 030, 033, 038, 039, 044, 054, 065, 107
「伝統と個人の才能」·················271, 277
「ドイッチュランド号の難破」
·················210-212, 218, 232, 233
銅版彫版法·················011
「毒の木」·················023, 036, 037
「虎」·················010, 024, 033, 037, 038, 276
「囚われ人」·················130
『ドリアン・グレイの画像』·················185, 199
「トリスタンとイゾルデ」·················260

索　引　　325

トリストラム……287
ドルイド……096
「ドロレス」……144, 158, 161

〔 な行 〕

ニイチェ（Nietzsche, Friedrich）……180
ニュートン, アイザック（Newton, Isaac）
……077
ニューマン（Newman, John Henry）
……210, 219, 232
「庭にて」……164
「人間讃歌」……187, 189
「人間抽象」……028, 033
「忍耐」……223, 227, 230, 231
「ノートブック」……008, 009, 057
「ノボダディ」……006, 007

〔 は行 〕

バイロン（Byron, George Gordon Noel）
……178-180, 182, 199
「蠅」……024, 038
バザイア（Basire, James）……042
「蓮の国」……180
「蓮を食べる人」……180
パーセル（Purcell, Henry）……221, 222
バッツ, トマス（Butts, Thomas）
……051, 053, 105, 107
ハットフィールド, C. W.（Hatfield, C. W.）
……123, 141
「花」……033
「はにかむ恋人へ」……241, 246
バビロン……027, 036, 075, 099
『ハムレット』……205, 245
「バラッド」……206
パラドックス……315
パラマブロン……067-070, 072, 079, 080
「春」……214, 215
「春と秋」……223

「反キリスト」……100, 295
「パンテア」……193-195
「一つの愛」……010
「一つの神の姿」……010
「ひとつの夢」……018, 037
「ひとりの失われた女の子」……027
「ひとりの失われた小さな男の子」……017
「批評家を批評する」……279
「批評の機能」……277
「ヒューマニタッド」……187, 191, 195
ビューラ……057, 067, 069, 070, 073-076, 087, 088, 092, 096, 097, 099
「病気の薔薇」……006, 022, 037
「不運な若者への讃歌」……238
「フェリックス・ランダル」……221, 223, 225
「複合芸術」……040, 119
「腐肉の慰め」……227
「不滅のオード」……187
「不滅のささやき」……271
「ブライト・ソネット」
……210, 213, 214, 220, 222, 224, 225, 227, 232
フライ, ノースロップ（Frye, Northrop）
……041, 053, 104, 105, 107, 110, 119, 120, 278
プラトン（Platon〔Plato〕）……041, 185
ブランウェル……123, 124
『フランス革命』……064
ブラント, アントニー（Blunt, Anthony）
……046
ブリッジズ, ロバート・シーモア（Bridges, Robert Seymour）
……209, 210, 220, 222, 225, 227, 231
「ブルガリアでのキリスト教徒大虐殺に寄せるソネット」……177
『プルフロックと他の観察』……256
ブルーム, ハロルド（Bloom, Harold）
……064, 081, 083, 100, 105
ブレア, ロバート（Blair, Robert）……047
ブレイク, ウィリアム（Blake, William）

326　索　引

……003-008, 010-012, 019, 024, 029-033, 035-073, 075-077, 079-093, 095, 096, 099-119, 172, 210, 276-283, 317, 318
「ブレイクの神秘主義」……………………279
『ブレイク論』…………………………056, 063
フレスコ………………………………………043
「プロセルピナの庭」………164, 168, 169, 171
「プロセルピナへの讃歌」
　　　　　　　　　144, 154, 158, 164, 191, 196
『プロメテウスの解放』……………………193
ブロンテ, エミリ（エミリー）（Brontë, Emily）…………………………………123, 124, 127, 129, 131, 133, 135, 136, 139-142, 318
「平安」………………………218, 223, 225, 230
ペイター, ウォルター（Pater, Walter）……199
ヘイリ（ヘイリー）, ウィリアム（Hayley, William）………………………048, 067-069
ベケット, サミュエル（Beckett, Samuel）
　　　　　　　　　　　299, 303, 305, 315, 317
「ベデガー旅行案内を持ったバーバンク」
　　　　　　　　　　　　　　　　　　…254
「ヘブル人への手紙」………………………115
ヘリック, ロバート（Herrick, Robert）……240
ヘルダーリン（Hölderlin, Friedrich）………287
ベン・ジョンソン論…………………………172
「変容」………………………………………294
「ヘンリー・パーセル」………221, 222, 225
ホイットマン（Whitman, Walt）……………187
「僕のかわいい薔薇の木」…………………023
「星の輝く夜」………………214, 215, 220
『墓地』………………………………………047
牧歌………………………019, 029, 111, 113, 187, 189
ボードレール, シャルル（Baudelaire, Charles）……143-150, 157, 172, 173, 262, 272, 277
『墓畔の哀歌』………………………………047
ホプキンズ, ジェラード・マンリー（Hopkins, Gerard Manley）
　　　　　　……209-216, 218-223, 225-232, 318

『ホプキンズ詩集』………………214, 220
ホメロス（Homeros〔Homer〕）………178, 180
ポリープ………………036, 075, 076, 095, 096
ポローニアス…………………………245, 248

〔 ま行 〕

マーヴェル, アンドルー（Marvell, Andrew）
　　　　　　　　　　241, 246, 251, 271
マグダレン……………………………………094
『真面目が肝心』……………………………183
「マタイによる福音書」………………112, 114
「斑の美」…………………………212, 214, 218
マリア……………094, 095, 158, 191, 192, 228
マリアーニ, ポール・L.（Mariani, Paul L.）
　　　　　　　　　　　　　　　　　……214
マーロウ, クリストファー（Marlowe, Christopher）………………………………240
「見送り」……………………………237, 238
ミケランジェロ………………………243, 254
「見知らぬ人に見えることは」……………227
「見棄てられた庭」…………………164, 168
「見つかった小さな男の子」………………016
「見つかった小さな女の子」…………010, 027
ミドルトン, トマス（Middleton, Thomas）
　　　　　　　　　　　　　　　　　……270
ミュア, エドウィン（Muir, Edwin）
　　　　　　……284-291, 293, 295-298, 318
『ミルトン』…………………………046, 053, 062, 064-067, 079-081, 083, 085, 104, 118, 318
ミルトン, ジョン（Milton, John）
　　　　　　　　……046, 047, 065-067, 070-082, 085, 089, 104, 107, 178, 188, 295
「ミルトンへ」………………………181, 194
「民数記」……………………………066, 070
「無益」………………………………………238
「無心の歌」………………003, 004, 010, 033, 043, 045, 047, 049, 058, 111
「無心の占い」………………………………040

「迷宮」 293
『迷宮』 291
「黙示録」 100, 114, 115
モーセ 066, 100
モダニズム 176, 207, 209, 219
モリス，ウィリアム（Morris, William） 177, 196
モンテフェルトロ 242, 253, 255

〔 や行 〕

「ヤコブの手紙」 113
『夜想』 047
ヤング，エドワード（Young, Edward） 047
「雪の吹きだまりに寄せて」 129
「ゆり」 022
「ゆりかごの歌」 011, 014
『ユリシーズ』 278, 290, 291, 293, 297
ユリゼン（Urizen） 007, 030, 035, 036, 038, 045, 066-068, 070, 077, 082, 089, 116, 119, 277, 281
『ユリゼンの書』 045, 109
「赦し」 036, 039, 084, 104
「夜明け前の歌」 187
「夜風」 139
ヨカナーン 245, 255
予言者 019, 020, 034, 035, 056, 059, 060, 062, 065, 066, 071, 072, 080, 081, 091, 100, 160, 245, 255, 260, 262
予言書 008, 019, 031, 032, 035, 038, 039, 041, 042, 045, 047-049, 061, 062, 064, 080, 083, 105, 106, 172, 278, 281
ヨゼフ 094
『四人のゾア』 039, 045, 049, 050, 057, 062, 064-067, 077, 079-083, 085-088, 090, 095, 102, 118, 281
ヨブ 051-053, 105-119, 228, 231
「ヨブ記」 049, 051, 105-108, 110, 112-116, 228, 231, 318

『ヨブ記挿絵集』（『ヨブ記』） 050-052, 106, 107, 109, 111, 112
「ヨハネによる福音書」 114, 118
「ヨハネの黙示録」 032, 052, 067, 083, 103, 104
「夜」 018, 024

〔 ら行 〕

ライト，アンドルー（Wright, Andrew） 106
「癩病やみ」 148, 149
『ラヴェンナ』 176, 178, 179, 182-185
ラスキン，ジョン（Ruskin, John） 179
ラッチフォード，F.（Fannie E. Ratchford） 123, 133, 141
ラフォルグ，ジュール（Laforgue, Jules） 245, 248, 251, 256
「ラーラ」 199
「ランベス・ブック」 064
リーヴィス，F. R.（Leavis, F. R.） 123, 133, 141, 280
リスター，レイモンド（Lister, Raymond） 048
理性 026, 029, 030, 035, 045, 066-068, 074, 077, 078, 082, 090, 116, 140, 188, 230, 277
「理想美への讃歌」 196
リネル，ジョン（Linnell, John） 051, 107
「リブルスデイル」 221, 223, 225
「流出」 067
リントラ 056, 062, 068, 072, 079
ルヴァ 082, 088, 091, 095, 097-100
「ルカによる福音書」 114, 191
ルーサ 069
ルシアン（Lucian） 185
『ルネッサンス』 199
ルーベン 092, 096, 100
レイハブ 090, 093, 095, 096, 098, 099
レイン，キャスリン（Raine, Kathleen） 053, 106-108, 116, 118, 119
レスビア 240

「レスボスの島」··147
『レディング監獄のバラッド』········175, 183, 202
「老人と若者の寓話」·······································236
ロス（Los）················019, 044-046, 049-052,
　　　066-069, 071-077, 079-083, 085-105, 116, 283
ロセッティ，D. G.（Rossetti, Dante Gabriel）
　　　··177, 184, 196
ロセッティ，ウィリアム・マイケル（Rossetti,
　　　William Michael）···························003, 005, 007
ロバート（Blake, Robert）······················043, 068
ロバートソン，リッチー（Robertson, Richie）
　　　··297, 298
ロマンチシズム ··············043, 046, 056, 061, 062
ロヨラ，イグナティウス ·····························219

「ロンドン」················026, 029, 035, 036, 038, 057

〔 わ行 〕

ワイルド，オスカー（Wilde, Oscar）
　　　······175-183, 185, 187, 192, 196, 198, 200-207, 318
『ワイルド全集』··175
「わが思い出の美女」····································177
ワーグナー（Wagner, Richard）···············150
ワーズワース（Wordsworth, William）
　　　··187, 188, 194
「私自身の心」··227, 230, 231
「私をあなたの周りを飛ぶ鳥にしてください」
　　　··211
「私は目覚めて感じる」····························227, 229

索　引

土屋繁子(つちやしげこ)

1935（昭和10）年生まれ。
早稲田大学卒業後，東京大学大学院修士課程修了，
京都大学大学院博士課程単位修得。英文学専攻。
関西大学，和洋女子大学教授を歴任。
現在中央大学人文科学研究所客員研究員。

【著書】

1 ｜ 研究書：『ブレイクの世界―幻視家の予言書』（研究社選書5），
　　『ヴィジョンのひずみ―ブレイクの『四人のゾア』』（あぽろん社）
2 ｜ 書評集：『本との出会い』『本を読む』（あぽろん社）
3 ｜ エッセイ集：『本のゆくえ』（作品社）
4 ｜ 詩集『ゴルゴヌーザ』（詩学社），
　　『忘れることのないように』『堕落は林檎に始まって』（水仁舎）

言葉とヴィジョン

2012年3月9日　初版第1刷発行

著者	土屋繁子
発行者	吉田亮二
発行所	中央大学出版部 東京都八王子市東中野742-1　〒192-0393 電話 042-674-2351　FAX 042-674-2354 http://www2.chuo-u.ac.jp/up/
装幀	松田行正＋日向麻梨子
印刷・製本	株式会社千秋社

© Shigeko Tsuchiya, 2012 Printed in Japan
ISBN978-4-8057-5174-9

本書の無断複写は，著作権上での例外を除き禁じられています。
本書を複写される場合は，その都度当発行所の許諾を得てください。